江湖浩劫史

赵晨光 · 著

枪声四起

中国友谊出版公司

图书在版编目（ＣＩＰ）数据

江湖消亡史．枪声四起 / 赵晨光著．－－ 北京 ：中国友谊出版公司，2023.4
ISBN 978－7－5057－5592－5

Ⅰ．①江… Ⅱ．①赵… Ⅲ．①侠义小说－中国－当代 Ⅳ．①I247.5

中国版本图书馆CIP数据核字(2022)第219563号

书名	江湖消亡史．枪声四起
作者	赵晨光
出版	中国友谊出版公司
发行	中国友谊出版公司
经销	新华书店
印刷	三河市龙大印装有限公司
规格	880×1230毫米　32开
	11.5印张　260千字
版次	2023年4月第1版
印次	2023年4月第1次印刷
书号	ISBN 978－7－5057－5592－5
定价	45.00元
地址	北京市朝阳区西坝河南里17号楼
邮编	100028
电话	(010) 64678009

如发现图书质量问题，可联系调换。质量投诉电话：（010）59799930－601

罗觉蟾行走地图

北京 1909

　　这大酒缸向来是贩夫走卒聚集之地。酒馆里没有桌子，极大的酒缸埋在地里，露出一半就是喝酒的地方。现下已然入冬，许多人戴着棉帽子，嘴里呼着白气，聊得热火朝天。

广州 1910

　　罗觉蟾看着他背影笑，又来到街边要了一碗豆花儿，道："多放点糖水。"

　　卖豆花儿的阿叔问："你系本地人啊？"

　　罗觉蟾笑道："唔系，我系坐小火轮来玩嘅。"

汉口 1911

　　老北京人讲究坐茶馆，这一来汉口，罗觉蟾才发现原来汉口的茶肆酒楼亦是十分兴旺。一条汉正街上人声嘈杂，热闹非凡，罗觉蟾看得颇有趣味。

上海 1912

　　这罗觉蟾对上海似是颇为熟悉，他带着聂季卿东绕西拐，穿过一条弄堂，来到一家小饭馆里。两人落座，罗觉蟾别的不要，先道："来一份狮子头，要白烧不要红烧！"随后才点了几个小菜。

新加坡 1913

　　火轮船在海上行了十余日，终于靠了岸。下船之后，只见天高云淡，火辣辣的阳光直射下来，地面几乎可以反射出白光，空气偏又十分潮湿，周遭长着几棵高高大大的棕榈树与椰子树，正是一派南洋风情。

美国纽约 1914

　　"美利坚之风土人情，与中华大异其趣。最难得的是青年面上多有一种乐观进取态度，令人欢喜。此处男女交谊，视为平常；而女子读书、就业，亦多于中国。周遭所见之人谈吐得体，时有言论闻之令人惊异，细思，却极有道理。"

北京 1915

　　在北京吃涮锅子，那是有讲究的，一定要到立秋枫叶乍红的时候。俗话说得好：秋风起，宜进补……他面前摆了一盘上脑儿、一盘三叉、一盘黄瓜条，又有一盘羊腰子和羊肝，面前的调料碗里有酱油、醋、卤虾油、豆腐乳、韭菜花，另滴了几滴辣油。万事俱备，只差涮肉。

目 录

篇一
心如铁

一

宣统元年（公元 1909 年），北京城。

这是盛夏将尽的时候，天气格外热，外面仿佛下了火一样。大正午的天儿，一个人长袍马褂穿得齐齐整整，走在北京城的大街上。

这人面貌生得平平常常、普普通通，掉到人堆里想找出来都不容易。他穿大街，绕小巷，经过一座青石牌坊，来到一条胡同尽头一所宅院前面。单看大门，这所宅院无甚特别，那人却十分谨慎，先整理一下衣襟，这才抬手叩响门环。

一个穿蓝布大褂的年轻人探头出来，看见他时吓了一跳："哟，柳爷，怎么是您啊？"

那人拱拱手："客气，九爷在家吗？柳云有事拜访。"

这人口气谦逊，但他亲自前来拜访，必定是有大事，那年轻人不敢耽搁，道："柳爷，您先请进来，九爷在后面纳凉，我这就去叫他。"

柳云道："有劳了。"

一进前庭的长方大院，顿觉凉爽了不少。老北京的房子讲究的是冬暖夏凉，筒瓦顶，砖墙厚，日头晒都晒不透，加上后院里种了参天的大树，比在街上要舒服多了。柳云抹一把汗，见院子两侧摆了十几口大缸，里面种了荷花，香气袭人，不由得怅然。

十余年前，他也曾来过这里，那时这里摆放着的是练功用的石墩、石锁、木桩等物，眼中所见是拳脚挥舞，耳边所闻是呼喝之声，如今却已人是物非。

柳云不及感慨，却听得身后传来一阵稳稳的脚步声，他转过身来，见一个四十多岁的中年人走近。此人太阳穴高高鼓起，正是内家高手的模样；但其神态落寞，又与一般江湖人的神气大相径庭。柳云急忙拱手："九爷。"

那人回了一礼："不敢当，柳捕头到此有何贵干？"

这中年人姓严，排行第九，是京城里有名的一号人物。

严九乃是旧京城子弟，为人任侠，交游广阔，当年的大刀王五和他也颇有交情。北京城三教九流里吆喝一声，谁不知道东门的严九爷！但他这些年深居简出，已然不甚理江湖事。

柳云见他一开口便点出自己的身份，不觉微有尴尬，道："不敢当，这次原有一事，想借助九爷的人脉和威名查探一二。"

严九摇头道："我老了，这些年也不理会外面的事，只怕爱莫能助。"

他也不问是什么事，一开口便先回绝，但这种反应也在柳云意料之内。柳云忙道："九爷，我这次来不是为了查案，只是想向您老请教。"

此刻他身上穿的确实是便服，态度又谦逊，严九点了点头，虽没说什么，但似乎也没有拒人千里之外的意思。柳云便道："九爷，昨日发生了一件大事，这事至今还没人得知……"他走近几步，低声道："摄政王昨晚遇刺了！这消息一直盖着，还没往外传。"

严九一怔，随即不由得大惊："当真？"

这是何等大事，岂可轻忽？柳云神色凝重，点了点头。

这摄政王载沣乃宣统皇帝溥仪的生父。小皇帝今年四岁，摄政王才是这个帝国真正的统治者，何人如此胆大，竟然刺杀于他？严九问道："什么人干的？摄政王现在如何？"

柳云摇摇头："不知道，摄政王倒是没出事。九爷，您老是四九城的领袖，今朝我来，就是来请托您老的。"

这下严九也不由得慎重起来，他背着手，来回踱了几个圈子，终于抬首道："这是大事，我会留意。"

严九爷说一句"我会留意"，那不是随便的一句话。柳云来这里本也为了借助严九的人脉，得此一诺，此目的达到大半。临行前，他多了一句嘴："九爷，这件事，您真的也是第一次听说？"

他的本意是说以严九的身份，消息毕竟比旁人灵通。严九脸色瞬间一冷，柳云失悔，急忙告辞离开。

然而走在大街上，柳云却不免想：方才那句话也平常，严九的反应为何如此之大？

严九在院子中又踱了几个圈子，"啪！"一掌拍到了荷花缸上。那厚重的缸身上霎时多了一道裂纹，细小的水流直渗出来，他却不曾多看一眼，转身便去了东厢房。

看家具布置，这里似乎是个书房，但严九并非读书人，书架上放的是账本而非书本，桌上也没有笔墨纸砚等物，墙上挂了张条幅，上面写了一首诗：

> 望门投趾思张俭，直谏陈书愧杜根。
>
> 我自横刀向天笑，去留肝胆两昆仑。

严九进门先看到这首诗，不由得叹了一口气。

这张条幅下设了一张榻，榻上半坐半卧着一个眉目秀逸的年轻人，虽然是夏日，他身上却还搭着一床薄被，脸色苍白。但他最惹人注目之处，却不在他的脸色，而是这年轻人的头上居然没有辫子。

当时在南方一些省份，也有留西式发型的留学生，但毕竟是少数，在北方更是少之又少，这年轻人在天子脚下竟然如此，实在是胆大之极。再看他身上，穿的也是制式的白衬衣，右臂上缠了厚厚的一圈绷带。

那年轻人看他进来，支起身体，叫了一声"大表哥"。

严九皱着眉问："青箱，你和我说实话，昨天晚上你去了哪里？"

这年轻人吴青箱是严九的表弟，最近才从南方过来。他听严九这般问，脸色一变："大表哥，不是说这事不问了吗？"

严九面沉似水："别的事我不问，你昨晚儿是不是去了醇王府？"

醇王便是摄政王。吴青箱怔住，过了半晌才道："大表哥，这件事你不必问，我不能说。"

严九大了他近二十岁，对这个小表弟的个性十分了解，知道他从小就性子倔强，逼问也是无用，便道："好，我只告诉你，今天柳云捕头来了这里问消息，你要知道京城捕头天下第一，柳云的本事不是虚的。这几日你就在书房里待着，不准出门。"说着他转身出门，将书房反锁，又叫来一名老仆，责令他看守书房。

这名老仆是严家的老人，身上也有功夫。吴青箱哭笑不得，叫道："大表哥，你不能这么关我一辈子！"

严九头也不回："那先关你两个月。"

关两个月也不是好玩的，吴青箱急了，趴着窗户喊："真关我？你当年也支持……"

下半句没说完，严九早走了，那名老仆笑得见牙不见眼："表少爷，进屋吧。"

严九不愧是当年大刀王五的兄弟、京城里一号人物，说一句顶一句，说关两个月就两个月，少一天都不成。这几日连饮食都是仆人送来，吴青箱硬是一步出不得书房。

关了一个多月，吴青箱的外伤好得差不多了，他身上也是有家传武功的，但守门那老仆是严家旧人，身手不凡。吴青箱硬闯不得，偷溜亦是无法，只得天天在书房里打转。连这里面能横走几步、竖走几步，他都一清二楚了。

这天中午，那老仆家里有事，暂且离开，先前为柳云开过门的青年笑嘻嘻地走来，手里端着食盒，敲了敲窗子。

吴青箱知道这青年是严九的弟子彦英，性格原是很和气的，他心想总算来了一个机会，便开窗接了食盒，低声道："彦英，你放我出来一会儿好不好？"

彦英道："这我可不敢，九爷知道，非扒了我的皮不可。"

吴青箱急道："我又没说出门，就在院子里走走还不成？"

彦英笑嘻嘻地道："九爷说了，表少爷玩性大，出了书房门没准就想出大院门。这责任，我可担不起。"

吴青箱头疼之极，他忽然想到自己有一支金笔，彦英素来喜爱，于是自衬衣口袋拔下："这个给你，你放我出来一会儿成不成？"

这下彦英也不免心动，但最终还是摇了摇头："表少爷，您就别难为我了。"说着转身就要走。

吴青箱拿着金笔站在窗边。院子里红的、黄的大片花儿开得正好，几只蜜蜂嗡嗡叫着，这般的姹紫嫣红，偏他就是出不去。

他正发呆，一只手忽然自斜刺里伸出来，抢过那支金笔："哟，这玩意儿好，你给我吧，我带你出去。"

吴青箱吓了一跳，抬头看见一个素未谋面之人。这人眉眼细长，面色青白，眼睛下面有深深的两道青痕，一身衣服尤其特别，做的是长衫款式，料子却十分稀奇，乃是以洋人做西服的花呢裁剪而成。吴青箱心想：这个天气他穿这么一身，也不怕热。又见此人外表是个寻时髦的纨绔子弟模样，但举手投足间，显见又是京城旧子弟的派头，心中不由得奇怪："这人到底是谁？"

那人顺手把金笔插到长衫衣领上，花呢料子本来挺括，配那金笔倒也合适，又笑道："我带你出去。"

吴青箱一时间也顾不得自己压根儿没见过此人，喜道："好！"说完了他又疑惑："你没钥匙，怎么开门？再说彦英还在外面，被他发现告诉大表哥如何是好？"

那人笑道："都交代在我身上。还有，你大表哥出门了，不必怕他。"说罢他从怀里掏出一根铁丝，三扭两捅，门锁"啪"的一声就开了。

那人拉开书房大门，吴青箱一时间几乎没法相信自己的好运。他试探着迈出一条腿，又往后缩了一下，那人笑道："没事的。"

他这句话声音不小，彦英从游廊里探了个脑袋出来，见到是他，笑了一笑，竟把头缩了回去。

吴青箱看他似与严家人十分熟稔，心中好奇："你是谁？"

那人笑道："我是你小表哥，叫罗觉蟾。"

吴青箱不记得自己有这样一位亲戚，但他家是京中大族，人口众多，有不识得的亲属也是常事。虽然他看这人一身装扮有些不顺眼，还是规规矩矩叫了一声"小表哥"。

罗觉蟾一乐："小表弟哟，你想去哪儿？不过你大表哥晚上就回来，去太远的地方可不成。"

其实吴青箱也就是憋久了想出门，他到京几天就被严九关起来了，许多地方都未曾去过，一时也想不到该去哪里，便道："我也不知道，你是京城人吧，你说去哪儿好？"

罗觉蟾笑道："八大胡同怎么样？"说着哼了两句五更小调，"一呀更里月亮出头，二呀更里月亮照花楼……"

吴青箱吓一跳，他尚未娶亲，对男女之事更是十分腼腆，急忙道："我不去！"

罗觉蟾上前一步，笑得不怀好意："我说，你不是没碰过女人吧？"

吴青箱脸红了，说："关你什么事，总之那种地方我不去。"

罗觉蟾大笑："真是个雏儿，看你像个念书人，算了，我带你去琉璃厂吧。"

这人俗起来，窑子里的小调也能唱上几个；要说雅，倒也颇为雅致。他不知从哪儿找了件长衫给吴青箱，又找了顶大帽挡住短发，当真带吴青箱逛了一下午的琉璃厂。他和各家老板都颇为熟悉，说起古玩字画也头头是道。吴青箱不大懂这些，只买了几套小说回来，心想至少剩下半月也有事可做。

未至傍晚，罗觉蟾便将吴青箱送回书房，门锁一落，当真是神不知鬼不觉。吴青箱满口道谢，罗觉蟾却道："别和严九提我。"说罢径自而去。

二

两月过后，醇王府里再没传出什么消息，柳捕头也不曾来过。京城里一时间风平浪静，似乎什么都没发生过一样。严九看吴青箱也算老实，又想总不能一直把人关着，终究还是将他放了出来。这放出来也是有条件的，吴青箱仍是不能出大门，实在要出去也得跟着严九。

吴青箱心下焦急，可他对这位大表哥素来又敬又怕，再说，就算真动起手，他也不是严九的对手。

这一日，严九带吴青箱去东兴楼吃饭。这里是京城有名的饭馆，一道炒生鸡片尤其出色。吴青箱早就听说过这家饭馆的名字，心下雀跃，可是临出门前严九却拿出一样东西，吴青箱一见，脸色登时就不好看了。

原来，那是一条假辫子。

吴青箱皱着眉，不肯戴上，严九冷冷道："你少给自己找麻烦！"

吴青箱抱怨道："戴顶大帽子遮着不也一样吗？"

严九道："戴顶大帽子吃饭不碍眼？要么带，要么别出门。"

吴青箱思量再三，终于还是舍不得难得出门的机会，咬咬牙戴上辫子，又脱下白衬衣，换了一件白秋罗的长衫，这么往院中一站，宛然也是世家子弟的模样。

看了这样一表人才的表弟，严九心里到底还是有几分欢喜。

二人一同出了门，吴青箱见外面天晴日朗，不由得深深呼吸，大抵是使力过大的缘故，胸口一阵阵地疼痛，他也不理会，心道：时间真快，原来已是秋天了。

东兴楼建在东华门大街里，是家山东馆子。这里离皇城近，说是楼，其实是三进的四合院，只是房间特高而已。吴青箱远远见到，心中不解，问道："不是叫楼吗？怎么是平房？"

严九道："这里离皇城近，盖楼太高，是大不敬。"

吴青箱嗤笑一声："皇帝有什么了不起！"

严九骤然转身："住口！"

这句话声音不大，却极具威慑力。一个卖干鲜果子的小贩经过他身边，看到他表情都被吓得一哆嗦，嘴里嘟囔着："这是怎么了这是……"

吴青箱平日有些怕严九，偏到了这些事上，他不肯让步，倔强地回视过去。

就在这僵持时间，忽听到有人大喊："马惊了，快跑！"随后就听见身后传来车轮滚滚之声，拉车的两匹马不知道受了什么惊吓，跑得飞快。驾车人面孔吓得雪白，却再控制不住惊马。

卖干鲜果子的小贩正站在马车经过的路上，眼见就要被惊马踏于蹄下。吴青箱大急，他自幼在父母督促下习得家传武功，身手出众，但在此刻，一切花巧招式都用不上。匆忙之下他纵身跃出，抱住那小贩就地一滚，冰盏果子散了一地，马蹄铁几乎碰到他的背，但终究还是逃过了一劫。

小贩惊魂未定，张着嘴一句话都说不出来。

另一边，那辆马车依旧没有停下，严九看到路边的布店，心生一计，他一把扯下挂在外面作为幌子的粗布，叫道："借用！"

他将粗布在手中一挽，打成套索模样。此刻马车已经又行出数丈，他赶上前去，一挥手甩出粗布套索，恰好套在左边那匹马的前蹄之上。那匹马长嘶一声，又向前奔出数步，但这时粗布已然收紧，马终于跌倒，滑倒在长街之上。

但这时右边那匹马还未停步，严九苦无分身之术，正要放手上前，却见一个人自街边茶馆里抢步而出，一把抓住缰绳，那匹马长嘶一声，前蹄高高跃起。但那人手劲奇大，那匹马竟未脱离他的控制，此时马车速度已不似先前。那匹马痛苦地喷着白气，终究还是停了下来。

一场大祸终于消弭，大家都松了一口气。严九将粗布还与店家，又要赔偿他损失，店主识得是严九爷，又见得方才一幕，哪里肯要。

另一边那小贩也向吴青箱千恩万谢，还不住问恩公姓名，说要回家供个长生牌位，吴青箱摆摆手，又掏了些铜钱递给他，好容易才把人打发走。

他喘口气，忽然有人拍他的肩。吴青箱一转身，却见一个长衫青年笑意盎然地站在他身后，手里拿的却是一条假辫子。

吴青箱哎呀一声，一摸头顶，这才反应过来自己急于救人，倒把这个滚落在地。他急忙向严九的方向看过去，好在严九正和那布店店主讲话，并未注意到这一幕。他这才放心，正要道谢，那青年笑着竖指唇边，又摇手，示意他快把辫子戴上。

吴青箱于是接过辫子，随便朝头上一扣，青年失笑，伸手替他拨正。

吴青箱有些不好意思，忙道："多谢多谢！"说完这句，他才反应过来，这青年原来便是方才与严九一同制住惊马之人，于是又由衷赞道："好身手！"他见这青年一袭长衫，生得儒雅俊美，真是应了"腹有诗书气自华"这句老话，单看外表，实在看不出他竟可力阻惊马，敬佩之外又多了一番结交之意，笑道："我叫吴青箱，您——怎么称呼？"

这个"您"字他是学说北京话，可毕竟学得不像，舌头硬邦邦地打了个转，那长衫青年笑道："吴兄，幸会，在下姓梁，名毓，字文若。"

吴青箱正要说话，忽然听到身后严九一声怒喝："下来！"

严九中年之后，个性尤为内敛。吴、梁二人同时回首，却见严九站在马车旁边，正指着车上的一个人发火。

起初马车疾驰之时看不清楚，这时几人才见到车上坐的竟是个外国女人，一头黄松松的发，年纪并不很轻，相貌倒生得不错，方才如此惊险，她竟然也没露出多少惊慌之色；在她身边坐的，是个一身西洋打扮的中国男子，用前些年闹义和团时的话说，这人就是个二毛子。

那外国女人看了严九一眼，低低地和那男子说了几句话，那男子便语气平板地道："依莎贝说，这惊马是她生意上的伙伴作祟，方才的损失她都会赔偿。"他这一开口，吴青箱倒吃了一惊，这不正是前些天偷偷带他出去的罗觉蟾？

严九却不搭理这话，他见罗觉蟾方才与那外国女人说话，动作亲昵，更加恼火，又道："下来！"

听严九口气是动了真火，罗觉蟾没再说什么，默默从车上爬了下来，手里还挂着一根司的克。只是他虽不曾言语，那动作神情全不是服气的样子。严九按捺不住，一个耳光抽了过去："你看看你，像个什么样子，傍外国女人你也干！"

严九愤怒之下，并未控制力道，没想罗觉蟾竟未躲，一道血就顺着他嘴边流了下来。他摇晃一下，也不说话，那根司的克却从他手里滑落，直掉到地上。严九原本心中后悔，看到罗觉蟾这副神情却又止不住气恼："你……连你老子都不如！"

先前罗觉蟾被打，表情也没什么变化，但严九这句话一出口，他脸色却瞬间变得煞白，两人就这么对面站着。那外国女人听不太懂中国话，只关注着罗觉蟾。吴青箱对这个小表哥还颇有好感，正想上前劝说几句，就听罗觉蟾冷淡地讥笑一声："表叔，我可不敢比他。"

等等！吴青箱呆住，他管严九叫表叔？

严九是自家大表哥，这人管严九叫表叔，虽然他比自己大了几岁，其实他本是自己的子侄一辈吧？居然骗了自己一下午！

他不由得气恼，迈出的一只脚也收了回去。这时倒是那梁毓出面解围，他笑道："九爷好本事，这位兄台，您方才可有受伤？"

这句话令严九醒悟过来，此处到底有外人在场，他长叹一声，不再看罗觉蟾，向梁毓拱手道："失礼了。"

这时那马车上女子轻轻叫了一声"达令"，罗觉蟾回头看她，笑了一笑，随即走到马车前面。那两匹马被严九、梁毓制服，现下已经颇为虚弱，罗觉蟾牵着它们，慢慢地向街道的另一边走去。

那天严九几人最终没有去东兴楼，而是找了个茶馆坐下。严九心情郁郁，反倒是吴青箱与梁毓交谈为多。吴青箱在南方长大，素来偏向西学，总觉得那些研究国学的人不过是些腐儒，可今日见了梁毓，却觉得他个性开通，态度温文，不由得暗想：好国学之人若是都像他这样，倒也不算坏。

梁毓一厢与吴青箱交谈，一厢又为严九倒了一杯茶，劝道："九爷，三千大千世界烦恼本多，何必挂住一事一人。再说方才那位兄台可能只是一时冲动，日后他明白过来，自然会悔过。"

严九并不认同这话，但他也不多说，只问道："梁公子，我看你像个读书人，没想到手底功夫也硬得很。"

梁毓一笑，大方回答："我原是少林俗家弟子，因此会一点粗浅武艺。九爷面前，怎敢妄谈功夫二字？"

严九看他一眼，左掌倏出，袭向梁毓肩胛。这一招来得突然，梁毓却不动声色，右手画个半圆，轻悄地化去了严九的进攻，随即收势，并未借机还手。

严九也没有尽全力，一招过后，他收手端起茶杯，道："好俊的拈花指，现在肯练这个的人不多了。"

梁毓笑了笑，没说什么。

吴青箱对梁毓会功夫这件事并不惊讶，惊讶的是这儒雅书生竟出身少林，他好奇问道："那你学不学佛经？"

梁毓笑道："练武是外物，佛学乃是根本，自然学过。"

吴青箱抓了抓头，实在想象不能，又问道："那你也吃素，也念经？"这话问得已经有些没礼貌，但因梁毓气质温和可亲，他不自觉便问出了口。

严九喝道："青箱！"梁毓却并不介意，笑道："我不吃素，但不会无谓杀生；我也读过经书，却没有每日做早晚功课。佛法讲众生平等，讲悲悯众生，我心里觉得，若有悲悯之意，改善社会方是关键。"

这后面两句正中吴青箱的心思，他有心发表一番议论，却见梁毓看着严九又道："九爷对此应不陌生，当年的谭嗣同君曾从杨文会居士学佛，那也是一位大智慧的人物。"

严九面上肌肉一紧，半晌方道："谭大爷，那确是了不起的人。"

吴青箱隐约听过大表哥当年和谭嗣同、大刀王五等人的故事，他见两人间气氛变得肃穆，也不欲引起严九情怀，便低头喝茶不语。

三

那日回家路上，吴青箱有很多话想说，他既想问罗觉蟾究竟是怎样一个人，又想和严九聊聊梁毓。但前者他才提一句，严九的脸就沉得和黑铁一样。于是吴青箱改提梁毓，他对此人颇有好感，但严九却道："那个人心性深沉，你少年人心性，也别什么都信。"

这虽是劝告好意，但话里话外把吴青箱当小孩子看，吴青箱不服道："大表哥，你和他不是谈得很好吗？"

严九道："逢人只说三分话，不可全抛一片心。老辈儿的话，你听过没有？"

吴青箱满不在乎地笑道："大表哥，老辈儿的话过时啦，现在都什么年头了。"

严九怔了一下，低声道："是啊，过时了……"

吴青箱瞬间懊悔："不，我不是这个意思，大表哥！"

这件事之后没两天，吴青箱私下叫来彦英："彦英，我想麻烦你给我买一份报纸。"

彦英叫苦连天："表少爷，您可别折腾我，还报纸？我可不认识什么是报纸！这要是被九爷知道，又是一顿训。"

吴青箱于是道："不买也罢，那你告诉我，那个罗觉蟾是怎样一个人？"原来他本意并不想要报纸，只想借机问一问罗觉蟾的事情，这样彦英拒绝了他一事，总不好再拒绝第二件。

彦英一怔，随即笑道："表少爷，您还下个套给我，问就问呗。只是，这罗觉蟾是谁啊？"

吴青箱惊奇道："他和你那么熟，你怎么会不知道他是谁？"

彦英莫名所以："表少爷，您说的到底是谁啊？"

吴青箱四周看一眼，确定严九不在："就是我被关起来那次，偷偷带我出来那个人！"

彦英恍然大悟："罗觉蟾……罗觉蟾……"他想了一下，大笑起来，"原来是这么回事，那一位啊，他的老祖可了不得！"

吴青箱好奇道："他到底是谁？"

彦英还要再卖关子，一个老仆匆匆走来："表少爷，来客了，九爷让您去书房。"

吴青箱只好心不甘情不愿地丢下要问的事儿，跟着老仆离开。

这书房吴青箱可不陌生，他在里面足足被关了一个月，一踏进房门，顿觉一阵别扭。可是看到里面坐着的人，他一下子忘了所有不好的回忆，高兴地叫道："梁兄，你怎么来了？"

严九坐在主位，咳嗽一声。吴青箱赶快收回表情，放缓声音，做出沉肃模样道："多日未见梁兄，一向可好？"说着飞快行了个礼，抬头时见严九没注意，便扮了个鬼脸。

梁毓忍笑回礼："吴贤弟客气。"

吴青箱又向严九行礼，严九挥挥手，要他坐下："我叫你过来，是要你看看梁公子的书法，和人家好好学学。"

梁毓连忙笑道："九爷太客气了，我这点儿微末伎俩，算得上什么。"

严九道："梁公子不必谦让，请。"

这时吴青箱也发现，这向来只有账本算盘的书房里，居然多了副颇精致的文房四宝，不由得好奇起来。

梁毓笑了笑，于是回身展平桌上的一张宣纸："九爷，吴贤弟，那我就献丑了。"

他左手按在宣纸上，思量了一下，提笔蘸墨，一挥而就。

梁毓所书乃是行草，字里行间，颇有剑拔弩张、一飞冲天之意。草书本来难认，但他所写的这首诗实在太过熟悉，吴青箱拼拼凑凑，便也读了出来。

> 望门投趾思张俭，直谏陈书愧杜根。
>
> 我自横刀向天笑，去留肝胆两昆仑。

这是谭嗣同先生的临终诗句。

严九的书房墙上原本也挂了这首诗。严九不擅文学，原来那幅字是请旁人写的，虽也不差，但与梁毓这幅字一比，立即便落了下风。

严九站在他身边，不由得点了点头。吴青箱则是直接赞道："好字！"

梁毓道："见笑。"桌上还有一张宣纸，他以三指按住推过，笑道："吴兄风采卓然，书法也定然是好的，可否见赐一幅墨宝？"

吴青箱瞬间脸红，原来他唯好西学，实未在毛笔字上下过苦功，这时写出，两相对比，那丢人可就丢大了，只得惭愧道："我的字很差，你的字写得好，就多写几张吧。"

梁毓一笑，并未强求，展开第二张宣纸，凝思片刻，提笔而写。这一次他所写并非行草，而是笔触工整的楷书，字字端正，因此吴青箱也都识得。那是一首辛弃疾的《贺新郎》：

> ……
>
> 记当时，只有西窗月。
>
> 重进酒，换鸣瑟。事无两样人心别。
>
> 问渠侬：神州毕竟，几番离合？
>
> 汗血盐车无人顾，千里空收骏骨。正目断关河路绝。
>
> 我最怜君中宵舞，道男儿到死心如铁。
>
> 看试手，补天裂。

这首词颇长，小楷精细，梁毓的速度也比先前慢了许多。吴青箱随着他的笔锋一字字读来，想到当前局势，不由得心潮起伏不已。

梁毓放下笔，解下身后的一个长形包裹，郑重其事地递予严九："九爷，书法小道，在下前来，乃是因为偶然得到此物，特来还予九爷。"

严九疑惑接过，打开了包裹，一见之下大惊失色："这是……凤矩剑！"

梁毓微笑："谭君与王五爷的旧物，自然还是由九爷保管，最为妥当。"

十余年前，谭嗣同携一剑二琴行走京中，戊戌变法之后，他决定以身报国，遂将其中的凤矩剑交予挚友大刀王五，后来王五被八国联军所杀，凤矩剑也不知下落。谁承想，今日竟然在这里见到了它！

严九沉默许久，将凤矩剑置于案上，一揖至地。

自这一次拜访之后，梁毓与严家的来往逐渐多了起来，严九这些年已疏于和外人接触，但他并不阻拦吴青箱与梁毓交往。甚至有时吴青箱与梁毓一同出门，他也没有反对。

进京以来，吴青箱少有年纪相近的朋友，这一下倒是得其所哉。梁毓带他去了东兴楼、陶然亭、琉璃厂、潭柘寺，吴青箱成年之后，第一次来到北方，见江山如画，欢喜之余又不由得生出感慨："这样的大好河山，现在怎么残破到了这个地步！"

梁毓站在他身边叹了一口气："是啊，这个国家病了，病得太严重了。"

吴青箱猛地转过头："已经病入膏肓了！"他一伸手，指向路对面一个担着鸟笼的旗人，"比方说这些人，饱食终日，浪费了国家多少钱财，这些旗人早该……"说到这里他忽然醒悟，他和梁毓虽然交情不错，但毕竟相识尚短，这些话贸然说出，实不妥当。

吴青箱虽未说完，梁毓也能猜出后半句的意思，他没有生气："我是学佛的人，只懂众生平等，旗人也是人，他们没有生活技能，一朝断了他们的钱粮，你让他们何以谋生？"

吴青箱道："我汉家江山本就是旗人夺去，今日夺回，最多不过是以彼之道还自彼身。这有什么错？梁兄，你不也是汉人吗？"

梁毓笑道："我是汉人不假，可是驱除旗人什么的，这和从前天地会喊的口号又有什么区别？"

吴青箱双眉一紧："那不一样！"

他正要继续说下去，梁毓却将话题一转："依你之见，若旗人空耗钱粮，便该将旗人驱除；若一个国家出了问题，又当如何去做？"

吴青箱毫不犹豫地答道："自然是从根本上治理。"

梁毓叹道："譬如现在有一个人重病在身，若用虎狼之药，动其根本，这个人只怕性命不保。而一个国家若从根本上动摇，到时分崩离析，又当如何？"

吴青箱觉这类观点十分耳熟，一怔道："你是立宪派、保皇党？"

早在几年前，立宪派与革命派之争就已开始。立宪派主张实现君主立宪，以较为温和的方式改变政局；革命派则主张索性赶皇帝下台，把满人驱逐出去，建立民主国家。四年前，五大臣出国考察立宪之时，革命党人吴樾就曾采取刺杀行动，只是并未成功。

但梁毓摇摇头："为何一定要分什么派系，我只是个学佛的人。"

两人谈及时事，仅此一次，之后梁毓便对政治绝口不提。吴青箱常拿他是少林俗家弟子一事打趣，有时开玩笑地叫他"文若居士"或者"梁大法师"。梁毓也不恼，他学识渊博，为人温雅谦退，吴青箱对他十分欣赏，两人由秋至冬，同游数月，交情已然颇为深厚。

吴青箱钦佩梁毓一笔好字，曾央求他写个扇面给自己，梁毓笑笑答应，问道："你想写些什么？"

吴青箱道："我喜爱你那天给大表哥写的那首词，后几句说得真好，男儿到死心如铁，看试手，补天裂。"

梁毓笑道："这个不难。"此时他们正在一家茶馆之中，梁毓向老板借了笔墨，便在吴青箱新买的一把纸扇上题写，笔走龙蛇，一挥而就。他润了一下笔，问道："不知贤弟表字为何？"

其时人多以表字、别号互称，落款时一般也多落别号，这些天两人交情虽然不差，吴青箱却还真没说过这个，他笑道："我表字少安，后改为慕良。梁兄写慕良就好。"

梁毓依言而题，题罢他笑问："贤弟取字慕良，莫非所慕者是留侯张良？"

吴青箱点头道是。梁毓于是道："留侯运筹帷幄之中，决胜千里之外，辅佐汉家成就四百年江山，是了不得的人物，难怪贤弟倾慕。"

吴青箱却摇了摇头："我慕留侯，不是为此。"

"他敢在少年时于博浪沙刺杀秦皇，杀一独夫而救天下，这是大丈夫的胸襟，我因此敬他。"

梁毓一怔，双眉慢慢皱了起来。

四

这一天吴青箱从外面回来，避开严九的房间正悄悄往后走，迎面却撞上一个人，那人笑嘻嘻伸手一拦他："小表弟，上哪儿去？"

吴青箱一抬头，眼前这人穿了件长衫，手里擎着一根象牙烟管，脸上似笑非笑。他一见大怒："罗觉蟾，你好意思！"

大叫之后，他又却担心罗觉蟾被严九发现，急忙道："大表哥还生着你的气呢？你就这么跑过来？"

罗觉蟾笑道："笨了不是，他不在家我才过来。"

见吴青箱被他的话惹得火大，罗觉蟾又道："别恼恼，我带你出去玩玩？"

这些天北京城里有名的地方吴青箱去了不少，已不像当初那般事事好奇，又想到这人当初劣迹，便道："先说好，胡同什么的我可不去。"

罗觉蟾道："我带你个雏儿去有什么趣味，大酒缸，你去不去？"

京城酒馆分三六九等，大酒缸是最下一等，但风尘之中，能人异士最多，严九当然不会带他去，梁毓恂恂儒雅，吴青箱也不好开这个口，不由得兴奋道："好！"

他忽又想到一事："你等我一下，我把这个先放回去。"

罗觉蟾一早就发现他夹了个包裹，笑道："哟，什么新鲜玩意儿？给哥哥我看看。"他夹手一夺，速度奇快，竟被他抢了过来，三两下打开。

那里面是几本薄薄的油印小册子，上面写着"警世钟"三字。吴青箱急道："你看归看，可不能告诉大表哥！"

罗觉蟾道："我闲着没事，自己往枪口上撞？"说着翻开了第一页。

很多年后，这本书和《猛回头》一起被称为著名的革命代表之作，但在当时的北京城里，这种书自然是大逆不道。

罗觉蟾翻了几页，越看越是入神，他看书速度奇快，册子又薄，没多久就翻到最后。吴青箱只见他神色变幻，似是惊异，又似感触。最终，罗觉蟾把书一合，静静站了一会儿，脸上又恢复了似笑非笑的表情："这书你从哪儿弄来的？"

吴青箱摇摇头："我不能说。"

罗觉蟾笑道："从南方带来的？北京城里，可找不到这东西。"

吴青箱不说话，但不说话也就意味着默认。

罗觉蟾把书塞给他："这东西，你可得收好了。"他忽然笑了笑，"你信这上面说的话？"

吴青箱正色道："我觉得书上所言，十分有理。国家再不改，就要亡了。"

罗觉蟾道："天真！你知道我是谁啊，这种话也敢说，不怕我告到官里去？"

吴青箱瞠目结舌，罗觉蟾却笑了，哼了两句："长梦千年何日醒，睡乡谁遣警钟鸣。词不错，走吧，喝酒去。"

两人走出严家大门，吴青箱忽然想到梁毓，于是道："我还有个朋友，邀他一起去好不好？"

罗觉蟾笑道："成啊，不过你来北京没多久吧，是谁啊？"

吴青箱不好说是那天拦住马车的人，只含糊道："你见过，人很好的。"

"哦。"罗觉蟾没再多问。

那天晚上，罗觉蟾、梁毓、吴青箱三人一起去了糖房胡同的大酒缸。

见到梁毓时，罗觉蟾眯着眼睛笑了笑："哟，闹了半天，是您哪！"

梁毓拱了拱手，并未多说什么。吴青箱好奇道："你们认识？"

罗觉蟾笑道："可不，那天梁公子不是英雄救美了吗？"

吴青箱看他若无其事地谈到此事，放心之余又想，这人可真是厚脸皮。

这大酒缸向来是贩夫走卒聚集之地。酒馆里没有桌子，极大的酒缸埋在地里，露出一半就是喝酒的地方。现下已然入冬，许多人戴着棉帽子，嘴里呼着白气，聊得热火朝天。乍一见三个身穿长衫之人走进来，四周人无不侧目而视。吴青箱有些腼腆，梁毓不动声色，罗觉蟾却仿佛回到自家地盘："三哥，给我拿三个烧刀子。嘿，李老四，你也在？"

一个短衣汉子站起来："十三少，久违了。"又道，"听说你追你师兄去了，人逮到了没有？"

罗觉蟾道："别提了，我不收，老天收了他。"

吴青箱听出这其中似有故事，有心要问，其他客人却纷纷和罗觉蟾打起招呼，他只得先压下疑惑，这时烧刀子又送了过来，便转移了他的注意。

大酒缸的烧刀子论个卖，一个半斤。罗觉蟾给每人分了一个，吴青箱又问："下酒菜呢？"

罗觉蟾道："这儿不卖下酒菜，要买，得去那边的小吃摊子。"说着一推梁毓，"梁公子，咱们两个是京城人，是主人，这酒我请，菜就您来吧。"

大酒缸旁边一溜的小吃摊子，看着腌臜破烂，这罗觉蟾显然是有意难为。梁毓却斯斯文文地一笑，起身前去，不一会儿拿了一大包半空儿（花生）和盒子菜回来。罗觉蟾大表惊讶："看不出，您还是个懂行的！"

三人喝着酒，剥着半空儿吃，烧刀子又苦又辣，吴青箱却只觉新奇有趣，喝得欣然。罗觉蟾一挑大拇指："小表弟，你行！"

吴青箱怒道："明明我是你长辈，别占我便宜。"

这话他说过几次，罗觉蟾每次都没当回事，这次也不例外。罗觉蟾竖起一根手指："嘘，听听邻桌在说什么。"

大酒缸里最有趣的就是这些江湖异士的高谈阔论。吴青箱于是忘了发火，也凝神细听。

邻桌正在说最近一位京城名伶仗义疏财的故事，谈论之人口齿伶俐，比说大书还好听几分。他听得津津有味，又道："果然是仗义多从屠狗辈……"再一想身边就坐了个读书人，于是赶快把话咽下去。

罗觉蟾笑道："我替你说，负心多是读书人！"

梁毓也不介意，也不搭话，神态自若地喝着酒。罗觉蟾颇觉无趣，这时那名伶的事情已经说完，又有人大声道："哥几个，你们说那个预备立宪，究竟是个什么意思啊？"

北京人好谈政治，至今仍是如此。大前年朝廷里就提过预备立宪这码事，又是建立议院，又是定什么宪法。年轻人觉得新奇有趣，年纪大一点儿的，难免就会想到十年前那场变法，死了六位志士，不过也只是为了变法图强。

这时看全国局势，立宪派强烈支持，革命派则坚决反对，全国大大小小的武装起义也不在少数，但一般民众是怎样想的，吴青箱还真不知道。

但显然大酒缸里的人对这件事兴趣不大，有人道："有什么区别啊，江山不还是皇上坐。"

也有人道："就那么回事吧。"

这时有个中年人站起身道："立宪是什么我不懂，但当年光绪爷在位的时候，谭大爷不就是想办这个吗？谭大爷是忠臣，他要办的事，一定是好的。"

这话一出，众人纷纷赞同。罗觉蟾和梁毓识得这人，名叫刘武，最钦佩大刀王五的一个人，但吴青箱可不认识，他一下站起身："不对，现在的形势不同了，谭先生的那一套不能再用了。"

刘武猛地转过身，他祖籍是四川，一急之下家乡话都说了出来："啥？你倒说说有啥子不同？"

吴青箱道："那是骗人的，那……"

这第一句话就说错了。他的本意是说，立宪是朝廷拿来骗人的，但在刘武听来，却以为说谭嗣同所行乃是骗人，不由得大怒。江湖人一言不合便即出手，刘武也不例外，此刻一怒，一掌便打了过来。

吴青箱一惊，心想：这人怎么说动手就动手？匆忙间他起身向后一滑，躲开面前一掌，随后一跃起身。还没等说话，刘武又一掌打了过来。这次他不再躲闪，左上一步，腰一拧，右手托住刘武打来的一掌："这位大哥，我没恶意！"

刘武连续三掌，都被吴青箱连消带打地化开，他虽然穿的是不利行动的长衫，步伐却如同行云流水。刘武起初对他轻视，这时不免惊讶，心想一个年轻小哥怎有这般功夫，左脚画个半圆，一脚扫了出去。

这是刘武的得意招式旋风腿，已有了较艺之意。吴青箱却只懂见招拆招，于是闪身绕过。大酒缸里什物零乱，满地狼藉，他着一身素色长衫，在其中胜似闲庭漫步，手中不忘与刘武拆解，掌随身动，招招如风。

十招过后，刘武赞一句："好功夫！"又道，"这是八卦连环掌，你难道是严九爷的徒弟？"

吴青箱答道："谢了！我不是九爷的徒弟。"他觉在大庭广众之下说严九是自己表哥有炫耀之嫌，便不肯讲。

这时一旁的罗觉蟾才优哉开口："老刘，这小孩是我带来的，他年纪轻，不懂事，你别和他一般见识。"

刘武大笑道："你带来的啊，不早说。"于是收手不打，用力拍一下吴青箱的肩，"功夫倒不错。"他指指吴青箱的脑袋，"这儿怎么不转转？"

这一拍用力不小，吴青箱被他拍得一踉跄，心想这人一定是借机报复，却也不好说什么，只得坐下。

罗觉蟾笑道："明白了吧，在这儿，话可不能乱说。"

吴青箱愤愤喝了一口酒："起先你怎么不早说？"

罗觉蟾剥了一颗花生丢到嘴里，嚼得咯吱直响："起先说你能听吗？你看这人多乖觉，一句话都不说。"说着举起烧刀子，向梁毓示意，"喝酒！"

梁毓一笑，两人手里的烧刀子一碰，各自喝了一口。

半斤烧刀子说多不多，说少不少，吴青箱以前没喝过这么多酒，但三人一起，聊着听着，不知不觉一个烧刀子也就下去了，喝完了他自己高兴，招一招手："再来一个！"

梁毓坐在他身边，劝道："别喝太多，一来对身体有碍，二来被九爷发现也是不好。"话音未落，罗觉蟾悠悠地接道："我听说严九今晚住在城外，不回来了？"

于是吴青箱兴高采烈地叫道："再来一个！"

酒上来，尚未喝，大酒缸里又有人开了口："有件事你们听说没，何凤三被六扇门带走了。"

这何凤三是京津两地有名的侠盗，吴青箱不知，其他人却都是知道的。刘武一拍桌子："我早就和他说别出那么大风头，他不听，这下闹大了。"

先前说话那人一皱眉头，压低一点儿声音："不是，这次不是偷东西，他去行刺摄政王了！"

这下众人都大吃一惊："何老三疯了？出风头不是这般出法，这是凌迟的罪名啊！"

先前那人道："这事是机密，何老三被关在天牢里，可没往外宣扬。有人传他是革命党，这话我可不信。何老三我还不知道，大烟他也抽，窑子他也逛，他革个鬼的命！"

众人这边议论，吴青箱在一边却怔住，他凝神思索半天，终于放下手中的酒："不喝了，咱们回去吧。"

五

归去路上，吴青箱忽然问罗觉蟾："你知不知道天牢在什么地方？"

罗觉蟾似笑非笑地看着他："什么意思，你想去那儿玩玩？"

吴青箱脸一红："不是，我听他们说到天牢，好奇问问。"

罗觉蟾索性停下脚步，从衣襟上拔下从吴青箱那儿抢来的金笔，又掏出一张纸："我画张图给你。"

他仔仔细细画了一张图，连驻防之类都画得一清二楚，随后把纸往吴青箱手里一塞："留好，看清楚，有什么不明白的问我。"

梁毓皱着眉头看两人举动，未置一词。

所谓天牢，其实就是刑部大狱里关重犯、要犯的地方。要在早些年，这里当是泼水不进的守备，但到了清末，却已不似从前紧要。这晚，两个牢头喝多了酒，睡得东倒西歪。一个黑衣蒙面人悄悄溜进来，干净利落地两手刀劈下，原本喝醉的两人哼也没哼一声，双双栽倒在地。

　　黑衣人在牢头身上掏摸一阵，翻出一串钥匙，匆匆来到牢房门前，一把一把地试着开锁。

　　牢房的稻草上躺着一个人，听见声响也不起身，只一抬眼，黑暗狭窄的牢房里顿时像打了个闪电，他看着黑衣人笑道："别费事了。"一动弹，手脚上的手铐脚镣哗啦啦地响，怕有一二十斤重，又说，"这些钥匙都在柳云那里，你开了牢门也没用。"

　　黑衣人咬咬牙："没关系，我一定能救你出来。"

　　何凤三饶有兴趣地看着他手忙脚乱找钥匙："你是道上哪一位朋友，怎么想到来救我？"

　　黑衣人不答，他试到最后几把，终于有一把插入锁孔无碍，但他转了几下却打不开门。何凤三看不下去，提示道："你左拧三圈，再右拧一下。"

　　黑衣人依言而行，"咯噔"一声，铁锁应手而开，何凤三目光炯炯地看着他："你不是江湖人。"

　　黑衣人伸手拉他："这是小事，快跟我走。"

　　何凤三不肯起身："你究竟是什么人？"

　　黑衣人急道："说这些干吗？再不走，来不及了！"刚说完这句，几个捕快就冲了进来，他反手给自己一下子，"乌鸦嘴。"

　　好在这几个捕快并非一流角色，黑衣人抄起狱卒脚下一把腰刀，左一晃，右一插，几个捕快还没反应过来，他已到了近前。"当当"两刀击中前面两人手腕，那两名捕快手中的腰刀霎时被磕飞。黑衣人又上前一步，反转刀背击中第三名捕快颈后，那人哼都没哼一声，当即倒地。

何凤三隔着铁栏看得分明，不由得喝一声彩："漂亮！"随后他还是好奇，"朋友身手不错，京津道上怎没听过你的名号？你又为何要救我？"

黑衣人回头道："都是我害你入狱，当然要救你出来！"

何凤三道："你害我？我虽然被鹰爪孙抓了，但我偷了九龙杯，也算应得，关你什么事？"

"你偷了九龙杯？！"

黑衣人一下子怔住，他忽然反应过来，自己已经掉进了一个圈套之中。

一缕刀光忽然自后方袭来，打斗之中怎容分神，黑衣人不及闪躲，匆忙一避，罩头黑巾被刀风带下，持刀之人也是一惊，随即道："原来你是革命党！"

那人中等身材，正是六扇门里的柳云捕头。

这年头，不留辫子的人只有三种：出家人、留学生、革命党。当然，后面两者经常重合。

黑衣人第一反应是按住自己面上的黑巾，柳云心下生疑，暗道：莫非此人与我相识？

此刻一众捕快已将牢房围得密不透风，柳云有意试探这黑衣人的功夫，一人擎着单刀上前，一轮强攻之下，黑衣人左支右绌，十分狼狈。何凤三坐在地上观战，觉得十分有趣。

"武当的白云掌？太不地道了。"

"这一脚是谭腿，不好不好，只得其形远不得其神。"

"少林寺的金刚掌也会一点儿……哎呀，太烂了！"

他终于看不下去了，说道："我说那位朋友，再不现你的看家本领，你真就陷这儿啦！"

黑衣人如何不知，但他宁愿以半生不熟的招式与柳云对打，也不想露出自己的真实门派，柳云愈发肯定这人必定是相识之人。两人愈打愈烈，他单刀忽然交到左手，右手鹰爪一探，黑衣人猝不及防，面巾竟被他一把抓下。

面巾揭开，一干人等包括那黑衣人在内都大吃一惊，柳云更是愕然。眼见面前的年轻人二十出头年纪，眉目清逸，却是张陌生面孔。

何凤三常走京津两道，江湖上出了什么人物，他大都熟悉，此刻也不由得挠头："这人是谁啊？"

这人自然是吴青箱，他露了相，心中亦是焦急，手中单刀一转，招式剽悍凶狠，招招致命；脚下所踏步伐却是闲适潇洒，竟是踏了八卦方位，令人难以琢磨。一个捕快未曾提防，被他一刀劈倒，柳云喝道："果然是你！"

吴青箱咬牙不答，手中唰唰唰又是三刀，但柳云对他招式已然摸透几分，防守森严，一时难以突围。

便在此时，一个黑影忽然闪入天牢，这人的脸上也罩了面巾，穿的却是一件长衫，佩一把乌沉沉的宝剑。他手一扬，一颗弹子模样的物事摔落地上，霎时烟雾四起，遮人眼目。柳云喝道："什么人？"一刀砍过。

此刻虽然目不视物，但柳云听声辨位的功夫亦是一绝，这一刀下去，对方以剑相隔，走势沉稳庄严。柳云一惊，暗想：这剑法怎的与那位大人如此相似？于是他又试探性地一刀挥落，那人再度隔挡，同时轻轻咳嗽了一声。

柳云这下确定，压低声音道："是您？"

他虚晃几刀，装作阻挡模样，其实暗中让开了一条道路。后进来那人拉起吴青箱，低声道："跟我走！"

吴青箱却一甩手，转身冲进牢房里，摸索着去找何凤三："一起走！"

何凤三身上带着十几斤的镣铐，行走何等不易。吴青箱硬是拉起他，一路连拉带拽地往外走。手上的手铐也就罢了，脚上的部分可实在难行，两人踉踉跄跄走了一段，后进来那人几步走过，挥剑而下，丁丁两声，脚镣应声而断。

何凤三眯着眼睛看那把乌沉沉的剑，"哟"了一声又说："好家伙，大雷音剑！"

就这样，三个人一起冲出了天牢。等来到牢门之外，夜深露重，万籁俱寂，何凤三身上未解的手铐撞击之声，也显得格外刺耳起来。

后面的追兵随时可能出来，吴青箱也不及向救他之人道一声谢，就说："你们先走，我把追兵引到另一边去。"

那人叹口气，拉下面巾："慕良，是我。"竟是梁毓。

吴青箱一见又惊又喜："梁兄，怎么是你？"又笑道，"你这个跳出三界外的大法师也出山了。"

梁毓没有笑，也没有答话，吴青箱知他对己不满，却也不认为自己行为有何不对。两人一时陷入沉默，只把一旁的何凤三急得乱蹦："二位爷，咱这后面有追兵呢，您两位别在这儿对眼啊！"

便在此时，寒夜中蹄声嗒嗒，一辆马车自街道另一边驶来。驾车之人一身西式男子打扮，但看其面貌却是个外国女子，月色下尤其艳丽。

吴青箱心下诧异：这马车和这女子怎的这般熟悉？正想到这里，车窗里探出个人来，朝着几人喊一声："上车！"

这人也是西式装束，正是罗觉蟾。

三人上了马车，罗觉蟾用一根铁丝捅开了镣铐，何凤三松松胳膊动动腿，看看车里几个人："哎哟，我这条贱命，还要劳驾您老前来相救，真是岂敢岂敢啊！"

吴青箱正要说一句不敢当，未想何凤三说的却不是他，这名大盗一直盯着罗觉蟾笑："是吧，岑贝子。"

罗觉蟾冷笑一声，从牙缝里挤出一个字："滚！"一脚把何凤三踹下了车。他拍拍手："梁大公子，进天牢您还穿着长衫，得瑟什么啊？"

梁毓没有理睬罗觉蟾的话，只看了吴青箱，过了良久，他终于开口道："我想，你是该离开北京城了。"

罗觉蟾在一边插口道："哎，这句话说得倒是没错。小表弟，你赶紧走吧，你不走，是给严家一家子添麻烦。好好一个人，干什么不好，去干这种拎着脑袋过日子的事儿，倒叫表叔我多担心哪。"

吴青箱怒目而视："你！"

罗觉蟾却又爬出车厢："依莎贝，来来来，我来帮你赶车，让女人家干这儿活总不是个事儿……"

车辕处传来布料摩擦的沙沙声响和女子的低低笑声，过一会儿，却又传来了罗觉蟾一副不着调的戏腔儿："长梦千年何日醒那——睡乡谁遣警钟鸣那——腥风血雨难为我那——好个江山忍送人那！"

那正是《警世钟》的起头四句。

静夜如墨，狭小的车厢里，只有缝隙里间或露出一两丝微光。

梁毓与吴青箱沉默对坐，半晌，吴青箱终于道："你说得对，我今夜就走。"

六

拿了几样东西，吴青箱悄悄往外走，路过前院那一溜荷花缸时，他不由得停下脚步，伸手轻轻摩挲。

荷花缸中的荷叶早已拔去了，黑夜中看来像练功用的石鼓一般。

吴青箱轻轻叹息，仿佛回到了幼年时光，他的八卦连环掌，最早就是严九在这里教给他的。

暗夜沉沉，便在此时，传来一声重重的咳嗽声。吴青箱慢慢回首，却见严九站在他身后，身上穿一件玄色长衫，便似融入了黑夜之中。

"大表哥。"

吴青箱起初惊诧，随即便镇定道："大表哥，我向你道别。"

严九背着手："你要去哪里？你没拿行李，可你却拿走了谭大爷的凤矩剑。"

吴青箱不答，眼神却愈发坚定。

严九又道："严家子弟，不涉政事。你虽是外姓，可学了严家的八卦连环掌，也是一样。"

吴青箱依旧不答，眼神仍旧未曾动摇。

表兄弟二人在院中对峙，后半夜一丝风也没有。天上缺星少月，虽是冬夜，却有一道道汗水从吴青箱面上流下来，就在这寂静之中，严九忽然长长叹了一口气，说："你拿了谭大爷的剑，你知道谭大爷是怎么一个人？十年前的事儿了，想起来还和昨天一样。谭大爷是忠臣，是了不起的人物，我和五哥去看他，第二天就要处斩了，他却一点退缩害怕的样子都没有，可是他被砍头了，连个全尸都没保下；五哥是多么了不起的英雄豪杰，死在八国联军的枪下。这个世道，那样的大英雄、大豪杰都会枉死……"

吴青箱忽然开口："因此你心灰意冷，这些年不再教人习武，也不许家人涉及政事？"

严九被驳，他也不再开口，慢慢地举步向前，身形如渊停岳峙，让人难以呼吸。吴青箱叫道："大表哥，你真要拦我？"

话音未落，严九一掌已经劈了下来。吴青箱不敢拔剑，反手相迎。

严九用的也是八卦连环掌，只见他身似游龙，掌若惊鸿。吴青箱所习八卦掌与他虽是同气连枝，但两人功力相较，严九超出吴青箱何止一倍！

两人对了十几招，吴青箱被压制得全无反手之力，他眼见难以脱身，忍不住道："大表哥，我此刻心情，与你十年前又有什么区别？"

严九听得一怔，手上招式不免放缓。吴青箱借此良机，身形一纵出了院门，回首却见严九依旧怔怔地站在院中，暗夜如墨，看不见他面上是何神情。

此刻已接近天明，正是一天中最为黑暗的时分。吴青箱带着凤矩剑匆匆而行，暗想这一夜发生了多少事情。

再穿过一条胡同，眼见就是摄政王府，他加快步伐，忽见一个高挑的人拦住了前路。他一惊，伸手握住凤矩剑剑柄，低声道："什么人？"

那人缓缓转身，长叹一声："慕良，你不是已经答应离开北京城么，为何会在此地？"

吴青箱不由得放开剑柄，松了口气："梁兄，还好是你。"

梁毓道："慕良，你还没有答复我，你为何还未离京？"

吴青箱道："我还有一点小事没办，处理完毕，马上就走。"

梁毓依旧身穿一件长衫，静夜之中，衣袂无风自动。他看了吴青箱片刻，终于叹了一口气，道："慕良，你何必如此执拗？刺杀摄政王之事，一次，就已够多了。"

小巷漆黑，天气暗沉沉的，让人喘不过气来。吴青箱大惊失色，后退一步："你……你怎知道？"

梁毓叹道："第一次刺杀，你脚下所踏依然是八卦连环掌的步子，手中刀法一半是你自创，一半是由八卦掌中化出，因此你闯入天牢之时，不敢再度使用。因柳云捕头亦是见多识广之人，他初时不识，再看几次，自然会揣测出的你武功路数，连带严家。"

吴青箱低头道："是。"

梁毓又道："我与你相交这些时日，知你武功、抱负都是一时之选，如此才华，何必枉抛了性命在这件事上？"

吴青箱慢慢镇定下来，道："梁兄，多谢你好意，但我来京就是为了做这件事，前些时日所以未曾动作，一来表兄看守得严，二来我当时身有内伤。如今我的身份已经泄露，离京之前，必然要做了这件大事不可。"

梁毓再次叹了口气道："慕良，你的内伤，是般若掌所致吧？"

即便是一个雷劈下来也不会如此震撼，吴青箱倒退一步："是你！"

自来革命党行刺，多用炸弹、手枪等物于公众场合下，那日夜里他刺杀摄政王，从未有人想过竟有这般武功了得的刺客入府行刺。当时吴青箱几近成功，却在关键时刻，有人隔着屏风击了他一掌，令他身受内伤。之后吴青箱又中了柳云一刀，致使功败垂成。

吴青箱想通这一点，脱口叫道："原来你是满人的鹰犬！"

梁毓摇头苦笑："我若真是鹰犬，一早就把你送去领赏。"

吴青箱这时也不由得想到二人之前把臂同游的种种情形，那些情谊相处，彼此钦佩，并未作伪。何况梁毓若当真要杀他，又怎会入天牢救他出来？思及往事，他不由得对自己方才口出恶言生了几分懊悔之意；但念到自己这一次来京的要事，手指终于又慢慢握紧了凤矩剑的剑柄。

他宁定情绪，正色道："无论怎样，今日里，摄政王府我一定要去。"

梁毓道："摄政王虽非明主，但他若一死，宗室中更无他人可以维持，到时社稷倾危，天下必然大乱。慕良，你可曾想过，到时会有多少生灵涂炭？"

吴青箱抗声道："我只知他若不死，清朝不亡，将来死的百姓必定更多。"他一翻掌心，擎出凤矩剑，"道不同，不相为谋。梁兄，我志不改，动手吧！"

梁毓面色沉肃："我一直爱重你才华，但国事当前……也罢！"他缓缓抽出那柄乌沉沉的长剑，两道剑光霎时划破了天幕。

大雷音剑是佛门绝技，奇妙的是它不传僧人，只传俗家弟子。但即使是俗家弟子，所习者依旧不多。传言数百年前，某一名俗家弟子以大雷音剑扬名江湖，甚至成为武林盟主，但后来，他也正是用这套剑法误杀挚友，最后此人心绪冷落，远走异乡，而这套剑法也被视为不祥。

一点雪花不知何时自天际落了下来，随即是第二片、第三片……一场白茫茫的大雪，便在这静夜中悄然飘落。大雪之中，有剑光交错，迸出的光芒夺人双目，仿佛那个时代里无数曾经存在的或是已经陨落的流星。

——"梁毓，我是为了这个国家！"

——"慕良，我何曾不是为了这个国家！"

雪落无声，终有一人，在大雪中缓缓摔落地上，再不曾起身。

"好人家来歹人家，风流就在这朵海棠花。"罗觉蟾哼着西皮流水，在他身后的依莎贝轻轻地笑："我听不大懂你唱的是什么，可我喜欢你唱的曲子。"

罗觉蟾转过身来，笑道："咱俩虽是露水姻缘，倒也是情好似夫妻。当年你要不是丈夫死了，来中国接他的生意，咱们也不能见面。这在中国有句老话，就叫千里姻缘一线牵。"

依莎贝笑道："你说这样好话哄我，必定是有所求，说罢，你要什么？"

罗觉蟾亲了一下她的脸："干吗说这样生分的话，我不要什么，只想借你一样东西。"

夕阳西下，梁毓自醇王府中走出，行至一个小胡同里，有人拦住了他的去路。

"哎哟，梁大公子，摄政王手下的小诸葛，没品级的白衣卿相。"

梁毓神色自若："觉罗禅·溥岑，您是皇室后裔，身份亦是不同寻常。"

罗觉蟾的祖辈曾参与过清末许多大事，乃是风云一时的人物，但罗觉蟾的父亲为人却很是放荡，在外面生下不少私生子。这些人均被下令不准入府，只有宗室私生子女的姓氏"觉罗禅"。

罗觉蟾脸色骤然一变："不敢当，不敢当，贱名岂辱清听。"他咬文嚼字地说了这句话，又道，"梁大人，您知道我今儿找您是干什么吗？"

梁毓淡淡地说："我未授官职，不敢当大人之称。溥岑，你是为了慕良的事情来的吧？"

罗觉蟾笑道："对啊，他被杀了，我总得讨个交代。为私，他是我亲戚；为公嘛……"他想了半天，也没想出这个"公"字该如何理论。

梁毓道："为公，你是满人，他是革命党，不知有何共通之处。"

罗觉蟾想了想道："你这么说，似乎也很有道理。何况我武艺稀松，找你算账也是无从算起。"

梁毓看着他道："四九城中，你为人称道的却非武功。"

罗觉蟾嘿嘿一笑："梁大人什么不知道啊。"

梁毓不再理他，转身离去，刚走了几步，忽听细微的一声枪响，只觉后心一凉，低头一看，前胸处有一个血洞，鲜艳的红色慢慢扩散开来。

四九城中，罗觉蟾绝对称得上是一号人物。

他拿来闯江湖的不是武功，是枪法。

然而现下枪支大多笨重，梁毓先前仔细看过罗觉蟾一遍，知他身上绝无藏匿武器枪支之处，这也正是梁毓明知罗觉蟾枪法出众，却敢于转身离开的原因。可那把枪又是哪里来的？

梁毓挣扎着转过身，罗觉蟾手里正握着一把小巧精致的"掌心雷"。

"其实你也不算坏人，可你杀了我朋友，总得偿命。"

梁毓终于慢慢栽倒在地，双目未合。罗觉蟾看了他的尸身，自喉咙深处发出一声叹息，把"掌心雷"收回怀里。他右手再伸出来的时候，手中多了一本薄薄的册子。

当日与吴青箱一起时，他把《警世钟》还给了后者，其实还是偷偷顺走了一本。

"长梦千年何日醒，睡乡谁遣警钟鸣。这是真的吗？这些革命党，到底是怎么一回事呢……"罗觉蟾嘀咕着，"杀了梁毓，京城里现下是留不得啦，干脆到广州去看看吧……"

那里，亦是吴青箱所来之地。

而在京城里另一个地界里，也有人自言自语道："偷了九龙杯，到底是大罪过，也别在柳云的面前晃眼了，倒是去哪里躲上一躲呢……"

篇二
风波乐

一

凌晨，运河上，一条船顺风顺水行得正好。

船舱里睡着两个客人，这两人都是前一晚夜半时登船，上船后各自呼呼大睡，直到现在才醒过来。左边的客人伸个懒腰，叫一声"舒服！"右边的客人懒洋洋地道："大梦——谁先觉，平生——我自知——"

这船其实也没多大，两人这一开口，彼此都听到了对方说话，不由得双双大惊，心道：他怎么也在这船上？双方都不再说话，探头出去。

"哟，岑贝子，怎么是您哪？"左边的人率先开口。

"何老三，真是有缘千里来相会啊。"右边的人笑得阴阳怪气。

这可真是一万个没想到，要去广州的罗觉蟾，因着九龙杯一事出逃的何凤三，竟然到了同一艘船上！

这话说来也巧，先前因是冬日，船行不易，因此二人都在郊外猫了两个月，等到第二年化冻的时候，各自按着江湖道上的关系，寻了条船往南边走，偏又寻到了同一个船主身上。

罗觉蟾在北京城里长大，三教九流中颇混出些名气。因为他的出身，江湖上的人大多高看他一眼，唯一一个例外的，那就是何凤三了。这京津大盗自诩武功高强，对罗觉蟾这么个靠着枪法混出来的素来不屑。罗觉蟾可也不是好惹的，两人之间结下的梁子不小。好在去年何凤三被关进天牢，吴青箱救他时罗觉蟾也参了一脚，算是有恩，要不然现下二人见了，立时就能打起来。

何凤三冷笑道："岑贝子，您金枝玉叶，身体娇贵，没事出什么京啊？"

罗觉蟾皮笑肉不笑地说："这其中原因众多，总之，不是因为偷了九龙杯。"

这句话戳到何凤三的痛脚，他眼睛一翻，就要待发作，到底还是按捺下来，冷笑道："没错，我偷了九龙杯，可这也是个长脸的事儿，倒是您，什么事儿能逼得您老逃出北京城啊？"

他说"您老"，本是讽刺之语，罗觉蟾倒打蛇随棍上："我老人家的事儿，怎能告诉你小人家知道？"

何凤三心想：嘿，他还上脸了！

话赶话到这儿，再说就要翻脸了。两人愤愤然看对方一眼，自去洗漱。

船家送来早饭，旅途中一切从简，这早饭是杂和面儿窝头、二米粥、盐水泡的疙瘩丝上滴了几滴香油。何凤三贫寒出身，他蹲在船边正吃得香甜，上风处一阵香味忽然飘下来，抬头一看，却见罗觉蟾坐在一张小矮桌前，桌上杂七杂八地摆了十几个碟子。里面多是路菜，什么油焖春笋、橘皮炒斑鸠丁、糟鱼，竟还有一碟紫壳红膏的醉蟹，这个时令，吃到这东西可真真不易。

罗觉蟾剥一个醉蟹，叫一声好，又从怀里拿出一个罐子，交代船家热了上来。只听他慢悠悠地道："这可是好东西，正经的萝卜丝鲫鱼汤，您别看这汤里只有萝卜不见鱼，我和您讲，那鱼肉都掺在萝卜丝里了。那可是鲫鱼肚子上的肉啊！您说，这一罐汤用了几条鱼？七条！可不能疏忽大意了！"

船家一迭声答应着，何凤三在一边恨得牙痒痒。他心气高傲，总不能上前乞食，只得大力咬了一口窝头。

到了中午时分，船家靠岸。何凤三知道这里有一口好水井，水又清又甜，当地酿的酒虽不出名，但十分香醇可口，便上岸去买了一坛。他回到船头，打开泥封刚舀了一碗，就见罗觉蟾也拿了一只木碗，优哉游哉走了过来。

"好酒！"他大声赞叹一句。

何凤三瞪眼看着他，只见罗觉蟾毫不客气地上前舀了一碗酒，一口气喝掉半碗，又赞了一声"好酒"，随后喝下剩余半碗，伸手又要去舀。

何凤三冷冷道："岑贝子的脸皮，怕是比德胜门的城墙还要厚上几分。"

罗觉蟾声色不动，手下动作没停，一扬眉道："何凤三慷慨重义，原来竟舍不得几碗酒？"

何凤三一时语塞，他最好面子，偏又欠过罗觉蟾人情，将来江湖上说起"何凤三连碗酒都不肯给恩人喝"，可就不像话了。

结果，这一坛子酒，何凤三连三分之一都没喝到。原来他看罗觉蟾不顺眼，后来干脆把酒坛子丢在一旁，自行离开，白白便宜了这个蹭白食的。

之后几日，两人船上共度，斗气无数，比较起来，倒是何凤三吃亏为多。他牙根痒痒，心道：罗觉蟾你等着，早晚我也治你一次。

功夫不负有心人，到底被他等到了一个机会。

这一天船停在一个僻静之外，何凤三没有下船。罗觉蟾却有些气闷，于是下去逛游。

此处虽小，却也有个市集，罗觉蟾逛了一圈，见里面有三五个不成气候的葫芦虫具，一两个看不出个数的水上漂鼻烟壶。他心道小地方果然没什么东西，正要走，却见角落里站着一个人，手里拿了件稀罕物事。

这样物事长不长，短不短，黄不黄，白不白，看模样是一管箫。罗觉蟾走过去敲了两下，见其材质十分特别，非金非玉，非铜非竹。他又摸了几把，心下暗惊：这难道是一管纸箫？

纸箫产于福建一带，清时这种技艺便已失传。这箫虽为纸制，但其音不窒不浮，尚在好竹之上。老北京的旗人子弟，就好这些杂项玩意儿。罗觉蟾虽然不喜自己的出身，但在这些事上，他倒是十足的旗下风气。

他虽心动，口里却要挑拣："这是个什么东西？颜色儿一点儿不正。"

这才是真正买家要说的话，但凡夸奖道"这物事很好"，必然不是真买主；有意要买的人，才会挑些小毛病。

但这位卖主似乎不懂这意思，硬邦邦答了两个字："纸箫。"

罗觉蟾被噎了一下，又道："纸也能做箫？这倒奇怪，你卖多少银子？"

那人道："二百两。"

罗觉蟾倒退一步："二百两？这么个玩意儿你要二百两银子？"

那人一梗脖子："爱要不要。"

罗觉蟾真没见过这么大爷的卖主，再看这人一身破旧长衫，是个书呆子模样，心想讲这些虚套也无用，便道："我有心买，落个价吧，一百两怎样？"

那人一摇头："二百两。"

罗觉蟾道："我加你二十两如何？"

那人又一摇头："二百两。"

罗觉蟾道："还嫌少，我再加十两，这是不能再加了。"

那人只道："我要二百两。"

罗觉蟾一咬牙："我给你一百五十两，再多，我没有了。"这次他没撒谎，他身上统共只有一百五十两银子。

那人只是摇头："我就要二百两银子，你有我就卖你，没有便罢了。"

罗觉蟾心道：自己怎么遇上这么个迂书生！按说那管纸箫虽然难得，但委实值不得这些银子，然而罗觉蟾心里爱上了它，怎样都想弄到手。

他思量片刻，道："你等我一会儿，我拿银子去，可不要卖给别人。"

他一口气飞奔到船上，犹豫一下，就朝何凤三的船舱走去，尚未进入，便闻到里面有一股特异香气，心道难怪何老三不下船，原来是干这个勾当去了。他推门进入，一看，何凤三正躺在里面抽大烟，面上的表情甚是享受。

他素有这个毛病，罗觉蟾也不介意，上前赔笑道："三爷，我有一件急事，手头缺五十两银子，您先借给我，过后一定如数奉还。"

何凤三刚过足了瘾，又见罗觉蟾这个态度，心下更是舒爽，把烟管一放，故作惊讶道："岑贝子，五十两银子您都没有？不能吧。您都没有，我又怎拿得出？"

罗觉蟾板起脸："何老三，你少来骗我，莫忘了，你还欠我一次人情。"

这些天来他没事就把这话放在嘴边，何凤三也听得多了，便道：

"我是欠你一次人情。将来你被人抓了，我一定救你出来。但说到银子，我委实没有，不信你来搜。"说着拍打衣服，以示清白。

罗觉蟾真不客气，立马过来搜，可衣服里外翻了个遍，虽搜出几两碎银，但相差甚远。他心下懊恼，坐到一旁不语。

何凤三知他脾性，笑问道："岑贝子，您又看上了什么玩意儿啊？"

罗觉蟾随口答道："纸箫。"又挥挥手，"你没银子，跟你说也没用。"

过一会儿船家开船，直到再没可能调头回去。何凤三才走到罗觉蟾身边，一撸袖子，却见他一条手臂上，至少戴了五六对金镯子。

这是江洋大盗常干的藏财之法，何凤三笑道："我只说我身上没银子，可没说没金子，哈哈哈！"

罗觉蟾一怒跳起，手指着何凤三："何老三，你！"

何凤三哈哈大笑，心里得意之极。

这一次罗觉蟾对何凤三记恨不轻。他心想：这人夺了我的心爱之物，总有一天，我也夺他的心爱之物报复回来。

晓行夜宿，足足走了两月有余，两人的船只到了上海。

晚清时期，十里洋场之繁华时髦，国内闻名。罗觉蟾在京里时与洋人女子混过，又久闻夷场的种种风光，因此有心前来逛逛；而何凤三之所以来此，却因为这里也是他出身之处。

"原来你是漕帮出身！"罗觉蟾抱着手，站在船头。

何凤三哼了一声，他与船家结算了银钱，准备下船，想到自此便可与罗觉蟾分道扬镳，心里十分畅快。

罗觉蟾也在一边结算账目，忽然间他大惊小怪地叫起来："何老三，你过来！这怎么回事？"

他喊这句话时何凤三压根儿没打算理他，然而罗觉蟾的下一句话还是成功地吸引了他的注意："你舱里怎么藏了个女人？！"

船舱狭窄，哪有地方藏人？诧异之下，何凤三转身回去查看。

舱里果然躺着一个人，白秋罗的长衫，一双黑漆皮鞋，一顶大帽滑落一半。虽然是男子装束，但大帽下的肌肤娇嫩，容颜清秀，再看他喉间并无喉结，何、罗二人跑惯江湖，一眼看出，这实是个女扮男装的女子。

八大胡同何凤三没少去，红姑娘他也见过，沾一沾便丢开手，从未怎样留恋。唯有这一次他见了这女子，不知怎的，一把火轰地从心头烧起来。

五百年前情债，便在这一朝偿还。

二

一家小客栈里，床上安置着刚才那男装女子。何凤三没好气地看着罗觉蟾："你跟过来干什么？"

罗觉蟾理直气壮道："人是我发现的，我看看她情形有何不可。"

何凤三冷眼看他："出去。"

罗觉蟾说："好，出去就出去。"他转身出门，临走前却留下一句，"我出去了，你可别找我回来！"

何凤三心想：我干吗找你？一抬头却听门响，罗觉蟾又溜了回来，这次他神色严肃："我说，那丫头可能是个革命党。"这句话说完，他真走了。

现下是宣统二年，换算成公元纪年，则是1910年。这个年头里，何凤三自然听说过革命党这个词，但也只限于听说，并不晓得革命党究竟是干什么的，何况这话是罗觉蟾说的，自然又大大打了个折扣。

他又低头看向那女子，适才他搭过脉搏，知她不过一时脱力，身体并无大碍。果然时隔不久,女子"啊"了一声,睁开双眼,只见她一双凤眼高挑,似黑水银里养了一双白水银,十分干净。

她昏睡时容颜清秀柔和,醒来后却平增几分果决之气。她环视四周,目光才回到何凤三身上,也并未如一般女子惊慌失措,只是支撑起身,抱腕拱手,如同男人一般行礼:"多谢阁下相救,请问这是何处?"

她这般冷静相询,何凤三倒怔了一下:"嗯……这里是客栈。"

女子点了点头,右手暗自摸向内怀衣袋,骤然脸色大变,方才的沉稳荡然无存。她一跃起身,几乎摔倒,何凤三本不在意男女之嫌,一把扶住。

女子惊慌抬头:"这位先生,你救我之时,可在附近看到一本小册子?"

> 高阁三层依水偎,
> 玻璃四面倚窗开。
> 看花消渴都来此,
> 绝妙风情丽水台。

这丽水台是清末上海有名的茶楼,楼高三层,倚河而建,罗觉蟾正坐在雅座上,抖着脚唱着竹枝词。眼见何凤三带着几个人进来,他动也不动,嘴里又哼了一句:"绝妙风情——丽水台那!"说到"绝妙风情"几个字时,他一双眼却笑吟吟看着何凤三身后的女子。

单何凤三一个,找人自然不易。但他出身漕帮,辈分又高,找来几个当地的弟兄帮忙,没多久就发现了丽水台上的罗觉蟾。

罗觉蟾见到众人,只笑道:"如何?何老三,我早就说你定会回来找我。"

何凤三冷冷道："溥岑，把那样物事交出来。"

罗觉蟾挖挖耳朵："你在叫谁？"

何凤三按捺怒气："罗觉蟾，把东西交出来。"

罗觉蟾笑道："什么东西？是长是短，是圆是扁？黑的白的红的还是绿的？你要能说清楚，成啊，我自然给你。"

何凤三不由得语塞，原来他匆忙出来，那本小册子具体是何模样，他并不知晓。这时却见那男装女子自何凤三背后走出，深施一礼："这位先生，我丢失的物事十分重要，若能奉还，在下铭记终身。"

看她出来，罗觉蟾急忙起身，态度恭敬："您客气了，什么东西丢了？我要是能帮上忙，哪有不帮的道理？"他说的一口北京官话，听来又是清脆又是亲切。

那女子环视四周，犹豫片刻，道："是一本小册子。"

罗觉蟾笑道："我道是什么要紧物事，原来如此。"于是自身上拿出一本册子，"可是这本？原物奉还。"

那女子一见，便知是自己要找的东西，连声道谢，伸手要接，罗觉蟾却把册子拿在手里，笑问道："萍水相逢也是有缘，不知您怎么称呼？"

女子道："在下唐英。"

罗觉蟾笑道："好名字！"走近两步递过册子，却在两人身形交错时低声笑道，"铭记终身有什么趣儿，相许终身才好。"

唐英的脸霎时一红，便知自己乔装已被看破，急忙接过册子。

那句话虽轻，但何凤三是什么功夫，在一旁听得分明，他心中恼怒，待要发作，却忽见一个漕帮弟子奔跑上楼，叫道："三爷，帮里出事了！"

何凤三急忙把私事丢到一旁："怎么了？"

那漕帮弟子气喘吁吁的，半天才把事情说清楚。

原来漕帮有一名弟子犯了重罪，帮中某位重要人物大怒，在码头开了香堂打算三刀六洞处置他。没想这弟子发了狠，竟然在开香堂之时劫持了这位帮中要人，胁迫帮内弟子放他离去。

这还了得！但这弟子手底功夫极硬，又劫持了人质，一时都拿他毫无办法。有人想到何凤三新来了上海，急忙来找他帮忙。

何凤三最恨欺师灭祖之辈，一听此言，便急忙向码头赶去。才走几步，他却觉有人跟在身后，回头一看怒道："罗觉蟾，你是外人，跟来干吗？"

罗觉蟾一笑，往身边努嘴，原来唐英也在后面："我跟的是唐姑娘。"

何凤三不好对唐英说什么，但又觉她不该参与。罗觉蟾笑道："你放心，码头出了这么大的事儿，估计早就人山人海了，多我们两个，不算什么。"

他公然说出"我们两个"，又是讨口头便宜。何凤三急于救人，也没时间和他计较这些。

几人赶到码头之时，果然一群人已经挤在那里。领路来那漕帮弟子奋力排开一条路，口中叫道："让开，让开！"但人群拥挤，进入不易，何凤三不耐烦起来，左脚尖一点右脚面，一个旱地拔葱跃出一丈来高，随后轻轻在一人头顶一点，连那人帽子都没碰歪，便轻飘飘地跃了进来。

这一下先声夺人，里面的人都吓了一跳。何凤三定睛观看，见一个紫棠色面皮的男子站在当中，辫子咬在嘴里，手里一把单刀抵在一名老者颈上，鲜血一滴滴地掉下来。再看那男子手上青筋暴起，显然也是紧张到了十分。

这场面虽然不好对付，但何凤三在京津闯荡了十几年，什么事情没经历过。当下他也不说话，两道冷电似的目光紧紧盯着那男子，同时慢慢绕着圈子，虽不明显，实际上每绕一圈，都离那男子更近了一些。

那男子大叫："别过来！"刀握得更紧。何凤三不理他，步子并不停歇。

眼见他额上已现出了豆大的汗珠，何凤三只待他崩溃，便要出手救人。

这时罗觉蟾也挤了进来，问身边一个漕帮弟子："小哥，这人犯了什么事，要这么大费周章开香堂整治他？"

这漕帮弟子见他与何凤三一起进来，只当他也是漕帮中人，便道："你不知道，这人奸骗了他小师娘，还逼得她投水自杀。你说这是个什么东西！"

罗觉蟾点了点头："不得了，这可是欺师灭祖的大罪！"又问道，"那小师娘是哪里人氏，叫什么名字？"

那漕帮弟子心想：这人怎么什么都问？但还是道："听说是从北京嫁过来的，小名叫么红。"

罗觉蟾眼睛一转，笑道："多谢小哥。"

何凤三正与那男子对峙，眼见他膝盖已经发抖，忽听码头后面幽幽传来一个女声："杨大海，你还我么红命来！"

按理说光天化日之下，本无鬼魂之说，但这声音恰是北京口音，么红又是投水自尽。杨大海神经本已紧张，这下几是心胆俱裂，大叫一声："么红，不是我！"手上的劲力霎时松了。

何凤三一直紧盯着他，一见他手上青筋消失，当即紧扣机会，一脚踢飞杨大海手中单刀，同时右手一带抓过那老者，左手迅疾一掌击出。这一招外表不显，却是何凤三练了二十年的翔凤掌，等闲不得见他出手。

这几个动作兔起鹘落，利落无比，眼光差些的人甚至没看清他究竟干了什么。杨大海被打得倒退几步，一跤跌在地上，手捂胸口，再动弹不得。

四周人群，霎时轰天价叫起好来。

罗觉蟾捏了女嗓，幽幽叹了句："只叹奴家命薄，怎的无人给个彩声？"

一旁的唐英忍俊不禁，鼓了几下掌，轻轻叫了一声："好！"

按漕帮通常规矩，外地弟子到来，当地需得连续招待他三天。何凤三一来就出了大名，这三日招待更是非比寻常。罗觉蟾也出了力，漕帮不把他当作外人，邀他在同一张桌子上吃喝。罗觉蟾坦然处之，乐得享受。

这三日之后，又有许多上海滩的大佬前来邀请何凤三，他本就好热闹，心中不免有些得意。这一日夜里却被唐英邀到江边："何先生，我有一事相求。"

唐英虽已被看出身份，但为了日常方便，依然穿的是男装。此刻她穿着一件淡青色长衫，江风凛冽，那件长衫被撕扯得紧贴在身上，显得她身形伶仃，却愈发衬得一双凤眼弯弯，明亮异常。

何凤三看了她一双眼，竟有些意乱神迷，却听唐英道："何先生，你武艺高超，我有要事去广州，想请你护送。何先生慷慨重义，不知可否答允？"

就算她不说"慷慨重义"四字，何凤三也必然不会拒绝她的要求，他正待答应，唐英却又道："我不能瞒何先生，那天你救我时，我实是被满清官府捉拿，这一路上，恐怕危险不少。"

何凤三慨然道："几个鹰爪孙罢了，小事！我本来也是和官府作对的人，送你去广州又打什么紧？"

唐英当即拜倒，慌得何凤三急忙扶她起来："这是做什么？"

唐英深深看着他："将来，整个中国都会感谢你的。"说罢转身离去。留下何凤三一人在原地摸不着头脑："什么了不起的大事啊……真是……"

码头下忽然传来"嗤"的一声笑，声音十分熟悉，何凤三低头看去，却见罗觉蟾躺在一条木船上，看着他笑："嘿，何老三，你知道追她的是什么人吗？"

月光如水，映照黄浦江边。只见这人已经换了一身西式服装，手边搭一把洋伞，衣襟上挂了一副墨晶眼镜，正是当时上海时髦子弟的装束。他枕着双手，月亮仅照得见他侧脸轮廓，却看不清他一副不正经的面容。

俗语说"眼不见心不烦"，何凤三哼了一声，撩眼皮问了一句："什么人？"

罗觉蟾笑道："京城捕头，天下第一。"

何凤三皱眉道："柳云？"他先前被抓进天牢，就是因柳云出手所致。

罗觉蟾道："不是柳云，是他师兄。何老三，你知道他的。"

何凤三的眉头皱紧，几乎拧成了一个疙瘩："是他？"

罗觉蟾笑道："就是他。"

"你怎么知道的？"

"我可不是只知道这个，我还知道别的。"罗觉蟾面上还带着笑，却已经从船上坐了起来，双手抱膝，慢慢道，"今年年初，广州新军造反，后来又给压了下去。那本小册子，是其他省份里新军造反的名单。那天唐英被追急了，才躲到了船上。上海滩里消息最灵，你要想知道，自也打听得到。"

何凤三看他一眼，道："这也怪了，你怎么关注这些革命党的事儿?"

罗觉蟾道:"我好奇,我就是想知道,这些革命党到底是怎么一回事。"

说这句话时,他的面上并没有笑容。何凤三可也没在意,只道:"造反怎样,宋江、晁盖不是也造过反?漕帮当年还要反清复明,这算什么。"

罗觉蟾一挑拇指:"好!难怪道上都说你无法无天,那你知道她去广州是为了做什么?"

何凤三道:"我中意她,便帮她忙。至于她去广州干吗,与我何干?"

罗觉蟾从船头坐起身,笑道:"真有你的。她本是广州人,回去是为了把名册交给那里的联络人。你答应送她去广州,可这些事问都不问,真了不得。"

何凤三心头忽然生起疑惑,道:"那你打听这么清楚,想干什么?"

罗觉蟾笑道:"因为我也决定送她去——别看我,她已经答应了。"

在北京时,罗觉蟾在女人堆里颇有名声,何凤三想清这句话其中深意,险些跳了起来,可还没等他发作,罗觉蟾却悠悠笑道:"你还真别反对,我告诉你,从上海到广州,我能保她一路平安。"

三

这句话一出,何凤三那心思到底又犹豫了起来。他正思量间,罗觉蟾却又笑道:"你从京里出来,就是因为犯了事要避开鹰爪孙。这次要帮她,可就是自己往虎口里探。"

何凤三嗤之以鼻:"有钱难买爷乐意!"

罗觉蟾笑着摇头走开："您英雄，您能干！"

最终，何凤三、唐英、罗觉蟾三人，还是一同去了广州。

罗觉蟾与何凤三来上海，坐的是漕帮的船。光绪二十七年（公元1901年）时漕运虽已停止，但此时漕帮在水面上仍有一定势力，船虽慢些，却也保险。这次唐英急着回粤，三人便改坐了火轮船，在唐英坚决要求之下，一切费用都由她来支付。

何凤三第一次坐火轮船，觉得样样新奇。罗觉蟾却是一副司空见惯的样子，何凤三疑心他装模作样，一时却也找不出什么证据。

在船上时，几人无事，唐英常读一些外国文字的书籍，何凤三中国字尚且识不得几个，自然更不懂外国字。罗觉蟾在一旁笑道："外国字我也认识，不但认识，我还会唱。"

唐英自然惊讶，何凤三也不信。罗觉蟾笑道："不信？那我就唱来。"他一甩袖子，做了个水袖款摆的姿势，当真唱了起来：

> 来是 come，去是 go，
> 二十四是 twentyfour，
> 土豆就是 potato，
> Yes，Yes，No……

还没唱完，唐英已笑得直捂胸口："哎哟，这是什么……"

罗觉蟾笑道："不知道了吧？前些年闹义和团的时候，他们杀二毛子，也唱这个。"

一边的何凤三也撑不住，一口茶喷出来，笑骂道："不着调。"不过罗觉蟾提到保大清的义和团，他倒想起了要造反的革命党，便问唐英，"都说你们是革命党，究竟什么是革命党，你们要革谁的命？"

唐英听他这样问，便正色道："所谓革命，是为了推翻清政府的一家统治，谋求中国四万万人的平等富裕。"

这话有点绕口，但何凤三理了一遍认为自己明白了："我懂，皇帝年年换，现在的国家也真乱。可丫头，你是个女孩子，难道将来打算当女丞相、女将军？"

唐英哭笑不得地说："人人生而平等，我们推翻清政府也不是为了自己当皇帝，是要建立一个人人平等的共和国。"

"人人平等？"何凤三觉得这话真新鲜。唐英笑着又取出几本油印小册子交给他："何先生，这些您可以看看。"

何凤三随手拿过一本，翻开只见上面密密麻麻小字挤成一团，看了就头晕。他不耐烦，随手扔到一边："它认识我，我不认识它，忒麻烦了。"

唐英捡起册子，一时神情有点尴尬。何凤三大大咧咧惯了，看见她的神情才意识到不对，搭讪着拿过她手里的外国书："这又是什么？"

这一打开，却见上面是一个赤身女子，又标着许多英文小字，何凤三吓一跳："丫头，你看的这是什么？"

唐英神态自若："这是一本医学书籍。"

何凤三又翻了一页，上面画的竟是个女子生产过程，他大觉晦气，把书塞回唐英手里："洋人的书真邪性。"又问，"你将来想当大夫？"

唐英微微一笑："我在学校时，学的是妇产一科，将来若国家太平，我想当个妇产医师，为女子们做些事情。"

何凤三看着她："这我可真不明白了，你这么大学问，中国字也懂，外国字也懂，就是为了将来当个接生婆？"

唐英这次可真没法回答，只得笑笑。何凤三觉得自己似乎又说错了话，却想不出什么话弥补。这个时候，他又觉得一阵阵的不得劲儿，知是烟瘾犯了，便道："我回去躺会儿。"

唐英看着他的背影，若有所思。

这一路上，当真如罗觉蟾所说，一路平安。唐英暗叫侥幸，何凤三却想：这算不算又欠了他一个人情？

非是一日，三人到了广州。

何凤三还是第一次来到这里，下船之后，只觉天气又闷又热，码头上小贩与人呱啦呱啦地讨价还价，十句中倒有十句听不懂。他擦一把汗，很是气闷。

唐英却很是欢喜，眉头里也舒展了几分。她笑道："终于到了。何先生，罗先生，多谢你们一路相送。"说着深深鞠了一躬。

何凤三摆摆手："客气了，这是小事。"

罗觉蟾却道："口头说说算什么，唐姑娘，道谢是做出来的，不是说出来的。"

这话一说，别说唐英愕然，何凤三都愣了，心想这小子大胆，他要干什么？却听罗觉蟾笑道："唐姑娘，都说吃在广州，你打算请我们吃点儿什么？"

一条小巷子，一张小桌子，小桌子上摆了一只大砂锅。

唐英笑道："小时候，阿五总偷带我出来吃这个。这里摊子虽然小，可味道比许多大馆子都要正宗。"说着一掀锅盖，一阵鲜甜之味扑面而来。何、罗两人只见锅内汤水澄清，锅底铺了一层药材配料，锅内漂浮之物雪白细嫩，细看形状，十分熟悉。

何凤三走惯江湖，什么没见过，此刻却终于忍不住，一只手捂住嘴："蛆……蛆！"

唐英莫名其妙，道："这个是沙虫煲的汤水，很补的。还是说何先生你想吃那个？我们这里不叫蛆，叫肉芽，你若想吃我带你去另外一家店，那里的肉芽拌面很有名……何先生？！"

何凤三忍耐不住，冲到巷子一角大吐特吐。

罗觉蟾举筷相邀："唐姑娘，请。这人胃肠不好，唉，没口福啊！"

一餐吃罢，唐英告辞离开。何凤三买了几个烧饼，愤愤然地啃着，难得罗觉蟾没说怪话，神情中带着些惆怅的样子："哎，唐英就这么走了？"

何凤三道："当初便说送到这里，她家又在广州，还能有什么事情？"

罗觉蟾笑道："你不跟上去？"

何凤三挑眉看他，罗觉蟾笑道："装！有能耐你继续装，你喜欢她才帮她，眼下她说走就走，你得了什么好处？"

何凤三道："没错，我要是看她不顺眼，凭什么帮她？我喜欢这丫头，才送她一路，送也就送了。若因为这个向她讨便宜，那我成了什么人？"

罗觉蟾笑道："你是觉得配不上她吧？我看她出身不错，革命党里都是懂西学的。普通人家的姑娘，哪有钱念外国书？说不定她是西关的小姐。"

西关是广州繁华之地，那里的小姐多出身于富商之家，教育良好。罗觉蟾这么一说，何凤三果然不受激，他丢下手里的烧饼，大踏步离开。

罗觉蟾看着他背影笑，又来到街边要了一碗豆花，道："多放点糖水。"

卖豆腐花的阿叔问："你系本地人啊？"

罗觉蟾笑道："唔系，我系坐小火轮来玩嘅。"

"听你讲嘢好似本地人啊。"

"有亲戚教我讲嘅。"

"亲戚呢？"

"死咗啦。"

他晃着腿，吃完一碗豆腐花，一个身影从街角转出。这个人是武官装束，走到罗觉蟾面前时却和他打了个千儿，叫了一声"十三爷"。

罗觉蟾笑着请他起来："老单，这次承蒙你。"

单姓武官站起身："十三爷客气，但到了广州，这件事您就别管了。"

罗觉蟾笑道："这个自然。老单，这儿的豆腐花不错，您也来一碗？"

单姓武官道："多谢十三爷，我还有事，先行告退一步。"

罗觉蟾笑道："有事您忙，不送。"

单姓武官又打了个千儿，这才起身离去。

这武官姓单，单名一个信字，乃是柳云的师兄，声名、武功犹在柳云之上，也正是一路追捕唐英之人。

这单信虽然了得，却是包衣出身，清朝满人里最讲究尊卑出身，包衣纵使再出息，在主子面前总是奴才，翻不得身。虽至清末，规矩不改。罗觉蟾平素最厌恶自己的出身，但在上海时，他发现追捕唐英的人竟是单信，心道：这身份虽然讨厌，能用也不妨用，好歹自己算他半个主子。

果然单信卖他这个面子，但交代下来的差事不能不做，于是言道这一路上可以放过唐英，但到了广州之后就要动手。罗觉蟾心想保一路算一路，再说广州是唐英老家，又有何凤三在她身边，算来算去还是自己占便宜。

他哼着小调，一边走一边好笑："十三爷……嘿，我都没见过上面那十二个哥哥姐姐长什么德性！"

食在广州，罗觉蟾吃了沙虫煲的汤水，又吃了一碗豆花，犹觉不足，想到有人讲广州有种小吃叫作肠粉，味道甚美。于是他走到一个街边摊，要了一碟，一吃之下却觉味道也没什么特别，吃了小半碗就丢下筷子。

一位老者恰好路过，不满道："少年人，浪费咗。"

罗觉蟾申辩说："不是我浪费，这肠粉一不滑、二不香，有啥可吃？"

老者道："那是这人家不会做，你要吃好肠粉，去菠萝庙附近嘛，唉，这也不能浪费啊……"又唠唠叨叨说了许多话。

罗觉蟾却只听到"菠萝庙"三字，深觉有趣："菠萝庙？有没有苹果庙、鸭梨庙？里面难不成供了只金灿灿的菠萝？"

老者却也说不出个所以然，只是赶苍蝇一样在他面前挥着手："少年人，修口德，修口德！"

问清了菠萝庙的方向，罗觉蟾一摇三晃地走过去。他细看广州，觉得这里的人物确是不同，街上的青年学子为数不少，脸上都有一种精气神，时而还能看到一两个留西式发型的新潮人物。这在北京，就是不可想象的事情。

街上的女学生也不少，这边的女孩子身形不如北方女子高大，却自有一种蜜饯橄榄般的韵味。有些生了一对清澄凤眼，让罗觉蟾不由得想到唐英。

他心里暗自把唐英和她们比较一番，心道：唐英的相貌也不见得比她们出色到哪里去，何凤三见多识广，怎么偏就对她一见倾心了？

胡思乱想一路，不知不觉便到了菠萝庙边，罗觉蟾不忙去尝肠粉，心道：我先进庙里看看，总不成真供了只菠萝？

这庙不大，两进的房子，里面供了一座神像。罗觉蟾定睛细看，见这神像体态庄严，面容端正，一只手拿了一根手杖，一只手拿了一串念珠，看穿着是个华人，面貌却塑成了个黑脸模样。

罗觉蟾大惊，心道：这里怎供了个昆仑奴？他又绕到神像后面看看有无文字，这时忽听外面一阵喧哗，一群人拥着一个青年士绅进来，这人穿了一套西式服装。罗觉蟾一看他样子，叫一句绝了！这神像怎么走到地上来了？

四

这群人往庙里走，罗觉蟾最是好事，便站在神像后面凝神细听。

那个青年士绅站在正中，有人搬了一把椅子来请他坐下，他摆摆手说不必，依旧站在原地。一个老者走上前来，语带哭腔地诉说起来，旁边人时不时为他补充两句。

罗觉蟾想起从前与吴青箱说话，听他讲广州风俗，心道：原来自己赶上了一场集庙。

集庙在广州常见。通常某个街区有事时，这个街区的士绅便会集居民，在当地庙宇中召开集会，共同处理这一问题。那老者边哭边说，声音又浊重，罗觉蟾恨不得自己多生两只耳朵，听了半天，终于拼凑出了一个究竟。

原来这老者有一块祖宗留下的坟地，偏偏被一个颇有势力的英国商人看中，要买下来扩充自家花园。官府里有个书办，人送绰号"青草蛇"，硬逼着他签了契约，卖了祖坟。眼见祖宗尸骨便要曝于荒野，老人悲愤不已却又无计可施，万般无奈之下，只得在集庙中寻求帮助。

周围的人一个个义愤填膺，罗觉蟾在神像后听了，也是火大之极，心道：这世上果然没有天理了吗？他再看那为首的青年士绅，却见此人神色凝重，似在默默思索着什么。

不久这青年士绅抬起头，道："这件事有些蹊跷。我决意去英国商人那里，与他交涉一番。"

　　这句话新鲜，其时在中国，连续几场战争输得丧权辱国，洋人说一是一，说二是二。这人居然说要和洋人谈交涉。

　　那青年士绅又道："可惜我所学乃是俄语，不能直接与他对谈……"正说到这里，神像后走出一个人来，笑嘻嘻道："我倒会几句英文，不如我陪你去？"

　　这人正是罗觉蟾，在北京时他与依莎贝混了那许久，一般的对答也能应付。见众人看向自己，他便笑道："我是个外乡人，本无资格涉入贵街之事。但此事实在可恨，若有可以效劳的地方，诸位也不必客气。"说罢整一整衣襟，谁想动作大了些，他从吴青箱那里顺来的那本《警世钟》竟从怀里掉到了地上。罗觉蟾忙把书一把捞起来揣入怀中，笑道："失礼失礼。"

　　他举手投足间，自有一种潇洒风度，那青年士绅眼前一亮，道："这位兄台古道热肠，实在感谢，在下姓黎，名威士。不知您如何称呼？"

　　罗觉蟾道："我叫罗觉蟾。称呼是小事，你什么时候去找那英国佬？"

　　黎威士道："不急，我须得弄清一些事情，不知罗兄住在何处？"

　　罗觉蟾道："我初到此地，还没找客栈。"

　　黎威士便道："既然如此，罗兄不如在我家屈尊一晚可好？"

　　罗觉蟾笑道："多谢，那就打扰了。"他心里却大乐，原来这一路行来，盘缠将尽，心道去打个秋风倒也不坏。

　　黎家果是大户，住处竟是花园式的洋房。花园里设了西式的大理石喷泉，旁边却又种了中国的海棠、芭蕉。罗觉蟾被安置在客房之中，见里面陈列也是中式桌椅，他往雕花木床上一躺，心道：这可比客栈舒服多了。

前来送晚餐的小厮眉目清秀，手脚伶俐地往红木桌子上摆着碗筷，罗觉蟾问他："你家少爷是做什么生意的？"

小厮笑道："我家少爷是广州最有名的药材商人，生意一直做到南洋。"他放下托盘，又道，"我叫钟秋，罗少爷您有事就叫我一声。"

吃过了饭，罗觉蟾闲来无事，见床头放着几本书，于是拿起翻看，不由一惊，一本《警世钟》就这么明目张胆地放在上面。他心中暗想：难不成广州风气如此开通？又把书放回原位。

这本书不必看，他自己怀中也有一本。

他索性又起了身，信步走到花园，却见喷泉旁站了个长衫身影，正是黎威士。罗觉蟾见到是他，有心问一句客房中书册之事，转念一想，何必显得我少见多怪，于是又换了话题。

他道："黎先生，有件事我很好奇。"

黎威士转身看他，神色中隐约有几分期待："罗兄请讲。"

罗觉蟾笑道："贵处的菠萝庙名字与众不同，我看那神像也不像咱们中国人，黎先生你可知道是怎么回事？"

黎威士听到他问这个，期待之情慢慢逝去，但仍笑道："菠萝二字是当地人以讹传讹，其实应叫作般若庙。"说着在掌心写下"般若"两字。

罗觉蟾笑道："原来是'般若波罗蜜多'的般若，我就说，怎有个庙叫水果名？"

黎威士也笑道："正是，许多年前，有个印度人渡海来到广州，在当地修筑善堂，做了许多好事。那时人多不识得他，问他来自哪里。这印度人便以梵文般若二字答之，意为'海的另一边'。当地人不解梵文，后来修庙纪念他，就以般若命名。传到现在，就传成菠萝庙了。"

罗觉蟾道："原来如此。"他在月下细看黎威士，觉此人面貌端严，不由得笑道："我看你的样子，倒和那神像有些相似，难怪这里的人都佩服你。"

黎威士连忙道："岂敢岂敢。"

罗觉蟾哈哈一笑："我开玩笑的，黎先生，明天找那英国佬评理，有啥需要留意的，你和我讲讲。"

黎威士想了想说："也没什么特别，随机应变就是。况且，我总觉得这件事有古怪。"

罗觉蟾道："哦？这怎么讲？"

黎威士皱了眉头："现下只是猜测，待明日再说。"

次日上午，黎、罗二人一同出门，陪同他们的还有昨日那个小厮钟秋。

三人乘坐一辆马车，来到那英国商人理查德的门前。罗觉蟾见这里比黎家住处还要大上许多，心里不由暗骂一声。

一个缠着包头的印度听差上前问话，罗觉蟾正要说明来意，却见钟秋一跃下车，笑道："我家主人是城里的大药材商黎威士，请转告理查德先生，我们有很重要的事想见他。"

哎哟喂！罗觉蟾心里暗叫一声，这小厮竟然说了一口流利的英语，发音、语法不知比自己强了多少倍。一时间他都不知该说人不可貌相还是英雄出少年，这辈子不知道什么叫脸红的人，一时间也有几分惭愧。

那印度听差见黎威士这等气势，不敢怠慢，赶忙进去通报。过了一会儿，改由一个白人听差引着他们三个来到一间大屋子里。

罗觉蟾见那理查德五十岁左右年纪，一双蓝玻璃似的眼睛，一张脸红通通，仿佛半熟的牛排，又见大屋里面一色酸枝家具，架上陈列的也多为中国古董，心里好笑：中国人都学外国人穿衣打扮，这外国人倒又比着中国来。

几人行了一个西式的见面礼，理查德便问："黎威士先生，您今天前来，不知是有什么生意上的事情？"

钟秋在一边翻译一遍，黎威士便道："是有一件事……这件事若处理不好，只怕会影响理查德先生的生意。"他说罢，钟秋又照样翻译过去。

理查德一听，果然关心，忙问是什么事。黎威士于是把坟地的事情说了一遍，末了道："生者与死者同居，是一件很不吉利的事情；您在东方生活多年，想必也了解中国人对祖先与风水很看重。这件事对您并无益处，又招致死者的怨恨，实在不是一件值得的事情。"

听到"招致死者怨恨"一句，理查德不由也皱了眉头，道："我把这件事交给一个书办处理，他只和我说买到了地，却没有说坟地的事情。"

黎威士道："您说的这个书办，可是一个绰号'青草蛇'，名叫陈四的人？"

理查德道："是他。"

黎威士道："这就难怪，此人是广州城有名的无赖，专好骗人。我想请问您一句，陈四对您说，那块地花了多少银子？"

理查德待信不信："契约上所写，乃是一百二十两银子。"

黎威士故作愤慨："这就是了，陈四只给了卖主五十两银子，其余落到他自家腰包。我这位朋友可以作证。"说着一指罗觉蟾。

罗觉蟾眉毛眼睛都会说话，便以英文道："我与陈四的上司认识。前两日见他向上司夸耀自己能干，便提到此事，又说自己连外国人都骗得。"

罗觉蟾装束入时，英文流利，一望可知是个值得信任的上流人。

理查德闻言不由大怒："可恶！"又从抽屉里取出一张纸掷到桌上，"那块地我不要了，陈四这个小人，我一定要重重地惩罚他！"

黎威士接过契约，从皮夹里取出一张银票："这里是一百二十两，您请收好。有时间的话，我也想和您谈一谈药材生意上的事情。"

理查德带笑称好，两人握一握手，仍由那个白人听差送三人离开。

走到回廊上时，一个印度武士恰好从外面进来，与三人打了个照面。罗觉蟾见他气宇轩昂，腰间佩一把镶满红绿宝石的弯刀，一双眼睛冷电一般，在三人身上打了个转。罗觉蟾暗道这家伙一双招子真亮，倒和何凤三有的一拼。只是何凤三为人不羁，一双眼炯炯有神；这武士一双琥珀色眸子却十分冷漠，沉若止水。

他又见那白人听差也向这武士行礼，称之为"艾敏先生"。那印度武士微一点头，神情倨傲。

在1910年的时候，整个印度几乎全部沦为英国的殖民地，这印度武士居然如此做派，不免令人惊讶。连黎威士都多看了他几眼，一眼扫到他腰间的弯刀，不由得"咦"了一声，神色也为之一变。

五

三人回到马车上，罗觉蟾问道："那青草蛇当真扣了七十两银子？"

黎威士笑道："我怎知道？"

罗觉蟾一怔，随即哈哈大笑起来。

黎威士也笑了，随后叹了口气，道："外国人也分三六九等，有占我河山的穷凶极恶之辈，有贪财之辈，可也有明理的人。第一种人不必多说，第二种人却不妨利用，第三种人也可与之为友。这都罢了，我平生最厌恶的，却是那些仗着外国人的势欺压良善，忘了自己祖宗是谁的中国人！"

罗觉蟾听得这一番话，心中十分畅快，大生知遇之感。

他这边心头得意，另一边，何凤三却也暗自欢喜。原来他被罗觉蟾一激，果然回头来找到了唐英，又问道："丫头，你到这边打算怎么找人？"

唐英有些汗颜，道："实不相瞒，因为新军起义失败，许多联系都断了，这边的联络人是谁还需慢慢找来。但我从小生长这里，找人应该不难。"

何凤三心道：幸好我追了上来，又说："送佛送到西，我陪你找到人再说吧。"

两人投宿在一间客栈之中，唐英换回了女装，何凤三称赞道："还是这个好，姑娘总该有姑娘的样子。"话虽是这样说，唐英纵使穿上女装，也并无多少女子的娇柔之态。何凤三看了半晌，叹气说："好好一个姑娘，怎么弄得一身男人气？"虽是这般说，他偏还就喜欢唐英这般的女子。

唐英微微一笑："何先生，那你说怎样的女子才是好女子？"

何凤三不假思索道："你这样就好。"这话其实和他先前的话矛盾，唐英也不介意，笑道："我以为，肯为国为民做事的才是好女子。"

何凤三大笑："你说这些，是男人该做的事，和女人有什么相干。"

唐英道："男人和女人，不都是一样？"

何凤三摇头道："大大不同，我要是娶一个女人，那就把她好好安置在家里，有大屋子住，热炕头睡。逢年过节带她去逛庙会，出门回来给她带漂亮衣料、首饰。我们俩和和美美生一屋孩子，一直过到七老八十。"

唐英十七岁便成为革命党人，这几年在外做事，早就不在意男女之别，何凤三所言本是她最不以为然的旧式观念，理应一笑置之。但不知怎的，唐英想象一下了他所说的那番情景，心头骤然一阵柔软，一时间竟是说不出话来。

桌上的油灯爆了一个双花，唐英霍地醒觉，匆匆道："天晚了，我先回房。何先生也早些歇息吧。"

何凤三心中不舍，正在这时，伙计敲门道："何爷，楼下有人找您。"

何凤三心中诧异，他来广州之事，除罗觉蟾外无人知晓，况且罗觉蟾也不会知道他住在这里，便问道："什么人找我？"

伙计答道："是个中年客商。"何凤三想了一圈，想不出这是什么人，便对唐英道："你小心点，在楼上不要出来。"说完他跟着伙计下去。

楼下果然是个行商打扮的人，看见何凤三时一笑："何老三，好久不见。"

何凤三一见此人，心头不由便是一悸，暗道这个人果然是追上来了，口中却全无示弱之意："毒蛇芯，是你？"

这人正是一路跟踪他们的单信，他神情飙狠，眼神中满是杀气，全无在罗觉蟾面前的和顺态度："何老三，你偷了九龙杯不说，又要学人造反？"

何凤三冷笑一声："三爷做什么，你也配管？"他言辞轻蔑，冷不防手底一动，一条链子镖朝着单信面门直打过去。

这条链子镖他平素藏在腰里，端的是来无踪去无影，谁料想他骤然一击，单信却在同时一个甩手镖打出，两件暗器碰在一起，当啷啷火星子乱迸。何凤三喝一声："来得好！"拽回镖尾，一镖又向单信下三路打去。

单信闪身避开，一伸手从腰间抽出一把缅刀。这把刀是缅铁打造，柔可围腰一束，利可吹毛断刃，是他随身的一件利器。何凤三手中链子镖左支右挡，错身之际，在单信腿上划出长长一道伤口，但单信手中缅刀顺势一削，"当"的一声却把链子镖断为两截。

何凤三手拿半截链子镖，懊恼自己没把趁手的秋水雁翎刀拿下来，他就手把链子镖一丢，双臂舒展如凤御九天，正是他苦练了二十年的翔凤掌法。

这套掌法自他练就以来，江湖路上还没遇到过敌手。纵然单信手握缅刀，何凤三亦不惧怕。两人激斗片刻，何凤三一掌带过，一张桌子被他扫塌半边，单信被掌风所带，闷哼一声。

何凤三哈哈一笑，正要上前再补上一掌，忽觉胸口一阵烦闷，说不上来的难受。

自追上唐英之后，他为了就近保护，这些时间和唐英形影不离，这么一来，他就没机会过大烟瘾了。偏这个机会，瘾头儿竟上来了！

高手相争，只在毫厘。单信见他情形不对，刀交左手，一掌朝着何凤三的后心就打了过去。先前何凤三称他"毒蛇芯"，这倒不是随意损人，而是因着单信练了许多年的毒掌。这一掌打个正中，何凤三只觉胸中如万马奔腾，霎时单膝跪倒在地。

单信冷笑一声，正要上前，何凤三却咬紧牙关，一把抄起地上的半截链子镖向单信掷去。单信挥刀一削，一阵叮当乱响，链子镖折成数段，摔落一地。谁料何凤三却乘机以掌风一扫，一并打灭屋内灯火。

单信暗叫不好，急忙以缅刀前后劈刺，以免何凤三乘黑偷袭，防护了一阵却不见声响。他这才掏出火折子，只见屋内桌翻椅倒，何凤三已不见了踪影。

单信哼了一声，收回缅刀："砍断两只翅膀，我看你能飞到哪儿去！"

这一边何凤三乘熄灭灯火之际，迅速来到楼上，带着唐英翻越后窗，从小巷子里逃走。只是未走多远，他体内毒性已经发作，喘着气对唐英道："你先走……找个可靠地方，别住客栈……"一语未了，他已经踉跄倒下。

唐英一咬牙，用力背起了他。

何凤三半夜醒来，只见床边一灯如豆，自己倒在一领竹席上，狭小的房间闷热潮湿，十分鄙陋。他眨一眨眼，心道：这是什么鬼地方，总不成是牢房？然而目力所及，却又没有铁锁栅栏等物。他心中诧异，一侧脸却觉鼻端有一阵清幽的栀子花香，却是唐英坐在一边，见他醒来，长出了一口气。

他勉强扯了一下嘴角："这是哪儿？"

唐英道："这是我以前的老用人阿五家，你放心，这里很安全的。"

何凤三笑道："你做事我当然信得过。丫头，你找纸笔来，我开个方子，好解我中的毒。"其实他烟瘾还在，只是不知为什么，他宁可自己难受，也不乐意让唐英看到自己抽大烟的样子。

唐英便扯下一张皇历纸，从身上拿出一支自来水笔："你说，我记。"

何凤三跑惯江湖，熟知这些使毒解毒的事情，当下念了药方给她。唐英唰唰记下，去外面嘱咐阿五连夜抓药，自己却又回来，陪在何凤三身边。

何凤三道："你陪着我干什么，你有事去办事，不然回家看看也好。"

唐英怔了一下，随即道："几年前我已和家里脱离关系，没什么看的。"

说到这里，纵使是唐英，眼中也流露出一抹黯然之色，她马上一笑掩饰，道："我去找东西熬药。"说着转身欲走，何凤三却一把拉住她："丫头。"

唐英一怔转身，何凤三自己难过得要死，却仍是拍拍她的手："难受时，别总藏着。"

直到天快亮的时候，阿五才回来，原来不知为何，药方中重要的一味冰片被搜罗一空，各家药铺都买不到，阿五好容易才配齐。唐英看包药纸上是"同欣堂"字样，知道这是当地有名的一家老字号，也不及细看，便匆匆煎了帮何凤三服下。未想没服药时人还明白，这一吃药，何凤三登时便晕了过去。若不是唐英会一些急救办法，只怕人都醒不过来。

这一下唐英大惊失色，拿来剩下的药细看，才发现所谓的冰片根本就是樟脑，一怒之下，便拿了药来同欣堂理论，伙计却不服气。正争吵时，门外马车声响，有个少年叫道："少爷，这是咱们家的店，里面怎么了？"

唐英心头焦躁，并未理会，却又听一个熟悉声音叫道："唐英？"

那人西式装束，气质佻达，正是罗觉蟾。

两人分别未久，未想竟在此地相会，然而唐英此刻也无心相叙，她见药店中人都向罗觉蟾身后的青年士绅行礼，知他是这里的老板，便怒道："这是你们同欣堂的药，明明是樟脑，怎么能冒充冰片？"

自认识唐英以来，罗觉蟾第一次见她失态，心头奇怪，嘴里却说："哎哟，唐姑娘，换上女装了？还是这么着好看。何老三怎么没在你身边？"说完这句话他忽地反应过来，"怎么，难不成是何老三出事了？"

唐英不及答他，只向黎威士道："我要真正的冰片。"

先前的伙计也站在一边，苦着脸道："真的没有。"

唐英还要说话，钟秋忽然插话道："哎，姑娘，你弄错了吧？这不是我们的药啊。"说着他抽出柜台边一张包药的纸，与唐英手里的药包比较。只见纸上虽都有"同欣堂"的字样，但一个是楷体，一个是隶书，而且唐英手中药包上面印刷模糊，但真正同欣堂的药纸，印刷却是十分精细清晰。

唐英一咬牙，醒悟过来这其中必有误会，便道："对不住，是我弄错了。你们这里既然没有冰片，我便去其他药铺找。"说着转身欲出门，却被黎威士拦住："姑娘留步，我是这家药铺的老板，既然有假冒之事，我需得弄个清楚；再者姑娘与罗先生相识，需要什么东西，我们也可帮忙一二。"

罗觉蟾也道："对嘛，有什么事情先说出来，何老三那人和我虽然不对付，出了事我还是要问问的。"

因有外人在场，唐英只简单讲述何凤三受伤以及买药不成的经历，罗觉蟾一拍大腿："不用说，冰片一定是事先被单信买光了！"他正要请黎威士帮忙，黎威士忙道："如此说来耽搁不得，钟秋，快去取些冰片来。"

同欣堂里虽没有，但黎家经营药材出身，寻些冰片还不容易？钟秋很快把药取来，黎威士道："我也懂一些医术，唐姑娘，可否允我一同前往？"

唐英眼光探询，看向罗觉蟾。罗觉蟾想到在客房中见到的种种革命书籍，暗想此人总不至于和革命党过不去，便点了点头。

六

马车很快来到阿五家中，黎威士进去为何凤三诊治，唐英则去重新煎药。罗觉蟾见何凤三神志不清，自己也帮不上什么忙，便走了出来。

钟秋正坐在车辕上读一张《时事画报》，两条腿一晃一晃。罗觉蟾很喜爱这个聪明伶俐的小厮，走过来问道："小子，你多大了？"

钟秋笑嘻嘻地放下报纸从车上蹦下来："罗少爷，我今年十六了。"

"才十六？"罗觉蟾笑道，"不错，你英文说得真够溜。"

钟秋笑道："都是少爷请人教我的。"

罗觉蟾又问："这英国字，你学了多久？"

钟秋道："三个月。"

罗觉蟾不由得一惊，心说这如何可能。钟秋看出他怀疑，笑道："罗少爷，我知道你不信，其实我还有一样本事，估计你更不相信。"

罗觉蟾道："什么？"

钟秋得意扬扬道："你给我一篇文字，我看一遍，就能记下来。"

罗觉蟾自然不信，钟秋也是少年意气，便把那张画报往罗觉蟾手里一塞，笑道："我背给您听。"说着当真朗朗地背诵出声，罗觉蟾与报纸上文字对照，竟然一字无差。

罗觉蟾大惊，心想：这小厮竟有这般本事？又一想，这张报纸他刚才看了半天，说不定已经背熟，于是来到街角，又买了另外一张报纸递给他。

"你背这个！"

钟秋笑道："罗少爷还不信我。"于是接过报纸，从头到尾认真看了一遍之后背诵，依旧是一字不错。

"小子，不简单哪！"罗觉蟾用力胡噜一把他脑袋，"将来准是个做大事的！"

他向来不羁，便坐下来和钟秋聊天。钟秋也还是少年天性，两人聊来聊去，居然十分投机。

说着说着，罗觉蟾又问道："对了，怎么有人冒充同欣堂的名号啊？"

钟秋一撇嘴："其实，那位姑娘一说我就知道了。一定是前面街里的那家药铺，他家专干这类偷鸡摸狗的把戏，卖假药，冒充人家招牌，这种事也不是第一次了。我要是少爷啊，就把这家店给砸了。"

罗觉蟾一听这事来了兴致："哪家店，你带我去看看？"

钟秋有些犹疑："少爷还在里面……"

罗觉蟾笑道："他们在治病，一时半会儿出不来，再说我是客人，就算你家少爷不高兴，他碍着我的面子也不会说你的。"

钟秋一想有理，他年轻好事，拉着罗觉蟾便走。

两人转过一个街角，就见一个獐头鼠目、穿着花哨之人从对面走来。钟秋一拉罗觉蟾衣襟："罗少爷，这人就是我刚才说的那家店的后台老板！"

罗觉蟾抱着手："这人长得可真够丑的，是谁啊？"

钟秋道："这人就是那个'青草蛇'陈四！"

罗觉蟾"呸"了一声，道："他也配叫'青草蛇'？青草蛇长得比他好看多了。"钟秋忍不住好笑，罗觉蟾又道，"你躲这儿，别让他看见你，我去整他。"

于是他一摇一摆走过去，佯作熟识一拍陈四肩膀："陈四哥，久见！"

陈四见他一身洋人装扮，便也客气道："您是哪个？一向少见。"

罗觉蟾道："理查德先生有事找你，咱们到这边说话。"说着带他往旁边一条小巷子里走去。

陈四听得理查德的名字，又看罗觉蟾的穿着，倒也信了，一边走一边还问道："理查德大人找我什么事？"话音未落，只听"嗡"的一声响，一根司的克劈头盖脸砸了下来。陈四"嗷"的一声，额角霎时流出了鲜血。

罗觉蟾不依不饶，抡起司的克又是一顿抽："何老三虽然不是个东西，也轮不到你给他开假药！小人我也见多了，没见过你这么五毒俱全的！"

要说到罗觉蟾的功夫，用四个字形容是"稀松平常"，再换四个字则是"平常稀松"，少有打一架如此痛快淋漓者。抽完人他犹不解气，又踹了几脚，这才神清气爽地步出巷子。

钟秋在一边偷看，只觉痛快之极，拍手叫道"好！"

两人揍完人，神清气爽地回到阿五家，当真是神不知来鬼不觉。

这时何凤三已然清醒，虽无性命之碍，但尚需休养几天。黎威士邀请几人住到他家，便于照料起居，罗觉蟾毫不客气，一口代众人答应。

到了第二天，何凤三行走已没什么困难，罗觉蟾前来看他，取笑说："哟！阴沟里翻船啦，凤凰教人拆了膀子啦！何三爷那在道上是多了不起的人哪，踩一脚紫禁城颤三颤，怎么叫人给叼了眼子啦？"

何凤三懒得理他，嘴里迸出一个字来："滚！"

罗觉蟾凑近了点儿："你叫我滚我就滚，那多没面子啊。我警告你啊何老三，我知道你现在毒没解全，动不了手，惹急了我扒了你的衣服，换个女人装扮给唐英看去，你当我干不出来？"

这种事罗觉蟾可真干得出来，何凤三怒道："乘人之危，算什么好汉！"

罗觉蟾笑道："不是你当年说的，我不是个东西。东西我都不是了，还当什么好汉？"

他大笑起身："您慢慢休养，我可找唐英姑娘说话去了。"说着，丢了个盒子过来。

何凤三被他气得头疼，骂道："什么鬼东西！"打开一看却怔了，那竟是一盒烟膏子。

另一边，罗觉蟾真去找了唐英。是时唐英正坐在喷水池边，一见他来，便即起身问道："罗先生，何先生的伤势怎样了？"

罗觉蟾笑道："没什么事，会生气也会骂人，我看他离伤好不远了。"

唐英忍不住一笑："罗先生真会开玩笑。"她收敛了笑意，"何先生是个重义气的人，这在如今，实在难得。"

罗觉蟾故作正经："你当着我面夸他，就不怕我吃醋。"

唐英抬头大方一笑："罗先生欢喜开玩笑，你心里本没别的意思。"

罗觉蟾不由得语塞。唐英又道："罗先生，有一句话，我一直想问你。"

罗觉蟾怔了怔，伸手抹一下额头恢复往日神色，这才笑道："什么事？"

唐英却未即刻回答，她弯下身去，拨弄一下池里的水花，这才问道："罗先生，你为什么要帮我？"

喷水池里的水很清，池中是一个白色的大理石雕塑，一个女孩半裸着身体，下半身却已变成一棵月桂树。唐英看着那西洋雕塑，缓缓道："罗先生对我们的很多事情都很了解，可是你……明显又不是我党的人。"

罗觉蟾怔了一下，随即缓缓笑了："唉……"他也弯下腰，捞起一片落入水池中的树叶，眼睛不看唐英，终于开口道："我有一个亲戚，他也是革命党。"

这次换成唐英一怔，罗觉蟾笑道："他也是广州人，论辈分长了我一辈，实际上可比我小了好几岁。"

唐英不由得问道:"他既然也是我党同志,不知现在哪里工作?"

罗觉蟾平淡道:"死了快一年了。他进京来刺杀摄政王,然后便死了。"

唐英惊道:"这样惊天动地的大事,为何从来没听人提到过?"

罗觉蟾道:"他连王府都没进去就被人一剑杀了,杀他的人后来也死了。这事当然没人知道。"他站直身,从西服内怀口袋中拿出那本《警世钟》,"这本书是他的,那还是我第一次看到你们的书。不错,真真不错。我原想着,到这里来,看看广州是什么样,你们这些人又是个什么样。"

唐英凝视着他的面容:"罗先生,你看到了吗?"

罗觉蟾笑了,把那本书又收回了怀中。

"看到了,你们都很好。"

他似乎不太习惯这种直接的表达,一句话之后,便转了话题道:"广州的那个联络人,你找到没有?"

他问到这个,唐英不由得叹了口气,说:"还没有。"

罗觉蟾道:"黎家这位主人黎威士,对革命似乎颇为同情,当初我住进来时,他在客房里还放了你们的四本书,你不妨向他探听下。"

唐英一怔,随即急急问道:"都放了什么书?"没等罗觉蟾回答,她又道,"是不是三本《警世钟》,一本孙文先生英文版的《伦敦蒙难记》?"

罗觉蟾回想一下:"确是如此,那三本《警世钟》放在上面,《伦敦蒙难记》则压在底下。"

唐英骤然起身:"果然是他!"

罗觉蟾一下子也明白了:"那是你们的联络信号?"他忽然想到自己初见黎威士时,不慎落出的那本《警世钟》,想必那时黎威士误以为他是前来送名册之人,便道:"走,咱们这就找他去!"

两人在黎家转了一个来回，也没找到黎威士在哪里。最后只看到钟秋在一边嚼草棍，罗觉蟾问他："你家少爷呢？我找他有急事。"

　　钟秋一看是罗觉蟾，急忙跳起来说："少爷去菠萝庙了。"

　　罗觉蟾"哦"了一声，对唐英说"你别动，我去找他"，便匆匆跑出门外。

　　这时已是暮色四合，罗觉蟾还记得菠萝庙的方向，转过几条街来到近前，遥遥见到庙里一点灯火，再走近些，隔窗却见一人对着神像，恭恭敬敬地行了一礼，随后上了一束香。他又见供桌上齐齐整整放了一桌供品，心里不由得诧异，今儿不是初一也不是十五，什么人来到这里上供？

　　庙里身影上香完毕，便站起了身，罗觉蟾看那人侧脸，正是黎威士。他心里奇怪：难不成黎威士和这庙里供的神像有什么瓜葛？可黎威士是个华人，怎又和印度人扯上了关系？

　　他正想着，远处又一阵脚步声传来，暮色中五色光芒一闪。罗觉蟾心道：他怎么来了？

　　这人却是先前在理查德家中出现的印度武士艾敏，五色光芒则是他腰间弯刀上镶嵌的宝石。艾敏也看到了罗觉蟾，却对他视而不见，伸手推开庙门，径直走入。

　　黎威士回身见到艾敏，也有些惊讶。此刻两人都站在神像之前，罗觉蟾仔细看了看，觉得反倒是这艾敏的相貌与神像有些相似，而黎威士与神像相像的乃是神态，都有几分端严。

　　艾敏站在庙中，看了一会儿黎威士，忽然指着上面的神像，开口说了一句话，音节古怪，含义莫名。黎威士听得茫然，问道："你说什么？"

　　艾敏皱一皱眉头，又换了一种语言，发音更为奇特，黎威士摊一摊手："对不起，我还是不能明白您的意思。"

艾敏紧皱双眉，终于开口又说了一句话，这次黎威士终于知道他说的是英语，只可惜——"抱歉，我也不懂英语。"

眼见这两人在庙里大眼瞪小眼，终于有人忍不住了。

七

"他是说，那个人是不是你的祖先？"一个人笑意吟吟，从门外走进来，正是罗觉蟾。他朝着黎威士一乐："黎先生，我可真听不下去了。"

黎威士笑道："罗兄来得好，烦请帮我翻译。这一位，确是我的祖先。"

罗觉蟾惊讶道："哟，您长得可不像印度人啊。"他还是照样翻译过去。

这次艾敏说了很长的一段话，罗觉蟾皱着眉头听完了："他说他是来自一个……什么什么家族，不好意思啊，这名儿太长了，我可不知道怎么说。他问你听说过没有？"

黎威士失笑："罗兄，你说不出是什么，我怎知听过没听过？"

罗觉蟾道："也是啊。"于是他翻译道："他说他没听过。"

此等翻译，委实祸国殃民。

艾敏大怒，拔出腰间弯刀，虚晃一招："难道你连这把刀也没有见过？"

这时新月初升，一抹浅淡月光斜斜照在刀刃上，只见这把刀形如新月，刀身上布满行云流水般的铸造花纹，其脉络如同数十层云梯连在一起，奇巧名贵之极。黎威士便道："这是大马士革刀，我自然识得。"

大马士革刀产于波斯，刀身上的花纹正是它的显著特征，这种刀华丽之余，亦是锋利无比。一把好的大马士革刀，不必保养，刀刃可经数百年而锐利如初。但它的铸法在百年前便已失传，未想这印度武士手中也有一把。

再说艾敏见黎威士识得此刀，脸色稍霁，又说了一长串话，这次罗觉蟾听完再次大皱眉头："糟了，这人说要和你决斗，你会功夫吗？"

黎威士道："罗兄，你觉得我看上去哪里像是会功夫的样子？"

罗觉蟾道："我觉得也是。"他翻译道，"他说不想打，好了，就这样了，我走了。"说着转身要走。艾敏哪里肯罢休，正要追上去说话，却见一个少年急匆匆冲进庙门："少爷，不好了，家里来了好多官兵！"

二人一惊，罗觉蟾想：难不成是唐英的事犯了？拉着黎威士就跑。

这一段路并不长，但在罗觉蟾看来，却似有千里之遥，他一边跑，一边向黎威士道："你是不是广州的联络人？"

黎威士一震，眼眸深深看向他。

罗觉蟾急道："不是我，唐英才是！"话音未落，黎威士一把抓住他，跑得比刚才还快。

等到他们回到黎家之时，却见里里外外聚集了许多人。罗觉蟾见为首之人正是单信，便没有同黎威士一道进门，而是悄悄躲在一角，再看广州巡警总局的局长也在一旁，唐英却已被抓了起来。

黎威士一整衣衫，神态自若走上前："谭局长，请问这是什么意思？"

他是广州城内有名的士绅，那谭局长自然认识他，忙道："黎公子，这位是京里来的单官爷。不是我说，您……您怎么招了乱党在家啊？"

黎威士"哦"了一声，转身朝单信行了一礼："这位官爷，我不过是个普通商人，不知乱党二字，从何而来？"

单信冷笑，指向唐英："这个女子便是朝廷通缉的乱党。不知您为何要收留她在家里？难不成也是与乱党有勾结？"说完这句话，他几个手下过来，就要把黎威士带走。只是这几人刚伸出手，只听"当"的一声响，一把弯刀伸出，隔开了他们。罗觉蟾一看，竟是方才那印度武士艾敏。他心想：这人居然一路跟了过来，又一想：嘿，这回可彻底乱套了！

横插了一个艾敏进来，谭局长知道他是理查德手下的人，心道可不要连英国人一同得罪了。这时黎威士坦然道："谭局长，这位官爷究竟是什么路数，原来没有证据也可以随便抓人吗？"

单信道："这女子确是乱党，她若与你素不相识，又怎会在你家？"

黎威士道："这位姑娘误买冒充我同欣堂字号的假药，这件事坏我家名誉，自然要请她过来问个究竟。这一点，同欣堂的伙计、当时买药的客人都可作证。"他冷冷一笑，"那个冒充同欣堂字号的，不就是你吗？"

罗觉蟾顺着他的目光看过去，只见一位脸肿得和猪头一般的人物，辨认了半天才认出乃是那位"青草蛇"陈四，心里不由得叫了一声，暗道：唐英去黎家一事竟是这个混蛋告的密！

这件事说起来也是罗觉蟾惹的祸，那天他把"青草蛇"胖揍一顿，陈四一路跟踪他图谋报复，因此才发现唐英和何凤三之事。不过罗觉蟾自然不觉得是自己不对，他想到了另外一件事情，便乘没人注意，匆匆向后面跑去。

在 1910 年的时候，清朝政府对各地的控制早已不像二百多年前一样严厉，一来没有证据，二来黎威士是当地有名的士绅，三来又有一个艾敏在里面，纵使是朝廷里派来的五品武官单信，也轻易动不得黎威士。

所以，单信也只得压下这口气，道："还有一个偷盗了九龙杯的大盗也藏在这里，既然黎公子清白无辜，那就不妨让我们搜上一搜。"

黎威士心下犹疑，唐英是因为身在花厅才被抓个正着，总不成再搭上一个何凤三？然而此刻骑虎难下，也只得带领众人，一一搜过各个房间。

黎家房间不少，搜过来颇花了一些时间，后来连何凤三住的屋子也搜了，里面却没有人，黎威士心里略轻松，却也奇怪，这何凤三藏到哪里去了？

眼见到了最后一间屋子，黎威士还没进门，便已见屋内灯火昏暗，不时传来低低的笑声，仔细听这声音，倒似十分熟悉。

单信心中诧异，应手推门，却见罗觉蟾正坐在床边。他见有人进来，"唰"的一声扯下了床上的帷幕，在他身边一个佣妇捧着酒壶，脸上的白粉扑得虽然多了点，但还算秀丽。

单信有些惊讶："十三爷，您也在这儿？"眼睛却往帷幕那边看过去，房间里灯火昏暗，虽然看不清罗觉蟾面上的神色，却可见那帷幕晃动不已。

罗觉蟾忽然叫起来："黎威士，我不是有意到你小妾房里的！"

黎威士尚未娶妻，何谈妾室？但他知罗觉蟾这样说必有用意，也就顺着台阶一搭一唱："罗觉蟾，我当你是个朋友，居然干这样的下流勾当！"

罗觉蟾佯作惶恐，手却紧紧拉着帷幕不放。

单信虽知罗觉蟾秉性，但这两人做戏的味道未免太重了点儿，他心中犯疑，口里却和颜悦色道："十三爷，让我看看床上如何？"

罗觉蟾手抓得更紧："老单，男女授受不亲，你还看些什么？"

单信愈加怀疑，一边不动声色道："十三爷说笑了。"手忽然闪电般倏地一把扯掉帷幕，他用力过猛，半条绣金帷幕都被他扯断，飘飘荡荡落到地上，露出了后面遮挡的人。

一个瑟瑟发抖的女孩子坐在床上，黎威士识得她是家中一个小使女，却不晓得怎么藏在这里。单信也是诧异，他只当何凤三藏在床上，没想到竟真是个女子。他只得拱拱手道："黎公子，得罪了。"随即带着一群人离开。

他当然不知，这群人一离开黎家，那个佣妇当即就掀了桌子。

罗觉蟾一把按住何凤三的头："你冷静点儿！"

已经卸下佣妇化装的何凤三如果不是毒伤未愈，一定会把罗觉蟾揍一顿："你真把我扮成女人！"

罗觉蟾叫道："唐英，现在重要的是救她出来！你计较这些小事干吗？"

被打扮成大脚婆娘当然不是什么小事，但提到唐英，何凤三也便把心思转了过来。罗觉蟾道："好了，其实大家都是一家人，黎先生，何老三，我再次给你们介绍一下。"他三句并作两句，简单说明了几人的身份，最后说道："真没想到单信能追到这里，我看黎兄你还是得小心。"

何凤三冷笑道："一个唐英当然不够，我看单信是想把名册和广州的联络人一网打尽。话说回来，怎么就那么巧，他能找到这里？"

罗觉蟾一时也不由得语塞，黎威士便插口道："这样看来，单信多少也猜到了我的身份，但他要想动我，却也不易。我看现下最重要的还是唐姑娘，现在通过官府救出她已不可能，也许我可以试着通过外国人干涉，来救出唐姑娘。"

何凤三道："只怕夜长梦多，可惜我现在用不得功夫，没法救人。"

罗觉蟾心念一转，抬头见艾敏佩着弯刀，神态冷冷地站在花厅一角，因众人知他不懂中文，说话时也没有背他。他站起身，走到艾敏身边。

"艾敏先生，你说要和这位黎先生决斗，他起先怎样也不肯同意。但经我再三劝说，他终于答应你的要求，不过，有一个条件。"

罗觉蟾所说乃是英文，这厅里的人除了他和艾敏，能听懂的只有一个钟秋。钟秋虽然觉得"决斗"这个词有些不对劲，但这两日他和罗觉蟾的关系处得好，又想他总不至于害自己少爷，也就听了下去。

艾敏一双琥珀色的眼睛冷若冰霜，问道："什么条件？"

饶是罗觉蟾胆大，也不由得被这目光看得一凛，心道：黎威士你虽然算是个好朋友，我也只好卖你一次喽，于是道："他要你打败一个人，救出一个人，这样才能证明你有资格做他的对手。"

八

深夜，万籁俱寂。几个人影绕着巡警总局的围墙一圈，选定一个位置，罗觉蟾低声问身边的黎威士："你确定是关在这里？"

黎威士点了点头。他在广州日久，人脉也广，探听出唐英关在什么地方还是小事一桩。但罗觉蟾环视一圈，见这里房不高、墙不厚，守卫稀松，气氛安定，比起北京的天牢相差了不是一两个档次，不由得笑道："这里太差，赶明儿我带你去北京的天牢转转。"

黎威士拱拱手道："免了，多谢。"他身边的钟秋却笑道："罗少爷，有机会你带我去北京玩玩呗。"

罗觉蟾笑道："成啊，你家少爷放你就成。"

钟秋便转头看向黎威士，黎威士拍拍他："先做事。"

钟秋伸伸舌头，不再多说。

几人来到角门处，罗觉蟾找出一截铁丝，三捅两捅别开锁头，又拿出一只油壶滴了几滴油，悄没声儿地推开铁门。他向身后一招手："都进来。"

院里也是静悄悄的，几人向里走了一段，竟然一个守卫巡警都没有。罗觉蟾正诧异，一侧脸却见艾敏琥珀色的眸子里寒光一闪，暗叫一声：不好！

霎时间，院子里寒光一片，霜雪分明。一排官兵次序分明地出现在小院之中，手中刀枪出鞘，团团围住几人，再看在这些官兵身后，竟然还有数名手持火枪的士兵，黑洞洞的枪口如同择人而噬。

罗觉蟾打了个冷战，心道：单信是把他的家底儿都带出京了。他低声向艾敏道："火枪手交给你。"想一想又补充一句，"别杀人！"

看着一个外国人杀中国人，他到底于心不忍。

艾敏"嗯"了一声，手一动，一道新月似的刀光闪耀长空。

说到艾敏刀法深浅，罗觉蟾委实毫不知情，他自己没那个眼力，于是临行之前，便去问何凤三："何老三，你眼睛毒，这艾敏刀法到底怎样？"

何凤三眼皮一撩："是个练家子，他那把刀不坏，应该错不了。"

罗觉蟾道："那和你比怎样？"

何凤三道："我又没见过他出手，怎么知道？这样，你绕到他身后去，踹他腿弯一脚。"

这种事情罗觉蟾自是乐意为之，这时艾敏站在花厅一角，他静悄悄来到艾敏身后，伸腿刚要踹，忽觉颈上一凉，那把弯刀已经架到了他脖子上。

艾敏居高临下地看着他，眼神寒冷，手里的弯刀没有出鞘。刀鞘上的红绿宝石硌得他脖子生疼。

等到罗觉蟾连滚带爬地跑回来，何凤三嘿嘿一笑："那家伙功夫不错，再练十年，能赶上我一半。"

这自然是大话，但从何凤三口里说出，却也是赞美。罗觉蟾摸着脖子，心道：又被何老三整了一回。

但此刻他们面对的，却是数十步开外火枪上膛的官兵。罗觉蟾也不知艾敏能不能对付过去，好在他事先亦有准备，大叫一声："上！"

罗觉蟾、黎威士、钟秋三人伸手入怀，掏出几个石灰包往地上一摔，霎时间白雾弥漫，四周官兵没有防备，一个个被灼得双目红肿，惨叫连连。

罗觉蟾掏出墨晶眼镜一戴，道："快去救人！"他推着黎威士就往里走。钟秋断后，这小子身手伶俐，偏又使坏，随身带了一把匕首，乘着白雾弥漫，众官兵无暇顾及之时，掏出匕首，朝着这些官兵脚面就扎过去。

于是地上又传来新一波的惨叫，钟秋扎了两个上了瘾，转头又往人堆里冲，罗觉蟾一把拉起他："小子走啦，你真当单信手下是吃素的！"

就在这时，罗觉蟾忽然听见几声极凄厉的惨叫，他诧异回头，惊见七八条手臂一同飞上半空。艾敏长发披散，手持弯刀，一身血迹从白雾中走了出来，仿佛印度神话中持宝剑的主神之一——毗湿奴。

他低声道："我最恨火器。"

他确实没有杀人，然而他砍断了那些持火枪官兵的两条手臂。

眼见那些官兵痛苦翻滚，罗觉蟾不忍再看，嘶声喊道："别砍手！"

新月般的刀光再度一转，刀光大盛，如月之恒，这一次却是转为砍脚，反倒是先前被钟秋扎了两刀的官兵捡了便宜，未曾遭这断腿之灾。

单信手下的官兵原本训练有素，但这凶神一样的人物气势实在太过骇人。更何况艾敏手中的弯刀锋利异常，无论什么兵器，只要碰上它，全部断成两截，又助长了他几分气焰。

打斗之中，也不是没有官兵伤到艾敏，但他浑然不觉，仿佛流的血不是他的血，而受伤的人也不是他一样。罗觉蟾一咬牙，心道：这人太凶，我可惹不了他，先把唐英救出来再说。他只得又往里面跑。

这一边黎威士已经赶了进去，他虽不谙武艺，但随身带了一把手枪护身，中途也见到了一两个阻挡的官兵，被他两枪撂倒，匆匆冲了进去。

牢房里竟没人看守，唐英一身是血地躺在里面，黎威士连开几枪崩断锁头，进去扶住她。唐英眸子里却还有神："黎先生，册子在罗觉蟾身上……"

这时罗觉蟾和钟秋也赶了过来，黎威士急忙道："罗觉蟾，唐英把册子藏在你身上！"

罗觉蟾大奇："这怎么可能？"他在身上摸索一遍，并无异样，正要再问唐英，忽又想起什么，伸手从内怀掏出一直带在身上的那本《警世钟》。

哪是什么《警世钟》，分明是唐英护送来广州的那本名册！两本书大小薄厚相仿，他竟然一直没有察觉。

"这丫头什么时候把书藏在我身上的？"罗觉蟾嘀咕一句，"也不怕被发现了我不来救你。"他收好册子，正待离开，忽见门口火光一闪，单信执着一根火把走了进来。

"都在这里，很好。这扇门已被反锁，你们谁都别想出去了。"单信笑一笑，火焰跳跃，映在他脸上，颇有一些阴森森的味道。

"十三爷，还是交出那本名册吧，不然我也顾不得素日情分了。"

罗觉蟾冷笑道："有本事，你就弑主啊！"

单信的面色一时变得颇为难看，最终他道："大事当先，真论起来，十三爷你姓的也不是爱新觉罗！"

罗觉蟾"哼"了一声，心里却不由得大骂艾敏，暗想：正是用人的时候，这混蛋跑哪儿去了？

单信却似已看透他心中所想，说："十三爷莫非是在想那印度武士？不必想他，我的手下也不是吃素的，拦他一段时间，还没有问题。"

他冷冷扫了一圈房中的几个人："把册子交出来。"

黎威士抬手便去掏枪，他快，单信却更快，缅刀灵蛇一般抽到黎威士手背上，手枪当啷一声飞出老远。黎威士捂住手，鲜血滴滴答答流了下来。

单信还刀入鞘："别在我面前耍花样。"

罗觉蟾见势不好，心念一转，把册子往钟秋手里一塞，低声道："看完，给我背下来！"

钟秋愕然："罗少爷……"

罗觉蟾转过头，恶狠狠道："快点！你以为我能撑多久？！"

钟秋还来不及反应，罗觉蟾已经扑过去，和单信扭打在一起。

罗觉蟾母系一族，原是北京城里的武术世家，家传的八卦连环掌也是江湖一绝，无奈他打小就没认真练过。倘若他真有他家长辈的一半功夫，今日里也不至狼狈至此。

单信的武功自然远在罗觉蟾之上，起初还顾念几分他的身份，未想此人死缠烂打，实是恼人之极，什么下流招式都往单信身上使。数招之后，单信不由得恼怒，一拳便向他后心打去。罗觉蟾闪避不及，被打个正着，一口血"哇"的一声吐出来，偏偏还死拽着单信不放。

这时黎威士已捡起手枪，但枪中只余下一发子弹。那两人扭打得又厉害，开枪太易误伤。他索性丢下手枪加入战团，然而这两人在单信眼里实在是太不够看，他一把将罗觉蟾甩到墙上，抽出缅刀就往黎威士身上砍去。

电光石火之间，有人尖声喊道："停手，不然我烧了这册子！"

一瞬间罗觉蟾欣慰到几乎要长叹一声："钟秋这小子，够聪明！"

屋角旁是火把，钟秋一手拿着名册就往火把上凑，眼见名册的边儿已被燎得发黄。单信只得住手，嘴里道："那小厮，你先放下……"他却乘钟秋不留神，缅刀如风，一刀向钟秋拿着名册的右手劈去。钟秋没想到他会出招，惊慌之下把名册一丢，虽躲过大半刀锋，却仍有余劲扫中，尾指与无名指齐根而断。

火把就在手旁，这一丢恰把名册丢入火中。一本名册能有几页，被火一引，呼啦啦全着了起来。单信大惊失色，快步上前抢救，刚扑打两下，忽觉后心一凉，却是罗觉蟾拾起地上的手枪，射出了最后一发子弹。

单信不敢置信地转过身，罗觉蟾被他打得不轻，趴在地上还站不起来，手里死死扣着扳机，却避开了他的目光。

"十三爷，革命有什么好，你身上……可还流着一半满洲人的血啊……"

大口血从他口里涌出，砰然一声，单信栽倒在地。

窗口流泻出的月光凄冷，照在单信的尸身上。

罗觉蟾叹了口气，他身上被打的地方疼得要命，似乎一动又要吐血。单信的尸体就摆在眼前，睁大的双眼死不瞑目。

"……革命有什么好，我哪里知道革命有什么好？可是大清国已经烂到根儿上啦。你当我喜欢革命啊？他们的书我也不是没看过，书上都说大清国要推翻，旧的东西一切也都得推翻。我懂，不破不立嘛。可我舍不得啊，德胜门的城墙，东兴楼的鸡片，琉璃厂里红的绿的料器，珐琅彩的瓷器，水上漂的玛瑙鼻烟壶，冬天玩的蝈蝈笼子……革命一来，它们都得没，都得没，我舍不得啊！"

他目光涣散，唇边却逐渐露出了笑意："可我认识的这些革命党，一个个都是不把自己性命当回事儿的，他们把自己的命拼出去，换一样东西。我琢磨着，这样东西，总该也是值得的吧……"

火把滑落，那本名册被烧到只剩下一堆灰烬。殷殷火光映在他的侧脸上，罗觉蟾手一撑欲待站起，黎威士伸手要扶，他却摆摆手："不用。"

他终于扶墙起身，捡起掉在地上的缅刀，回手一刀，割下了自己的辫子。

反锁的大门终于被一刀削开，一身浴血的艾敏出现在门外。

九

"罗少爷，你这是在干吗？"钟秋捂着包着纱布的右手，好奇地看着正在打包行李的罗觉蟾。

罗觉蟾飞快地打着行李："大事已了，我功成身退，也该离开了。"

钟秋奇怪："可是也不用走这么快啊，少爷还要请罗少爷喝酒呢……"

罗觉蟾把包裹打一个结："知己相交，不在一杯酒上。钟秋，好孩子，你和你家少爷说一声，就说我先走了。"

钟秋还要挽留，却听门外传来清朗的笑声："罗兄请留步。"

"听说，罗兄给我约下了一场决斗？"

罗觉蟾愁眉苦脸地放下行李："惨了。"他看着一脸光风霁月走进来的黎威士，只得拱手，"黎兄，这是事急从权，您是君子，自然会见谅。"

黎威士道："大家都是好朋友，倒也不必如此客气。但罗兄素知我不谙武艺，打算让我如何应战？"

罗觉蟾心说：我怎么知道？他讪笑着道："不如黎兄连夜离开？"

亏得他改得快，不然差点顺口说出个"连夜逃走"。

黎威士道："走倒是可以，我黎家在广州这一十三家药铺连同药铺里的伙计也一同走了不成？"

罗觉蟾忙道："那不如去找理查德，让他管管他手下。"

黎威士道："我早已查得，这艾敏只是理查德雇用来的保镖，如今雇期已满，理查德对他也拘束不得。"

罗觉蟾只得又道："要不找官府来管他？"说罢想到连单信手里的火枪队都制不住艾敏，轻轻给了自己一个嘴巴。眼见得黎威士脸上的神色越来越差，他终于忍不住道："要不找个人替打吧，何老三那家伙的毒不是解了吗？"

黎威士拱手一笑："多谢罗兄。"

罗觉蟾这才反应过来，嘿，自己掉人家套里去了！

黎威士走后，罗觉蟾仔细想想，又觉得这件事大不妥当，何凤三的功夫固然不差，但艾敏的刀法之高明，大马士革刀之锋利，却也是他平生少见。若因此事伤了何凤三性命，又如何是好？

在房间里足足转了一个下午，罗觉蟾也想不出两全其美的办法。这人的个性向来管杀不管埋，终于有一天遭到了报应。

他愁眉苦脸地走出房间，唐英正在外面，诧异道："罗先生，你怎么了？"

罗觉蟾摆摆手："没事。"

唐英笑道："晚上何先生就要和那印度武士较艺了，罗先生不去看看？"

罗觉蟾道："有什么好看的……等等！"他跳起来，"我还没开口呢，何老三怎么就去找那印度武士了？"

唐英道："他知道是艾敏替他去救我之后就开始发火，等我们回来后何先生更加生气了，便约了今晚的比试。"话音未落，却见罗觉蟾一挽袖子，怒气冲冲就往外走，她好奇道，"罗先生，你去哪里？"

罗觉蟾笑得狰狞："我去揍黎威士一顿。"

那天晚上星月耀眼，黎家花园之中，艾敏与何凤三两相对峙，至于艾敏为何答应改成与何凤三决斗，旁人就不得而知了。

艾敏再次拔出了他的弯刀，刀身上的纹路水波一样在月下流动不息，他琥珀色的眼睛一向冷漠如冰，全无感情，此刻却亮得惊人，充满了嗜血的兴奋光芒，仿佛这个人生命中的全部光辉，都只是为了这一刻而已。

何凤三懒懒散散地拔出了腰间的单刀，轻轻弹了一下刀刃。罗觉蟾立刻喝了声彩："好刀！"他怕艾敏听不明白，特意又用英语重复了一遍。

其实那把单刀非但比不得艾敏的大马士革刀，较之一般的名刀利刃，也略有逊色。但何凤三却很满意："什么叫好刀，用得顺手的才叫好刀。"

这把刀名为秋水雁翎刀，已经陪他走过了一十五个春秋。

他横刀眉前，艾敏一刀已经劈了过来。月下寒光如电，奇快无比。

何凤三大大咧咧一笑，刀意挥洒如风，轻描淡写地破开了这一刀的锋芒。艾敏眼神凌厉，弯刀由劈转刺，直奔何凤三眉心而来。眼见冷芒将近，秋水雁翎刀刀背一别，何凤三神不知鬼不觉又挡开了这一刀。

接连两刀被挡，艾敏怒气横生，弯刀拦腰一截，竟似要将何凤三一分为二。以大马士革刀之锋利，这也并非全无可能。

眼见何凤三避无可避，挡无可挡，间不容发之际却见他腰身向下一沉，一个铁板桥躲过刀锋，同时单刀借势一削，朝着艾敏的小腿就砍了过去。

艾敏只得收刀回撤，看向何凤三的眼神中也多了几分不一样的神情。

两把刀在夜空中交错回旋，一个身形如风，一个快刀如电，一时间星月都被遮去了颜色。何凤三心中暗想：这印度武士刀法果然特别，别的不说，这等快法也是江湖罕见。再说他手里这把刀委实不错，硬碰不是办法。

想到这里，他刀锋一转，换了一套刀法。艾敏只觉面前刀光缭绕，却分不清下一刀会从何处袭来，一时手中弯刀不由得慢了几分。

这套刀法有个名号，叫作"百花缭乱"，最是扰人耳目。艾敏被他接连几刀搅得茫然，眼神一凛，不管何凤的三刀势，以攻为守一刀刺向他前心。

何凤三暗叫一声好，心道：这厮定力倒是不差，堪与我做个对手。

两人翻翻滚滚斗了一百多招，谁也占不到谁的便宜。艾敏已然焦躁起来，印度刀法不讲究内力，打到这时虽不能说气力不加，但刀锋总不如先前锐利。反观何凤三，却是一派游刃有余之态。

他却不知何凤三并不轻松，一来要防双刀相碰，二来要防他刀法如电，这独行大盗心里叫苦：这家伙真正难缠，用什么招才能制住他？

但何凤三虽是心里这样想，表面却半分都看不出来。艾敏只见他神态悠然，刀意挥洒，心里愈发焦灼，蓦然间他大喝一声，左手也一并握住弯刀，高举过头，直劈下来。

这一刀气势十足，其时何凤三手中单刀正削向他的小腿，艾敏竟是全然不顾，拼个两败俱伤也要先劈上何凤三一刀。何凤三可没心思和他硬拼，着地一滚避开他当头一刀。艾敏双目赤红，双手握着刀，又一刀劈了下来。

"心浮气躁，江湖大忌。"何凤三在心里下了这八个字评语，他暴然起身，单刀一挺抵住弯刀刀柄，下面一个扫堂腿正扫中艾敏踝骨。

那里本是人身脆弱之处，艾敏"啊"的一声便向后倒。何凤三飞起一脚踢飞那把大马士革刀，手中的秋水雁翎刀已经架在了他的颈上。

"我还琢磨着怎么打败这小子，他自己倒撞上门来了！"何凤三哈哈一笑，十分得意。未想艾敏性烈，被他逼住之后，忽地就往刀刃上撞去！

何凤三大惊，他并不想杀人，匆忙间一脚把艾敏踢翻，未想艾敏执拗之极，被他踢倒之后，一伸手又抄起了地上的大马士革刀。

就在这紧要关头，黎威士忽然开口，说的却是艾敏曾说过的那种拗口语言，短短一句倒更像是一个名字。艾敏却不由得住了手，眼睁睁看着他。

黎威士又念了那名字一次，随后以中文缓缓道："这是你的名字吧？"

"其实你为什么来找我，我并非不知。"

"印度有一土邦，祖传的刀法和一把大马士革刀是他们世代相传的宝物，到了某一代时，继承者有兄弟二人。二人约定以武艺高低来定夺王位，兄长赢了弟弟，却留下弯刀，自己远赴海外。弟弟平生未曾败过，虽然继承了王位，却一直记恨此事，交代后人一定要打败兄长的后人，以雪前耻。"

他停了一下："看到这把大马士革刀时我便已猜到，你……其实是继承王位的弟弟的后人吧？"

众人都听得发呆，黎威士脚尖一点入神的钟秋："还不赶快翻译？"

钟秋这才醒悟过来，急忙翻译。艾敏默默听了，垂首道："是。如今我的国家已被英国人占据，家族荣誉也不能挽回。我的生命还有什么意义？"

起先说到什么王位、继承之事，何凤三并无兴趣，这句话他却听了进去，不由得大怒，指着艾敏骂道："你的脑子都在想什么！先有国后有家，你的国家都亡了，家里那点儿破事算什么！是个男人就拿起你的刀去复国，没出息！"

罗觉蟾在一边鼓掌喝彩："何老三，我认识你这些年，属这句话说得好！"他忽然狐疑，"黎威士，难道你不是中国人？"

黎威士笑道："当年那位王子之所以没有继承王位，是因为他已出家为僧。后来他漂洋过海来到广州，做了许多善事，也收养了许多孤儿。当地人感念，便修了庙纪念他。"他抬头看向远方，神情温润，"我的父亲，便是他晚年时收养的孤儿之一。他是我的祖先，可是，我也是中国人。"

他又说："艾敏，我不会武功。方才打败你的也不是大马士革刀法的传人。我知你注重父辈荣誉，为了这场决斗甚至甘愿充当保镖来到中国。我若一开始就上来劝你，你必然不服。可现在你想一想，国与家，究竟孰重孰轻？"

三天后，唐英带着钟秋默出的名册，启程去了南洋。

黎威士、罗觉蟾、何凤三等人皆来送行，罗觉蟾问道："唐姑娘，你们的革命革了这么多年，到底什么时候能成功？"

唐英笑道："我也不知道，也许还要很多年，也许就在明年。只要国人齐心，必有成功之日。"

罗觉蟾竖起大拇指："好！"他又贼嘻嘻地笑笑，从怀中掏出一把折扇，"唐姑娘，大家认识一场，我对你十分敬佩……喜爱，"他把敬佩两字声音说得甚低，却把喜爱二字提得颇高，有意无意又看了站在码头上的何凤三一眼，"南洋酷热，这把折扇作为送你之礼，希望你能够随身携带。"

何凤三双手抱在胸前，目光足可以杀人。

唐英也不介意他的言语，大方地接过折扇打开，却见上面绘画着精细的山水，旁边题了辛弃疾的两句词：江头未是风波恶，别有人间行路难。她笑道："辛词虽好，但太沮丧了。"于是取下衣襟的自来水笔，改了几个字。

——江头自有风波乐，何惧人间行路难！

她转身上船，再不曾回首。

何凤三伫立码头，直到那艘船再看不到踪迹，犹自不愿离开。

罗觉蟾向他道："得啦，唐姑娘也走了，你打算怎么办？"

何凤三黯然道："我回去吧，这一路由南往北慢慢地走，待到了北方，九龙杯的事儿也淡了。"说罢，也转身离开。

又走了一个，罗觉蟾站在码头上，吹着海风，心道：我倒是去哪儿呢？

正寻思间，忽然有人拍了拍他的肩膀。罗觉蟾一惊，回首却见黎威士笑意吟吟，正看着他。

"罗兄，你可有去处？"

罗觉蟾摇了摇头，黎威士笑道："既然如此，罗兄不如和我们一路，如何？"

罗觉蟾看着他，黎威士面上带笑，眼神诚恳又真挚。罗觉蟾摸了摸自己的短发，终是笑道："好啊。"但他随即又问道，"管吃管住吗？有银子吗？"

这后一句才是他素日的本色，黎威士忍不住好笑，道："都有。就不论别的，我家在广州这些间药铺，总还养得起罗兄一个人。"

罗觉蟾装模作样地点一点头："那就好。"

二人一边说着话，一边朝来路走去，小厮钟秋一蹦一跳地跟在后面。

在他们身后，一轮红日，正冉冉升起。

篇三
惊鸿客

一

　　淅淅沥沥的小雨下了一整天，晚上刚一擦黑，天门县里的大小店铺就都关了门。店主们相互谈论："如今这世道乱，早些收摊也罢了。"

　　就在这时分，一骑马一阵风似的跑进县城。骑马之人不到三十岁年纪，外罩一件黑呢斗篷，眉眼细致，正是罗觉蟾。他骑了一天马，那件斗篷早已湿透，搭在身上生铁一样，十分不爽快。他皱一皱眉头，天门县不大，急切间想找个客栈、饭馆，还真不易。

　　罗觉蟾四下打量一番，见一条巷子里有一点红色炭火，原来是个还没收起的馄饨摊子。他翻身下马，把马拴在巷口一棵树上，拧了拧快要滴出水的斗篷，慢慢走了过去。

　　看摊子的是个穿一身青布衣裤的少年女子，眉眼生得娇俏可喜，罗觉蟾笑道："哟，好个俏丫头，给我来一碗馄饨，多加辣子，若有热酒，也烫一碗出来。"说完摘下风帽，一挽袖子，只见他大拇指上戴了一枚一汪水似的翡翠扳指，绿痕一转，月下煞是醒目。

　　火光打在他的面容之上，青衣女子眼睛不由得一亮，又盯了那扳指两眼，这才殷勤笑道："客人，煮一碗桂花糊米酒好吗？"

这桂花糊米酒是汉口一带的特产，说是酒，其实就是酒糟，罗觉蟾笑道："好啊。"又补一句，"你端什么上来，都是好的。"

这句话分明有几分调笑之意，青衣女子也不生气，嫣然一笑，端了糊米酒上来。罗觉蟾十分啰唆，一会儿要陈醋，一会儿要芫荽，一会儿又要辣子，馄饨没吃几口，碟儿碗儿倒摊了一桌子。吃着吃着，忽然他"哎呀"一声，一头栽倒在桌上。

青衣女子叉腰一笑，"呸"了一声，伸手去掀他的斗篷，忽然间罗觉蟾一挺身，咣的一脚踹翻了桌子，伸手从腰间抽出一把手枪来："丫头片子，想劫我！"

那把枪枪身小巧，银光闪耀。这时是宣统三年，也就是公元1911年，枪支已不是什么特别稀罕的东西了，但这般精致的手枪却是难得一见。那女子也不由得一惊，倒退两步打个呼哨，小巷子里嗖嗖又蹿出两个人来。这两个人粗犷彪悍，手里各擎着一把白蜡杆子大枪，眼睛里带着择人而噬的冷光。罗觉蟾看了，不由得打了个寒战，暗道一声：失算！

他原以为青衣女子不过是个下蒙汗药偷钱的小强盗，看了这两个汉子才知不妙。这两人面有杀气，眼中带血，说不定身上已经背了不少桩案子。但罗觉蟾反应也快，枪口向天"砰"的就是一枪，喝道："大家为的无非是一个钱字，搏命不划算吧。"

左边的汉子冷笑一声："我们在这里候了你三天，你想走也成，先把你身上的宝贝留下来！"

罗觉蟾心里一惊，暗道：自己的行踪怎么被他们知道了？又想这毕竟是在县城之中，自己方才又开了一枪示警，莫非这几人当真不顾忌？

右边的汉子似乎已看出他所想，笑道："杀了你拿东西走，我们哥几个自问办得到，你还指望那班捕快赶过来？"

他话音未落，罗觉蟾瞄准他"砰"的又是一枪。手枪与其他枪支相比瞄准极难，需知罗觉蟾原是京华子弟，少年时就有机会接触到当时罕见的手枪，一手好枪法京中闻名。右边的汉子见他手一扬，飞快地向右一闪，到底慢了一分，忙捂住手臂，鲜血滴滴答答从指缝里流下来。

罗觉蟾原拟一枪先做掉一人，未想只打伤了那人的手臂。他枪口一转，朝着左边又要开枪，不料耳畔风声忽起，却是那青衣女子自怀中取出一条长鞭，一鞭抽向他腕子。

说到罗觉蟾枪法固然是相当不错，但功夫稀松平常，这一鞭风声他是听到了，可躲开却是绝无可能。一时间他脑子里只闪过一个念头：千万不能松手！

这一鞭正抽到罗觉蟾手上，从小指到手腕抽出一道深深的鞭痕，他觉得腕骨几乎都被抽断，一时间痛彻心扉。但饶是这么着，他手里的枪还是没扔下。

没扔下又如何，那两个汉子齐举大枪，一起向他冲来。罗觉蟾躲避不及，"砰砰"又是两枪，但此刻他手腕受伤，并无一枪打中，更有一枪几乎打到他自己脚面上。

就在这电光石火之际，一道青锋乍起，如清风倏出，冷月骤现，罗觉蟾一时间只当是剑仙出世，他抬起未伤的左手一揉眼睛，却见一个蓝影挡在身前，手中锋刃如水，剑芒半吐。再看那两个大汉手中空空，两杆大枪已被打落在地。

"多谢大……"大侠还是大仙还没有想好，他一抬眼，却见面前背影身姿清瘦，头挽道髻，竟是一个道人。

那两名盗匪也十分诧异，但这二人毕竟是纵横多年的巨盗，下一刻便控制住了情绪，各自从靴间抽出雪亮的匕首，那青衣女子也一展长鞭，三人合围上来。

那蓝衣道士负剑身后，剑尖指天，月光斜斜地照下来，与他剑尖光彩隐成一线，月下看他背影形容如水，而气魄如山，就算不是神仙，却也不似凡人气概。

罗觉蟾这时本可乘机离去，但他生性好奇心重，又觉得这道士应不会吃亏，居然留在原地，细看几人打斗。只见那道士虽被三人围住，却丝毫不显慌乱，起初还是那三人向他进攻，到后来，竟是三人被他步伐牵引，在巷子中团团乱转。

又过一会儿，那道士判断时机已然成熟，轻喝一声："放手！"那青衣女子功力最浅，长鞭脱手，打着旋飞到半空中。另外两人功力虽胜于她，但也实在坚持不住，当啷啷匕首脱手。蓝衣道士剑尖星芒一分为三，如灵蛇辗转，三人未发一言，已均被点中穴位。

这是剑尖点穴的功夫，穴道被点而肤不见血。这种功力委实难得，罗觉蟾不由得鼓起掌来，大声叫道："好！"

这一鼓掌牵动腕上伤口，他忍不住龇牙咧嘴。

蓝衣道士转过身来："这位先生，你怎么样？"这句话虽是问候，语气却颇为清冷。

罗觉蟾抽着气："没事，没事，就是刚才被那丫头抽了一鞭子，嘶……"

蓝衣道士还剑入鞘，平淡道："这几人横行已久，本是当地的大盗。"说着自身上取出绳索，将三人缚好，道，"我带这些人去官府，先生自便。"

罗觉蟾心里奇怪：你是个道士又不是捕快，抓贼和你有什么关系？他这人想到什么可不会避讳，便笑问道："道长不但抓鬼，难道还管抓贼？"

蓝衣道士并未回答这个问题，只扫了他一眼，这一眼如寒冰利剪，冷锐之极。罗觉蟾本是个天不怕地不怕的人物，不由得也抖了一抖，干笑着又换了个话题："我叫罗觉蟾，不知道长法号如何称呼？救命大恩估计我没什么机会报答，日后若是有缘再见，请道长吃一顿素斋也是好的。"

蓝衣道士平静地说道："我并无道号。"

罗觉蟾笑道："您这是开玩笑了，岂有没个道号的道理？"此刻他与道士距离很近，月下见这道士眉清唇薄，面容十分清俊，然而眼神中却颇显郁气，看不出究竟多大年纪。他心里不由嘀咕：这道长好个品貌，京城里也少见这般人物。

罗觉蟾这边思量，却见一物掷过，他以未受伤的左手抄住，原来是个青花瓷盒，打开一闻，只觉药味扑鼻，乃是上好的金疮药。他不由得高声叫道："谢了！"

月色之下，长街之上，只见一个蓝衣道士牵着一串"粽子"渐行渐远。

去年，罗觉蟾去了广州，结识了革命党人黎威士，两人自此成为好友，而革命党人的行动，他亦是跟着参与了不少。这一次他却是要奔赴汉口，执行一样重要任务。

现下罗觉蟾给自己上了金疮药，把药和手枪都收入怀中，忽然间脸色一变，叫一声："糟了！"

原来此次他还要寻一个人接头，但方才一场打斗后，信物竟然消失不见了。要知罗觉蟾并未见过接头之人，何况就算找到那人，自家又如何取信于人？

他抹一把汗，寻思方才情形，暗想莫非是打斗时掉落在地上？于是在翻倒的馄饨摊上好一通翻找，又去巷口细细查看，地皮都被他削了一层，却未曾见得信物痕迹。

这下罗觉蟾着了急，心道：去馄饨摊前信物还在身上，莫非是那道士趁乱拿走了？一想那道士并不曾接近自己，再说以他武功之高，就算杀了自己也是轻而易举，何必又赠己伤药？

他思量半天，全无结果，索性不想，去找个客栈投宿。

这一晚总算平安度过，天门县离汉口已然不远，之后的路程也算平顺。罗觉蟾策马扬鞭，恰于约定之日来到汉口，他暗想：虽然没了信物，自己却也未必办不成差事。

老北京人讲究坐茶馆，这一来汉口，罗觉蟾才发现原来汉口的茶肆酒楼亦是十分兴旺。一条汉正街上人声嘈杂，热闹非凡，罗觉蟾看得颇有趣味。

他张望一番，选了一家春来茶馆，这正是事先与人约定的地点。他一摇手中折扇，大摇大摆地走了进去，先要了一壶茶，又从拎着竹篮叫卖的闲汉那里买了油炸锅巴和米花糕，咕咚一口茶，吧嗒一口糕，在茶馆里举案大嚼，倒也畅快。

就在这时，有几个新军军官走进茶馆，一路说说笑笑。打头的一个人眉清唇润，气质斯文，与其说是个军人，倒更像个书生；在他身边还有一名军官，气度沉郁，也不似寻常人物。一众军官中，就属这两人最为耀眼。尤其是打头那名军官人缘颇为不错，自进茶馆以来，和他打招呼的人一路不断，他笑着一一寒暄过来，这才找了张桌子坐下。

罗觉蟾看了他一会儿，便转回头看身边几个妙龄少女，心道：这汉口的女子生得好生俊俏，忍不住便丢了几个眼风，卖弄一回风流。

这时，却又闻茶馆中有人唱起了曲子，声音清越而富有男子气概，正是那个气质斯文的军官，惹得茶馆里的女子都在看他。

罗觉蟾心中愤愤，却听得那军官唱的是："兴亡成败，叹英雄黄土，侠骨荒丘。千秋万岁，无限为龙为狗。君不见六朝烟草余芳乐，几片降旗上石头。"

唱到这里，他身边几个人一起鼓噪："不好不好，我们出来本是寻欢乐的，杨兄这个词，却让人心里不爽快。"

罗觉蟾暗想，如今这局势，想爽快还不易呢。那杨姓军官笑道："这是你们没听我唱完。"于是继续道，"青天外，白鹭洲，暮鸦残照水悠悠。斜阳里，宝善楼，湘帘半挂月如钩。"

这本是夏完淳的一首曲子，按理来说后面一句应是"斜阳里，结绮楼"，却被他唱成"斜阳里，宝善楼"。罗觉蟾心念一转，眼光如电，扫向那杨姓军官。

此时正是1911年的10月，这一年湖北新军因着武汉防务空虚，准备在发动起义，而起义筹备处，正设在俄租界的宝善里！

二

有趣的是，罗觉蟾看向那杨姓军官，杨姓军官也扫了他一眼，随即斯斯文文地一笑。罗觉蟾看他神色不同，暗想：此人姓杨，相貌也与自己欲寻之人相符，莫非正是自己要找的那个人？他正要想个法子试探，却在这时，有一个老者进入茶馆说书，吸引了大部分人的注意力。

这老者生得瘦小枯干，做个道人打扮，面色和蔼，一双手却残缺不全，看上去有些怕人。茶馆中人似乎对他颇为熟悉，纷纷叫道：

"今天说哪一段书？"

"说那个惊鸿客剑挑十三枪！"

老者听了此语，逸兴横飞，把醒木往桌上一拍，道："那便讲这一段！"

其时武风颇盛，京城有大刀王五，天津有霍元甲，河北有孙禄堂，这些人物非但蜚声内外，而且门人众多。但这位惊鸿客罗觉蟾却是初次听说，却见那老者把醒木再度一拍，道："人生到处知何似，应似飞鸿踏雪泥。泥上偶然留爪印，鸿飞那复计东西。"

这个便叫作定场诗，一段诗句表完，只听这老者道："咱们这里的武学大家，最有名的乃是一位黄叶道人。他老人家本是明朝宗室，出家正是为了不着清朝衣冠。一身武功超凡脱俗，非但可以降龙伏虎，更会腾云御剑，千里之外取人首级。他三个弟子中，大弟子资质平平，二弟子学了他的拳脚功夫，唯有关门小弟子惊鸿道人承继了他一身剑法绝学，年纪虽轻，天下间已少有对手……"

罗觉蟾起初还兴致勃勃，听到什么"千里之外取人首级"便觉无聊，他见识亦广，心道"我听这些胡诌作甚"，便只吸溜着茶水，眼望着那杨姓军官，心里琢磨着试探办法。

此刻那老者已说完了一大段书，将至结尾："……湖北宫家虽也是江湖有名的门派，却当不得年方弱冠的惊鸿这一剑之威。这一日之中，除去宫家家主宫剑翔不在门中之外，惊鸿破了宫家的五绝枪阵，击退门中的'铁血三英'，宫家的五位长老亦是当不起他手中长剑。夕阳斜下之时，他单人只剑，走出宫家，夕阳和血，洒落一身。经此一役，惊鸿客之名震动湖北。这正是'小道人剑挑十三枪，惊鸿客一人制一门'！"说罢，他醒木啪的一拍，半闭了眼，唯有面上肌肉跳动不已。

罗觉蟾对这些话都没兴趣，只听到"湖北宫家"时，心中一动，顿时有了主意，他懒洋洋打个呵欠，起身道："老先儿，您这段子说得虽然不差，可都是些老故事。如今不比从前，总要说些新鲜玩意儿。"

他一口清脆流利的京片子，在这茶馆里格外惹人注意，众人都抬头看他。罗觉蟾笑道："各位，如今我来说一段新书，大家以为如何？"他也不等旁人说话，便道，"我这新书，说的也是个道士，然则说这个道士之前，却要先提一个人，此人姓李，双名有庆。"

这个名字听似寻常，然而那杨姓军官听了，却不由得为之注意，面上虽还带笑，眼波却已凝注。

革命时期，与孙中山并称的另一位革命者黄兴先生，其化名之一，正是李有庆。

"这李有庆出身甚好，受过中外的教育，素来心怀大志，专一结交天下豪杰。他无论听到哪里有能人异士，必要折节下交。因为这豪爽的个性，他也结交了不少好汉。有一年，他听说湖北宫氏一门，擅用长枪，于是便启程前往拜会。"

那说书老者也曾提到宫氏家族，这一家素以枪法闻名，家大势大，多有人传言宫家私下里做的是黑道买卖，然而官府却也不敢轻易动他。罗觉蟾又道："自古道，英雄惜英雄，好汉敬好汉。宫家家主宫剑翔也久闻李先生的大名，叫出许多族中的优秀子弟当场献艺。李爷本也擅长武艺，不由得称赞不已。

"酒宴过后，李有庆饮得酒多，回到房中，倒在床上不久便即睡去。这一年天气寒冷，他睡时不觉怎样，夜半醒来，却觉身上有些发冷，正要叫人……"

他说到这里，那杨姓军官忽然笑道："这位老兄，看你说得活灵活现，倒似当时看到一样。"

罗觉蟾一本正经道："兄台，你看那蒋干盗书，周郎梦呓，莫非也有人看到不成？自然是想当然耳。只是我又与他们不同，因我掐指一算，便前知五百年，后知五百载，这点小事，一算便知。"

众人轰然一笑，杨姓军官本就是开个玩笑，也便付之一笑。罗觉蟾又道："再说李有庆本要起身，忽听门外有响动，这时深更半夜，夜阑人静，窗外的寒风一阵阵地呜咽不止，房门吱啦一声闪开一条细缝，李爷不由得心中一惊，暗想：这般时分，是什么人私下前来？"

他这么一说，众人也不由得猜测不已，有人道："怕是强盗。"

有人嗤之以鼻："宫家怎会有强盗？说不定是鬼怪妖邪。"

杨姓军官笑嘻嘻道："说不定是个美貌女子。"话音未落，他身边那个眉目沉郁的军官冷冷瞪了他一眼。

罗觉蟾笑道："这人头挽道髻，身穿旧衣，手拿一篮木炭……"说到这里众人不由得诧异，罗觉蟾继续道，"原来是宫家一个前来加炭的下仆。"

众人"唉"了一声，都道这人不是说书的，倒会卖关子。

"这仆人穿得单薄，天气又寒冷，加炭之时手哆里哆嗦，撒了几块炭在地上。李有庆心下不忍，心道：宫家是大族，缘何对下人这般刻薄？却见那下仆弯下身来，伸手捡起那几块烧得红炽的火炭，一一丢入火盆之中，双手却全无损伤。他又细看一眼，惊觉这仆人竟是一个瘸子，但瘸归瘸，走路却悄然无声。李有庆大惊失色，暗道：这宫家果然藏龙卧虎，这样一个下仆，竟也有这般高深内功！再一细想却觉得不对，眼见宫家那几个子弟绝无这等武功，莫非这人竟是一个隐藏于风尘之中的异客不成？"

他讲到这里，先前那说书老者忽然倒吸一口气，只是此刻旁人皆聚精会神，并无人注意。罗觉蟾向他的方向扫了一眼，便继续讲述："次日他细心观察，这仆人在宫家果然只是一个下等的佣仆，当晚，他便向宫剑翔笑道，宫家诸人武艺虽好，我却以为有一人最为出色。说罢手一指廊下，正是那个下仆。可那人一听，自己先往后退了几步，双手乱摇。

"这一下李有庆也是诧异，又一想，这说不定是他故意做作，于是上前几步，握住那名仆人双手，诚挚道，'我观阁下身手，必然是一位深藏不露的高人，何必令美玉埋于尘中？'他虽出自一片赤诚，宫家几个子弟听了却大不是滋味。'铁血三英'之一的宫五常便呵斥道，这里岂是你待的地方？速速下去！那仆人便急忙往下走。李有庆一把拉住他，'你功夫不俗，何必退缩？'"

他讲到这里，周遭众人情绪已被调动起来，有人便叫道："快出手！打了这些宫家人再说！"看来宫家人在当地名声实不甚好。

罗觉蟾继续道："那仆人无奈道，'大爷，我不懂功夫'。这一句话说出，众人皆笑，原来他说的是当地最为俚俗的土话，并无半点气概。宫家家主宫剑翔便笑道，这个人乃是自愿在宫家为仆。他说这话，便是不要李有庆干涉之意。李有庆虽明白，却不忍心错过这样一名高手，又要讲话，宫五常便上前几步，用雪白的袖口将手一掩，用力一推，喝道，'滚开！'这宫五常为何要把手掩上呢？却是那下仆身上肮脏，他不愿以手直接触碰之故。

"他力道甚大，那下仆踉跄几步，跌到一只酒坛之上，酒水哗啦啦洒了一地，他一只手也被碎片划得鲜血淋漓。李有庆看了大为不忍，伸手去扶。宫五常却一脚向那下仆踹去，就是泥人也有个土性儿，那下仆脸色骤变，他慢慢向前走了一步，却见他方才所站之处，地上酒坛碎片已经碎裂成粉。

"宫五常大声冷笑，看样子你还要造反不成？他上前一掌击出。未想掌到中途，却被一人拦住，这人不是旁人，正是李有庆。他喝道，'宫五爷！何必如此？眼下这仆人身上有伤，又非歹人，何不先为他包扎，大家坐下来细谈？'

"他虽是这般说，宫五常却哪里肯听，又一掌击去。李有庆又要拦阻，那下仆却忽出一掌接过，沉着嗓子说，'李爷，这些年来，你是第一个如此看重维护我之人，谢了！'这一句他说的虽然仍是土话，却已有了英雄人物的气概。说罢一纵向前，轻飘飘一掌落下，其势却有千钧之重。宫五常侧头避过，一条大辫却被掌风震得呼一声荡起。

"宫家本以枪法出名，宫五常手中无枪，不免落了下风。这下仆一条腿瘸了，行动不便，可手中一套掌法却几是在场诸人平生罕见。宫五常左支右绌，不到十招，已被逼得喘不过气来。宫家门主见他窘迫，一伸手抄起一条八尺亮银枪掷过。那下仆虽然身处打斗之中，却是眼观六路耳听八方，抬脚只一挡，只听'当'的一声，那条枪霎时被磕飞出去。"

众人听到这里，轰天价叫起好来。杨姓军官也不由得点头，与他同伴对视一眼，茶杯轻轻一碰，各饮了一口茶。

罗觉蟾将众人面色都看在眼里，便继续讲述下去。

"这一下连宫剑翔都失了脸面。那下仆却长叹一声，收回了手。他一语不发，转身便走，腰背挺得笔直，一条腿的瘸态更加厉害。这时就看出李有庆的识人之能，他快走几步将人拦住，'你功夫如此了得，何不随我一起，轰轰烈烈为国做一番大事？'

"那下仆看他几眼，忽地长笑出声，'罢罢罢，这些年来，并无人把我当个人看，李大爷你既然抬举我，这条命我便交给你了'。说罢随着李有庆离开。李爷身份非同一般，他要带人走，宫家门主也不好当真阻拦。之后数年，这下仆随着李有庆东奔西走，南征北讨，忠心不二，立下了许多功绩。后来绿松林一役……"

杨姓军官听他竟把"黄花岗"随口编成"绿松林"，忍不住要笑，但旋即便收敛了笑容。

黄花岗起义发生在今年上半年，震惊天下，用孙中山先生的话讲，真个是"碧血横飞，浩气四塞，草木为之含悲，风云因而变色"。虽然收敛了七十二具尸骨，但在起义中牺牲的志士，却远不止此数。黄兴战至最终只剩他一人，右手断了两指。那名武林怪杰亦是逝于这一役中。

罗觉蟾换了关键的人名地名，将这场起义描述得天地变色，最后他一拍桌子，道："像这样的，才称得上一句英雄！"

茶馆里有人听懂了这个故事的一部分，也有人听懂了另一部分，但大部分看客不知所以，听他讲完，掌声雷动，有人喝道："这小哥去说书，一天准能赚几十个大子！"又有人道："再来一段！"听得那两个新军军官直摇头，罗觉蟾倒不介意，又笑道："这位才算英雄，黄叶道人与其相比，就不值一提了。"

方才被罗觉蟾赶到一边的说书老者点一点头："这位先生书说得果然好，小老儿自愧不如。只是请问一句，这位了不起的大英雄名号为何？"

罗觉蟾被噎了一下，他早先听黎威士讲过这下仆的事迹，可不知那人名字，便笑道："天机不可泄露。"

说书老者叹一口气，面上忽现伤感之色："你也讲过他头挽道髻，可见是一个道人，此人道号鹏行，本是黄叶道人的第二弟子。"

喝过了茶，罗觉蟾一摇三晃地步出茶馆，走出未久，便觉身后有人跟随。他低低一笑，也不回头，只挑人少偏僻的界来走。

直走到一条两侧房屋都废弃一半的巷子里，罗觉蟾在转角处暗自回首，见身后人正是那杨姓军官，但此刻他乃是单身一人，茶馆中的同伴已不见了踪影。

罗觉蟾心中暗想：这人倒也胆大。他加快步伐，渐渐地却是向郊外走去。

他身后之人脚步忽紧忽慢，不即不离，一直随在他身后。直到一个偏僻无人烟之处，这里有一个半枯的水池，一棵高大的桂树绿荫如织。罗觉蟾转过身来，笑嘻嘻道："这地方好，杀了人顺池子一推，无人得知。"

杨姓军官也现出身来，他前行几步，斯斯文文一笑："好说，好说。"

两人对望一眼，忽然之间，罗觉蟾从身上飞快地掏出那把银光闪耀的手枪，枪口正指向杨姓军官的额头。

他这个掏枪动作快到极点，且事先全无征兆，但与此同时，另一把枪也顶上了他的太阳穴。

杨姓军官面带微笑道："看来，我们是想到一起去了。"

行家伸伸手，便知有没有。单看这一个拔枪动作与应对反应，二人均知对方乃是个中高手。

两人的情形微妙而紧张，无论谁先开枪，另一个人只怕也难逃重伤甚或一死。但奇妙的是，拿枪的两人都没有多少害怕的意思，杨姓军官甚至还眨了一下眼睛，笑道："老兄，我看你枪法不错，但眼下形势，却显不出你的本事。"

罗觉蟾也笑道："依你说，应当怎样？"

杨姓军官向远一看，见那棵桂树上，一条毒蛇沿着枝丫蜿蜒而上，头成三角，口吐红芯，模样颇为狰狞。他一皱眉，眼神中掠过一丝厌恶情绪，便道："这毒蛇真是可恶，我们便看看谁能打它下来！"

罗觉蟾想了想，居然答道："倒也不坏。"

那条毒蛇似乎感应到了两人的言语，簌簌地就往枝叶深处爬去。杨姓军官哪容它离去，手一抖，"砰"的就是一枪，另一声枪响亦是适时响起，那条毒蛇也不知怎么得罪了这两个煞星，扭动一下直落到了地上。

两人看一眼地上的蛇尸，又看一眼对方，心中都生出惺惺相惜之感，于是分别收起枪，走过来查看那条倒霉的毒蛇。

一枪正打在七寸上，另一枪则打在蛇头上。罗觉蟾知道第二枪是自己打的，不由得发自内心称赞一句："杨若徭，你好枪法！"

杨若徭也笑出声："罗觉蟾，你也不差！"

三

这杨若徭是湖北新军中的一名下级军官，然而他的另一个身份，却是革命党中一位干部，也正是罗觉蟾此次来汉口的联络人。二人相认，罗觉蟾笑道："我的信物丢了，可没法和你核对身份。"

杨若徭笑道："不必了！第一，你识得我的名字；第二，你知道黄克强（即黄兴）先生的那段故事；第三，你枪法出众。再有，你敢以在大庭广众之下讲述克强先生的故事来吸引我注意，胆大之极却也不失稳妥。不是黎先生说过的那位罗觉蟾，又是何人？"

罗觉蟾拱手赞道："都说湖北新军中杨若徭枪法如神，精明能干，果然不同凡响！"

杨若徭笑道："好说好说，你我彼此吹捧已毕，且来谈谈正事如何？"

罗觉蟾哈哈一笑，便与杨若徭同坐树下，议起正事。

1911 年时，四川开展起轰轰烈烈的保路运动，武汉新军被抽调大半。革命党人以为这是发起起义的大好机会，遂定于 10 月 6 日发动起义。但因准备不足，便推迟至 10 月 16 日，这时距离 16 日没有几天，罗觉蟾前来，便是为这次起义做准备。

杨若徭上下打量罗觉蟾几眼，笑道："罗兄，那些宝贝呢？"

罗觉蟾笑道："别看我，宝贝自然不能放到身上。我想直接把它们带到城里不甚妥当，因此昨夜想出一个计划，八月十八（即 10 月 9 日）晚上，咱们在凤凰岭见，我把处理过的宝贝交给你，你也方便回城。"

杨若徭笑道："都说罗兄点子最多，是什么计划？"

罗觉蟾一乐，凑到杨若徭耳边，低声说了几句。杨若徭一听，忍不住哈哈大笑，道："好计，就依罗兄，我们八月十八晚上再来会面。"

罗觉蟾忽地想到天门县那一伙巨盗，又道："杨兄，你去凤凰岭时可千万要小心，我看你枪法很好，可这也不是处处管用。"

到了 1911 年的时候，枪炮的威力已大为拔高，甚至有人以为枪炮万能。但罗觉蟾经过前日之事，却不敢小瞧了武功之效。

杨若徭听他这样说，一怔之后继而大笑道："罗兄所言，十分有理。凌烟，你出来吧。"

高大的桂树后面，闪身走出另一个新军军官，此人眉目沉郁，正是茶馆中杨若徭的那个军官同伴。

罗觉蟾大惊，这一路走来，他竟丝毫未觉察除了杨若徭之外，尚有一人跟随身后。再说二人方才谈了许多机密，这人一直躲在树后，他亦是丝毫未觉。倘若这人心怀歹意，那还得了？想到深处，冷汗不由得冒了出来。

杨若徭看他神色，笑道："罗兄莫怕，这亦是我党一个同志。他姓俞，名执，字凌烟，家传武学十分高妙。"

罗觉蟾一时也想不到汉口有什么武学世家出了这么一个高手，又想这人表字取了"请君暂上凌烟阁"中的凌烟二字，难不成是个官宦子弟？他脑中胡思乱想，口中却道："原来是俞兄，久仰，久仰！"

真不知这一声"久仰"从何说起。

俞执沉默寡言，打过一声招呼后便不再开口。杨若徭笑道："这人装哑巴惯了，不必理他。"又把罗觉蟾拉到一旁，犹豫一下道："罗兄，我有一事想拜托你。但若你不便，却也无妨，毕竟大事为主。"

罗觉蟾对他颇有好感，笑道："宝贝又不需我自己亲手处理，杨兄你说，兄弟一定替你做到。"

杨若徭道："我的父亲住在邻县，他名讳上文，下面是一个医字。眼下我不方便去看他老人家，有些银钱想烦请罗兄代送一下。"

这话听似平常，但联系当前情势，隐然已有临终托付之意。罗觉

108

蟾听得心中一凛，口中却笑道："看望伯父大人？这是小事，包在我身上。"

杨若徭便从身上掏出一包银钱递过，以他的收入而言，这只怕是他几年的积蓄，又小声道："我父亲是个老派人，生性保守。他不知我在党中之事，罗兄你若去看他，也千万莫提起这些。"

罗觉蟾无奈："你给我这些银钱，伯父大人只怕也要生疑。"

杨若徭笑道："罗兄聪明机变，编个理由还不容易？这件事，我便托付给你了。"

罗觉蟾意识到自己被套进去了，却也无法拒绝，只问道："不知伯父大人住在哪里？"

杨若徭低声说了一个地方，罗觉蟾大惊："怎是那里？"

杨若徭笑着又解释了几句，罗觉蟾摇头道："这不是让我往虎口里探头吗？"

杨若徭笑道："怎会？"

罗觉蟾指着他道："被你骗了。"他说是这么说，也没真正介意，收好银钱，转身告辞。

等到罗觉蟾离去，杨若徭看着他背影，笑道："这人也是个奇人，我听广州的黎先生说，他虽为我党做事，却始终不肯加入。起初有人不信任他，但黎先生一力担保，这一年来，他委实帮忙我党做了不少大事。"

俞执皱着眉头，没有回答，杨若徭知他是在意方才托付罗觉蟾一事，便笑道："说起来，有件事我十分担心。"

俞执问道："何事？"

杨若徭道："这次起义，大家无不是将生死置之度外，我若出事，你必然会替我照顾家父；可要是你出了事，我真不知该如何对伯父说明。"

这也就是至交好友，才敢说得这般肆无忌惮。杨若徭又道："当年我们同去日本留学时，你还不是我党中人，那时你、我、聂大哥在日本结识交好，何等畅快！后来我硬拉你入党……唉，过去我从没后悔过这件事。起义将近，倒生了些悔意。自然为国家做事理所当然，然而想来想去，总是我连累了你……"他说不下去了，杨若徭平素精明能干，絮絮叨叨说了这么一串倒也罕见，自己都觉得甚是无稽。俞执却正色道："为国效力，何悔之有？"

杨若徭不由得也笑道："正是如此！"他又恢复以往神情，"凌烟，许久未曾见你舞刀，择日不如撞日，亮一亮你的雪不平吧！"

俞执没有言语，"噌"的一声自腰间抽出一把长刀，刀长三尺，锋芒如雪。他原本站在桂树之下，刀锋出鞘，一个起势，头顶枝叶纷纷而落，如同下了一场秋雨。

这一边罗觉蟾受杨若徭所托前去送钱，心里却知这趟差事不太好办，要送到钱，又要不使其父起疑，顶好还能让杨父对杨若徭今后之事有些准备……

——我又不是圣人！

他脑子里转着念头，再次回到天门县中，一想到先前遇到那些劫匪，不由得啐了一口。

"大吉利是！"他默念一声，策马继续前行，绕了几个弯，走上一条青石街。长街的尽头是这个县城里最大的一座府邸，确切一点儿说，是县衙。

杨若徭的父亲是天门县令的一个远亲，因此他父子二人一直寄居在这县衙之中，好在罗觉蟾此次前来，倒也不用拜会县令。他先找了个地方拴好马匹，随即按照杨若徭指点，找到东北处一个角门。此时天已擦黑，街上无人，他三两下便把门别开，悄悄而入。

从这角门进来，没走两步便是两间小房，位置十分隐蔽，罗觉蟾走到房外，轻轻咳嗽一声，道："杨文医杨老先生在吗?"

　　房中有人应了一声，罗觉蟾心想这声音有些熟悉，未及多想，就见一个人推门而出。他抬眼一看，大吃一惊，这根本就是在天门县救了他一命，又带走那些劫匪，武功奇高的蓝衣道人!

　　罗觉蟾心想，奇了! 一个道士也有儿子，再一想，道人不比和尚，亦有火居道士一说，也便释然。

　　杨文医也没想到是他，面上亦有惊异之色，但瞬间便恢复如初，仍是一副冷淡之态。这时还是罗觉蟾先反应过来，他上前一揖，笑道："真巧，原来杨老先生便是在下的救命恩人。小姓罗，受杨若徭杨兄之托为老先生送些银钱。"话是这般说，他看看杨文医的模样，觉得这人可实在当不上一个老字。

　　杨文医凝视了他半晌，方道："请进来坐。"

　　屋内的桌椅都已半旧，杨文医倒上茶来，罗觉蟾见茶碗刷洗得虽然干净，但外面的珐琅瓷却已掉了大半，又尝一口茶水，苦酽酽的，绝不是什么好茶。他心想：杨若徭打小寄人篱下，看样子日子并不好过。未免不忍，他拿出杨若徭给他的银钱后，又从自己腰包里掏出了一部分。

　　果然杨文医先是吃惊，继而怀疑："若徭哪儿来这么多钱?"

　　罗觉蟾早就编好理由，笑道："我本是个商人，几年在东瀛和令公子结识，一见如故。去年我去看他，无意间说到南洋茶叶生意利润甚大，杨兄便投了些资本。未想果然赚了不少，我今年给他送来，他说自己留钱没用，新军里又有事走不开，于是托我送给伯父大人。"

　　这番话编得倒也妥当，杨文医却并未信服，只道："罗先生所持手枪是难得之物，你的枪法更是了得。"

这话隐有怀疑之意，罗觉蟾不慌不忙道："我不似老先生剑法高明，只得靠枪傍身，实不相瞒，当日从英吉利人手里买这把枪，花了我好些银子呢！"他又大谈南洋种种风物，皆是先前自黎威士那里听来的，接着又说杨若徭最近的情形，只说得天花乱坠，心下又懊悔，早知不如让杨若徭写张条子捎来，也免得自己费这许多口水。

他滔滔不绝地连说了半个时辰，杨文医终于点了点头。罗觉蟾心中一喜，知道自己终是过了关。杨文医便点清银钱，写了一张收条递过，那字迹神清骨秀，颇类其人。罗觉蟾接过收好，此刻他可不敢再提点杨文医关于杨若徭之事，心道：这道士厉害得很，自己不要多说多错，耽误了大事。

诸事已毕，他正要告辞离开，却听得杨文医缓缓开口："罗先生，我有一事拜托。"

罗觉蟾心道多半是嘱托自己关照杨若徭之类，便笑道："老先生客气了，我和杨兄就像亲兄弟一样，您有什么事尽管吩咐。"

杨文医犹豫一下，才道："若徭并不知我身有武功，望罗先生不要告知他。"

杨若徭虽然枪法高明，但看其身法，并不懂武功。这一点罗觉蟾也是奇怪，心道：杨文医剑法如此了得，怎的反不教自己这个独生儿子？他心里这样想，嘴里也便问了出来。

杨文医叹道："江湖路险，若徭何必走这条路？我只望他这一生平平安安。"罗觉蟾见他两次，只觉此人神色冷淡，剑法超群，真如谪仙一般，然而这句话出口，便显出他念子心情，与寻常父亲也没有什么不同。

罗觉蟾瞬间不知该说什么好，江湖路险本也没差，但杨若徭此时所为，比之江湖路的凶险大了何止百倍？他犹豫片刻，终是问道："老先生你这样想，当初又干吗让杨兄从军？现在世道乱着，那行伍里可也不牢靠。"

杨文医道:"若谣自小便有主见,他执意从军,我也不好阻他。好在他生性文弱,在军中也只是参加文学社一类的社团,从不惹事。他说再过两年便会退伍,到时我也可放心些。"

罗觉蟾端着茶杯正在喝茶,差点呛到,那文学社正是遍布革命党人的革命团体。他见杨文医处理起江湖事来头头是道,未想对这些事情却全不知晓。还有什么"生性文弱",那说的是谁啊?

这时门外靴声忽响,杨文医眉头一皱。罗觉蟾正要询问,杨文医摆摆手,示意他留在屋中,自己起身出门。

罗觉蟾好奇心重,伸手捅破窗户纸,向外张望,只见外面站了一个身材高大的中年男子。这人身形极其挺直,仿佛脊梁里长的不是骨头,而是钢板。再一看他装束,罗觉蟾心里不由得哎哟一声,这可不正是天门县的县令!

只听杨文医声音冷淡,道:"二十年期限将满,这次又是何事?"

这话说得奇怪,更不像一个远亲对寄居主人的问话,罗觉蟾心中更加好奇,把窗户纸上的窟窿又捅大了一些。却见那天门县令也不动怒,道:"到八月十九,便是二十年期满之时,但这之前,你还是要遵循当年的誓言。"

杨文医沉默不语,却未曾反驳。

罗觉蟾愈发奇怪,却听天门县令又道:"这一次,是要你捉拿一个身怀重宝的革命党人。"说着从怀中取出一张画像。

月光分明,罗觉蟾见那画像中人身穿西式服装,架一副罗克眼镜,细眉桃眼,看上去仿佛一个纨绔子弟,实际上嘛……也正是一个纨绔子弟。不是自己,又是何人?

四

这一次，罗觉蟾当真大惊失色，以杨文医的武功，他若有心捉拿，自己哪还跑得了？他看两人还在说话，也不敢多听，急忙张望四周，发现屋里还有后门，闪身便要溜走。临行前却见架子上有道银光一闪，原来是他与杨若徭相认的信物怀表，不想却被杨文医拾去，便随手一抄放入怀中。

他动作太快，也未留意，另有一件银色饰物被表链一带，被他一并拿走。

罗觉蟾顺原路从角门出去。他进门前在门轴上滴了几滴油，出入时悄然无声。此时路上无人，他握紧缰绳连抽几鞭，那匹黄马四蹄翻飞，跑了好一段路，他忽然瞥见前方路上有一道阴影，似乎与树木影子不大相同。

这个念头在脑子里一转，他立刻勒住马缰。黄马跑得正顺，被他用力一带，两只前蹄高高抬起。罗觉蟾喝了一声，双腿紧紧夹住马腹，依然端坐马上，他不由得沾沾自喜，心道自家骑术着实不凡。

只是他刚想到这里，一条鞭子便拦腰直扫过来，他毫无防备，哎哟一声栽落马下。

一个女子娇声笑道："躲得过绊马索，还躲得过这一鞭子？"

她话音未落，一把枪已经指到了她胸前。

罗觉蟾半跪地上，手中握了那把银色手枪，笑得龇牙咧嘴："这算什么事，又是你拿鞭子抽我。"面前的女子眉目秀致，竟是那日馄饨摊上抢劫他的少女。

罗觉蟾另一只手撑着地，慢慢从地上爬起来，姿势虽然狼狈不堪，口里却还在调笑："长得这么漂亮，动鞭子多不雅，你说是不是？"话音未落,他忽然觉得身后骤然多了一阵压力,心头一寒,不由得慢慢转过头去。

在他身后站着一个短衣男子,头戴一顶毡帽,目中光华一闪,如同电闪雷鸣。那男子手中握了一杆长枪,上面斗大的红缨在风中飞舞。

罗觉蟾看他一眼,心中一紧,这短衣男子的身手,犹在前几日他所见那两名持枪汉子之上。他不敢轻忽,心道先发者制人,手一转,朝着那短衣男子方向便是一枪。

这一枪正击中他头上的毡帽,这男子好定力,手中长枪竟纹丝未动。

罗觉蟾这一枪之意本是示警,他随即后退两步,转身大喝道:"停,宝贝不在我身上!"

这一句话其效如神,两人停下手,但兵器均未放下。

罗觉蟾心中方一放松,却听那短衣男子冷笑一声:"呸!"罗觉蟾只见面前红缨一抖,那杆枪已到了面前。他大惊失色,匆忙间着地一滚,总算躲过了迎面一枪。他大叫:"我投降,别杀我!"

嘴里是示弱的言语,他手里的枪可毫不示弱,一枪已经打了过去。

两人距离虽短,这一枪原无不中之理,但电光石火之间,那短衣男子把枪一横,子弹恰打在枪尖之上,"当"的一声火星子乱迸。罗觉蟾知这短衣男子武功不同凡响,这一枪不中,自己绝无第二枪的机会。他着地又一滚,样子凄惨万端地扑到那少女脚下,一把抱住她的小腿。

这少女虽然功夫不错,可绝没想到有人会用这么无赖的招式,惊慌之下竟不知当如何反应。罗觉蟾扯住她的衣服,借力站起,整个人几乎扑到她身上,手里的枪紧紧抵着她:"别动。"

那少女被他抱住,吓得全身颤抖,也不知是因着被枪抵住,还是与一个陌生男人接触太近。

罗觉蟾叫道:"停手!不然我杀了她!"他越想越气,往地上啐了一口，"想钱想疯了是不是？"话音未落，就见眼前银星一点，那短衣男子竟然毫不顾忌，一枪挑来。只听"啪"的一声，那把银色手枪被挑飞至半空。短衣男子又是一枪，抵上罗觉蟾的咽喉，向那少女道："小西，捆上他。"

罗觉蟾这一年来东奔西走，靠着为人机变和这把枪不知闯过多少难关，未想竟在小小一个天门县中，连吃了两次大亏。

在这两人胁迫之下，罗觉蟾被带到了县外一座破旧的关帝庙中。此处渺无人烟，那短衣男子不再顾忌，先把罗觉蟾身上的什物掏出，仔细搜了一遍，一无所获之后，便大声喝问究竟将宝贝藏在何处。

罗觉蟾心道大事不妙，看这样子，这伙人计划周详，自己需得小心应对。他便有意先不作答，待到被逼问得紧了，才假意叹道："你们既然盯了我许久，也该晓得我的身份。那宝贝，我已交给革命党了。"

他这么说，那短衣男子自然不信。但罗觉蟾言之凿凿，他把自己与杨若徭会面的情形说了一通，自然他不提杨若徭姓名与起义等事，却大谈二人如何见面、如何比枪等细节，八分真里加上两分假，这两分假可就是自己把宝贝交给杨若徭之事。但这样的假话，却最难分辨。

短衣男子皱了眉头，罗觉蟾这一番话合情合理，许多细节也并无破绽，听着倒也不像假话。但若说把这人放了，自己这一伙人为他身上的宝贝忙碌许久，难道就这么算了不成？

他虽是个老江湖，一时却也难下定夺，便对那少女道："小西，你看着这个人，我去请示门主。"临行前犹不放心，又加点了罗觉蟾的穴道。

那少女见短衣男子身形已远，便也坐了下来。罗觉蟾没了手枪，穴道被点，身上又捆了一重绳索。她自无担心之处，只呆呆看着月亮，过了一会儿，又从怀中拿出一条剑穗，放入手中把玩，渐渐神思不属。

她正在出神的时候，一个带笑的声音忽然传来："宫姑娘？"

那少女一怔，道："你怎知我姓氏？"

罗觉蟾笑而不答，汉口一带，擅长用枪的武学世家只有宫家一族，也便是当日跟随在黄兴身边的鹏行道人曾经为仆那一家。江湖上都传宫家做的是黑道买卖，没想果然就是一伙子强盗。他在月下细看那少女，见她相貌十分娇俏，便调笑道："想情人哪？"

宫小西大吃一惊，匆忙把剑穗往身后一藏，忙道："我没有！"

罗觉蟾大笑道："别藏啦！哎，那道长年纪虽大了点儿，长得可真俊，难怪你起了小心思……"

宫小西又羞又恼，一跃而起，一双手在身后绞得紧紧的，大声道："你胡说，我没有、没有……"说到后来，声音却慢慢低了下去。

罗觉蟾笑而不语，他一双眼睛利得很，早看出宫小西手里拿的是杨文医剑上的穗子。这人在风流场中打滚了多少年，一看宫小西的神态，便已猜出十之八九。他笑道："这有什么好害臊的，谁没有想情人的时候？"

宫小西怒瞪着他，罗觉蟾笑道："看我做什么，我也想过啊！"

被点了穴道、捆着绳索的京城公子坐在月亮底下，优哉地唱起了小调，神态之自得，仿佛他正坐在月亮下面喝茶一般。

"功名尽在长安道，今日少年明日老……"唱着唱着却又转成了戏词，"少年子弟江湖老，红粉佳人两鬓斑。三姐不信菱花照，容颜不似当年彩楼前……"

这几句戏词被他唱得情思悠远。宫小西虽听不大懂，可那一瞬间却忽然想：这个自京城一路来到汉口的男子，心里也许真的是在想着什么人。

就在这时，外面脚步声音沉重，却是先前那短衣男子引着一个人走了进来，恭谨道："门主。"

罗觉蟾一见此人，不由得大奇。只见这人身材十分矮小，比走在他身边的短衣男子足足低了一头，生得也是土头土脑，好似一个没见过世面的乡下人。罗觉蟾心中暗想：宫家门主宫剑翔之名响彻汉口，怎么是这般模样？正想到这里，却见宫剑翔向他的方向扫了一眼，目光厉厉如同鹰隼。罗觉蟾即使走遍大江南北，也不由得全身一冷。

只听宫剑翔慢慢开口："五常。"

那短衣男子躬身道："是。"原来他正是宫家的铁血三英之一宫五常。

宫剑翔道："明天到汉口城里去传个消息，就说有个罗姓外地人被我们扣了。有人来问，就让他们拿那宝贝来换。过了三天要是没消息，便是这小子扯谎，到时把他带回宫家，再慢慢拷打，让他把东西吐出来。"

这几句话口气十分平常，仿佛说的是去年收了几斗谷、今年打了几斗粮一般。罗觉蟾却听得身上发冷，心中暗道：这人心思好毒！若是真引来杨若徭等人，坏了大事，可该如何是好！他脑子里急速思量着对策。那宫五常却要讨好门主，指着从罗觉蟾身上搜出的那枚翡翠扳指，笑道："门主你看，这东西成色倒也不错。"

宫剑翔脸色忽变，一双眼直勾勾盯着那枚扳指。罗觉蟾心道：这扳指虽是宫中流出来的，可也没稀罕到这个地步，这宫家门主怎的这般没见过世面？再仔细一看，宫剑翔指的并非扳指，而是从他身上搜出那一堆东西中，怀表链子上缠带的那个银镯。这镯子年头久了，被摩挲得十分光滑。

罗觉蟾不记得自己身上有这样一件物事，正诧异间，忽觉咽喉一凉，冷森森的枪尖已经抵了上来，一阵杀气自宫剑翔身上喷薄而出，矮小的身形似乎瞬间高大了一倍。他的声音低沉又嘶哑："惊鸿那贼道人在哪里？"

罗觉蟾被他问得莫名其妙，心道：这是什么人？他方一思索，那点枪尖已压低了一分。他只觉咽喉一痛，竟已有血流了出来，他吓得大叫："我说，我说！"

虽是这般说话，他可并不知道自己该说些什么，枪尖停滞不前，却未曾离开他的咽喉。宫剑翔的目光阴冷之极，似要择人而噬一般。先前即便为了夺宝，这位门主亦是泰然自若，此刻怎会现出这般模样？看样子他若不开口，宫剑翔一枪扎下去也不是没有可能。

这时那枪尖再度移动，情急之下，罗觉蟾大喊一声："在这儿，他就在天门县！"

这一声喊出，关帝庙中几人，包括罗觉蟾自己都大吃一惊。他脑子里急速转着念头，心想：天门县？我怎么知道惊鸿在天门县？对了，先前那说书的老头儿提过惊鸿，说他是个剑术很高的道人。而杨文医偏偏正是这么一个人，那个镯子缠带在表链上，多半是从杨文医房中匆忙带出，而宫剑翔看到这镯子便逼问我惊鸿的下落……

这一系列想法说起来烦琐，其实不过转瞬之间。他又道："那天那个小姑娘和另外两个人在天门县劫我，正是惊鸿道长把我救了出来。"

他说到这里，宫剑翔一转头，冷森森的目光便投到了宫小西身上。

宫小西吓得当即双膝跪倒："门主，那天我和两位堂兄拦这人时，是有一个蓝衣道长出现，打败我们三人，又将堂兄带走……"

宫剑翔冷冷道："哦？那为何你那两个堂兄被抓，你却被放了回来？"

宫小西声音颤抖："门主，弟子不敢欺瞒，那道长当时只说我是个女子才放了我，我实不知他就是族里的大仇人。他放了我便走了，我辗转几日才找到五叔，若有欺瞒，我愿受家法处置。"

宫剑翔冷冷哼了一声："那你遇见这道人之事，为何没有对我说明？"

宫小西欲言又止，脸色微红。罗觉蟾心中暗笑：自然是这丫头对杨文医动了心。杨文医虽然年纪较长，但武功高，生得又好，倒也容易吸引这些年轻女子。

宫剑翔不再管她，一双眼目光如电，看向罗觉蟾："惊鸿在哪里，你身上怎会有这只镯子？"

罗觉蟾胡诌道："是他出剑时从他身上落下来的，那道长救了我便走了，我也不知他去了哪里。"

其实罗觉蟾亦可直接把人带到天门县衙，但这人骨子里颇重义气，心想：杨若徭为国拼却一死，我造什么孽又把祸水引到他父亲身上。何况杨文医要追捕自己，真把他牵扯进来，这摊水只会更浑。

宫剑翔半晌不语，忽地长笑一声，小小一间关帝庙内的窗纸和瓦片被震得一并抖动不已。罗觉蟾觉得自己咽喉的枪尖似乎也在一并颤动，心中大叫不好，要是这宫门主情绪激动，一个拿捏不稳，自己可不就要死在这里？正想到这儿，终觉喉头一松，宫剑翔挂枪于地，低声道："我找了你二十年，没想你竟然躲在这小县城里。"

罗觉蟾见他面目肌肉不住扭动，暗自心惊，却见宫剑翔转向宫五常，神色又恢复了镇定："你便照我先前的话吩咐下去，引那些革命党出来，那宝贝一定要到手。"

"是。"宫五常躬身道，又犹豫地问，"那惊鸿……"

宫剑翔冷笑一声："你不必急，这笔债，我会讨个清楚。"他又对宫小西道："此人十分奸猾，留他一张嘴就够了，你把他的脚筋挑了。"

听得此言，罗觉蟾暗叫不好，眼见宫小西拿出一把匕首走到自己身边，随后又觉脚踝上一阵剧痛。他生性吃不得苦头，大叫一声，晕了过去。

五

待到罗觉蟾清醒之时，窗户纸微微发白，天欲破晓。

他感觉双脚十分疼痛，想到今后已成废人，心中气苦，大哭几声："我的脚啊——你好苦啊——跟我多年——残废了啊——"

他正哭得兴起，旁边一个苍老的声音终于响起："先生，你的脚根本没废，别哭了。"

罗觉蟾哭声立止："真的？"他觉得那苍老的声音有些熟悉，转头一看，原来是先前春来茶馆那说书老者，也被捆了放在庙内另一侧，只是昨晚庙内昏暗，自己并没有留意。

那老者道："宫家那女娃儿只是在你脚上斩了两刀，并没有下狠手。"

此时过了一夜，罗觉蟾身上被点的穴道已自动解开，他四下张望，见庙中再无他人，捆在身后的双手动了几下，那捆得紧紧的绳子不知怎么便散了一地。

那老者也吃一惊，殊不知罗觉蟾功夫虽然稀松平常，但在北京城与三教九流混久了，学了一身歪门邪道，什么撬门、别锁、拆手铐、解绳子，样样都是精通。他活动一下酸麻的双手，再动一动脚，果然痛归痛，动起来却也没什么障碍，笑道："这小强盗婆还有几分良心。"

他挂了一根桌腿，一瘸一拐地去为那老者解绳子，又道："老先儿，你在宫家的地盘大说惊鸿道人的故事，难怪也被他们捉了起来。"

老者不理他调侃，只看了他几眼，忽道："这位先生，你当真见过惊鸿吗？"

倘若罗觉蟾在别的时候听到这一句话，他也不会多想。但此时他知道这惊鸿道人是宫家一个大禁忌，这老者此刻问来，说不定真与惊鸿有什么渊源。他脑筋最快，眼睛转了几转，想到这老者曾言：黄叶

121

道人收了三个弟子，大弟子资质平平，二弟子学了他的拳脚功夫，便是那跟随黄兴的鹏行道人，唯有关门小弟子惊鸿承继了他一身剑法绝学……

他一眼又溜到那老者的道髻之上，一时间迸出个大胆猜想："老先儿，你在说书时称自己'资质平平'，也太谦虚了吧！"

老者一惊，未想这青年公子脑子如此灵活，苦笑一声："好眼力，恩师当年共收了三个弟子，均以鸟字排行，我忝居最长，道号鹤翔。"

罗觉蟾随口一试，未想歪打正着，欣欣然道："哎哟，那太好了！老道长，你既然是那两位能人的师哥，功夫也必然是好的，快带我逃出去。"

鹤翔长叹一声："罗先生，我这双手早已废了，否则又怎会被他们绑在这里？"

几缕清淡日光照上鹤翔那双残缺不全的手，颇显惨淡。

罗觉蟾满心歉意："真对不住！老道长，我可不是有意揭你伤疤。"他透过窗子上的缝隙向外张望，却见远处除了一个宫小西，尚有宫五常在外把守。前者倒罢了，后者乃是宫家"铁血三英"之一，他知道自己实惹不起，又缩了回去，道："罢罢罢，宫老五在外边，等等再说吧。"

他在地上转了两圈，忽又凑过来，笑道："老道长，看样子咱们一时出不去了，反正闲着也是闲着，你不如给我讲讲惊鸿道长的事情如何？"他怕鹤翔不肯相信自己，又道："实不相瞒，这惊鸿道长本是我一个杨姓好友的亲长。"

他一口道破惊鸿俗家姓氏，鹤翔果然一惊，道："那孩子当真还活着？"忽地又叹了一口气，"唉，孽缘，孽缘！"

罗觉蟾不明所以，笑道："老道长，照你所说，这惊鸿道长当年曾经单挑宫家，可我看那宫家门主对他的恨劲儿，这仇可不止这些，倒像是有杀父之仇夺妻之恨似的。"

鹤翔苦笑一声:"正是。"

罗觉蟾一伸舌头:"还真有这事儿?"

当年汉口的黄叶道人共收了三名弟子:大弟子鹤翔早年曾加入义和团,后来双手被火药炸伤,流落江湖,以说书为生;二弟子鹏行拳脚出色,后协助黄兴起义,逝于黄花岗一役之中;关门小弟子惊鸿年纪最轻,武功却是三人之首。

黄叶道人的剑法,重在一个快字。当年他一双宝剑,当真称得上是来如雷霆,罢如江海。但这套追风剑法对天资要求极高,因此继承这套剑法的,只有惊鸿一人。不到二十岁时,惊鸿道人就已在汉口一带声名鹊起。这其中他做过的一件大事,便是为一个被劫的客商挑上黑道龙头宫家,也正是鹤翔说书那一段"小道人剑挑十三枪,惊鸿客一人制一门"。

自此惊鸿与宫家便结下了梁子。待到惊鸿二十一岁那年,有一日见到一列送亲队伍遭劫,送亲人员被杀死大半,他侠义心起,上前搭救,又担心他们再遇到危险,于是一路护送了七日。

然而就在这七日之中,他与新娘子渐生情愫,终于两人远走天涯。惊鸿亦自此退出江湖。

听到这里,罗觉蟾赞道:"好啊!没想到这位道长还是个性情中人,这可是好一段佳话!"

鹤翔苦笑道:"哪里好了?那新娘的未婚夫婿正是宫剑翔。而我恩师也因此大怒,险些废去师弟的武功。"

罗觉蟾一伸舌头:"什么?"

三年后,惊鸿夫妻的独子病重,惊鸿被迫外出求医,中途却被宫家发现,一路追杀之下,他的妻子在这场截杀中身亡,但宫家的五名高手亦是死在这一役中,之后惊鸿销声匿迹,无人再知这一对父子的生死。当年鹏行留在宫家，亦是因为他意图入宫家查探惊鸿踪迹，反受了暗算，一条腿被打折，才被迫留在宫家为仆。而鹤翔这些年来一路探访，也不曾寻得他。这一次鹤翔来到汉口说书，被宫家发现，便捉了他来拷问惊鸿的踪迹，无奈鹤翔也是全然不知，才被关到了这里。

前因后果述说一遍，罗觉蟾也不由得唏嘘，想不到杨若徭竟还有这样的身世。他又想到那只银镯，看宫剑翔对它如此着意，说不定便是当年杨若徭母亲的遗物。然而一想到杨若徭，他又立刻想到了革命党和自己此行的任务。盘算日期，今天便已是八月十八，若按计划，自己今天白天应去拿那些宝贝，晚上便去凤凰岭与杨若徭会合。偏偏一个宫五常挡在外面，自己的手枪又不在身边，这可如何是好？

罗觉蟾此人平素绝算不上多有耐心，到了这个时候，他反而进出一股忍劲和狠劲，心想：大风大浪我也经过，人我也杀过，就不信今天真被困在这小关帝庙里了！

日头一点一点地升到了当空，又一点一点地落了下来，其间，宫小西进来查看过两次，幸而并未发现绳索异样。她倒是偷偷给罗觉蟾与鹤翔喂了点水，却没敢给他们吃的。显然宫家的意思是留这两人一条命就成，是不是半死不活倒也无所谓了。

待到傍晚的时候，忽然有一个宫家人前来寻宫五常。两人对答几句，宫五常便随着他走了。宫小西虽不知何事，大抵也猜到多半是与惊鸿相关。她心中郁郁，欲待偷偷跟去，又惧怕宫家门规森严，正在矛盾之时，忽听庙内一声大叫，格外凄惨。

庙中这两人自也十分重要，宫小西急忙抄起鞭子，匆匆进入庙中，却见罗觉蟾口吐白沫，倒在地上。她心里一惊，暗道“这人莫非发了什么急病”，便弯身下去，探他脉搏。

便在此时，一根手杖忽然从后面伸出，倏地点中宫小西后背，她不发一声，颓然倒下。

鹤翔站在她身后，叹了口气道："小老儿在江湖上这么多年，却是第一次在背后偷袭一个女娃儿。"手杖虽远不及手指灵活，对付不了高手，但应付一个宫小西，却也足够了。

罗觉蟾一抹嘴，从地上爬起来，笑道："事急从权，老道长，你别小看这手杖，那可是救了这世上四万万人，多了不起的事啊！别人想戳还戳不到呢！"

鹤翔苦笑，不理他胡扯。宫小西虽不能动，可还能说话，怒道："你们两个贼人！"

罗觉蟾本转身欲走，听得此言忽然转头，冷笑道："贼人？有人一家子把别人辛辛苦苦攒下的财物据为己有，到底谁是贼人？"

宫小西一撇嘴："人不为己，天诛地灭。再说现在有钱的都是那些大官富商，他们的钱来得哪里辛苦了？"

罗觉蟾叹口气道："我可不是当官的，也不是做买卖的。"他忽然正经起来，"我和你讲，这世界上啊，还真就有不为自己的人。"

宫小西道："胡扯！"

罗觉蟾道："不是一个人，是一群人。我也纳闷呢，怎么就有人放着自己好好的家业不去享受，偏去做些为旁人的蠢事？"

宫小西诧异地看着他。罗觉蟾却不再多说，和鹤翔一并转身离开。

外面月明星稀，空气中夹杂着草木的清馨之气。罗觉蟾被关了一天一夜，此刻脱险，心情大畅。他见自己那匹黄马还系在庙外树上，心中又是一喜，对鹤翔道："老道长，我有一桩急事要办，有人要对付你师弟的事，就由你去……"

正说到这里，二人身后忽然传来一声冷笑："想走？"

罗觉蟾一回头，见那宫五常倒提大枪，骤然现于他们身后。

罗觉蟾全身汗毛都竖了起来，他把手往怀里一掏，喝道："老小子，看枪！"宫五常知他枪法极高，虽然诧异他身上怎么还有一把枪，但毕竟不敢大意，侧身一躲。

罗觉蟾这一句却是虚张声势，他借此良机，强忍疼痛翻身上马，口中吆喝着："老道长，快上来！"同时抖手就是一鞭。

这匹黄马跟随他由南到北，又由北向南，乃是难得的宝马良驹，他平素十分爱惜。无奈此刻为了逃命，也顾不得了，只是这一鞭子下去，黄马长嘶一声，却岿然不动。再一看，原来忙中出错，他竟忘了解缰绳。

鹤翔见状不妙，他一双手虽然废掉，此刻也只得一提手杖，勉强上前。

宫五常冷笑道："不过是一只掉毛鹤，耍什么威风！"他一抖枪花，这杆枪的枪身乃是黑铁所铸，沉重异常，但宫五常使出时却全不见滞涩，一条大枪宛如毒龙出水，直向鹤翔心口而去。

鹤翔不敢硬接，侧身回步，一杖向他腰侧穴位击去。

宫五常回枪一扫，鹤翔的手杖几乎被他打飞。随即以枪为棍，向那黄马头部砸去，他力道奇大，枪杆又重，那黄马头骨霎时被砸得粉碎。罗觉蟾"哎哟"一声，从马身上翻落下来。

宫五常不再理他，一枪又向鹤翔扎去，速度之快，令人猝不及防。鹤翔未想这一枪竟然快到这般地步，匆忙间举杖一挡，但他的手杖经不起这般大力，直飞到半空中去。

就在这一瞬间，半空中忽然出现了几道闪电。

月朗风清，哪里来的雷雨？却听一个声音缓然响起："宫五常？"

这声音如若来自尘世之外，宫五常下意识答道："是我。"他忽然醒悟到了什么，大喝一声："是你！"

他不再理会鹤翔与罗觉蟾两人，转身横枪胸前，喝道："宫五爷等你出现，已等了二十年，来，来，来！"

他横枪片刻，周遭却悄无声息。宫五常不由得焦躁，他念头一转，忽然大枪一转，便向鹤翔方向刺去。然而就在他长枪将出未出的一瞬间，半空中忽然又一道闪电划过。宫五常只觉脖颈一凉，似有呜呜风声自气管处响起，一抬首，鲜血如同开了闸的水泵直迸出来，仿佛下了一场血雨。

这一剑之快，堪比飞仙。鹤翔不由得叫道："师弟！"

一道蓝色身影飘然而下，犹豫片刻终于开口："师兄。"随即他的双眼便盯上了罗觉蟾。

罗觉蟾方才从马上跌落，只摔得半死不活，加上先前脚上两刀，走路都已困难。他心道眼下跑是跑不了了，也只得强作镇定，呵呵一笑道："原来是杨老先生，大恩不言谢。"

杨文医又看他一眼，目光冷若冰凌，忽地问道："若徭是否和你一般，也是个革命党？"

罗觉蟾见他的神情，想也不想，便斩钉截铁答道："不是！"

杨文医"哦"了一声，略为放松，道："你本是通缉之人，但你又是我儿好友，此时放你一次。下次见到，我决不容情。"

六

同是这一夜里，杨若徭与俞执应罗觉蟾之约，赶赴凤凰岭取那宝贝。

二人各骑了一匹马，奔驰在山路上。此时他们尚不知罗觉蟾被捉之事，一路上只听杨若徭有说有笑，俞执寡言惯了，只间或应上一两个字。

行至中途，杨若徭忽似想到了什么，竟然半晌不曾言语。

杨若徭少有如此沉默之时，俞执便问："何事困扰？"

杨若徭抬首一笑："我在想，要是咱们这次胜利了，将来会有什么麻烦。"这里只有他们两人，他说话也不避讳。

有人习惯未言胜，先思败，想好凡事可能的最差结果。但杨若徭生性乐观，往昔并不如此，今日居然一反常态。俞执听他这般说，不禁笑了一声。

杨若徭道："莫笑，我这倒不是玩笑。凌烟你想，如今形势，如同大厦之将倾，这次不倾，下一次早晚也要倾。但推倒了这一座庞然大物，意图上前来分一杯羹的可也不在少数。照我看，列强虎视眈眈固然难以应付，但将来最大的危险，说不得反是各省的巡抚大员。"

俞执不解，抬头看他。

杨若徭道："各省大员，固然有忠心清廷者，也少不得有人借机乱世称雄。这一批人势力盘根错节，轻易动不得，只怕便是将来的祸患。"

俞执看他片刻，方道："何必想太远，先做好眼前事。"

杨若徭哂然一笑："也对。"他纵马行了一段，神色再度变幻，俞执见状也放慢速度，与他并马而行，道："想完国事想家事，你又想起伯父了？"

杨若徭也不隐瞒："正是。"这次他却不再多言，过了半晌方道，"父亲拿毕生积蓄送我去日本留学，读出一个革命党。我自知国事、家事不可两全，可心中总觉对不起他。"

这番话在他心中埋了许久，一口气倾吐出来，心中只觉爽快许多。他说完，叹了一口气道："还好在你面前不用避讳，多谢你，说出来我舒服多了。"

他说完这句，却见俞执并不看他，而是看向他身后方向。杨若徭心中一凛，忽见俞执长臂一展，把他向下一按，喝道："趴下！"

一支投枪擦着二人头顶掠过，直钉到前方一棵松树上，枪杆乱颤，确实"入木三分"。

俞执纵身下马，抬手间雪不平锋芒毕现，再看前方后侧各站了一名武师，前穿青，后挂皂，手中各擎一杆长枪。方才那支投枪，正是从后面的武师手中掷出。他心中诧异，暗道：这一条路素来隐蔽，怎出了劫道的？

杨若徭亦翻身下马，却未上前，只站在原地，笑得温文："凌烟，交给你了。"

那两名武师见俞执年轻，颇为轻视。前方穿青的武师一枪刺过，后方的武师正欲绕过他前去攻击杨若徭。却见俞执将雪不平横挥而出，一道紫电破空而过，势沉刀狠，内力非凡。前方武师掉以轻心，枪尖上的红缨"唰"的一声被削去一截。

俞执并未转身，一刀回转向后劈去，刀锋走势如行云流水一般毫无阻碍。原本枪长刀短，但后方武师被他气势所逼，竟连退了两步。

这两刀劈下，两名武师方慎重起来，双双抢上，心道先把这个扎手青年解决了再说。

两杆长枪舞得呼呼作响，带动道路两边松涛阵阵，松针吹拂而下，声响如鬼夜哭，可见这二人功力之高。然而，俞执与二人相对却全然不落下风，他刀法大气中不乏犀利，而变招流畅，内力浑厚，几可臻一流高手之境。

两名武师心中暗想：这汉口地界何时又出了这么一个青年高手？难怪会为那人来助拳，可万不能让他过去。二人眼神交会，一人枪尖一挑，顺着俞执的刀锋直钻了进去。

这一枪甚是刁钻。俞执反转刀背，向上一抗，另一名武师借机攻击，三人的武器交缠在一起。那两名武师所用长枪都是白蜡杆，轻巧而富有弹性，而俞执所用的雪不平刀刃亦是柔软，一时难以拆分。就在这紧要时分，在一旁掠阵的杨若徭飞快地从腰间抽出手枪，随即便扣动了扳机。

倘若在平常，这两名武师听声辨位，自会提防，但这时三人正在缠斗，那两人无暇顾及。杨若磊抽枪速度又奇快无比，只听砰的两声，那两人双双跪倒在地。原来杨若磊这两枪击中的是他们的踝骨，虽不至于置人死地，却足以让人无法出手。

杨若磊收起手枪，看向俞执，笑道："成了。"

俞执微微颔首，还刀入鞘。

杨若磊又看向地上二人，此刻他也看出以这两人武功，绝非一般强盗，笑问道："两位大哥，我们素不相识，为何要以命相搏？"

穿青的武师冷冷哼了一声，道："虽然没能拦得住你，但你们若要进去相助惊鸿那贼道人，只怕也来不及了！"

俞执听得莫名所以，杨若磊脑筋却十分灵活，隐隐猜到这两人多半是认错了物件，便笑道："两位大哥误会了，我们不过是偶然路过此地，绝没有别的意思。"

那穿黑的武师冷笑："那个使刀的，你的功夫在汉口也算得上一流，偶然路过……哼！"

俞杨两人对视一眼，杨若磊道："这凤凰岭上多半有什么江湖仇杀，但一来你我合力，也不惧他们；二来罗兄一人上岭，只怕倒要出事。咱们还是赶快上去。"他们二人中，俞执虽然武功高强，但平素相处，下决断的却多是杨若磊。

二人驾马飞驰，直奔凤凰岭而去。

凤凰岭上，朗月半升。

杨文医背着剑，一步一步慢慢走上高处。风呼呼吹动他的衣角和发丝，月光倾泻在他身后半出鞘的长剑之上，一条银线几可通天。

得知惊鸿踪迹之后，宫剑翔在天门县内大肆搜捕，又在城头贴了挑战书，与惊鸿约战凤凰岭。杨文医却由宫家人口中得知鹤翔被抓的消息，他救了鹤翔与罗觉蟾两人后，并未多做停留，又回到了凤凰岭上。

他低声道："宫剑翔，你可以出来了。二十年的恩怨，总该有了结的一日。"

他话音方落，四周草丛有响动，五个青年男子从中一跃而出，手中所持竟然均是一把长剑。

杨文医也不由得惊讶，却见这五人不发一语，上前便攻，剑锋奇快无比，隐约竟有几分杨文医自身的剑法品格。

五剑合一，分攻杨文医身上数处要害。杨文医挥剑抵挡，剑雨飞扬如同琵琶中的轮指，快而不乱，杂而有序，将五人剑锋一一磕飞出去。那五人毫无退意，剑锋一扬，又齐齐上前抢攻。

这一轮下来，杨文医看出这五人剑法仍是脱胎于宫家枪法，招数并无特异，但速度奇快，异乎以往。

若要比快，天下间还没几个人能超过杨文医。他合目一瞬再度张开，霎时灵台空明，眼中所见，脑中所想，唯有手中剑、眼中人，一招一式，全无思索，随心而发。他的年纪大了面前几人十几岁，但速度竟未稍逊，招式圆转之处更是远胜五人。虽然五人剑法如风，竟不能克制住他。

缠斗多时，杨文医一剑上撩，穿破剑网，剑锋迅速掠过面前两人咽喉。

这一剑正是他的得意招式"惊鸿照影"，剑意缥缈，速度又快，令人难以抵挡。前日里宫五常正是死在他这一剑之下。

剑锋掠过气管位置，却未见血雾飞散，只听叮叮两声，如撞金石。杨文医心中一凛，暗道不好，急忙收剑回护。果然另外三人乘他出剑之机，几剑如电刺过。

杨文医倒退两步，身上一蓬血花飞溅而出。

难怪那两人有恃无恐，原来他们的颈上都已戴了铁制的护颈套。杨文医此时无暇包扎伤口，一轮快剑之后，一剑分袭其中一人心口小腹，果不其然，这两处亦有防护。

宫剑翔培育这五名剑手对付杨文医，当真是用心良苦。

杨文医快剑专打人身要害，这条路既然不通，他剑锋一敛，攻势一转为守。那五人见形势与己方有利，出剑愈快。

双方以快打快，又过片刻，杨文医毕竟人至中年，气力稍逊，又兼方才身中两剑，伤口流血不止，剑招已不似最初一般追风逐电，稍有恍神，又中一剑。

这一剑伤在他左肩上，伤口颇深。那五人精神一振，剑光如雪，乘胜追击，直逼得杨文医连退两步。五人借此良机，剑光合围，一同刺出。

杨文医回手反击一剑，这一剑速度却不如以往，甚至可说是颇为缓慢。

"剑法，不是只快就好。"

当啷啷连响数声，五人只觉手腕一阵酸麻，似被一股柔劲所引，不自觉便松了手，宝剑落了一地。

那是杨文医苦心所练的太极柔劲，因敌而动，后发制人，一击成功。

杨文医剑尖再点，这一次却是他平素的追风剑法。五人失剑后来不及反应，只觉眼前一黑，竟是双目均被杨文医刺伤。

"走吧。"杨文医还剑入鞘，放低了声音。

五人手捂眼睛，又惊又怕。他们是宫家一手培养而出，剑法虽好，却缺乏应变之能，一时间尚不知如何应对。杨文医不再理会他们，眼光向四周一转，冷冷喝了一声，一剑便向一片长草中刺去。

"宫剑翔，你毕竟也是一派之长，何必藏藏躲躲！"

随着叱喝声响，一杆长枪如同巨蟒翻身，自草中翻越而出，宫家家主宫剑翔腾身而起，喝道："也罢，惊鸿，你和宫家之间的恩怨，总要有一个了结！"

杨文医脸色一黯，还剑相击。

凤凰岭马匹攀登不易，到岭下之时，杨、俞二人便弃马而行。向上攀爬了一段，俞执忽然停下，侧耳细听，片刻后道："岭上有打斗声音。"

杨若徭不似他练过武功，听了一会儿什么都没听出来，便道："那咱们快走，说不定罗兄也在岭上。"

二人加快步伐，急速前行。

七

这一边，宫剑翔与杨文医二人一枪一剑，缠斗了足有半个时辰。以武功或是江湖经验而论，二人均是不分上下，但杨文医方才恶斗一场，兼之身受剑伤，体力上便落了下风，剑意流转之间，远不似先前流畅。

又斗片刻，宫剑翔一枪划伤杨文医右手，这道伤口虽然不重，对出招却颇有影响。宫家家主冷笑连连，却未曾乘势追击，反而后退几步，一手高举扯个架势，待到杨文医上前之时，空出的一只手一抽背上单刀，刀枪合击，齐向他头上砍去。

这一招乃是太极枪法中的绝式"绝杀亮掌"，练到此处已是太极枪法的极致，如同象棋里的双将绝杀一般，极少有人能逃过这刀枪合围的一击。这一招亦非宫家家传，而是宫剑翔辗转自武当山上学来的功夫。

单刀如雪，大枪如风，势如雷霆。杨文医身上伤口流出的鲜血滴滴答答落到地上，发丝被刀枪劲力激荡而起，就连手中的剑柄也被鲜血浸润得难以拿捏。

生死关头，他却未曾避让，一扬手丢下了手中的宝剑，空出的双手一拧一送，使宫剑翔右手的长枪被硬生生拧偏了方向，擦着杨文医的头顶飞了过去。

而宫剑翔左手的单刀却被顺势一转，直插入他自己的胸口。这一刀宫剑翔用力到十分，因此刀锋贯入胸膛之时，力度亦是格外大，一小截刀尖从宫剑翔背后穿出。宫剑翔呆呆瞪着眼睛，一脸的无法置信。

杨文医慢慢松脱手，宫家家主的尸身随着他放手之势，也慢慢向后倒了下去。

"我师父黄叶道人，本是武当出身。"

昔年黄叶道人自武当学艺，一身太极柔劲收发自如。杨文医承继他一身绝世剑法与内功心法，但后来他与宫家小娘子成婚，黄叶道人大怒，逼他发下毒誓再不得使用太极心法遗羞师门。

可是他依然是用了，二十年前宫家截杀他时用过一次，五名高手死在他手里；而今日这一战，更是断送了宫家家主性命。

第一次违背誓言，他的妻子身死；这一次违背誓言，他默默祈祷上天，惩罚只要应在自己身上便好。

那五个剑手身受重伤，早就悄悄溜走。杨文医伸手拨开身边的刀剑等兵器，慢慢坐到了地上。他看着面前的尸体，也没有什么大仇得报的心理，只是感到万分疲惫。

……功名尽在长安道，今日少年明日老。少年子弟江湖老，红粉佳人两鬓斑。三姐不信菱花照，容颜不似当年彩楼前。

一片浮云静静飘了过来，遮住了天上的明月。

杨文医茫然地想着自己这一生，久久未曾动作，亦是久久未曾言语。他二十一岁之前行侠仗义，名噪一时；二十一岁之后被迫隐居，为人所用。到如今妻子既死，自己又为师门所弃。他不知道自己这一辈子，到底都做了些什么，到底有些什么，到底还能留下些什么。

良久之后，他忽然想到：对啊，我还有一个儿子。

杨文医拄着剑，慢慢地站了起来，无论如何，他还有一个儿子，还有一个家。在那个家里，他还可以等着他的儿子回来。

刚刚爬上凤凰岭的俞、杨二人，默默看着杨文医离去的背影。

他们来晚了，赶到时，只来得及看到宫剑翔那一招刀枪合击和杨文医最后那一出手。惊雷闪电般的一击过罢，素来寡言的俞执都不由得赞一句："好功夫！"

从未见过父亲动手的杨若徭目瞪口呆，惊道："父……父亲！"

与此同时，罗觉蟾也赶到了凤凰岭。他受伤不轻，虽从宫家那里又夺了一匹马，却已无法独自驾驭，在鹤翔道人的帮助下才登到了岭上。

鹤翔远远见到杨文医离去，追赶不及，却又听到杨若徭那一声"父亲"，真是又惊又喜。他上下打量杨若徭几眼，依稀辨出师弟青年时的几分轮廓，便两步赶过去："你……你就是惊鸿师弟的孩子？"

罗觉蟾连忙上前阻挡："老道长，我们这还有正事儿要谈呢！"可他伤后无力，兼之鹤翔心绪激动，拉着杨若徭的手便絮絮叨叨地诉说起来。可怜杨若徭活到二十三岁，身边虽有一个武功高强的好友，却从未接触过这等好勇斗狠的江湖人物，听鹤翔讲述如听大书。然而种种情形却又合情合理，对照方才所见那个剑法如神的父亲，心里已信了六七成。

他看向身边神色尴尬的罗觉蟾，后者叹了口气，终还是默默点了下头。

杨若徭心中起伏不定，俞执见他神色变幻，便走过去，拍一拍他的肩。杨若徭这才反应过来，他看一眼身边神色坚毅的挚友，心绪稍定，便向鹤翔笑道："伯父，多谢你告知身世。但小侄眼下有要事在身，还要请伯父稍等片刻，再叙其他。"说着他忙把罗觉蟾拉到一旁，道："罗兄，这次的事……"

罗觉蟾被宫家捉拿之事方才鹤翔曾简单提过，罗觉蟾叹了口气，便将这两日发生的事情一一交代，最后抱歉道："真对不住，明天我一定把东西送出。"

罗觉蟾一身尘土和血痕，说完这番话摇摇欲坠，杨若徭急忙扶住他，叹道："也只得如此。"

这样一来，俞、杨二人索性也不再回城，好在他们出城时本就多告了两日假。罗觉蟾虽然身上带伤，依然连夜赶去处理宝物一事；而杨若徭思量一番后，决定借此机会，先回家一次。

鹤翔本欲一同前往，却被杨若徭阻止，道："伯父，您还是不要与我一同回去为好。"

鹤鸣怒道："怎么，你知道你父亲是个江湖人，便瞧他不起？"

杨若徭摇了摇头，微微一笑："伯父，您误会了。父亲苦心孤诣向我隐瞒，便是担心我得知这些江湖是非，我又何必让他知道我已知晓。"

他纵马赶回天门县时，几已破晓。杨若徭在门前站了好一会儿，才按老规矩从县衙的角门进入，遥遥便见房中亮着一盏灯火，他心里酸痛，快走几步推门进入房内："父亲。"

杨文医老样子坐在桌边灯下，他换了一件蓝布道袍，身上的伤口想是已经处理完毕，外表并看不出端倪，只有脸色较以往苍白些许。

杨若徭心中又是一酸，他是接受过新思潮的人，并不认为父母当年所为有何不妥，反因自己这么多年都不能看破父亲的苦心而倍觉难过。他抢先几步上前跪倒："父亲，我回来了。"

杨文医一把扶住他："好孩子，你怎么回来了？"

杨若徭强笑道："是我不孝，这么久都没回来看您。军中派我出来办事，我看还有时间便回来看您。父亲，您身体还好？"

杨文医点了点头："我一切都好。若徭，你在军中如何？若太过辛苦，不如就回家来。"

杨若徭笑道："没事，我年轻，这都算不得什么。再说身边还有俞执，两个人搭伴，谁敢欺负我们？"

听到俞执的名字时，杨文医的眉头不由自主地皱了一下："我知道你们从小一起长大，感情好，但为父实不愿你们太过接近。"

杨若徭有些诧异，但他心想与父亲相聚只怕便是最后一次，何必违逆他，便答应下来。他又想不可在此刻让父亲伤怀，于是寻了许多军中的笑话来说。他能说会道，杨文医听他所言，也不禁连连失笑。

父子二人其乐融融地相处了半个时辰，然而时光如水，展眼即过。窗外一声鸡啼，再过一刻，天光便要大亮。杨若徭眼望窗外，忽地翻身跪倒："父亲，我要走了。"

他是接受过外国教育的人，与父亲感情又好，平素少行这种礼节，杨文医一惊，急忙伸手去扶："你这是做什么？"

杨若徭固执地不肯起来，也没有抬头，声音依稀镇定："父亲，我出外留学数年，归来后又去参军，并不曾在您膝前尽孝，现在想起来，心中十分难过。这一拜，是我应当的。"

杨文医见他跪在地上不动，心里着急。他是有功夫的人，虽然受伤，力道仍比杨若徭大得多，手上加劲便把杨若徭从地上拽了起来："若徭，你是不是有什么事瞒着我？"

杨若徭沉默半响，终于一语未发。他轻轻挣脱杨文医的手，又拜了两拜，再度抬起头时，一双眸子清亮如水："父亲，我要走了。"

这一日，杨若徭未等天明便离开了家。俞执一直守在县衙门外的街上，身形挺直，仿佛一杆竖立的枪。杨若徭出来时问他："凌烟，你不回家看伯父一眼？"

俞执摇了摇头，声音慢而坚定："不必了。"

他二人联袂而出，在街口处看到了拄着拐杖的罗觉蟾，那个一身风尘的京城公子笑了笑："东西准备好了，前面有个还没关门的冷酒铺，咱们进去喝一碗热酒，你们便动身进城吧。"

冷酒铺里，三只酒碗碰在一起。酒水和着他们身后的红日，一同喷薄而出。

然而俞、杨二人并没有即刻进城，就在杨文医与宫家门主对决。杨若徭回家探望的这一夜，革命党人在宝善里制造炸弹，却被发现，湖广总督瑞澄下令全城戒严，并搜捕革命党人。时局正如在火药桶中投入一点火星，一触即发。

八

八月十九的晚上，杨文医守在一条山路上，心头矛盾之极。

他这一辈子，捕杀过江洋大盗，也曾与江湖上的仇家性命相搏，死在他剑下的人不在少数，但这些人要么是巨奸大恶，要么是不得已而为之。若说对付革命党，却还是破天荒第一次。

他不懂什么是革命党，只知道这些人似乎是与朝廷作对。与朝廷作对固然是个天大的罪名，但在他心中，并没有杀人放火一般可恶。

临行前，天门县令对他讲的话再次萦绕耳边："惊鸿，当日你曾承诺，为我效力二十年，到今日恰是二十年期满，这是我要你做的最后一事。"

他握紧剑鞘，心道：这一事后恩怨两清，自己不需留在此地，等到若徭退伍，父子两人找个安静所在清静度日，再不受拘束。

想到这里，他心中畅快了几分。这时却见树影摇动，一朵乌云飘过遮住明月，正是动手的好时机。

三骑快马飞也似的直跑过来，杨文医藏在一棵大树上屏息凝气，隐蔽起来。

三匹马越跑越近，奇怪的是马身上各驮了一驮子瓜果。马上骑士都穿着遮蔽身形的风氅，夜色昏暗，看不清他们面容。但看其动作举止，似乎都甚是年轻。

杨文医心中一动，暗想：这几人只怕和若徭年纪相差不多。这样一想，他亦不愿下重手，剑尖微吐，光芒一分为三，分向三名骑士袭去。

他采取的乃是剑尖打穴之法，用意在于点穴而非伤人，连用力都只用了七分。第一名骑士见剑尖袭来，索性一滚下马。他跌落尘埃之时，似乎触了身上伤口，一声惨叫，半天未曾爬起来。

与此同时，最后一名骑士已然警觉，但杨文医出剑速度实在太快，他拔刀掩护已然不及，匆忙间一跃向前，硬生生为第二名骑士挡了一剑。这一跃身法轻盈巧妙，并非时下一般年轻人所能施为。杨文医剑尖刺中他右肩，这年轻人却十分悍勇，他不顾伤势，身形尚未落地，已经抽出腰间佩刀，刀锋向上一抹一挑，霜雪之芒夺人双目。

这一招功夫不俗，但杨文医浸淫武学多年，功力远在他之上，他剑刃顺着那骑士刀锋一错而上，快剑如风，直刺向他胸口大穴。

但也正在这一瞬间，杨文医看清那柄雪刀，心头不由得一惊。

再说那骑士内力本高，心道对手即使以剑格挡，自己也不弱于他，未想对方剑锋根本未曾与他相交。他双足尚未触及地面，变招不及，胸口大穴已被刺中。

139

这些事情说来烦琐，其实不过瞬息之间。杨文医不敢多想，他脚尖一点，追赶唯一逃脱的那名骑士。那人一把勒住马缰，空出的一只手掏出手枪，喝道："什么人！"

杨文医剑尖本已递出一半，听到这个声音忽然怔住，他哑着嗓子问了一声："若徭？"

指到他面门的手枪慢慢放下，乌云飘散，月亮露出了先前半隐的面庞，也照出了骑士惊异的神色："父亲？"

当啷啷一声，杨文医手中的宝剑落地，他的眼神中半是惊讶，半是不信："孩子，真是你！你怎么去做了这样掉脑袋的事情！"

杨若徭眼中一掠而过一种极其复杂的神色："父亲，我真没想到今天拦住我的会是你。"

杨文医一时间竟有惊慌失措之感，多少个念头纷至沓来，素来冷淡的面容再维持不住。他看着自己手中的剑，一时间想到儿子从来不知自己会武，会不会埋怨自己骗了他这许多年；一时间又想到儿子竟然是革命党，这是要砍头的罪名。他张着口，一句话也说不出来。

杨若徭却再次开了口，声音冷静而沉着："父亲，请放我们过去。"

儿子的镇定反衬出父亲的惊慌，尽管后者比前者年长了二十岁，江湖经验丰富而且武功高超。杨文医下意识答了声"好"，随即他想到不对，一把扔下宝剑，双手紧紧抓住儿子的马缰："若徭，你不能去送死！"

杨若徭的眼眸被月光映得愈发幽暗："父亲，做儿子的不孝，但今日之事并非我一人之事，而是为了天下千千万万人。父亲，我求您，求您放我过去！"

杨文医从未见过这样的若徭。在他眼里，若徭总是快活的，单纯的，能干的，孝顺的。他不知道儿子还会有这样的一面，他看着若徭，仿佛看着一个陌生人。他想放手，却又不敢，天知道如果他放了手，若徭又会做出什么可怕的事情!

父子对峙之时，密林中传来一声咳嗽，一个中年人背着手走了出来："日日查革命党，没想到革命党居然就藏在我的家里!"正是天门县令。

见到他，杨若徭脸色惨白："伯父，请放我们一条生路。"

天门县令冷哼了一声，指掌成钩，向马上的杨若徭袭去。

杨文医不及拾起地上的宝剑，叫道："别伤他!"与天门县令缠斗在一起。

天门县令冷笑道："惊鸿，你忘了二十年前的誓言!"

杨文医咬牙不语，只向杨若徭道："若徭，快走!"他长剑不在手中，便如猎豹失去了利爪和獠牙。时间未久，天门县令一掌拍向他肩头，杨文医踉跄倒退几步，却仍挡在前面。

杨若徭掏出手枪，却终又放下。一来二人打斗速度太快，二来他毕竟叫了天门县令二十年的伯父。若转身就走，他却还有一个同伴被点中穴道，一个同伴生死未卜，倒在地上。

国家之事，父子之情，同袍之义，在他心中绞成一团。杨若徭咬紧牙关，双手掐紧缰绳，策马便走。

天门县令怎容他离开，他接连两掌逼开负伤的杨文医，几步赶上，朝着杨若徭所乘坐骑的脖颈处便是一掌，马匹惨嘶一声，栽倒在尘埃之中。

杨若徭虽不通武功，但他在新军多年，身体灵便，早在马匹栽倒时便已一跃而下，顺势再度掏出手枪："伯父，你莫逼我!"

虽为父子二人前后夹击，天门县令亦是十分镇定，他不理身后的杨文医，一脚飞起，杨若徭刚刚掏出的手枪飞到半空。这一脚力道奇大，杨若徭只觉腕骨几乎被一并踢断，他身子晃了一晃，险些摔倒。

天门县令一步上前，一掌又挥了出去。

紧急时刻，先前第一个滚落在地的骑士忽然奔了过来，插入战场。这人已经甩掉了风氅，手中极其可笑地拿着一个甜瓜，却是从马匹的驮子上拿出来的，他另一只手中亮着一点火星，大喝道："不想死就都住手，这是炸弹！"

这人穿一身便于活动的西式服装，向来佻达的面容此刻满是狠忍之色，那一点跳跃的火光在他面上不住晃动，眸子里也似乎有一把火在燃烧。他正是罗觉蟾。

这三匹马上装的炸弹，才是罗觉蟾这一路要运送的宝贝，也是新军起义缺乏之物，否则昨夜里革命党不会冒险在宝善里制造。罗觉蟾一路护送，隐蔽小心，才令黑道宫家误会他真是带了什么重宝入汉口，前来劫持。而因为炸弹入城不易，罗觉蟾又费尽心思，雇用当地农户，把炸弹巧妙藏入了瓜果之中。

他见那天门县令面上有怀疑不信之色，手一挥，当真点燃了露在外面的导火索，嗞嗞声音一响，那天门县令也变了颜色。他不想与这不要命的小子同归于尽，一拳击中罗觉蟾拿着炸弹的手掌，随即一脚向飞出的炸弹上踢去。

这一脚用尽他十二分功力，那颗炸弹被踢出老远。这几人后方恰有个断崖，那颗炸弹直坠其下，遥遥传来沉浊的爆炸声音，在场几人不由得一并低头看去。

罗觉蟾冒险点火，争的就是这一瞬之机，他大喊道："杨若徭，快走！杨老先生，拿剑！"

杨文医此时也反应过来，一把抄起地上长剑。他有剑在手，整个人都似变了模样，周身上下若有光华笼罩："若徭，你走！"

杨若徭一咬牙，翻身上马便要离开。那天门县令却一伸手抄起先前倒下的骑士，冷笑道："杨若徭，你的同伴在这里，你还要走？"

那骑士先前被点中穴道，倒在地上，风氅遮住了他大半张脸，此刻被天门县令抓住立起，月光恰照在他脸上，清冷的光芒愈发衬托他侧面的轮廓如同刀刻。若天门县令年轻上二十岁，两人只怕是一般无二。

天门县令的身体几不可察地抖了一下，声音听似镇定，却终于也有了惧意："阿执？"

远方的枪声、炮声忽然连绵不断地响起，打破了黑夜中的一片静谧。林中的栖鸟被这枪声和火光惊起，呼啦啦地飞了起来。

杨若徭的手中还握着枪，可是他的眼、他的心已经转到了其他的方向。他不再关注天门县令，甚至不再看自己的父亲，最后他把目光转到了俞执的脸上，想确定什么似的轻声问："开始了？"

俞执还不能说话，他也定定地看着杨若徭，目光中有着肯定的意味。

杨若徭看看他，又看看远方，像是在问其他的什么人，又像是在和自己说话："会成功吗？"

然后他自己回答："会的。"说完，他轻轻笑了。

1911年10月10日晚，新军中有人发出武昌起义的第一枪，并攻打湖广总督府。在南湖炮队的炮击下，起义军在次日黎明前占领总督衙门，湖广总督瑞澄逃走。11日上午，武昌全部光复。12日光复汉阳，随后攻占汉口，接着各省纷纷响应。

这，便是历史上赫赫有名的辛亥革命。

九

后来罗觉蟾和他的好友黎威士聊天:"革命有什么好?多少人问我这句话,别的我不说,武昌的枪声一响,两个家平安保住了,这就够了。"

1911 年 11 月,天门县城一个普通院落中。

院中团团摆了一张圆桌,围坐着两对父子,即杨文医和杨若徭,俞执和他的父亲——已经卸任的天门县令俞宗怀。除了他们之外,还有一个虽然是不速之客,可倒也并非不受欢迎的罗觉蟾。此刻他满脸堆笑,手里高举着一只酒杯。

"来来来,我贺你们两家一杯,父子团聚,万事大吉,这是多好的事!"

这杯酒,大家都是一饮而尽。

罗觉蟾又为自己倒了一杯酒:"惊鸿道长,我问您句话,您可别见怪,说到您和这俞县令……"他刚说到这里,俞宗怀插口道:"我已卸任,并非县令。"

罗觉蟾点头哈腰地道:"是,是!道长啊,您和俞老先生,到底是怎么一回事啊?"

这下连杨若徭也很是关心,他自小长在天门县衙,一直以为父亲是县令一个远亲才得以被收留。后来虽知父亲会武,却也没有想过,父亲与俞县令之间,关系亦不简单。

杨文医放下杯子,沉吟道:"也没什么,当年我被宫家追杀,身受重伤,连同若徭也受了伤,是俞……"他几乎又要说出"俞县令"三字,"俞先生救了我。"

罗觉蟾笑道:"这我就明白了,救人不能白救,我也听说这天门县附近盗匪颇多,想必为县令大人清除盗匪,就是他救人的条件?"

144

这直率的话也只有他说得出，杨文医苦笑一声，只说了一句："江湖中人，最重言诺。好在现在承诺已了，恩怨已结，我可以安心退隐。"

罗觉蟾上下打量他几眼，觉得这名道长也许是自己见过的最后一个江湖剑客。

他守着江湖上那些早就不时兴的规矩，重视一个没什么拘束力的诺言，可以下狠手杀人，却不会杀女人。他不懂这个新时代的东西，也和这个时代格格不入。

可是这样一个人，却有着杨若徭这样一个儿子。最奇妙的是，这对父子依然感情深厚，相处融洽，虽不互相理解，仍能互相包容。

罗觉蟾不再想这个，他在思索另一个问题："怪了，俞老先生，我看您这身功夫，可不在道长之下……"话未说完，他自己也想明白了，一来俞宗怀并非江湖中人，经验远不及杨文医；二来他毕竟是个官，岂有一个县令长年在外抓贼的道理？

杨文医却正色道："俞先生，这些年多蒙你照顾。若徭去外留学，又入新军，都是借了你的力。"不然杨文医清贫如此，焉有余力送杨若徭去日本读书？

俞宗怀哼了一声，又道："送这两个晚辈出去，我可是后悔了。"

罗觉蟾嬉皮笑脸地说："俞老先生，我还真挺好奇，看您起初的举动，倒好像对大清国要效忠千年万年似的，现今怎么主意全改啦？"

他这话说得很不客气，俞宗怀却也不恼，只道："你看南方这些省。"

罗觉蟾一怔："什么？"

俞宗怀冷笑道："不到两个月的时间，十五个省自称独立，这些一方大员都不在乎名节，我一个卸任的县令又能怎样？只是你们这些革命党，以后的日子怕也不好过吧。"

罗觉蟾"哎哟喂"了一声，又说："您老先生，用我们那儿的一句话说，这就是咸吃萝卜淡操心！"

俞宗怀又哼了一声，便不再多说。

杨若徭和俞执因是晚辈，在饭桌上并未多说什么。

直到吃过饭，两位长辈入内休息，杨若徭才向俞执和罗觉蟾道："明日我便要走了，凌烟，我父亲便托你照顾；罗先生，你虽口口声声说自己不是革命党，可我始终当你是自己同志。若有机缘，希望日后还能相聚。"

俞执老样子不多言语，只点了一下头，但以这两人的交情，杨若徭自可放心。罗觉蟾却笑道："杨若徭，你是去南方当大官，我将来自然要前去拜会，好好地打一通秋风。"

杨若徭笑道："欢迎之至。"

三人在一起又喝了几杯酒，杨若徭酒量最浅，已有半醉之意，他笑道："其实啊，我倒也不想去做什么官。"

罗觉蟾道："呸！少在十三爷面前假撇清。"

杨若徭放下酒杯，笑道："做官有什么好，我更希望咱们这些朋友和和美美住在一起，两位老人能够颐养天年，我便种种花、钓钓鱼，悠然自得过这么一辈子……"

罗觉蟾笑道："想当官不容易，想不当官那可太简单了。你和你爹哪儿都不像，只有想隐居这点倒是一个模子里刻出来的。等过几年天下太平了，你便回乡一住，那可多优哉！"

杨若徭来了兴致："就这么说定了，咱们就以五年为定，到时凌烟不用说，罗觉蟾你也搬过来。"

罗觉蟾故作惶恐："原先我在杨兄心中这等重要，真是荣幸之极。"

杨若徭哈哈一笑，打了他一拳道："少说这等怪话。"

罗觉蟾也便笑了，他与杨若徭性情相近，志趣相投，又皆有一手好枪法，相识时间虽然不长，但几番惊险过来，已成了十分知己的朋友。

杨若徭又道："我还有一个大哥，早年在外面留学的时候，我、凌烟还有他三人感情最好，旁人都叫我们作'三剑客'，要是他也能过来，就更好了。哎，凌烟，聂大哥现下到哪儿了？"

俞执道："聂大哥已在上海开业。"

杨若徭道："真的！那可太好了。"他又向罗觉蟾道："你不知道，我这个大哥医术最好，赶明儿定要你和他见上一见。"

正说到这里，忽然有人叩门，原来却是鹤翔。他身后还跟着一个年轻女子，竟是宫小西。杨文医听得声响，出来见过师兄。罗觉蟾却看得诧异，径直问道："鹤翔道长，您来也就罢了，这丫头干吗来了？"

鹤翔还没答话，宫小西已鼓足勇气道："惊鸿道长，我知道宫家家主和您有仇，可现在人也死了，希望您不要计较从前的事情。还有，我想把这只镯子还给您。"说着她拿起一只银镯，这是那日罗觉蟾无意自杨文医房中带出之物，当日被宫剑翔拿走，未想最后却落到了宫小西手里。

这时罗觉蟾却把杨若徭拉到一旁，低声笑道："嘿，我说，没准你还能多个小后妈呢！"

杨若徭"噌"的一声拔出手枪顶住他脑袋："罗觉蟾，你这混蛋给我闭嘴！"

明月当空，花影摇移，这些身份立场甚至辈分都不相同的人在一起谈谈笑笑，气氛和美之极。

可是那五年后再不做官，从此退居林野的话，毕竟只是醉中狂言。

杨若徭死在三月之后。

南方诸省虽多独立，但革命党能操控者却在少数。杨若徭被派去其中一省作为专员，也是为了安插革命党的力量。他虽年轻，但为人精明能干，未过几月，已让那一省的大员刮目相看，头疼之极。

一个幕僚看出他心事，便劝他索性杀了杨若徭，一了百了。大员起先犹豫，后来听幕僚说得切实，也便动了心。

杨若徭枪法如神，人所周知。那大员假意请他赴宴，在酒里下了毒药，后面又埋伏了快刀手。杨若徭中毒时已有所察，无奈到了这个时候，已是无力回天。他一只手已经伸进了怀里，终是被快刀手一刀砍翻。

那大员见他掏枪，吓得叫道："砍他，砍他！"那些快刀手哪敢怠慢，上上下下连砍了几十刀。杨若徭一张脸已看不出原本模样，那大员依旧大叫不已。幕僚忙劝道："大人不必惊慌，那杨若徭已经死了。"

大员跌坐在椅上，手抚胸口。

杨若徭之死的消息很快传到汉口，众人虽知中间必有蹊跷，但那大员势大，一时却动不得他。

是时罗觉蟾身在香港，当他得知这消息时，已在数月之后。

俞执却自此带着雪不平离开，一直到民国十三年（公元 1924 年）的时候，那大员被刺杀在上海的寓所之中。有人怀疑是他所为，可是没有人有确切的证据。

而那剑法超绝的惊鸿剑客，却自此消失；惊鸿一剑，自此绝响。

今后的时代里，再也没有出现过像他一样的人。

篇四
聂神通

一

民国元年（公元 1912 年），可真是个不同寻常的年头儿。

革命党造了反，小皇帝下了台。辫子不要了，改成短发；作揖不成，偏要握手。最奇的是连皇帝也没了，变成了什么大总统。旗人们没了钱粮，满北京的黄带子、红带子再也不是天潢贵胄。

这还没完，原本当大总统的是孙文，不知怎么又变成了袁世凯。又是兵变又是行刺，偌大个中国好似一锅沸水，就没有不冒泡的地方。

这么个你方唱罢我登场的年头，有一块地方发展得格外热闹，仿佛寄生于海上的绚丽花朵——那是上海，租界。

租界里名人不少，其中有一位名医，正是在民国元年的时候声名鹊起。此人姓聂，以金针医人，有"一针活死人，三针肉白骨"之称，医好的病人便送了他一个"金针神医"的绰号。又因其医术高明，时人不呼其名，而称为"聂神通"。

六月里，午后，鸣蝉声声。

两个青年走在法租界的路上。左边一个中等身材，面目蔼然。右边一个却是个粗眉大眼的姑娘，神态率真，有一种勃勃的英气，与时下一般女子大不相同。只可惜一条腿是瘸的，她拄了一根拐杖行走。

天气热，两人的领口都被浸湿了一大圈，几辆黄包车从二人身边经过，左边那青年冯远照便道："季卿，不如雇一辆车子吧。"

季卿抿紧了唇，道："不碍事。"

冯远照知道她性情倔强，便不多说，好在前方不远便可见一面招牌，上面写着"金针神医聂"的字号，心里松了一口气。

二人进入诊所，均有些惊讶，原来这里面的布置与一般医家并不相同，一堂半新不旧的红木家具，墙上挂着商务印书馆的石印仕女图，桌上陈列着鲜花。五六个人坐在太师椅上等待，不似看病，倒像是来做客的。

冯远照见右侧下首还有一张椅子空着，便先安置季卿坐下。只见一个人笑容可掬地上前，招呼道："您是来看病的？"乃是一口极清脆流利的北京话。大热的天，这人却穿了一身粗花呢西装，最时新的式样，熨烫得一丝不苟，身上挂了副大茶晶的墨镜，是个举止漂亮、衣着讲究的外场人物。但他模样却是形销骨立，一脸病容，这样热的天气，他脸上一滴汗都没有，嘴唇全无血色，颇有些吓人。

冯远照心里不由得打起了小鼓，暗想：这金针神医自己看上去就是一身病，可怎么治人？但还是道："原是这位姑娘患有腿疾……"

那人摇一摇手："待见了正主儿，您再细说不迟。"便递了一个号码牌过来，又拖了把椅子请冯远照坐下，笑道，"叫到您这号时就进去，您坐，小姓罗，有什么事儿就招呼我。"

原来这人并不是聂神通，冯远照略放了些心，转念一想：还是不对，这聂神通连自己身边的人都治不好，还叫什么神医？他不由得心下犹疑，就在这时，又一个声音道："先生，请喝茶。"

那是十分宛转悦耳的苏白，冯远照虽听不大懂，也觉熨帖，欣然道："多谢。"他伸手欲接，却见面前站的是个满面皱纹、腰弯背弓的老翁，吓得手一抖，险些把茶碗摔到地上。

季卿忍不住笑出声来："你没听过苏白？"原来苏白最是柔软动听，纵使是老翁老妪，说来依旧悦人。冯远照是北方人，哪里知道。

冯远照抓一抓头："我没去过苏州，叫你笑话了。"

季卿笑道："弗要紧。"这一声却是十分宛转的苏州口音，为她平添三分温柔。冯远照惊奇道："原来你也会说。"

季卿道："我就是苏州人，怎么不会说？"自来苏州女子多是娇小温柔，少有如此飒爽英姿者。那罗姓招待员招呼过新到的一位病人，又笑嘻嘻地走过来："真巧，我们这里的大夫，也是苏州人。"

冯远照"哦"了一声，又说："原来和季卿你是老乡。"他端起茶杯喝了一口，只觉满口清香，不知是什么茶叶。却听季卿叹道："这是梅家坞龙井，好几年没有喝到了。"

冯远照赞道："真了不得，你还没喝，单凭味道就能闻出是什么。"转念又一想：单是招待客人的茶叶就如此讲究，这聂神通多半还是有些本事的，不然如何维持这般排场？他偷偷向坐在自己上首的一个人问道："老兄，这聂神医本事究竟如何？"

那人瞠目看他，"啊啊"地比画了两下，又指指自己耳朵，原来是个聋人。

冯远照自己也好笑，季卿沉声道："既来之，则安之。且看就是了。"

二人说话间，那耳聋之人也走了进去，未及一刻，那人便已出来。冯远照颇为诧异，试着叫了一声："老兄？"

那人转过头来，满面笑容地问："何事？"冯远照大是震惊。那罗姓招待员坐在前面，喝着盖碗茶，饶有兴趣地看着两人。

眼见下一个就是季卿，冯远照拿起号码牌，正准备扶她进入，忽听"砰"的一声，一名彪形大汉踹门而入，喝道："哪一个是聂神通？"

这大汉昂扬八尺，生得十分雄健，最奇的是他还有一条辫子盘到头顶。是时民国初立，剪发风起，上海滩上甚至有人纠集了"剪辫队"，看到谁还留着辫子便冲上前，咔嚓一剪了事。但见这大汉的魁梧模样，把他制住剪辫可绝非易事。

那罗姓招待员笑嘻嘻地站起身："您好，请坐，喝点什么？"

那大汉握紧了两个铜钵大的拳头，向他晃了一晃："你就是那聂神通？原来是个痨病鬼！"拳风到处，那罗姓招待员发梢都被带得飘起。他连忙摇手："慢来，慢来！我姓罗，可不姓聂！"

那大汉闻言，忙把拳头收回："我来找那姓聂的比武，你让开！"

从前医武不分家，医者懂些武艺也是常事。那罗姓招待员不紧不慢地道："你打架不要紧，这些病人怎么办？"

那大汉似是没想到这一点，他抓一抓头皮，正在思量，却听里面传来一个沙哑声音："罗十三，叫那人滚进来！"

那大汉大怒："你小子骂谁！"一掀帘子便走了进去。

罗十三若无其事地喝了口茶，冯远照见状不妙，忙道："这位罗先生，我们今天还看不看？"

罗十三笑道："为何不看？"

"可是……"都打起来了，这还能看吗？

那大汉进去不久，内室里便声响不绝，"叮叮当当"，"乒乒乓乓"，时而又有肉体撞到重物上的沉浊声响，听得人心惊肉跳。

季卿虽是个女子，性子却较男子更为激烈，一听到声响，便扶着椅子把手踉跄起身。冯远照忙道："你要做什么？坐下坐下。"

季卿道："总不能看着那聂大夫被人打死。"

冯远照唉声叹气："你这样子，如何能去？"

二人正在争执，却听一声重响，那魁梧大汉竟被人掷了出来。先前此人好一番气概，而今形貌却颇为狼狈。厅内众人皆惊讶不已，眼见那大汉被丢到地上后一动不动，也不知道是生还是死。纵使他上门挑衅，那聂大夫下手也未免太重。

罗十三不干了，一放茶杯，朝着里面嚷道："老聂，你太过分了！"

众人一听，皆以为然，却听罗十三又道："这么大一个人，我可拖不动，放这儿算什么？你自己赶快出来弄走！"

里面那人不咸不淡道："自有人弄走，用得着你操心？"

罗十三眉一挑："老聂，你说话客气点会死啊！我跟你说……"就在此时，两个巡捕一推门走了进来，吆喝道："发生什么事了？"看一眼里面紧闭的房门，又叫道，"聂大夫，您老没事吧？"

罗十三笑道："大事没有，小事倒有一桩。这里有个人，要劳烦您二位搬到外面的树荫底下去。"说着，塞了点东西在打头的巡捕手里。

那人脸上都笑开了花："罗先生真客气，您是聂大夫的人，说一句咱们不还是得听着？"手却紧紧地攥了。两个巡捕一个抬头，一个抬脚，把那大汉抬了出去。

这两人居然对聂神通甚是恭敬。季卿眉头便是一皱。

眼见这几人出去了，冯远照暗想"这次总该到季卿了吧"，却听竹帘响动，一个女子走了出来。她年纪很轻，衣缘上绣了半个巴掌宽的西洋彩色花边，系一条闪光缎的裙子，一走一亮，夺人眼目。再看她头上挽着一个蝴蝶髻，鬓边戴了副珠花，那珍珠都有黄豆大小。这一身装束华贵时髦，那女子的容貌则雅丽如仙，不是这样的衣衫，也配不上这般的人物。

她向众人行了一个礼，娇滴滴地道："还请各位稍候片刻，老爷再为大家诊治。"吴侬软语，听着让人直舒服到骨头里。

冯远照思量，多半是方才打斗，须得整理一番内室。众人见这女子这般形容，自然纷纷点头。这女子便又施了一礼，走回里面。冯远照向罗十三问道："不知这位女士又是何人？"

罗十三笑道："这一位，乃是我们聂大夫的如夫人。"如夫人者，姨太太也。季卿在一边听了，眉头不由得更加紧皱起来。

这一次可等了好久，众人正在诧异，却闻到一种细微的香气从里面散发出来，竟是鸦片烟的味道！原来这聂大夫不是整理诊室，而是抽鸦片烟过瘾去了！季卿大怒："不看了！"扶着桌子就要起身。

冯远照知道她脾气，忙道："等等！"却听季卿道："他的医术如何暂且不说，这个人与巡捕房勾搭一气，抽鸦片烟，养姨太太。这样腐朽的一个人，我却不用他看诊。"

冯远照听得又好气又好笑："季卿，你脾气怎么还是这样，若是与人交往合作，自然要判断他的品行，现今是看病，你且管他是什么人呢？"罗十三也走了过来："二位，到你们的号了。请先交大洋五元。"

这在当时可不是一笔小数目。冯远照从身上拿出银钱，递到罗十三手里，他掂掂重量，便引着季卿便往里走。

钱都付了，季卿只得跟着两人走进内室。却见这里面布置得更为雅致，房间里最显眼的乃是一张红木烟榻，上面还摆着根象牙镶翠的烟枪。一个穿黑华丝葛长衫的人背着手站在窗边，背影极瘦削，嶙峋如山石，但一双手生得又白又细，手指甚长，腕骨突出。

罗十三先扶着季卿坐下，笑着招呼了一声："老聂，病人来了！"

那人转过身来，冯远照见他生了一双极厉的眼睛，仿佛黑夜里骤然擦亮的洋火一般，目光灼灼，令人无法遁形。正要招呼，却觉身边的季卿一颤，声音轻微地道了一声："大……大哥？"

二

大哥？！

第一个呆住的是冯远照。他和季卿相识数年，从未听说她有一个兄长，何况二人一个姓聂一个姓季，这一声大哥从何论来？

那美貌女子提了一个红漆盒子刚刚进门，听得这声也不由得一怔，手中的盒子险些掉到地上。偏偏这里还有个唯恐天下不乱的罗十三，一拍手笑出声来："哎哟，老聂，兄妹喜相逢啊！"

聂神通面上没什么表情，居高临下瞟了一眼："原来是阿黑头。"众目睽睽之下，竟被提到自己幼时的乳名，纵使是季卿，脸也不由得一红，却仍答道："是我。大哥……"

话犹未完，聂神通却打断了她："罗十三，他们的诊费交了吗？"

罗十三一怔，随即笑道："这个自然。"

聂神通哼了一声，道："把规矩跟他们说说。"

这态度实在不像一家人相逢时的言语。季卿空有一肚子话，却半个字也说不出来，只听罗十三侃侃而谈："先前五元，乃是初次看诊的费用，之后施针一次，须得另行交纳五元。若是疑难杂症，诊费另算。"

冯远照听得一愣一愣，忙道："且等等，你不是季卿的兄长吗？"

罗十三看一眼聂神通的表情，便笑嘻嘻道："亲兄弟还明算账呢。"

冯远照并非付不起诊费，但这聂神通的态度委实奇怪，他正要再问，却听季卿道："既然如此，那便请看诊。"

正主都开了口，冯远照自是没有异议，便道："季卿一条腿被枪弹伤了，后来又未曾好好养伤，到今天一条腿全然动弹不得，想请聂大夫看看有没有医治的办法。"

一个女子被枪弹打伤，也是一件奇事，但聂神通面上全无诧异之情，只"嗯"了一声，走到季卿身前，打量了两眼，忽地一伸手，拎着季卿的后脖领子，仿佛拎猫一般把季卿提了起来。冯远照被吓了一跳，忙道："你要做什么？"

聂神通全不理他，高高举起，却是轻轻放下。他把季卿放到那张红木烟榻上，冯远照猜测他是要开始看诊，想自己一个男子留在这里恐有不便，正要离开。却见聂神通并未查视伤处，而是先行诊脉，且足足诊了一刻钟之久，诊完左手诊右手，诊完右手诊左手，随后沉默良久，一语不发。

冯远照忙道："枪弹是从膝盖上方穿进去的。"

聂神通冷冷看了他一眼，道："看这架势，你打算替我看诊？"

冯远照忙道："不敢。"

聂神通冷笑道："说是不敢，却在这里指指点点。我看你不是不敢，是敢得很啊！你若会说会看，便自己看，来我这里做什么！"

可怜冯远照也是个人物，却被吓得一句话不敢多说。

聂神通又哼了一声，那美貌女子忙把红漆盒子递过，又拿过一条浸了消毒药水的洁白绢帕，替聂神通擦拭双手，仿佛一个助手模样。冯远照不由得诧异，因这本是外国的消毒法子，未想一个中医却也使用。

消毒之后，那美貌女子又拿过绢帕，侍立一旁。聂神通掀开盒盖，里面是大红的天鹅绒，衬了一排光芒耀眼的金针，总有十几根，长的一尺有余，短的也有两三寸。他从中选了一根六寸余长的金针出来，手上施力，将那根金针绕在左手中指之上，随后抻直，眯眼看了一看，如是三遍。方才将金针衔在口中，左手拇指用力，一指点到季卿伤处右侧。

自季卿这条腿出事以来，一直是全无所觉。未想聂神通这一指下去，竟然感觉到一股温暖气息自所点之处升腾而起，一时间不由得又惊又喜，刚要开口，聂神通取针在手，隔着衣衫一针已经刺了下去。

这一针下得极慢，季卿觉得有一种灼热的力道，随着针入缓缓而生，比先前的暖流力道更甚。刺入之处又麻又痒，聂神通不时还捻

156

动一下针尾，那滋味更甚。但季卿一条腿初有知觉，再难受也都忍了下去。

待到金针刺入三分之二时，聂神通便停了下来。那股灼热气流在季卿腿内窜动，速度又极慢，难受至极，却躲避不开。

聂神通不再有动作，只闭了眼睛，似在养神。季卿咬牙硬挺，但到后来实在挺不下来，豆大的汗珠从前额上直落下来，就在这时，聂神通忽地睁开眼，双目之间似有神光离合，伸指到针尾之上，轻轻一弹。

一弹之下，金针颤动不已，季卿只觉腿内麻痒再难忍受，忍不住用力一挣，红木烟榻被蹬得"咚"一声响。冯远照大喜："你能动了？"

季卿惊喜过甚，反倒说不出话来。聂神通慢慢拔出金针，收进盒子："再用两次针，就能走了。这几天别乱动。"

季卿试着下床，却发现这条腿虽然有了知觉，也能简单动弹一二，但若要如常人一般行动，却还不能。聂神通已转过身去，冷淡道："你可以住下。"说完看了罗十三一眼。

罗十三甚是乖觉，将两人领了出来，又笑道："下一位病人。"

"你可以住下"的意思，便是能住下的只有季卿一人。冯远照这次来到上海本有要事，原也是私下带季卿前来看病，如今她遇到自家兄长，自然再好不过，但他看这兄妹二人实在奇怪，还是要先问个究竟。

季卿叹道："冯兄，过去隐瞒了许久，着实抱歉。我本不姓季，姓聂，原名聂季卿。"

冯远照道："我党中，抛弃原来名姓的也不在少数。这是小事，但你这兄长……"

聂季卿叹了一口气，便讲述了自己的身世。

原来聂季卿出身于一个官宦之家，上面本有三个兄长，却夭折了两个，只余下长她十岁的长兄聂隽然和她两人。

　　聂隽然自小与众不同，他不好庶务，不爱做官，偏是酷爱武技杂学，二十二岁那年跟着一个老和尚拜师学艺，杳无音信。又过几年，聂季卿父母双亡，这时革命浪潮已遍及天下，她深受感染，便投身革命党，再未归家。未想时隔多年，她竟然与兄长在此处意外相逢。

　　"兄长不过个性较为冷淡，究竟是没有什么关系的。"聂季卿言道。其实她虽这般说，心里实无把握，幼时她与这位年长自己许多、性子古怪的兄长相处也并不多。

　　冯远照虽听她如此说，依旧放心不下，他将身上的银钱取出大半，思量一番，连手上一个金戒指也摘下来，一并递到聂季卿手里："虽是住在自己兄长家，有钱傍身也是好的。你要自己多多留意，我……"

　　钱还是小事，这个戒指的情意却尤其深重。两人相识数载，聂季卿如何不知道他的心意，她心下感动，一时无法言语，便握了一握冯远照的手："多谢你。"

　　冯远照凝望她双眸："千万小心。待我办完公事，便来接你。"

　　正说这里，先前那美貌女子姗姗走来，微笑道："四小姐，请随我来。"

　　冯远照道："还要劳烦聂夫人多多照顾。"

　　那美貌女子忙道："这称呼可万不敢当。四小姐是老爷的妹妹，定会好好照看的，先生还请放心。"

　　冯远照又嘱托了许多话，这才离去。聂季卿见她丽色夺人，言语温柔，颇有好感，便道："嫂子，你还是叫我季卿吧。"

　　那女子一惊，急忙道："四小姐莫这样说，我姓董，名庭兰，小姐叫我名字就好。"

季卿一乐："那我们互称名字好不好？"

董庭兰十分犹豫，却挡不住聂季卿坚持，只得勉强应了。聂季卿心里嘀咕：这样一个好女子，怎么偏偏是大哥的……唉！

两人穿过一道狭窄走廊，来到诊所后面一个房间里。

这房间不大，陈设十分干净，一张小铁床上铺着雪白的床单，搭了一张鲜红的绒线毯子，旁边的书架堆了满满的书，看样子这里本是一间书房。

董庭兰先安置聂季卿坐下，返身出门，不一会儿又抱了一叠衣服进来，件件料子柔软，色彩鲜丽，又道："这些本是我前段时间做的衣服，我也没怎么穿过，请莫要嫌弃，过两日再裁新衣。"她虽然应了不叫聂季卿"四小姐"，却无论如何也不肯直接称季卿名字。

聂季卿忙道："这些就很好，多谢庭兰姐。"

董庭兰微微一笑，又打了热水，捧了凉茶和点心过来。她亲手帮助聂季卿净面换衣，一派温柔款款，十分周到。

聂季卿有些不好意思："多谢你。"想了想又问，"庭兰姐，大哥呢？"

董庭兰道："他在前面看诊。"又有些歉意地道，"他看诊的时候，不准别人打扰。"

聂季卿想到被说得不敢搭腔的冯远照，心中了然，笑道："没关系。"

董庭兰还有许多事情要忙，安置好聂季卿之后便先行离开。聂季卿一人留在房间中，闲来无事，便翻看书架上的书籍，却见上面大多是医书，其余的几本也都是纸质暗黄的古书，不知有了多少年头。

她把抽出的书本又一一放回去。这书房虽小，却甚是风凉，她拿过凉茶自斟自饮，不知不觉中，手里还握着只空茶杯，竟然睡着了。

这一觉睡了良久，醒来时，窗外已然繁星点点。

有人笃笃敲门，季卿披衣起身，问道："是谁？"

一个极柔软的声音响起："是我。"董庭兰托着个红漆托盘，送来了晚饭。四菜一汤均是精洁美味，聂季卿吃得风卷残云，全无仪态，赞道："庭兰姐，你手艺可真好。"

董庭兰抿嘴轻轻一笑："我哪里会做饭，这都是你大哥做的。"

"什么？"聂季卿大吃一惊。君子远庖厨，幼时可不记得自己那位阴阳怪气的大哥有这个本事。她忍不住又问："那大哥呢？"

"他在房中看医书。"董庭兰微垂了头。

自己的亲妹妹十年未见，初次相逢，他居然还躲在房中看医书？这真是奇哉怪也，董庭兰擅于察言观色，忙道："想必是他有些疑难问题，待明日必定会来看你的。"又着意安慰了聂季卿一番，陪她说了半天的话。

与嫡亲兄长见面这第一晚，聂季卿彻夜难眠。白日里睡了许多觉固然是一个原因，这兄长的态度，却也令她心中不甚舒服。

直到三更左右，静夜之中，她忽然听到"嗒"的一声响，声音极轻，却令她一激灵，霎时坐了起来。

若是旁人，也分辨不出那是什么。聂季卿虽是女子，却是实打实地中过枪弹，上过战场，一听便可知，这明明是手枪上膛的声音！

这是什么人？她心中警铃大作，拄了拐杖小心翼翼起身，也不点灯，只静悄悄地将门推开一条缝，向外张望。

月色如银，外面那条狭窄走廊的尽头，站了名身着西式服装的男子。他手中拿了把手枪，却似乎并未没上子弹，只是一次次地抬高手臂，仿佛是在练习射击，又仿佛只是拿着那把手枪，与它亲近，与它熟悉。

单从他的姿势便可看出，那是个极其了解枪支的人。月亮的影子投射在他的脸上，一双眼深邃得摄人心魄，面容却苍白如镜。

那是罗十三。

三

在医馆里，聂季卿一连住了三天，董庭兰将她的生活打理得十分周到，但聂隽然始终未曾露面。倘若聂季卿问到，不是在看诊，就是有事，并不见他对这个妹妹有何关心。

聂隽然没来，罗十三倒是来了。他煞白的脸没什么起色，穿得依旧时式，笑容可掬，全不见那一晚的冷峻模样，还带来了几本花纸头的最新小说。聂季卿哪里看这个，苦笑着问："有报纸吗？"

罗十三笑道："看什么报纸，最近的消息无非是那几个，新大总统椅子坐不牢，找旧大总统垫椅子，还有什么？"

"旧大总统"是指孙中山，"新大总统"是说袁世凯。这时袁世凯就位未久，手中权力尚且有限，因此有意邀请孙中山北上，名为共商国家大计，实则寻求孙中山之支持。

这两句话说得又准又狠，要知冯远照此次来南方，目的并非上海，而是南京，为了筹备孙中山进京一事。聂季卿听得一惊，忙道："你不要胡说。眼下民族主义革命已经成功，孙先生说，民权主义交给袁世凯去做也未尝不可，而他则想致力于民生主义，做一番实事。"

罗十三嗤笑："卧榻之侧，岂容他人酣睡？且等着吧。"

聂季卿听他言语，显是对当前时事十分了解，心中不由得诧异。微风吹入，卷起那几本花纸头的扉页，上面龙飞凤舞勾勒了一个名字，聂季卿一眼扫过，忽地一惊。这名字，怎的如此眼熟？

想到这人对时事的洞悉，对手枪的熟稔，聂季卿越想越觉得有理，然而看到面前这人一副吊儿郎当的模样，心里却又有些怀疑，忍不住开口问道："罗先生，有一个人，不知道你是否听过。这位先生也姓罗，听说本是个黄带子，却弃暗投明为革命党做事，一手好枪法，做了许多轰轰烈烈的大事。在去年汉口的起义里，他单人独骑入城，是一位孤胆英雄……"

罗十三正在喝茶，听到这里，一口茶直喷了出来。"是有这么个人。不过不是什么黄带子，不姓爱新觉罗，更不算革命党，最多不过是帮朋友做了点事，手枪是用的。"他顿了一顿，神色略黯然，"但照真正的神枪手，却差远了。英雄？啊呸！"

聂季卿被他说得一怔，不知他语气为何这般激烈，却见罗十三瞬间便恢复了一张笑脸："聂小姐，你眼睛可真尖，在下正是罗觉蟾。"

这罗觉蟾，可也真是位奇人。他身上流着一半爱新觉罗的血，结交的却是革命党的朋友；他帮革命党做了许多大事，自己却无论如何也不肯入革命党。民国建立未久，此人不知为何却销声匿迹，聂季卿也只是听过他的声名。谁曾想，这样一个人，竟然隐居在上海滩租界的一个医馆里！

聂季卿正要询问，却见罗觉蟾施施然端起茶杯，离开了房间。

又过了两天，聂隽然终于拨冗来看了下自己这个妹妹。

说是看望，其实应该说是号脉。此次号脉时间甚短，聂隽然放下她的手，点一点头："看样子残废不了。"

这句话不像关怀，更像讽刺。聂季卿一时都不知怎么回答，却见聂隽然抽纸煤点燃一支象牙烟管，慢条斯理地问："这几年，听说你在外面当革命党？"

聂季卿道："是。父母过世后，我便入了同盟会，孙先生的三民主义……"话还没说完，就见聂隽然挥一挥手："我最不耐烦听这些事，你要谈国家大事，找别人去说。"

聂季卿被堵得张口结舌，却听聂隽然又道："那天陪你来的那个小子，和你是什么关系？未婚夫？"

虽然聂季卿是个文明女子，也不免脸红，羞怒道："他只是我党一个同志，因我受了伤，才送我来此看病的！"其实她与冯远照相处几年，二人之间虽未挑明，彼此间颇有情愫，只是当着兄长，她却无论如何不好承认。

聂隽然皱了皱眉："什么我党，跟我可没什么关系。"

聂季卿心想："我说的本来就是我党，又不是'你党'！"却听聂隽然又问："你是怎么挨的枪子啊？"

比起前面几句，这句话多少还像个关心的意思，但那口气阴阳怪气，似乎聂季卿中弹，乃是一件十分丢人、笨拙之事。聂季卿心中不愉之极，冲口而出："你又是怎么抽上了鸦片烟，怎么养姨太太，怎么和巡捕房一气，又怎么十年没有回家？"

这几句话又急又冲，聂隽然本是好整以暇地等着她开口，没想却是等到了这么个回复，一双浓黑的眉霎时皱了起来。

聂季卿一语既出，亦知自己唐突，思量着自己似乎不对，便缓和了口气又道："大哥，别的暂且不说，那鸦片烟实在不是个好东西，你既然从医，更应该晓得它的害处，还是尽早戒了吧！"

聂隽然慢慢松开眉头，饶有趣味地看着她："阿黑头，这几年你一个人在外面跑，只中了这么一枪？"

聂季卿不知他何意，茫然点了点头。

"就你这脾气，怎么没在外面给人打死啊？"聂隽然冷笑着丢下这么一句话，一甩袖子出去了，扎得聂季卿半天说不出话来。

兄妹这一场对谈不欢而散。次日聂隽然再次为她施针，二人之间气氛犹是僵硬之极。幸而这次施针之后，聂季卿便能行走了。虽不如常人一般健步如飞，较之以前却也有了极大进步。

罗觉蟾在一旁笑道:"老聂,不要总摆一张棺材脸。聂小姐好不容易来次上海,你也不说带她出去转转。"

聂隽然慢慢擦拭着金针,冷冷抛来一句:"要去你去,我没心思带孩子看西洋景。"

罗觉蟾全不介意,笑嘻嘻地道:"那成,我就带人出去了啦!"又笑道,"聂小姐,恭喜你康复,我带你去吃饭,保证鲜得你眉毛都跳起来!"

自从得知罗觉蟾的身份后,聂季卿对他亦是颇感兴趣,听了聂隽然那句话又是火大,便道:"好,我和你去。"她也不理聂隽然,便同罗觉蟾一起走了出去。

这罗觉蟾对上海似是颇为熟悉,他带着聂季卿东绕西拐,穿过一条弄堂,来到一家小饭馆里。两人落座,罗觉蟾别的不要,先道:"来一份狮子头,要白烧不要红烧!"随后才点了几个小菜。

这狮子头上不上酒席,不算是正经大菜。没想到吃到口里却大不同,真正是嫩香腴润、油而不腻。聂季卿是官宦人家长大的,却也没吃过这样的好菜。

罗觉蟾甚是得意:"这狮子头虽普通,可是大有讲究的。有人好吃什么红烧狮子头,那就不对,真正的吃客要的是白烧,加酱油的话,垫底的菜心总带点酱酸味,就落了下乘;再说选肉,那就一定得是肋条肉,前后腿肉都不能用……"

他滔滔不绝一套说下来,听得聂季卿一怔一怔。等他好不容易住了口,聂季卿终于有机会问道:"罗先生,您研究这个做什么?"

罗觉蟾笑道:"民以食为天嘛。"

这话似乎有理,但聂季卿总觉得有哪里不对,她又道:"罗先生,您是立过大功的人,如今革命已然成功,正是做一番事业的时候,怎么会留在这里?"这几日她也曾留意,发现这罗觉蟾在医馆里地位甚是特别，主不似主，客不似客，每日里不过是招待些病人，却似乐在其中。

罗觉蟾笑道："治病不是天大的事儿？身体不好，还干什么事业？"这话自然是歪理，聂季卿一时却又找不出什么理由辩驳，又问："那您和我大哥是怎么认识的？"

罗觉蟾眼神微微一黯，随即笑道："我是他的病人。"

难怪他脸色如此之差，但聂隽然医术高明如此，却还没治好罗觉蟾身上的病，却也奇怪。聂季卿又要询问，罗觉蟾却先问道："我看你和老聂也不怎么熟，你们兄妹多久没见了？"

聂季卿答道："十年了，十年前大哥离家……"

她本是想问问聂隽然和罗觉蟾两人的事，可聊了半天，没问出什么不说，倒被罗觉蟾套出了不少自家事情。说到后来，罗觉蟾笑吟吟敲一敲桌子："吃饭，吃饭，这狮子头都凉了。这厨子可不得了，原是在两淮何良贞大人手下干过的，别的地方可吃不到。"

他随口而言，聂季卿却忽然一滞，眼神一黯，手下不自觉用劲，一根竹筷竟被她生生拗断。

罗觉蟾看她一眼，笑道："怎么，聂小姐和他有仇？"

聂季卿只觉吃到胃里的东西变成了一块石头，堵得极不舒服，恨恨道："早知是他……"

这位何良贞在前清时曾大杀革命党人，手上沾了不少血腥。辛亥革命之后，南北和谈，袁世凯做了大总统。何良贞搭上袁世凯这条线，青云直上，传言他还想混个内阁总理当当。

罗觉蟾道："他是他，厨子是厨子，你和个厨子较什么劲？"

聂季卿咬着牙，一语不发。罗觉蟾又道："你这几天窝在屋子里，却不知这位何大人还要来上海，你想怎么着？砸他家窗户还是捅他一刀？"他眼里带着笑，随手一弹方才被拗断的半根筷子，那筷子在空中划一条弧线，准确无误地落到了桌子另一侧的筷笼中。

罗觉蟾枪法闻名，众所周知，究竟如何虽聂季卿不曾见过，但这准头却实在了得。聂季卿眼神骤然一亮，随后又慢慢黯了下去。

罗觉蟾夹了根青菜慢慢咀嚼，悠悠叹道："你们这些革命党啊，一个两个都喜欢搞刺杀。"

聂季卿不语，半晌道："早年许多同志甘为荆轲，是因为力量不够，只能出此下策。"

罗觉蟾笑道："失敬失敬，原来聂小姐乃是一位女荆轲。"

此言一出，空气霎时凝固。聂季卿紧握手里余下的那根筷子，口气勉强还保持着镇定："罗先生，你这话是什么意思？"

"没什么意思，我就是想，袁世凯都当上了大总统了，这段时间没什么打仗的地方，可聂小姐你却受了枪伤。前一段时间，偏偏又听说何良贞遇了刺，动手的偏还是位女刺客。你说，这有多巧？"他面上眼里都是笑意，"带你来看病的那人姓冯，是不是？我听说过革命党里有这么一个人，很是能干。我也觉得他不错，你看，带人来租界看病，这样就算军政府要抓人，也抓不到租界里，你说是不是？"

聂季卿咬着牙，自己的情形全被看破，已没有隐瞒的必要："没错，我就是那个刺客。"

罗觉蟾举着酒杯，笑吟吟问道："那我便多问一句，这民国都成立了，聂小姐又为何要行刺？莫非有人想和何良贞抢内阁总理，你是另一方的手下？"说到后来，他语速愈慢，笑意依然，眼里却慢慢冷了下来。

话到此处，聂季卿慢慢镇定了下来："不是。我那一次刺杀，其实身边的同志都极为反对。我初入革命党时，同一分会中原有十八名同志，何良贞任清朝大员时，曾大杀革命党，其中有十五名同志死在他手下。后来民国建立，南北和谈，身边人都劝我以大局为重，不要再想这些事。可是，我放不下！

"诚然我可以对罗先生说，何良贞此人见风使舵、满手血腥，与国家绝无益处这一类话，但那不是我心中真实想法。我也知如今民国甫立，百废待兴，多少大事要做，多少改革待行，起这个念头或者不该，但是若让我忘了这个仇……我放不下，我实是放不下！"

她一口气说完，心头竟觉畅快之极。当日她一怒行刺，就是冯远照亦然十分反对，直至今日，她方才倾吐出内心所有想法。

她话音刚落，罗觉蟾忽地一拍膝盖："好！"那张青白的面容上焕发出神采，"聂小姐，你还想不想动手？"

聂季卿冲口而出："想，当然想！"上一次行刺险些赔上她一条腿，何良贞却连个油皮也没伤到，她心中自然不忿。但这一次刺杀后，何良贞防备愈发森严，她更加寻不到机会。

却见罗觉蟾用筷子敲着膝盖："为你这个'放不下'，我便帮你一把。"

四

结完了账，罗觉蟾叫了两辆黄包车，带着聂季卿来到了南京路上，只见两侧商店鳞次栉比，其中有一家书店，店面不大，挂着黑漆招牌，上写"尔雅书局"四字，书法极为秀拔。

罗觉蟾付了车钱，带着聂季卿走了进去。

这尔雅书局分成两块：一处放的都是洋文书籍，翻开是一排排的蟹行文字；另一处则全是古书，书香阵阵。门口又放了一只皮蛋缸，里面养着两条金黄色的锦鲤，愈发显得雅致。再看其中店员都穿着蓝色长衫，一个个干净利落，见罗觉蟾进来，皆点头笑道："罗先生。"

罗觉蟾笑着一一回应，随即堂而皇之登堂入室，叫道："苏三，苏三！"

"苏三？难道还有个王景隆不成？"聂季卿心里正在嘀咕，却听一个十分温和的声音道："罗兄轻声，这是书店。"

那声音宛若清风拂面，闻之令人心神为之一畅，只见书香深处，一个穿鸭蛋青素缎袍子的青年自一把藤椅上缓缓起身，此人生得神清骨秀，笑意温雅。与他相对，聂季卿只觉整个人都似浸入了温泉水中，说不出的舒服妥帖。实未想十里洋场，竟还有这般出色的人物。

罗觉蟾笑道："苏三，我带一个朋友来和你认识，这位是老聂的妹妹聂季卿。"又向聂季卿道，"这是苏三醒，尔雅书局的老板，和你哥也是朋友。"

聂季卿这才醒悟过来，忙道："苏先生。"

听到聂季卿身份，苏三醒有些惊讶："原来是聂兄的妹妹？快请里面坐。"

书店后面还有一间静室，大抵是为了招待重要客人所设，布置精雅。有听差送上点心茶水。茶水亦是龙井，但味道却更为清冽。四样点心也甚是别致，其中有一碟点心桃红色泽，晶莹透明，连长于江浙的聂季卿也分辨不出是什么东西。单这一桌茶点，就绝不是一般人家能拿出手。

罗觉蟾拈一块点心入口，赞道："不错不错，这是什么做的？"

苏三醒笑道："石榴汁的果子冻，你若喜欢，便多吃两块。"又笑道，"聂小姐也不要客气。聂兄与我交情深厚，他待我便如兄长一般。"

如兄长一般？聂季卿回想自己和聂隽然相处情形，心想："苏三醒是怎么和他相处的啊？"又听苏三醒问道："不知聂小姐是何时到的上海？"

他谈吐彬彬有礼，聂季卿便答道："我是五日前到的上海。原是因为腿伤不能行走，到上海求医，未想恰好碰到了兄长，也治好了伤。"

苏三醒笑道："真是机缘巧合，多应是上天感念你们的兄妹之情。"

聂季卿虽想点头称是，但想到聂隽然的冷淡毒舌，又没了言语。却听苏三醒又道："今后若有什么事，聂小姐也可来找我，不必客气。"

罗觉蟾吃了半碟子点心，抽冷子插了一句："说得好！苏三，我们今天就是来找你办事的！"

苏三醒笑道："怎么，罗兄也有份？没有问题，既然是聂小姐和罗兄的事，无论什么事，在下都会做到。"

这话说得轻描淡写，究其深意，却甚是狂妄。上海滩龙蛇混杂，多少势力盘踞其中，苏三醒竟能说出"无论什么事"这几字来。却听罗觉蟾笑道："何良贞来了上海你知道吧？我琢磨着让你帮个忙，把他给做了。"说着手一挥，做了个"咔嚓"的手势。

聂季卿听得一惊，这人怎么直截了当就说出来了？却见苏三醒并无惊诧慌乱之意，道："何良贞？不知是为了何事杀他？"

罗觉蟾指着聂季卿道："这位聂小姐有一十五位同志死在他手里，是为复仇而来。"

苏三醒颔首："原来如此，血债自当血偿。这个忙，我非帮不可。聂小姐，你放心，何良贞的事情便包在我身上了。"

聂季卿未想此人这般急公好义，顿时对他好感倍增，忙道："苏先生真是古道热肠，我先行谢过了！"起身就要行礼。

苏三醒伸手拦住，微笑道："聂小姐客气了，这本是我理所当为之事。"又向罗觉蟾道，"罗兄，这何良贞曾是两淮大员，现在势力亦是不小，手下必然多有死士。我想这一次生意，便算做两万元如何？"

罗觉蟾摇头道："苏兄，你这话不对，我和你是什么交情？聂兄和你又是什么交情？你怎能算做两万元，照我说，打个八折，便一万六吧。"

苏三醒摇头："这何良贞岂是容易对付的，一万八如何？"

二人好一番讨价还价，最后以一万七成交。罗觉蟾又道："这笔钱，咳咳，就算到聂兄账上。他是大名医，你不用担心他付不起银子。"

苏三醒颔首："甚好。"

在一旁听得目瞪口呆的聂季卿终于反应过来，大叫一声："等等！"

就在聂季卿叫这一声的时候，尔雅书店外也有人声如雷鸣地大吼一声："等等！"接着又听一阵乱响，似是有人在书店门口打斗，苏三醒不动如松，神色淡然。罗觉蟾赞一声："苏兄好定力！"忽又听咣当一声，好似水缸砸破的声音，苏三醒神态立刻大变："糟糕，我的黄金锦鲤！"他向二人拱一拱手，"少陪。"三两步便冲了出去。

聂季卿呆坐原地，半晌方才木木地道："罗先生，这就是你为我找的帮手？"

苏三醒走出门的时候，书店外面正打得热闹，一个身材魁梧、头缠发辫的大汉独对十几个短衣汉子，为首一人腰间插一把大剪刀，声嘶力竭道："这种丑态你还要留着？快让我们剪了去！"

那大汉左拦右挡，叫道："老祖宗们都留这个，我留了二十几年，为啥要我剪？"他口中说话，手下也不含糊，尔雅书店外面的书架被打倒一排，连带那只皮蛋缸也遭了池鱼之殃。

苏三醒出来之时，恰看到这一幕，他双眼一眯，上前一步，一掌便向那大汉背心打去。他生得斯文秀雅，这一掌力道却着实不小，掌风过处，竟有风雷之势。

那大汉辨得风声，回手便是一拳，力大势沉，真有九牛之力，未想方才那一掌却是虚招，苏三醒脚下一勾，大汉未曾提防，摔了个倒仰。他生得魁梧，动作却也灵活，摔倒之时便着地一滚，避开苏三醒进一步追击，随后一个鲤鱼打挺蹦了起来，掌成虎爪之势，朝着苏三醒便抓了过去。

凭这一掌一脚，这大汉也看出苏三醒是个劲敌，马上拿出了自己的看家本领。这套虎爪手果然不凡，衬着这大汉一副雄豪姿态，真如一头下山猛虎一般。

苏三醒见他使出这套虎爪手，轻轻"嚏"了一声，似是有些惊讶，随即了悟似的微微一笑，见招拆招。说也奇怪，那大汉尽是些凶狠了得、出其不备的招式，苏三醒却是应付自如，甚至于那大汉还未出招，他便早有一招后手等在那里。那大汉打得气喘吁吁，他却游刃有余，真比同门拆招还要轻松。

那大汉一套虎爪手堪堪使完，苏三醒身形一展，宛若白鹤梳理翎羽，一掌便向那大汉颈间劈去，姿态极为优美。他本就文秀，这一套掌法使出，真似那水畔珍禽，文雅踱步。聂季卿恰与罗觉蟾走到书店门前，见此情形，很是惊讶，实未想秀雅青年竟有这般的好本领。

她又看一眼那大汉，觉得那条辫子十分熟悉，忽然想到，这不是那天医馆里被大哥打出去的那人吗？

再说这苏三醒招式虽美，出手却也不轻，那大汉连挨了好几下，十分疼痛，忍不住叫道："你是什么人，怎会这虎鹤双形？"

苏三醒反手一掌打到他头顶，口中叹道："安大海，一套虎鹤双形，学了这些年也只会这半套，又连我也记不得，我是不是该代师兄教训一下你这个没记性的？"

那大汉怔了一怔，忽然醒悟过来，纳头便拜，叫道："师叔！"与此同时，先前与安大海打斗的那十几个短衣汉子也齐刷刷屈膝跪倒，叫道："小爷叔。"

是时青帮势力在上海滩上颇大，"老头子"一言九鼎，令下如山。但又有一种人，虽非青帮中人，却颇受帮众及头领尊敬，被称为"爷叔"。这称呼来源有自，传言当年翁钱潘三位祖师创帮，身边有一小童随身服侍。这小童虽非门中人，一干机密却均不避他，被称为"门外小爷"，至今仍有牌位供奉。因此，被称为"爷叔"之人，必与青帮有极深渊源，又要本人有大本事，对青帮有所扶助支持方能如此。这苏三醒年纪轻轻，竟也得了这样的位置。

苏三醒含笑请他们起身，又和气地问道："不知你们是为了什么事争执？"

那小头领见方才这一幕，猜想多半是大水冲了龙王庙，忙道："小爷叔，绝不是我们有意与您这位师侄争执，但您看——"他一指安大海头顶，"他竟还留着辫子，我们原要为他剪去，您这位师侄不肯，方才有了一些误会。"

苏三醒"哦"了一声，道："原来如此。"

是时沪上剪辫运动发起已久，青帮是主力之一，想必便是因为这个，才会与安大海发生了摩擦。

苏三醒并不理安大海，笑道："这确是我这师侄不对。这件事情便交给我处理，定让他剪去辫子。"

那小头领喜道："那真是再好不过了。多谢小爷叔！"安大海身手不错，单凭方才这些人，还真拿不住他。

苏三醒笑道："客气，本是应当之事。"又瞄了一眼在地上挣扎，进气多出气少的两条锦鲤，"那我这两条锦鲤……"

那小头领忙道："自然是我们赔。"

苏三醒笑道："甚好，这两条黄金锦鲤价值五百金，你们可要记住了。"说罢拎起那大汉，施施然走入了书店。

一入书店，安大海便红了眼眶，叫一声"师叔"，便跪倒在地。

苏三醒微微皱眉："大海，你不在乡下好生照料师兄，怎么进城来了？"

安大海道："师叔，师父说不让我一辈子待在乡下，让我进城来投奔你。"又道，"师叔，我给咱们门派丢人了！师父总说咱们门派和神针门对立已久，我就想着去杀杀他们的威风，没想到，却被神针门里那个姓聂的打趴下了……"说着便低下了头。

苏三醒扶一扶额头，只觉得有些头疼，这个师侄功夫倒罢了，为人可实在是莽莽撞撞，如何帮着自己做事？他心里虽这样想，口中却笑道："大海，这都什么年头了，门派之别不必再提，争这些许得失又有何益？何况那位聂先生和我也是好友。既然师兄发话，你便先住在这里，我带你领略一番十里洋场的滋味。不过，这个你可得先剪了。"说着便抄起手边一把剪枝的小剪刀。

安大海像兔子一样从地上蹦起来："师叔，这可不成！"

这时聂季卿和罗觉蟾也回到了书店里，闻得此言，聂季卿忍不住上前道："这条发辫被外国人讥为豚尾，是耻辱的象征，你身为汉族人，怎还能留辫子？"

安大海怔了一下，这一串话，他有好几个词听不懂，便问道："豚尾是什么？"

苏三醒上前一步，语重心长道："大海，你看现在街上哪还有人留辫子？这一条长辫每日要打理，又要用辫线刨花水打理，浪费多少铜钱，要它有什么用处？"

安大海看一眼街面，果然人人皆是短发，看上去干净利落，但他久居乡下，观念难改，思量半天方道："我少用些刨花水便是。"

苏三醒眉头微皱，正要开口，却见罗觉蟾将安大海拉到一旁，在他耳边低声说了几句话。安大海先是一惊，随后犹疑，终究重重点头道："好，我剪！"

这场小小风波很快结束，安大海被店员带下去安置。苏三醒笑道：

"见笑见笑，方才说的事便一言为定，三日后，我给你们回音。"

罗觉蟾笑道："好好好。苏三，你办事我最放心。聂小姐，咱们走吧。"

聂季卿急道："且等等，我没有那么多钱！"

苏三醒笑意温雅："我知晓，但聂兄拿这笔钱不在话下。"

聂季卿道："我不用他付钱，他……他也不会给我付钱！"

苏三醒诧异道："聂小姐何出此言？须知一笔写不出两个聂字。何况这协议已订，哪有反悔的道理？"

聂季卿一口气噎到嗓子里险些出不来。罗觉蟾笑道："走吧走吧，钱的事情不用担心。"硬把聂季卿推了出去。

五

回去路上，聂季卿依旧恼怒不已，罗觉蟾笑道："好啦，不用在意，聂兄家那位头上一副珠花就要好几千，他哪在乎这个钱！"

聂季卿转过头去不理他。罗觉蟾又笑道："别气，小聂，你想不想知道我和安大海说了什么，他就肯剪辫子了？"

聂季卿再怎么样，毕竟只是个二十出头的年轻女孩儿，一时间也没注意到罗觉蟾换了称呼，忍了再忍没忍住，问道："说了什么？"

"我说，现在的小伙子都是短发，唯独你一个人留着辫子。将来，可找不到媳妇啦！"

"你这人……"聂季卿忍不住，到底笑出了声。

二人回到医馆时，已是华灯初上。平日里此时已然停诊，但此刻厅中却还有一伙人，两个听差之外，尚有一个相貌端严、一身官派的中年男子。他身边坐了个年纪不小的西洋女人，气质甚是和顺安详。

罗觉蟾笑道："哟，这人多半是喝过洋墨水的，倒不知是什么来路。"

聂季卿惊奇道："你怎么知道？"

罗觉蟾笑道："天下事，莫躲不过我这双眼。"他见厅里尚无人招呼，便去厨下做了一壶东西端了来，斟了两杯笑道："这位大人，请用茶。"

这饮品用个青瓷小茶壶装着，外面沁着一层冰凉凉的水滴，看着便赏心悦目。嗅其气味似是红茶，却又有水果香气和蜂蜜香气传来，不知是何缘故。

那中年男子拿起茶杯，喝了一口，神色煞是惊喜，向旁边那西洋女人道："琉夏，你且喝一口。"那西洋女人喝了一口，面上也露出欢喜，夸赞道："这是俄罗斯口味的冰红茶，你是怎么做出来的？"

罗觉蟾笑而不答，却问道："大人您如何称呼，有何要事？"

这男子本也是个身份不同寻常之人，没想到来到这里，主人的架子却吓煞人，前后不过一个老仆上前招呼，等了半晌又不见回音，好不容易见了罗觉蟾这么个知情知趣的，便道："我姓伍，来此是为了给我夫人看病。"说着看一眼身边那西洋女子，眼中神色甚是柔和。

坐在角落里的聂季卿大吃一惊，这一男一女国籍不同不说，年纪相差可真是不少，且是女大男小，这在中国实是少见之事。却听罗觉蟾笑道："我道是谁，原来是伍文和伍大人，久仰，久仰。"

这位伍文和乃是中国最早的外交官之一，曾在外国任职多年。任外交总长时他大做改革，令外交部耳目一新。但他最有名之处却不在这里，而在两处：其一有传言道，他与何良贞同是内阁总理的重要候选；其二，便是他这位夫人。当年伍文和人在国外之时，识得比他年长许多的琉夏女士，不顾反对，终成伉俪，被传为佳话一桩。

伍文和面上浮出微笑："客气，客气。"他看一眼里面，"不知聂大夫何时可以看诊？"他本是十分讲究风度的一个人，但此刻关心夫人病情，也顾不得这些了，便径直道出。

罗觉蟾笑道："您请稍坐，待我去探个究竟。"他一挑帘子进了内室，时隔不久，便笑嘻嘻出来道："伍大人，伍夫人，请进。"

伍文和甚是惊喜，忙偕琉夏夫人一同入内。聂季卿有些好奇，聂隽然曾给她施针两次，俱是神妙之极，不知这次又要如何施针治病。但她虽是这般想，却万没有跟进去的道理。

正想到这里，却听帘笼声响，罗觉蟾笑眯眯地走进来，低声道："想不想看看你哥哥怎么给人看病？"

在平日聂隽然看诊的房间旁边另有一个小间，上面开了个气窗，垫一张红木骨牌凳，站在上面恰可看个分明，罗觉蟾低声问道："你的腿成吗？"

聂季卿自觉站上一刻钟应无问题，便点一点头，小心翼翼地爬了上去。罗觉蟾笑了笑，自斟了杯茶，跷着二郎腿坐在一边。

说来也巧，她上去时，伍文和正道："……内子腰间这一个赘疣，足有碗口大小，先前也去过外国的医院，但那德国医生不敢开刀，说是没有完全的把握。但时间再拖下去，却越发长大，医生都说十分危险，只怕会危及生命……"说着便用衣袖拭泪，这伍文和原也是个人物，然而英雄气短，儿女情长。当此时，他与一般担忧妻子的丈夫，却也没什么两样。

那琉夏夫人便递过自己的手绢，声音柔和地说道："亲爱的，中国有一句老话，叫作'生死有命，富贵在天'。你不必太过忧怀。"

这原是中国的一句老话，如今却被一个异国女子说出，聂季卿心中一动。又见那琉夏夫人神色坦然，语气平和，这等达观知命的神态在中国人中亦是罕见，不由得心中暗赞。

聂隽然穿了件白纺绸的长衫，一双袖子微微挽起，衬得他一双手与衣衫几乎是同色，闻言只道："知道了。"便上前诊脉。

这诊脉的法子聂季卿是见识过的，一诊就要大半天，但此刻下去一怕错过，二怕被聂隽然发现，只得小心翼翼地继续坚持。

过了良久，聂隽然方才结束号脉，又揭衣看了那赘疣一番。聂季卿虽离得远，却亦觉狰狞，心下倒为那琉夏夫人叹息。又见一旁侍立，充作助手的董庭兰面色一变，暗想：庭兰姐果然是个深闺女子，看不得这些东西。

却听聂隽然开口道："可以治。"

伍文和闻言大喜，但这喜讯来得突然，聂隽然又说得轻描淡写，反倒令人难以置信，小心翼翼又问了一句："可以治吗？"

聂隽然却未像平日一般出言讽刺，只指了指身畔的董庭兰，淡淡道："小妾也曾害过这种病，而今并无妨碍。"

董庭兰何等丽色，伍文和却一直未曾注意到她，如今听得聂隽然说来，抬头一看，只见这女子神清气朗，全无病容，心中大喜："那便请聂大夫速速医治！"

董庭兰捧过匣子，聂隽然斟酌一番，取了最长的一根金针出来，这次却未曾先行点穴。他只将金针绕指数次，便一针刺下。

随着金针缓缓刺入，那赘疣上生出许多皱纹，又过一会儿，竟以肉眼可见的速度慢慢缩小。若非亲眼所见，实难相信世间竟有此奇事。

聂季卿只看得张口结舌，却忘了自己站立良久，那条腿已坚持不住，只听"咕咚"一声，整个人连着那张骨牌椅子，一起摔了下去。

虽是摔落在地，聂季卿并未觉疼痛，却是一个人垫在她身下，成了实打实的人肉垫子。

聂季卿忙道："罗觉蟾，你没事吧？"话音未落，却见一团废纸从气窗里扔过来，直砸到她头上，力道可真是不小。

罗觉蟾笑道："糟糕，被老聂发现了，我们快跑！不然下一次扔过来的说不定就是砚台了！"

两人嘻嘻哈哈，一路跑到走廊外面，满天星子灿烂，观之令人心旷神怡。聂季卿手扶栏杆，忽然开口问道："罗觉蟾，你为什么帮我？"

虽然那一万七的事情叫人火大，但罗觉蟾出手助她，却也是不争的事实。

罗觉蟾怔了一怔，随即低声笑道："因为你长得好看。"

以聂季卿的容貌而言，实是英气有余而妩媚不足。她在外数载，心中少有男女之别，纵使是与冯远照相对之时，仍是光风霁月，然而此刻听了这一句话，不知为何，脸竟慢慢红了起来。

她初知罗觉蟾身份，只当他是前辈一般敬仰，但相处未久便发觉此人与"前辈"二字实是相差甚远。却又不知为何，与他在一起便十分畅快，怒也怒得，笑也笑得，无论是吃小馆还是听壁角，都有一份自在的乐趣。

她忍不住看了罗觉蟾一眼，见他虽然满面病容，但气质洒脱，眉眼生得尤其出色。料想此人未病之时，风采必然更加出众，忍不住便问道："你说你是大哥的病人，大哥的医术这般了得，治得好我，治得好那琉夏夫人，可怎么治不好你？"

罗觉蟾没想到她问这个，看着她笑了一笑，似乎不想回答，但终于还是开口："有句老话，叫作心病还需心药医。"

这个笑容几近凄清，出现在这个素来没什么正形的京华公子面上，犹觉惊人。聂季卿心中一悸，一时竟说不出话来。

但罗觉蟾随即便恢复了以往神态，笑嘻嘻道："小聂，你只问我的事情，怎不问你大哥这些年的经历？"

这话题自然是聂季卿最关心的，便不再想罗觉蟾之事，忙问道："正是，大哥怎么会这些本事的？在书店里，我听那安大海说什么神针门，这又是怎么一回事？"

罗觉蟾笑道："神针门乃是一个门派，擅长的是打穴之法，医术亦是出色。你大哥小时就跟着他师父学本事，二十二岁那年为了进一步钻研医术，才离开家。怎么，你不知道他小时候学武的事？"

聂季卿摇摇头，那时她太小，只知兄长性子古怪，也听家里人听过他欢喜练武。但究竟练的是什么，可半点不知。

罗觉蟾又道："他花了五年时间学习金针之术，又去日本研习了三年，才来到上海，自此声名鹊起。苏三的话，别看他那样文弱，功夫却是不错的。两人的师父原有些冲突，但他们俩不打不相识，反倒成了至交。对了，"他看着聂季卿笑笑，"我看你这两年，必然是没回过家。"

聂季卿惊奇道："你怎知道？"

罗觉蟾笑道："你大哥回去扫过墓，又安置了一干老家人。这些事情，我看你都不知道。"

聂季卿一直当自己这位兄长冷口冷心，未想他竟有这般举动，不由得惊奇，又有些后悔。

六

远处房门"吱呀"一响，却是聂隽然看完了病，与董庭兰两人走了出来。

聂季卿忽觉有些不好意思面对这位兄长，便躲到了阴影里。罗觉蟾微微一笑，也随她躲了起来。

幸而聂隽然走的是相反方向，并未注意到他们。他与董庭兰并肩而立。董庭兰是典型苏州女子的身材，娇小如香扇坠，窈窕美丽；聂隽然却是清瘦高挑，如玉树挺立。月下看两人背影，真是好一双璧人。

却听聂隽然竟也叹了口气道："那琉夏夫人此次的病虽然治好，但她毕竟年纪不轻，我观她脉相，多说不过十年寿命。"

以琉夏夫人的年纪而言，其实也算不上短寿，但伍文和此时不过中年，这对年纪相差悬殊的夫妻，终有一方会提早离去。

董庭兰"嗯"了一声，道："琉夏夫人是个好人，伍大人对她也甚是深情，只可惜……"

聂隽然背了手，低声道："人有悲欢离合，月有阴晴圆缺……"他忽地停下脚步，按一按董庭兰的肩，"你只放心，我必不会在你前面先走。"那声音很淡，却极真。

直到两人身影消失在长廊尽头，聂季卿才探出头来，她原先只当自己这位兄长纳董庭兰是耽于美色。但眼下看来，自己似乎又想岔了，不由得诧异道："庭兰姐很好的一个人，大哥为什么不娶了她？"

罗觉蟾道："这你又不知，董庭兰原是书寓里的红姑娘，因身有宿疾，被你大哥治好才感念以身许他，不为正室一来是因为她的出身，第二嘛……"话未说完，聂季卿气往上冲："大哥既然嫌弃她的出身，又纳她做什么？"转身就走，这一晚好不容易对兄长出现的一点好印象消失殆尽。

罗觉蟾摸一摸鼻子："唉，我还没说完呢。"

他一个人在走廊又站了一会儿，慢慢走回了房间。

聂季卿的房间原是书房，他的房间起先却是医房，里面摆放着两尊与人等高的铜人，上面铸着人身各大穴道，又立了一尊牌位，除了一张大床十分舒适，实在不像个住人的样子。

罗觉蟾推门而入，却见一个人立在房中，手持金针，以一种百无聊赖的姿态戳着铜人上的穴道，正是聂隽然。

罗觉蟾并不吃惊，只笑了笑："以你的医术，还戳什么穴道……哟？"这一段时间他混在医馆里，耳濡目染，多少也看出点门道，"这是你新创的打穴办法？"

聂隽然冷笑一声："你倒长了双贼眼。现在只创了七成，若是全盘完成……"他停顿一下，平平道，"多半可以治疗鸦片上瘾。"

罗觉蟾一竖大拇指："老聂，你行！别的事我都不服你，只有这一桩，真是功在当代利在千秋的大好事，你也当真豁得出去，真了不得！"

聂隽然不耐烦地挥挥手："行了，成不成还两说呢。"

罗觉蟾笑道："好好好，我知道你脸皮薄，听不得人夸。我看，你大半夜的来这儿，当然不是为了说什么针法……"他贼兮兮地凑上去，"老聂，你到底忍不住，来问你妹妹了？"

聂隽然哼了一声，也不答话，忽地一抖手，扔出两个酒瓶子："自己的病什么时候能好还不知道，居然还藏酒。"

罗觉蟾急忙上前，左右开弓，一手抄住一个："这可是好酒！"

聂隽然又哼了一声，面冷如冰，罗觉蟾却不在意，只笑道："你放心，你妹妹挺好的。虽是身上惹了一点事，但在租界，料想还没什么问题。"

聂隽然冷冷道："惹了什么事？"

罗觉蟾笑道："革命党那点事呗……"话犹未完，已被聂隽然恨恨打断："所以就说，我最厌恶这些革命党，每次想到便气不打一处来！一个、两个，不用看，你也算一个，她是第四个！好好的一个女孩子，也要学什么革命党，成什么道理！以后你不要和我谈革命党，不要和我谈什么国事，我最厌憎这些东西！"

他忽然间大发了一顿脾气，罗觉蟾静静看着他，半晌没有说话，良久才慢慢开口，语气中是一贯的清淡笑意："原来你最厌恶革命党啊，这可就麻烦了，这般说来，你可只能和苏三那个钱鬼来往了。"

聂隽然一怔，一眼扫过桌上那牌位，终于也说不出话来。

牌位前供的一炷香青烟袅袅，回荡在静室之间，映衬得牌位上的一行字迹愈发缥缈。在那牌位之下放了一张照片，看那背景，却好似日本京都一带的景色。高大的樱花树繁花似锦，落花阵阵，树下三个年轻人并肩而立：中间一个眉清唇润，笑意吟吟；右边一个虽亦是笑，神态中却有一种严肃之意；左边一个年纪最长，穿着却十分简朴，正是聂隽然。

那是当年的杨若徭、俞执与聂隽然，那时节，他们三人眉间皆有笑意。

两人沉默良久，终于还是罗觉蟾先开口，却有意转换了话题："老聂你也是，当年明明是你父母不喜你钻研医术，把你赶出家门，你发誓一定要把医术学出个道道，这才多年不曾归家，怎么不和你妹妹说明白了？还有我看她对巡捕房恭维你的事也很不满，你医好过法租界巡捕房的头儿，他们自然对你高看一眼。你不解释，你以为她自己能明白？"

聂隽然紧闭着嘴，半响才道："没必要。"又锐利地看了他一眼，"你方才说她惹了事，是什么事情？"

罗觉蟾放下酒瓶，摊一摊手："这不能说。"眼见聂隽然眼神愈发锐利，他笑道，"不然咱们打个赌？我和你比画三招，你赢了，我便说；若是没赢，我也不要你什么，这两瓶酒今晚咱们就喝了它！"

罗觉蟾枪法出色，众所周知，但他功夫稀松，却也有名。聂隽然诧异地看了他一眼："比画什么？枪法？"

罗觉蟾笑道："自然是手上功夫。"

这话听着简直可笑，聂隽然也不多言，放下金针，手指一动，朝着罗觉蟾手腕外侧便点了过去。他心里对罗觉蟾看轻，这一招也没怎么认真，却见罗觉蟾手腕一翻，从一个极其诡异的角度一躲，竟然避过了这一指。聂隽然心中一动，反手又是一指，这一指速度便快了许多，但他性子倨傲，因此位置不变，依然是袭向罗觉蟾手腕外侧穴道。

罗觉蟾手腕又一翻，与上次出招几乎一致。但不知为何，聂隽然这一指依然未中，罗觉蟾反手一巴掌，倒朝着他右手打过去。

若从武学角度来看，这一巴掌绵软无力，姿态难看，就算真打中了也不会有什么妨碍。但聂隽然焉有允许他打上的道理，无名指与小指笔直若剑，朝罗觉蟾掌心穴道刺去。

照聂隽然想来，罗觉蟾前两次都有奇妙招数，不知这一次又会如何，未想罗觉蟾气运丹田，大喝一声，抬脚便向聂隽然脚面踩了下去！

原是说比较手上功夫，谁承想这人竟会用这等不入流的把戏？聂隽然恼怒之下，一脚踹出。幸而聂隽然脚下还是留了几分力，罗觉蟾直摔到后面那张大床上，倒也未曾受伤。他装模作样地拍一拍身上并不存在的灰尘，笑着站起身："我就说，三招，手上功夫，你没赢，对吧？"

还真是三招，前两招罗觉蟾躲了过去，第三招聂隽然上了脚，踹倒了人也不能作数。聂隽然十分火大，一时却也难以反驳。

罗觉蟾笑着走过来："你放心，我不会再让你妹妹卷入是非。"他拿起地上一瓶酒，牙一咬启开盖子，寻了个杯子满满斟上，却是供在了那个牌位之前，"也得供杨兄一杯，可惜我当初只和他喝过一次酒。不过方才那招式，却是他父亲教给我的。"说着，举起酒瓶长饮一口。

聂隽然看着那牌位，默然无言，终于接过罗觉蟾手中酒瓶，也喝了一口。

见琉夏夫人被聂隽然医好，伍文和大为感激，先后送了许多重礼，然而心中犹有不足，其时上海有名的一个大富翁哈同得知伍文和来沪，专程邀请他去赴宴。伍文和得知，又特地邀请聂隽然一同前往。

原来哈同邀请人赴宴，重点不在吃喝，而在这赴宴地点。他在中国居住多年，对中国文化知之甚详，特意花费六年时间建造了一座爱俪园作为私人花园。园内设计仿造大观园形式，真个是天上人间，美轮美奂。它是上海有名的园林之一。

聂隽然懒于应酬，本来不欲前往，罗觉蟾却笑道："你不去倒也罢了，可怜小嫂子跟你这两年，一步也出不得，一处也逛不得。这般有趣的一个地方，却也不带她见识见识。"

聂隽然冷笑一声："罗觉蟾，我的事不用你多管。倒是你这几日天天和苏三一起，又想把我支走，是有什么勾当？"

罗觉蟾忙道："我正大光明，可从不私下做事！"

聂隽然凝望他片刻，慢慢道："也就是说，你确实是和苏三有事了。"

罗觉蟾笑了笑，却不答言。聂隽然看着他，半晌才开口："你这一身病是怎么来的，你心里有数。旧伤未好，又去做蠢事，实在不是一个聪明人的做法。"

罗觉蟾又笑了笑，终于说道："我知道。"

聂隽然最终还是带着董庭兰一起去了爱俪园，待他走后，罗觉蟾笑对聂季卿道："走吧，咱们去蹭苏三的茶。"

当日在尔雅书局，苏三醒曾说三日后会有消息，便是今日。

七

其实那一日罗觉蟾带着聂季卿见过苏三醒一面后，三日之内，他们三人又聚过两次。苏三醒也不谈行刺之事，只与两人喝茶闲聊，又或请他们吃一餐小馆子，十分自得。

若不谈钱，这苏三醒实是个十分有趣的人物，举止风雅，谈吐有致。一次聂季卿私下叹息此事，罗觉蟾笑道："小聂你不知道，苏三原本就是出自金宝门，你不让他谈钱，如何使得？"

这门派的名字可实在是俗气，聂季卿不解，罗觉蟾解释道："金宝门的门风，便是八个字：'拿人钱财，替人消灾'。只要有钱，他们什么事都可以替对方做，论起来并不高明。但苏三这人不错，为人自有一套规矩，在上海七年里结交了不少朋友，还曾救过青帮的老大，因此才得了今天的位置。"

聂季卿想到那憨厚、莽撞的安大海，道："难道那安大海也要做这等生意吗？"其实她想说的是：他做得来吗？

罗觉蟾干笑一声："这个嘛……"多半是安大海的师父也拿这个徒弟没辙，所以才推到苏三醒手里吧。

这一次几人约在了公共租界的一家西洋茶馆见面。苏三醒到来之时，那安大海也随侍在他身边。

看到罗、聂两人的诧异目光，苏三醒笑道："我这师侄早晚也要入这一行，总得让他见识见识。你们不必担心，大海做得很好，这次的消息也有一些是他打探而来。"

这下连罗觉蟾都诧异起来，暗道苏三醒真是调教有方，却见安大海不好意思地抓抓头："师叔让我扮成乡下来倒夜香的……"

聂季卿默然，这师叔可也太缺德了。但话又说回来，以安大海这个样子，大抵也只有如此才会不遭人怀疑吧。

苏三醒从身上拿出一张纸条递过去："昨日里何良贞已到了上海，他住在这个地方，里面地形则是如此。"

聂季卿接过纸条细看，不由得暗赞一声，原来上面非但标明了何良贞所住地址，还画出该饭店的地形，以及何良贞身边配备哪些人手，方方面面，极为详细。

苏三醒十指交叉，微微笑道："如何？"

聂季卿真心赞道："苏先生果然了得。"

苏三醒笑道："聂小姐客气，但有一事麻烦。"

聂季卿忙问道："什么事情？"

苏三醒道："我听闻这何良贞到上海后，要雇齐鲁孙作为保镖。"

聂季卿不知这齐鲁孙是谁，罗觉蟾却是知道的，也不由"哟"了一声。

民国初年，国术尚风行。各门各派延续了许多年，出色的武者自还是有的。武者虽多，能称为侠者的却少之又少。许多武者为人雇用，认作保镖护院，这齐鲁孙便是其中首屈一指的人物。

他出身鹰爪门，一身肉搏功夫出道以来无人能敌。在这纷乱的年头，许多达官贵人都有意聘请他贴身保护。但这齐鲁孙也有要求，一则他要价十分高昂，二则他在一户人家里的停留时间绝不会超过三个月。虽如此，请他做保镖的人仍是极多。

苏三醒道："这个人武功极高，我也没有把握应付。需得先想一个办法除去他，才好对何良贞下手。"

罗觉蟾一挑眉："下药？"

苏三醒摇头道："难！他在饮食方面很是注意，侍奉他的几个人都是他的徒弟，对他十分忠心。"

罗觉蟾又道："若是我们冒充官员，说出高价雇用他如何？"

苏三醒又摇头道："他说话素来算数，既答应了何良贞，便不会再答应别人。"

三人在茶馆中计议，安大海却不大懂这些，只向窗外闲看，忽然他一指外面叫道："师叔，这不就是那个齐鲁孙！我们这些人在这里，一起围住他打一顿，不让他去当那个保镖不就成了！"说着迈开两条长腿就走。他坐在最外面，苏三醒一个拦阻不及，急道："等等！"

哈同这一次宴会上客人不少，其时沪上多闻"金针神医"之名，但并非所有人都见过他的真实面貌，此次聂隽然初在这般公开场合露面，自然引起一阵轰动。加上伍文和在一旁大加称赞，愈发引起众人注目。

聂隽然最不耐烦与人交际，幸而董庭兰与他一同前往。她书寓出身，最擅长应酬，周旋得滴水不漏，众人对这位"金针神医"均是钦羡不已。

琉夏夫人对董庭兰尤其有好感，拉着她的手与她交谈半晌。宴会中人皆知董庭兰的出身，虽然惊于她的美貌，言语中却总有些不屑。这琉夏夫人却极亲切，又说自己住在租界一家饭店中，请她有时间前来做客。

这时忽又有人问道："听得何良贞何大人也到了上海，怎的他今日没来？"

有人低声笑道："何大人……啧啧，这个我可知道，听说他前些时日遇刺了，来上海便是避祸的。如今他好比那惊弓之鸟，恨不得在自己身边安下铜墙铁壁，怎还能轻易出门？"

这何良贞官声素来不好，如今与伍文和又是政治上的对头，那人这般说话，也有几分讨好的意思。伍文和却道："想是他另有要事，莫要这般说。"众人听了，都想这伍大人性子实在是好。

聂隽然对这些事都不耐烦，好容易挨到下午，他随便打了个招呼，便带着董庭兰离开了爱俪园。

二人早早归家，医馆中却寂寂无人，只有那苏州老仆看守门户。聂隽然眉头一皱："这两个家伙又跑到哪里去了？"

这时聂季卿已受过第三次施针，行走无碍，董庭兰忙道："罗先生是个妥当人，多半是怕四小姐无聊，带她出去游玩了。"

聂隽然面上阴晴不定："妥当人……哼，单要是游玩也罢，就怕……"

董庭兰帮着他更衣换履："四小姐是受过教育的女子，必不用担心。"

聂隽然哼了一声，道："受过教育有什么好处？天天念叨着救国革命。都说修身齐家平天下，她倒好，把自己弄成个三脚猫还去平天下了！那罗觉蟾也不是什么好东西，全无自知之明，还四处闯祸，眼下又和苏三醒混到了一起，他们门派就不地道，又能出什么好人……"

聂隽然滔滔不绝地将这几人数落了一通，却听门口有人怒道："大哥，你说谁是三脚猫？"

聂季卿、罗觉蟾、苏三醒、安大海四人站在门外，除了苏三醒外，其余几人都是灰头土脸，一身伤痕。聂季卿横眉立目，罗、苏二人看上去却有些心虚，似乎没想到聂隽然这个时候竟然出现在医馆里。

苏三醒反应最快，一振长衫，斯斯文文地笑道："未想聂兄也在，你们兄妹且谈谈，我先告辞了。"说罢转身就要走。

一只手一把扳住他的肩，声音冷渗渗的："被鹰爪功所伤，筋骨都错位了，你倒急着走。"

苏三醒停下脚步，苦笑一下："还是被聂兄看出来了。"

几人之中唯他外表无碍，却也只有他受伤最重。不待聂隽然吩咐，董庭兰早已取出金针匣子连同一并应用药物。苏三醒在一张太师椅上坐下，聂隽然走到他身体左侧，眯了眼，瘦长手指按点几个穴道，随即忽地一扳一扭。

苏三醒疼得挺秀的眉峰猛地一拧，却一声未出。董庭兰及时递过一块洁白的绢帕，聂隽然擦一擦手，这才取出三根金针，分别是三寸、六寸与七寸，在苏三醒臂上逐一刺入。足有一炷香时间，才慢慢拔出。

苏三醒慢慢放松了眉头，道一声："多谢。"

聂隽然向罗觉蟾招一招手："你。"

罗觉蟾没苏三醒伤那么重，流的血却不少，左手手掌更是瘀伤红肿。聂隽然为他施了针，毫不客气地把他左手包成一只粽子。

对比之下，聂季卿与安大海虽然甚是狼狈，但其实并没什么要紧伤处，只是由董庭兰帮忙上药了事。

一切料理完毕，聂隽然皱了眉头："说吧，怎么回事？"

没人吱声。

聂隽然冷笑一声："没人说话就当我不知了？苏三，你身上有鹰爪门的齐鲁孙留下的印子，是不是？"

苏三醒微微苦笑："聂兄，你的眼力从来最好不过。"

聂隽然又转向罗觉蟾："你呢？也是他打的？你还不如苏三，不懂武功上去凑什么热闹！"

罗觉蟾干笑两声，等于默认。

聂隽然又向聂季卿道："你又是怎么一回事？你身上没有鹰爪印，那两处伤是棍棒打出来的。"

聂季卿垂了首："是英租界里的巡捕。"

聂隽然冷笑一声，擦擦手起身，便往房里走。罗觉蟾忽地开口："老聂，你也不问问为什么打架？"

"不必，我知道是谁动的手就行！"

那天夜里，董庭兰来到聂季卿房间替她换药，口中忍不住叹息："四小姐，你也太不留意了，老爷今天可发了好大的脾气。"

聂季卿并不在意："庭兰姐，都说叫我名字就好。大哥要发脾气就发，反正这几天我也没少被他骂。"

董庭兰轻轻叹气道："老爷不是发你的脾气，是发自己的脾气。"

聂季卿一怔，一种异样情绪涌上心头，一时间竟有几分不敢置信，似乎是为了掩盖这种情绪，她拉住董庭兰的手："别说我了，庭兰姐，说说你自己吧。说真的，我一直想，你要真是我嫂子，那该有多好。"

董庭兰吓了一跳："别这般说，我这般身份，那是万万不可的。"

她神色惊惶，绝非做伪，一时间，聂季卿忽然明白了些什么："庭兰姐，你……你自己不肯？"

"我怎么能做正妻？我这样的身份，会给老爷丢脸的！"

聂季卿怔住了，但她原是革命党人出身，并不介意身份之差，忙道："身份不是什么大事，且庭兰姐你现下不是赎身了吗？"

董庭兰却只是摇头，聂季卿劝说得紧了，她才低声道："四小姐有所不知，我……我过去那些年……早已不能生育，怎能……"

这原是她内心深处最为伤痛之事，眼下不得已说出，心中实是难过之极。她勉强又与聂季卿对答了两句，便匆匆离开了。

聂季卿怔怔看着董庭兰远去的背影，心中想：自己大约真是误会了大哥。

八

次日清晨，天犹未亮，一个身形高瘦的男子一脚踹飞了齐家的大门，指名道姓邀战齐鲁孙。待问到他名号时，那人只冷冷道了句："我姓聂。"

齐鲁孙百思不得其解，自己何时得罪了姓聂的仇人？但以他身份，绝没有被人欺到头上的道理。于是他换了一件短衣，便出门迎战。

那个约战的人有一双很冷的眼，一双瘦长的手。他不喜欢多说话，见齐鲁孙出来，随意行了一礼，展手便是一指。

这一指几可用来无影去无踪形容，齐鲁孙纵使是个老江湖，也少见这般快的招式。幸而他经验丰富，匆忙中一个铁板桥躲过，随即五指成钩，一爪向那人左腿抓去。

那人侧身退步，这一次动作并没有先前快，偏就是脱出了他指掌范围，面色倨傲，步伐之中透着一种好整以暇，看得齐鲁孙心中一惊。交手不过两招，还难以看出这人端倪，但这份激烈搏斗之中的气度，却是平生少见。

眼见那人又是一指戳来，齐鲁孙面色凝重，指掌再动，已运上了习练三十年的鹰爪功，同时身形如苍鹰搏兔，沥沥风声过耳，这正是他极得意的一套"搏兔式"。

苍鹰搏兔，可惜对方不是兔子，是虎，是豹，是吐着血红芯子的毒蛇。齐鲁孙的招式快，力道狠，仍然没有一招可以打到对方。那人依然如前番一般，避得不快，却总是令齐鲁孙棋差一招，同时他在齐鲁孙出招间隙，一指指不断递出，速度如风。

一套搏兔式使完，那人全无所动，齐鲁孙纵横了江湖三十年的鹰爪功竟是丝毫不能奈何他。但齐鲁孙成名这些年，自然有独到之处。他指掌再变，抓扣揸拿，上下翻转，动作快速密集，如暴雨打芭蕉，触之却可筋断骨折，正是他的分筋错骨手。

那人依旧不动如山，齐鲁孙惊诧地发现，这个人似乎有着一套自己出招的步调，无论齐鲁孙如何变招，快也罢慢也罢，狠也罢疾也罢，皆是无法改变于他。也许这个人的武功并没有高出他很多，但自己却始终看不透他的深浅。

又过片刻，那人一指戳来，齐鲁孙肩头一滑，却未曾全然躲开，一指恰戳在左肩上。这一指看着轻飘，戳到身体上却极为酸疼。齐鲁孙身子一晃，险些摔倒。

这还只是一指戳偏之后的结果！齐鲁孙心中大惊，忽然想到一事。原来，他所习练的鹰爪功有十二字歌诀："沾衣号脉、分筋错骨、点穴闭气。"前八个字他已修行完备，但点穴一法，他却不曾窥其门径。他的师父教他武功时也曾说过："如今的武学式微，点穴之法几近失传，况且这一项法门成就极难，现今没有几个人能够做到，不费心思也罢。"

尽管如此说，他师父每每提到点穴法之时，眉宇间依然有着向往之情。再想到如今这个人这一指，莫非……莫非他会的便是点穴法不成？

比武一事，除却个人武技之外，这气势亦是十分重要，眼下齐鲁孙的气势已然泄了。那人一双眼极毒，抓住这一时机，侧身上前，一指不偏不倚正戳到他颈后。齐鲁孙只觉眼前一黑，身子不由自主向后便倒，仰面朝天直摔到地上。

自齐鲁孙出道以来，还从未败这么惨过。然而是败在这点穴法下，他竟隐隐又觉得有些值得。

那人居高临下看着他，袍角几乎扫到他的脸。齐鲁孙虽不能行动，却可以言语，忍不住问道："你是什么人，怎会这点穴法？"

那人冷冷看着他，过了一会儿，慢慢吐出三个字："聂隽然。"

"金针神医？但我与你素来无仇怨……"

聂隽然道："昨日，你打了我的人。"

被他这么一说，齐鲁孙才想起昨日里那一番可气的遭遇。

比起今日"人在家中坐，祸从天上来"，昨日里却也是一番无妄之灾。他好端端走在大街上，先是有一个粗豪大汉扑上去挥拳就打，然后又有一个极扎手的青年与他交手。那青年功夫不错，却仍不是他的对手。后来不知为何，又有一个纨绔子弟和一个女子上前，他一怒之下便下了重手。最后公共租界的印度巡捕出来一顿乱打，他也不愿得罪这些外国人，一群人便都散了。

他讲述完这一切，那聂隽然却似并不在意，弯身下来，伸手在他左臂内侧轻轻一点。齐鲁孙只觉一阵奇痛入骨，那条手臂再动不得，纵然他性子刚硬，也忍不住哀叫出声。

"半月后自会康复。"聂隽然扔下这么一句话，转身便走。

公共租界与法租界之间本是洋泾浜，三五个印度巡捕正在来往巡视。这些巡捕多是锡克人出身，被老上海人称作"红头阿三"，最是蛮横无理，颇惹民愤，但一般人却也不敢招惹。

这时，忽然有一个穿长衫的男子施施然走了过来，脸上挂着极高傲的神情，扬着脸就从那几个巡捕面前走过去。

这副态度自然令人不快，那几个印度巡捕看他不顺眼，其中一人上前便去抓他，口中呜噜呜噜说个不休，其中却也有几个中国字，道是"扰乱治安"。此罪名甚好，甚方便，是个人都能扣上。

那只大手几乎要伸到穿长衫的人脸上，那人忽然一侧身，一脚自下而上狠狠踢出，正踹到那巡捕下巴上，速度奇快，力道十足。那巡捕的一声惨叫直被堵到嗓子里，登登登连退三步，"哇"的一声，一口血水连着两颗牙齿一并吐了出来。

这些巡捕从未吃过这般大亏，不用那个挨打的巡捕说话，其余人便都一窝蜂地围了上来。那身穿长衫之人微微冷笑，不躲不闪，依然负着手站在原地，只见有人到了面前，便一腿踢出，进退之间，犹如飙风一般。没多久，那几个人便横七竖八倒了一地。

他与这些印度巡捕发生冲突之时，周围早聚集了一小圈中国人，见他威风如此，便忍不住纷纷鼓起掌来。那人却依旧扬着脸，负手望天，似是并不以为意。

就在这时，忽然有一个围观的人大叫道："快跑，他们带大队人马捉你来了！"

靴声阵阵，却是巡捕房见此处打斗，便派了十几个巡捕一并出发。这些人脚蹬大皮靴，头缠赤红巾，真是满脸的威风，一身的煞气。

那穿长衫之人却叹了口气，背着手，低声道："一年前，我也会过你们国内一个叫作艾敏的高手。那人也是个人物，眼下这些，都是个什么东西！"他忽地脱下身上长衫，在街边一只水桶里浸湿，微一用力，束衣成棍，出手如风，一棍砸到当先一人的肩上。

那名巡捕被砸得整个人一歪，那人极快地补上一脚，巡捕循声而倒，正栽倒在先前那只空水桶上，骨碌碌滚作一团。那人随即抽回衣棍，横向出手，一棍砸到第二人腰间。这一下似有千钧之力，第二名巡捕闷哼一声，扑倒在地再起不来。

又有两人乘机来到那人身后，正要出手。那人的背后似乎长了眼睛，微一低身，手臂向下一挥，那两名巡捕脚踝被击中，纵然隔了皮靴，依旧痛不可当，抱了脚双双成为滚地葫芦。

虽然有十余人将他围住，但这些人在他面前似乎都成了全无威胁的靶子，任他指东打西，指南打北，也不过片刻，便一个个躺倒地上，全无反击之力。那人深吸了一口气，将长衫一掷："这到底是中国人的地盘。"

远处又有警笛声响，显然这人闹出的动静太大，惊动了上方。那人却不在意。他整一整衣衫，挽一挽袖子，跨过洋泾浜，极淡定地走了过去。

这一边是公共租界，另一边则是法租界，公共租界的巡捕不能越界到对面抓人，只能眼睁睁看着他逍遥而去。

好事不出门，坏事扬千里。聂隽然这两次出手，好事是绝谈不上的，公平来讲，其实都是他率先挑衅。但不到半天，这两件打斗便传了个沸沸扬扬。那齐鲁孙虽然常为贪官污吏保镖，到底在寻常人中名声不显，倒也罢了。然而怒打巡捕一事，这中国人的地盘偏要成为外国人的租界，那些红头阿三又飞扬跋扈，许多人早就是敢怒而不敢言，如今聂隽然这么一出手，真是个个传扬，人人称赞。更有人编出话本，当街说书，还赚了不少银钱。

苏三醒唉声叹气："又欠了聂兄一次……也罢，再与他打个折扣便是。"

董庭兰满脸的崇敬:"老爷果然是个英雄人物。"

聂隽然听到街角有人说书,听了半天才反应过来:"那个人说的是……我?"他愤愤然一甩袖子,"什么为国为民,我从来最不耐烦管国事!"

罗觉蟾笑嘻嘻地看着他,慢慢开口,声音颇轻,一字字咬得却极准:"你就是个中国人,又怎能不管国事!"

当天晚上聂隽然为聂季卿最后一次施针,聂季卿神色复杂地看了他半天,终于道:"大哥,多谢你。"

聂隽然并未想到她会开口道谢,怔了一下,"嗯"了一声。

聂季卿又道:"不光是你这次出手的事,罗觉蟾还和我讲了很多事,我……误会了大哥许多,对不起。"

聂隽然冷冷道:"那小子多嘴多舌。"

聂季卿却道:"并不是他主动说的,是我问的。那天我和庭兰姐说话,省得不对,便去细问罗觉蟾,这才知道。只是有一件事,我还是不晓得,大哥你……为什么要抽鸦片烟?"

聂隽然看了她一眼,平淡地说道:"鸦片不是什么好东西,我想自己试试,能不能用金针断了瘾头。"

聂季卿半晌说不出话来,终于她再度开口:"大哥,对不起。"

聂隽然没有开口,终于他伸出手,按一按她头顶,叹了一口,唤道:"阿黑头。"

九

清夜无尘,月色如银。

已然行走如常的聂季卿走出房间,看见前方花影下立着一个人,瘦削身形,面上带笑,正是罗觉蟾。看到聂季卿,他微微一笑。

"阴差阳错，你大哥出手收拾了齐鲁孙，这样，明天晚上我们就可以动手了。"

聂季卿点了点头，苏三醒递来的信息，她已经倒背如流。

"明天一起出门，多半会引起你大哥注意，我们还是分头行动，晚上九点钟，在饭店后门处会合。"

聂季卿又点了点头。这一次行刺，虽然多了两个极能干的帮手，但经历过前一次的险情，她心中依旧没数，为了掩饰紧张的心情，她有意笑道："欠苏先生那一万七千元，我已有了办法，当年我家里曾留给我一些首饰，都放在老家，变卖后，应该能抵上一半，剩下一半，我慢慢还他。"

罗觉蟾笑道："不用，我有个办法。"

聂季卿一怔："什么？"

罗觉蟾眉眼带笑："把你的那个金戒指给我，我便帮你还那一万七千元，你说好不好？"

那个金戒指是冯远照临行前赠她的，意义深重，不同寻常，罗觉蟾竟以此取笑，聂季卿忍不住生气："罗觉蟾！你……"

你什么，她却半晌说不出话来。罗觉蟾一直看着她面上的神色变化，笑道："别生气啦，小聂，我和你开玩笑的。"

他说："小聂，那钱的事情你不用担心，是我找的苏三，那笔账由我来付。"

他转过身，慢慢走回自己的房间，身后忽然传来一个声音。

"罗觉蟾，你为什么这般帮我的忙？"

"帮你的忙？"罗觉蟾慢慢笑了，"不，小聂，其实我不是帮你，是为了我自己。"

第二日夜里，淅淅沥沥下起了小雨。

这雨声反而是掩饰的最好工具。聂季卿借着雨声，换了便于行动的衣衫，带好短枪匕首，偷偷溜了出来，雇一辆黄包车，来到了四国饭店的后门。

这是他们事先约好的地点，按照苏三醒的情报，何良贞便是住在这里。她找一处树木繁茂的地方悄悄躲起来，等待其余两人到来。

未想这一等，竟足足等了一个多时辰，她身上已被淋得湿透，却全然不见那两人身影。她心中焦急，忽地想到一事，暗叫不对。

一个西崽恰好从后门出来，她一步踏出，匕首已然抄到了手里，低声问道："我问你，有没有一个叫何良贞的大官住在这里？"

那西崽被吓得半死，过了好久才开口道："没，没有啊……这里没有姓何的……"

聂季卿倒退一步，匕首险些落到地上。

罗觉蟾曾道：小聂，其实我不是帮你，是为了我自己。

他也曾对聂隽然道：你放心，我不会再让你妹妹卷入是非。

与此同时，在另一家外国饭店里，罗觉蟾与苏三醒两人已经会合。

"老规矩，"罗觉蟾轻松笑笑，"我从外面进，你从里面进，一刻钟后见面。"

苏三醒笑得温文和煦："就是这样。"

罗觉蟾抖一抖衣服，径直从饭店正门走了进去。他手里把玩着一根司的克，打着玫瑰紫的领结，十足是个时髦人物。饭店中人不敢轻慢，上前招呼，他傲慢道："我是来找威廉士的。"说罢，又嘀咕了几句，却是一口流利的英语。

这威廉士原是一个英国的大商人，最近才来到上海，住在饭店二楼，与许多生意场的朋友来往。仆役不敢怠慢，欲待招呼他上楼，却觉手心一凉，被塞了几块大洋进去，罗觉蟾道："不必跟上来。"

这笔小费实在不少，那仆役一怔，随即点头哈腰地称是。

罗觉蟾哼了一声，大摇大摆地走了上去。

另一边，苏三醒换了一身短衣，黑巾蒙面，轻飘飘翻进饭店围墙，从后面绕了进来。

这栋楼原是英吉利人所建，楼高三层，里面射出红红绿绿的灯光，唯有三楼一处黑黢黢的，仔细张望，乃是一棵高大的梧桐树，枝叶挡住了灯光。

苏三醒原先的打算，乃是缘墙而上。见到这棵梧桐树，他却改变了主意。见着无人经过，他三两下蹿上大树，仿佛一只轻巧之极的狸猫。随后双手与双脚一起攀缘，小心翼翼地沿着窗畔的那条枝干爬了过去，梧桐枝叶繁茂，恰好遮蔽住他的身影。

待到树枝末端，这里离窗子却还有一尺多的距离，苏三醒慢慢放开双手，以双脚固定身体，翻转手掌，露出一只金刚钻戒指，在玻璃上划了几道，将那玻璃一块一块裁了下来。

多余的玻璃碎块被苏三醒拿在手中，他深深呼了口气，骤然抬起双脚，身体如离弦之箭，"嗖"地一下自窗口钻了进去。

这个动作奇快无比，亦是轻飘得如同一片落叶，加上走廊里原本铺着厚厚的地毯，并没有传来一丝一毫的声音。

他所在之处，正是被何良贞整个包下来的三楼。

走廊两侧各站着两个保镖，其中两个在另一侧紧紧盯视着楼梯口，还没注意到苏三醒；另外两个则惊诧于走廊里忽然多了个大活人，尚未有所动作，苏三醒一个箭步冲上去，把玻璃碎片往地毯上一扔，从口袋里掏出一个小管子，连吹两下。

那是金宝门独创的吹箭，上面淬的麻药沾着就倒。那两个保镖自不能例外，苏三醒迅速扶住两人栽倒的身子，轻轻放下，竟未发出一点声音。

然后他绕到走廊另一侧，如法炮制，迷晕了两个保镖。与此同时，罗觉蟾也笑吟吟地从二楼走了上来。二人会合，轻轻击了一下手掌。

"这次的保镖数量之少，真是出乎我意料。"苏三醒低声道。

罗觉蟾点了点头，也压低了声音："齐鲁孙也不能来，何良贞就这么放心？"

二人的目光，一起盯上走廊最里侧的一扇门。根据苏三醒得来的消息，何良贞正是住在那里。

眼下二人看似轻松，其实紧张，在走廊里的保镖只有四个，其余房间里说不定还有多少人，可以利用的也只有眼下这一瞬之机。

苏三醒低声道："我对付保镖，杀人的事儿你负责，记住，你只有一枪的机会。"

罗觉蟾一笑点头，从身上取出一截铁丝，也不知怎么三别两转，只听"咔"的一声，那扇门的门锁已被他撬开。与此同时，苏三醒从身上掏出一个罐子样的物事，朝地上一摔，霎时走廊里烟雾四起。

就在门被撬开的那一刻，房中人已有所觉，只是苏三醒更快一步，他手中扣了满把飞刀，一脚端开了大门。罗觉蟾在另一边已掏出了手枪，做好了准备。

没有保镖。

没有何良贞。

十几个黑洞洞的枪口忽然出现在门前，对准了苏、罗二人，火舌四溅。

苏三醒猝不及防，又在最前方，一臂一腿上已经各中了一枪。罗觉蟾反应最快，这时反击什么的也没了用处，他抬手几枪，走廊上的灯被他一一击碎。走廊里本已是烟雾腾腾，这样一来，更是什么都看不清。

人声愈发嘈杂起来，三楼两侧的门里似乎又冲出了许多人，原本宽敞的走廊挤成一片。

上次哈同花园之中，有一位官员说何良贞的那句话没错：如今的他，已经成了惊弓之鸟。

未曾请来齐鲁孙，他竟硬生调来一队洋枪队，昼夜不停地守在原本是自己该住的房间中，而他一个举足轻重的堂堂人物，竟然天天龟缩在旁边的一间用人房里，这般生活不知到底有何滋味。

然而尽管这日子过得不堪，却到底产生了应有的效用。罗觉蟾与苏三醒二人，此刻已然堕入圈套。

"中计了……"苏三醒长长呼出一口气，"没想到姓何的竟然布置了洋枪队，罢罢罢，这次是我栽了手，也没道理要你的钱，罗觉蟾，你走吧……"

他两处中弹伤势都不轻，尤其是腿上一处，若不是罗觉蟾硬拽着他，只怕连走路亦是困难。

罗觉蟾拖着他，声音里竟然还带着笑："苏三，我可半点武功不会，你不是想把我丢下，让我一人送死吧？"

苏三醒叹了口气，苦笑了一声。

走廊中的这一场枪战为时虽短，伤者却着实不少。

罗觉蟾是不用顾忌，反正苏三醒就在他身边，只要闻声开枪便可。对方却不好办得多，这条走廊里大部分都是他们的人，倒有一大半伤者是误伤而来。

苏三醒叹道："罗觉蟾，都说你枪法好，现下来看，还真是不错。"

罗觉蟾笑道："过奖过奖。"

枪法再怎么好，留在这条走廊里也不过是死路一条。罗觉蟾已经盯紧了内侧的一条小楼梯，尽管逃到二楼也不见得就有活路，至少还有一线希望，然而他手里拖着一个苏三醒。即使想赶到楼梯附近，也是件极困难的事情。

亮光一闪，似乎是有人已想到要有光亮，擦亮了洋火一类的东西。与此同时，罗觉蟾只觉右手一疼，腕子上已然中了一枪。

他哼了一声，用牙齿拽下领巾，把伤处狠狠扎住，换成左手拉起苏三醒："跟我走。"

他左手先前就受过伤，现下拉着苏三醒更为困难。那条小楼梯只在咫尺之间，却似乎又有天涯之远。

一只冰冷的手忽然拽住了他的后衣领："没有本事，也来学人家搞什么行刺！"

那口气要多难听有多难听，罗觉蟾却终于松了口气："老聂，你就是那救苦救难的观世音菩萨啊。"

虽是危急之中，聂隽然也险些呛到。

他带了两个大活人，却是形若无物，极快地从三楼奔了下去。然而这时饭店楼下已来了许多巡捕，从前门出去已不可能。此刻三楼的保镖也省悟到刺客已走，纷纷冲了下去。

聂隽然眉头一皱，一手拎一个人，一脚踹开了二楼离他最近一个房间的门，压低了声音道："不准出声！"

房间里坐了个西洋女子，手中拿了本《圣经》正在阅读，见到聂隽然拎了两个一身是血的人进来，不由得一惊："聂大夫？"

聂隽然也是一惊："琉夏夫人？"

未承想，伍氏夫妇竟与何良贞住在同一所饭店里。

这一场纷乱，足足延续到天亮，却没有搜出半个刺客。自然，外交总长夫人的房间，那是谁也不会去搜的。

天亮时，聂隽然带着两个伤者从琉夏夫人的房间离开。从始至终，琉夏夫人并没有询问他们一字半句，只是说了一句"愿主保佑你们"，然后把伤药递给了他们。

而在离开之前，聂隽然也从身上拿出一瓶药给了琉夏夫人，用低沉的嗓音说："我花了三年时间炼出的药，本想留给父母，无奈他们已然过世……夫人，你既然相信我的金针，也该相信这瓶药，不出意外，它可延长你三年寿命。"说罢，他轻轻关上了房门。

直到回到医馆后才发现，罗觉蟾身上竟有四处枪伤之多，纵使聂隽然及时医治，他也足足花了三天才醒过来。

"说吧，是怎么回事？"聂隽然坐在他床边，眼神锐利地问道。

罗觉蟾竟然还笑了一笑，眼睛却看向一边的牌位："也没什么，我当初为什么受的伤？你妹妹又是为什么受的伤？虽说杀杨兄的人不是何良贞，可是你妹妹的心思却和我那时一样。我没能成功，就想帮一帮她。"

这句话一出口，聂隽然也不由得沉默。

杨若徭被杀之时，罗觉蟾正在香港，归来后便得知了好友惨死的消息。他一怒之下，抄了手枪意图行刺，没想到那大员手下有几个相当了得的保镖，非但行刺未成，自己反而弄了一身伤，又被追捕，无奈何只得逃到上海租界。寻医之时，他遇到了聂隽然。

罗觉蟾笑了一声，眼神转了回来："先前就听杨兄提到过你好几次，没想到，老聂你还真愿意收留我。"

聂隽然冷冷道："那是你脸皮太厚。"他最初收留罗觉蟾，确是因着杨若徭。当年他去日本学医，身上银钱殆尽，恰好遇上杨若徭与俞执，得到二人接济，方才完成那几年的学业。当时三人常在一处，同学中更得了个"三剑客"的称号。有这层渊源，无论如何，他也会拉罗觉蟾一把。

然而二人相处至今，感情早已与初见时不同，只是依聂隽然的性情，无论如何也不肯承认就是了。

金针神医看一眼床上满身是伤的罗觉蟾，又看一眼前方杨若徭的牌位，一种怒气和郁气勃然而生："我还是最厌恶革命党。"

罗觉蟾挑眉看着他："哦？"

能把简简单单一个"哦"字说得满是挑衅之意，这实在也是一样本事。聂隽然本来心中不爽，此刻不由得怒道："你哦什么哦？不是为了这些革命党，又是什么国事，若徭为何会死？凌烟为什么会失踪？我妹妹又怎么会数年不归？还有你……你看看你现在的样子！"

罗觉蟾泰然自若："我可不是革命党。"

"你见天地给革命党办事！"

"那又如何？"罗觉蟾坐起身，一双眼直直地看向聂隽然，"你是中国人，你便避不开国事！"

聂隽然看他半晌，终于抬手把他又按回了枕上："旁的不会，说大话一个抵上七八个。"说着起身就走。

"老聂……"

"都老实歇着！"

饭店行刺事件闹得极大，何良贞本就惶惶不可终日，这一次更是受惊过度，险些中风。在旁人介绍之下，他请金针神医前来治疗。聂神通为他全身施针一次，历时长达半个时辰，却摇头道"不能治了"，众人皆奇，那是"一针生死人，三针肉白骨"的金针神医首次失手。

何良贞在半年之后去世，死时全身绵软，死状甚奇。当时有保镖私下里说，这何大人像是筋脉尽断而死，但这事太过不可思议，并未

203

流传出去。

伍文和最终当上了国务总理，琉夏夫人在一十三年后过世。在她死后，伍文和万念俱灰，竟入天主教做了一名修士，是为中国近代史上的一则传奇。

罗觉蟾又在上海休养一段时间，接到友人黎威士的电报，再度回了北京城。在他走后不久，聂季卿同样离开了上海，依旧与冯远照一同投入革命事业之中。一年后二人终成伉俪，只是午夜梦回之时，眼前偶尔也会飘过那落拓京华子弟的影子。

谁也未曾想到，这些友人，竟会在另外一个国度再次相逢。

篇五
海上花

一

下南洋的一艘火轮船甲板上，一高一矮，站立着两个人影。

一个是个三十出头的男子，清瘦高挑，风仪挺秀，如孤松独立，只一双眼睛厉然若鹰；另一个则是个身形娇小如香扇坠一般的女子，容貌生得十分美丽。这一男一女往甲板上并肩一站，衬着那碧海蓝天，白鸥阵阵，实在是一道赏心悦目的好风景，正是聂隽然与董庭兰二人。

董庭兰低声道："老爷，这番出来，却是……辛苦你了。"

聂隽然负着手，神色倨傲："有什么要紧？"

这是公元 1913 年，即民国二年，这时的世道与先前又不相同。袁世凯担任了孙中山先生让与他的大总统职位，已经一年有余，虽说在名号上，仍是个"临时大总统"而不是"正式大总统"，却依然是国内首屈一指的大人物。

董庭兰低低地应了一声，神色之中，却仍有着一些惶恐的意思。聂隽然知道她是担忧自己，道："你不用担心，原本南洋的这位刘富商就请我在先，我先去给他家老母亲治病，谁也说不出个不字。无论怎样，还有我呢。"

董庭兰心里想：我担心的便是你。但这一句话，可实在说不出来。聂隽然又道："不必多想了，你看这海上风致，何等动人。"

多年前，聂隽然也曾坐船去往日本，这海上的景致并不是第一次见到。董庭兰晓得聂隽然这是安慰她的意思，心里感念，她扶着甲板上的栏杆向外望去，大海一望无际，深邃碧蓝，单从陆地上看，己方所乘这艘火轮船自然也不小，但此刻看去，却如茫茫宇宙中的一颗芥子，令人感慨天地之浩大，造化之奇功。

聂隽然见她鬓上珠花在海风中摇摇不定，上前一步，微微错身，挡住了大半海风，口中却道："出来一次也好，免得见家里那几个混账家伙生气。"

董庭兰自然知道他说的是谁，抿嘴微笑不语。聂隽然冷笑着道："季卿这个小妮子，前几日成亲了。"

这次董庭兰可真是吃了一惊，低声道："四小姐她……"她想问一句是和什么人成亲，聂隽然已经冷冷道："还能和谁？去年送她来看病那个姓冯的。"口中甚是不屑，"说什么国家多难，不必繁礼，给我送信的时候，已经成完亲了。"他想想又补上一句，"都是那个罗觉蟾带的！"

董庭兰知道他是迁怒，聂季卿原结识冯远照在先，这婚事无论如何也算不到罗觉蟾头上，便微笑道："十三少原是个好人。"

聂隽然哈的一声冷笑："好人？我看是好惹事的人！"又道，"这小子相助革命党，结交江湖人，惹下了多少是非？这种惹事的混账，就是要远远地离了眼前，眼不见心不烦，心里才叫舒坦！要不然每日里看他那个煞白着脸的鬼样子，我连饭都吃不下去！"

他嘴毒得很，骂完了罗觉蟾，又说起旁人："还有苏三那个钱鬼，和罗十三混到一起后，更加不是个东西。给我惹的麻烦还少了？"

董庭兰心中明镜也似，知道聂隽然说的是去年罗觉蟾与苏三醒二人联手刺杀何良贞，失手后被他救出的事情。但这件事是不好说出的，只好微笑不语。

聂隽然又道："说起来倒也活该。苏三滑得琉璃蛋似的，倒有那么个师侄，安大海这人倒不坏，可金宝门素来是拿钱办事，这么个憨厚老实人，我看了都头疼，真不知苏三醒怎么忍下这么个活宝的。"

说到最后，他总结说："幸好我出来了，不然再看这几个，真要折寿！"说罢长出了一口气。

正说到这里，甲板一侧走出个不到二十岁的小青年，头戴一顶鸭舌帽，手长脚长，面貌清秀，只可惜有一只手上的无名指与小指没了。董庭兰见有人出来，便不肯再说话，思量这般与聂隽然并肩站着也不甚好，便慢慢地退后一步。聂隽然却未理会，一双眼直盯着这小青年身后的一个人。

这个人也是一身西式服装，只是穿得十分不规整，扣子松了，领口歪了，一双白净的手斜斜地插在衣袋里，眉眼精致，态度浪荡。

他笑嘻嘻地和聂隽然打着招呼："聂兄，久违了啊！"这一招手，还露出手上一个亮晶晶的金刚钻戒指。

此时天光湛湛，自然不会是白日见鬼，聂隽然怒道："罗觉蟾，你怎么也来了！"

罗觉蟾笑道："自然是担心聂兄这一路旅途寂寞，特地前来陪伴。这等情意山高水长，但聂兄也不必太过感动。"

聂隽然险些噎住，只是他尚未反驳，甲板另一侧又走出一个人。这人穿一件天水蓝的长衫，斯文秀气，笑若春风，单看外表，绝看不出这是个视钱如命的财迷，他正是金宝门的掌门人，青帮的小爷叔苏三醒。

聂隽然只觉头都大了一圈："你怎么也下南洋了？"

苏三醒斯斯文文笑了一笑："聂兄,风清日朗,如此良辰,小弟有意往南洋一游,未想竟与聂兄相遇,真是幸会啊幸会。"

聂隽然哼了一声,左边看一眼罗觉蟾,右边看一眼苏三醒,心道真是到什么地方都摆脱不了这两个家伙,转念又一想,这两个家伙虽然可恶,倒还算得上机灵,总比苏三醒那个奇笨无比的师侄要看得舒服。

他刚想到这里,就见苏三醒身后又走出一个人,高高大大的个子,一笑十分憨厚:"聂、聂师叔好……"

聂隽然深觉这火轮船不能待了。

话虽如此,也总不成跳下海去,他手扶栏杆,只作不见。没想这个时候,忽然一个大浪直打过来,聂隽然一个踉跄,险些站立不稳。

聂隽然虽是个医生,却是出身神针门,武功精湛,更擅长点穴之法,万没有这一个海浪就禁受不住的道理。董庭兰忙一把扶住他:"老爷?"

又一个大浪打来,甲板一晃,聂隽然面色霎时惨白,董庭兰毕竟是个娇弱女子,能有多大气力,两人险些一并摔倒。就在这时,两只手同时伸出,罗觉蟾在左,苏三醒在右,一起扶住了聂隽然。

"聂兄?"

"聂兄!"

聂隽然深觉丢人,此刻却无力挣扎,被这两人一左一右架了回来。董庭兰在安大海和罗觉蟾身边那小青年的护送下,也一并回了舱房。

又几个浪打来,船身摇晃,聂隽然面色十分难看,"哇"的一声便吐了出来。董庭兰忙在一边照料。他们定的虽是一等舱,但也容不下这许多人。安大海和那小青年便退了出去,只留下罗觉蟾和苏三醒在里面照看。

好在这南中国海素来安静，虽然有几个浪，不一会儿也就平息了。聂隽然吐得昏天黑地，风浪平息之后，终于沉沉睡去。

罗觉蟾蹑手蹑脚地走到外面，乘着董庭兰出来的时候，悄悄把她拉到一边："小嫂子，有句话我要问你。"

董庭兰忙道："十三少请讲。"

罗觉蟾皱一皱眉头："我看聂兄这样子，绝不是今天忽然有的毛病，他以往就晕船是不是？"

董庭兰垂首："是，他从前去日本留学时，遇到过大风浪，船险些翻了，后来便落下了晕船的毛病……"

罗觉蟾马上问道："既然如此，他怎会下南洋？你们在上海遇到了什么事情？"

董庭兰一怔，她知道这位十三少见事明白，脑筋又快，况且他与聂隽然交情匪浅，只得道："今年年初，有消息传来说袁大总统头风严重，北京的医生都不中用，因此派人来请老爷过去。老爷不愿，恰好南洋有一位商人请老爷为他母亲看病，老爷才乘船过来……"

罗觉蟾一怔，不由得长叹一声。他开口想说什么，但终于没有说出口，董庭兰却又问道："十三少，听闻你去了北京，怎么也下了南洋？"

罗觉蟾笑了一笑，却没有回答，招一招手，叫那个小青年过来，笑道："这是我一个同伴，叫邱衷。小邱，见过聂夫人。"

那小邱动作很快，连忙就行了个礼："聂夫人好！"

董庭兰忙道："莫这般叫，我怎配得上？"说罢，脸便红了。

罗觉蟾又道："这船是英国人的，伙食差得很，聂兄醒来连口汤水也没得吃，可怎么是好。"

董庭兰一听，也觉忧虑。她书寓出身，学的是弹唱应酬，下厨之事是没有学过的，道："这可如何是好？"

罗觉蟾笑道："小嫂子不必着急，我去厨房看看。"说罢便走，董庭兰心里感激，一时也忘记了问他为何也要下南洋一事。

罗觉蟾和邱衷两人一先一后走着，邱衷低声道："罗先生，我……邱衷这名字……"

罗觉蟾笑笑回头，忽然用力在他头上敲了个爆栗："什么这名字？记住，你就是邱衷，邱衷就是你。"

这时两个乘客与他们擦肩而过，一人手里拿着一份报纸，正在指点："袁大总统被刺，凶手疑是革命党人……"另外一个就笑着拍拍他的肩："老兄，这都什么报纸，消息早过时了……"两人说说笑笑地离开，邱衷看着两人背影，忽然颤抖一下。

罗觉蟾将他神态看得一清二楚，便笑道："这情形，却和当年有些相像。"

邱衷一怔，以为他说的是自己之事，却听罗觉蟾笑道："当年我去广州——就是认识了黎兄和你的那一次，路上搭了漕帮的一艘小船，一觉醒来，却看到船上有个对头，两人面面相觑，都吃了一惊……"说着看向远处海天一色，嘴角含笑。

邱衷却是第一次听到这回事，果然被转移了注意力，吃惊道："对头？那罗先生要不要紧？"

罗觉蟾笑道："没关系，那人虽是对头，却也是我朋友，你也见过他的。当年在北京城里，我们斗了好几年，现在，也没了他的消息了……"他笑着一挥手，"你先回房间去吧。"

罗觉蟾溜溜达达地往下走，来到火轮船的厨房。这厨房原在底舱，甚是闷热，他也不以为意，松了领口两颗扣子，一手支着门框往里看。

绝没有哪个上等客人没事往厨房里钻，里面两个厨子都极为诧异。罗觉蟾动作却快，一手一张钞票塞了过去，以纯熟的英语道："我有个朋友生病，我想为他做几道菜。"

俗语云："有钱能使鬼推磨。"中国鬼、西洋鬼都是一般。此事虽然不合规矩，但那两个厨子贪着小利，满口应承。罗觉蟾把雪白的衬衣袖子一挽，四下打量，只可惜这西式厨房没有东方的作料，找来找去，不过是些虾仁、青豆、胡萝卜、西红柿酱之类的物事。

罗觉蟾眉头一皱，计上心来。好在这厨房里还有大米，他取了少许熬了碗粥，尚有些酸黄瓜便当小菜，胡萝卜、青豆、玉米粒下了一碗汤。这汤先不管味道，颜色倒甚是可人。最后他取出一些虾仁，裹了面用西红柿酱过油一炒，心道：酸酸甜甜的，也能下饭。

这两个厨子久闻中华美食大名，早在一旁探头探脑地窥视，他们却不知道这是罗觉蟾因没有作料对付做的，只见一碗碗色香味俱全，暗道原来中华美食是这等做法，便暗自记下，日后做给船上其他客人，一定颇受欢迎。后来这只船行遍世界各地，这几道菜亦是流传四方。尤其是西红柿酱虾仁一道，凡中华馆子必有此菜，这是后事暂且不提。

二

聂隽然悠悠醒来，看到这几道菜倒也有了些食欲，这可不是说罗觉蟾厨艺何等高超，委实是吃了几顿英国饭菜，便是白粥、酸黄瓜看着都还顺眼。他心中虽然感激，口头却不肯说半个谢字。

火轮船在海上行了十余日，终于靠了岸。聂隽然人瘦了一圈，幸而他内功精湛，并未损伤根本。下船之后，只见天高云淡，火辣辣的阳光直射下来，地面几乎可以反射出白光，空气偏又十分潮湿，周遭长着几棵高高大大的棕榈树与椰子树，正是一派南洋风情。

聂隽然深吸了一口气，心里颇觉爽快。

这里是星洲，传言元朝时，室利佛逝王子乘船来到此处，见河口处一样奇异动物，头似狮，尾如鱼，因此便将此地命名为狮城。若以中文音译，便是"新加坡"。

新加坡于1965年独立，此时仍为英国占领，是为世界著名港口之一。但论到岛上的居民，绝大多数仍是华人，更有许多大富商为革命捐钱捐物，十分踊跃。

这时刘家早就派了汽车夫在港口等候，聂隽然自己还没上车，罗觉蟾带着邱衷嬉皮笑脸也蹭了过来，招呼道："我和聂大夫是一路的，借过，借过……"

聂隽然冷冷道："我不认识他。"

罗觉蟾惊道："聂兄怎的这般见外！何况我与这位刘……刘富商乃是好友，去做个客也是应当的。"

聂隽然心道：你连人家名字都说不明白，还好友？这一个还没答对清爽，苏三醒领着安大海也走了过来，他看罗觉蟾如此，不甘落后拱手笑道："我是聂大夫表弟，与他一路来的。"

聂隽然恨不得一脚踹过去。

这汽车夫开的是一辆六人座的汽车，原想聂大夫多说不过带一个人来服侍，纵使行李多些，也总是够了，没想到一下子不防，竟多了这许多人，忙先请聂隽然一行人等在码头安坐，自己去刘家又带了一辆汽车回来，才把这许多人都接了过去。

刘姓富商名子衡，原籍广东，生得大眼厚唇，面色黝黑。他父辈下南洋来讨生活，到他一辈，因做橡胶生意大大发了家。他见过世面，亦洞彻世情，虽然见到这一大批人，也没有表示出任何诧异之情，尤其在见到罗觉蟾时，态度之热忱较之聂隽然也丝毫不差。邱衷心里诧异，暗想：这罗先生真是到哪里都吃得开。

喝过一盏茶后，聂隽然尽管一路极为辛苦，仍是冷着脸，说先要看诊。刘子衡心中自然喜欢，口头谦让了两句，便带着聂隽然来到楼下一间卧室。

这间卧室布置得十分富丽，正当中放的是一张铜床，这在当时还是十分稀罕的东西。床上半坐半躺着一位老太太，头发已经完全白了，观其相貌，却是个马来女子。

是时华人来到星洲，娶当地马来女子的也不在少数，但在聂隽然身后充作助手的董庭兰却吃了一惊。聂隽然全然不动声色，手搭在刘母的脉搏，仔仔细细诊了一刻钟时间，随后换了另一只手，又是相同时间。刘子衡也不说话，只安安静静等着。聂隽然又看了一番刘母的面色，便道："这是中风之症，三年前得的。"

他这句话里并没有询问的意思，刘子衡点头道："正是。"看出是中风之症并不难，但能看出是三年之前就不易了。

聂隽然又道："中风后病人无法行走，约两年前，双腿逐渐失去知觉。眼下言语困难，夜里常醒。"这症状描述得分毫不差，当初请金针神医下南洋时，刘子衡说的不过是老母风瘫在床，无法行走。未想这位神医见事竟这等分明，他不由得大喜，忙道："果然是神医，说得半点不差，不知家母还能医好否？"

聂隽然扬了扬眉，也不答话，身后的董庭兰已经恭恭敬敬递过一个红漆盒子。聂隽然揭开盒盖，现出里面一排长短不一的闪耀金针。他眯着眼看了一遍，选出几根，用酒精消毒之后，将其中一根金针慢慢缠绕在左手中指上，又慢慢抻直，随后刺入刘母左膝上，手指轻轻捻动针尾。随后，又将另外几根金针逐一刺入刘母腰腿穴道。

这针灸之术，刘子衡过去自然也曾见过，但如聂隽然这般的却也少见。他诧异地看着，却见聂隽然不时轻轻捻动金针针尾，又过片刻，屈指在膝盖两根金针上，轻轻一弹。

刘母"呀"的一声，叫了起来。这一句是马来语，只有刘子衡听得懂，他喜动颜色："母亲，您说疼？"

其实并不是疼，而是一种又涨又酸的感觉，但刘母此刻言语也不易，因此只以一个疼字代表。但这也是十分难得，要知刘母这两条腿这一年来和两根木头无甚两样，如今能有感觉，那便已是极大的进步。刘子衡喜得又是拱手又是鞠躬，新的旧的礼节一并用上："多谢聂大夫，果然是金针神医，真有妙手回春的能耐！"

聂隽然也不在意，右手极快一起一落，起下金针："连续施针半个月，你家老太太便可行走。但说健步如飞，倒是不能了。"

刘子衡哪还求什么健步如飞，老母不恶化就是好事，能够行走更是侥天之幸，口里又是一连串道谢。

他起先待聂隽然便极客气，如今见得这般神妙医术，给予更高的礼遇。其他人捎带着也沾了光。罗觉蟾也分到了一间十分舒适的客房，他跷着腿坐在沙发上，一抬眼见邱衷站在窗边，神情郁郁，便笑问道："你想家了？"

邱衷没有回答，他定定地看着窗外，这狮城虽有许多华人，但风光自是与中国大不相同。他忍了半晌，没有忍住，终于问道："罗少爷，你在外这许多年，从北到南走了这许多地方，难道就不曾想过家吗？"

罗觉蟾笑道："错了！小子，你须记住，不要再叫我少爷。"

邱衷没想到他不回答问题，反而挑了这么个错处，但这错处挑得却也在理，只得道："是，我又忘了。"

他以为罗觉蟾这个岔打过去，也就不会回答这个问题，没想到罗觉蟾笑了一笑，慢条斯理地点燃了一根刘家招待的雪茄，道："自然是想的，不过时间一长，你就不必担心这个问题了。"

邱衷道："时间一长，就不会想了吗？"

罗觉蟾吐出一口烟雾，削薄的眉眼在缭绕青烟中模糊一阵，复又分明。他笑着道："不，是你就习惯了。"

邱衷一拳捶在窗上："原来你是哄我！"

罗觉蟾站起身，走到他身边："不，我与你讲，出门在外，是你忘掉过去那些事情的最好办法。"他的表情很奇异，有些怅然，又有些随意，"你会遇到许多新鲜的人与事，你需要凝神答对那些遇到的人，关注那些第一次见到的事情。这样，过去的那些思绪，便少了很多机会侵袭你。"

他伸手遥遥一指对面："譬如对面那座园子，看先前也是个富贵人家，眼下怎么衰败到这样？你多想想这些，不就不想别的了？"

邱衷听他一说，也向外看去，只见相隔不远处也有一座花园，里面二层小楼，本应十分幽雅，但此刻那园中满是杂草，小楼内全不见灯火，显然衰败一段日子了。他不由得叹了一口气："也不知这园子的主人是谁。"

这句话刚刚出口，忽有一个娇俏女声传来："我虽不知现下那园子的主人是谁，却知道它眼下正闹着鬼呢！"

罗、邱两人一并转头，见门口立了个十七八岁的少女，穿一件蓝芝麻点子的丝绸衬衫，胸前飘着白色的领带。南洋本来天热，她下面系的一条裙才刚刚过膝，露出两条肤色皎洁的小腿，手里又拿着一只网球拍子。这一身装扮，倒很有西洋人讲究的健康之美。

罗觉蟾按熄雪茄，笑容可掬地走上前去，行了一个鞠躬礼："原来是这样，我们初来此地，小姐不如给我们讲一讲那园子的事情？"说完这一句，又故意敲一敲头，"我也是糊涂，遇到这般美丽的一位小姐，该先问小姐的芳名才是。"

那少女便笑道："我叫刘齐芳，是爹爹的女儿。"说完这句话，她自己也觉得好笑，便指了指这宅子。罗觉蟾便晓得她是刘家的小姐，笑道："兰桂齐芳，好名字。"

刘齐芳睁大了眼睛看他："你怎晓得我还有个出嫁的姐姐叫兰

桂？"原来她在英国读书，中国的文学却是不大晓得。

以罗觉蟾的本事，两人自然很快熟络起来。刘齐芳道："听爹爹说，这园子原是他一位朋友为他母亲买下的，叫作晚晴园。"

罗觉蟾点一点头："天意怜幽草，人间重晚晴。这位先生定是个孝顺之人。"

刘齐芳拍一拍手："你真了不起，爹爹和我说了几次这句诗，我总没记住，没想你一听名字，便说了出来。"又道，"可后来他生意不好，便把这园子卖了。那新主人住了一段，谁想这园子闹鬼，只好又搬了出去。"

罗觉蟾笑道："闹鬼？什么样的鬼？"

刘齐芳道："我也没见过。有人说是一到半夜，就有白影子在里面飘来飘去；还有人说花园里有鬼火，早晨起来，家具都变了位置。聂大夫，你的金针那么厉害，祖母的病也能治好，能不能把鬼赶走？"说着笑起来，十分活泼可人。

罗觉蟾心想：难怪这女孩子跑过来找自己，原来是认错了人。他口中却笑道："当然能，不过啊，我可不姓聂。"

"啊？"

"我姓罗，名叫罗觉蟾，齐芳小姐，好不好记住我的名字呢——"他拉长了声音，一派风流浪荡。

夜已深沉，两个人影在一座衰败的花园中悄悄行走。

"罗少爷……啊不，罗先生，我们这样不好吧？"邱衷低声道。

"我还不是为了你！"罗觉蟾义正词严，"因为你心情不好，我想着为你找些事情排解排解，这才带你过来，竟然还敢不满！"要不是配上他那副挽着衬衫袖子，眼里冒着精光的神态，只怕更有说服力一些。

是吗？您真的不是单纯为了好玩才来的吗？

白日里听了刘齐芳说到晚晴园闹鬼一事，罗觉蟾当即就动了心思，本想拖着苏三醒一路去看看，未想苏三醒和安大海已经收拾利落准备出门。罗觉蟾拦在门口，一脚踏在门槛上："苏三，你来这里，是接了什么生意？"

苏三醒外表清雅，骨子里却是个钱鬼，他费尽辛苦下南洋，必然是有绝大的好处。苏三醒笑了一笑："不瞒罗兄，我是来这里找人的。"

罗觉蟾"哦"了一声又说："难怪难怪，刘子衡是这儿首屈一指的大商人，住在他这里消息必然更多。看这样子，苏三你是有了线索了？"

"正是。"苏三醒满脸是笑，又神色殷殷地问道，"倒不知罗兄到南洋来，又是为了何事呢？"

罗觉蟾一怔，苏三醒素来聪颖，这一句说出，他却不好回答。苏三醒又道："若有要事，说不定我也可帮忙一二……"

帮忙一二？那是要钱的！难怪他这么殷勤。罗觉蟾咳嗽一声："实在不敢当，苏三，还是忙你的去吧。"

苏三醒微微一笑，也不纠缠，转身离去。罗觉蟾看着他的背影，自语道："这财迷。"

再说这晚晴园中，热带草木生长本快，杂草几乎和人同高。两人在里面行走，外面连人的面貌都看不分明。罗觉蟾回头笑道："像不像咱们当年一起劫狱那时候？"

邱衷板了脸道："罗先生您真行，我可没您那随随便便提起当年的本事。"

罗觉蟾哈哈一笑，也不多说。

两人在杂草中走了一段时间，除了惊起一群蚊子之外，别无异状。这热带的蚊子也不同凡响，身大体壮，极为热情。它们在这荒园中憋久了，本想好好招待一番这两位来客，却不想罗觉蟾事先做了准备，涂了许多药油在身上，只得乘兴而来，败兴而归。

眼见就要走到小楼附近，倒也没见什么异状，邱衷撇撇嘴："这有什么好看……"

他忽然住了口，那小楼之上，忽有灯火一闪。

这是怎么回事？难不成真的有鬼不成？

邱衷跟随罗觉蟾前来，大半是因为推脱不掉，小半才是好奇。看到这情景，他反而精神一振，三两步便奔了过去。空留罗觉蟾在后面叹息："年轻人好生急躁……"

灯火亮在二楼，邱衷刚来到一楼，忽觉眼前一花，似有一个白影子飘过。他心里一惊，上前一步，喝道："什么人？"

无人应声。

他们这一次捉鬼，本就有许多玩笑的意味在里面，因此邱衷并未带什么防身的武器。他四下看看，这厅堂煞是空旷。他东张西望地正想找些东西，眼角余光扫过长廊里，不由得激灵灵打了个冷战。

一个全身着白衣、发如血染的人影，晃过长廊尽头。

一时间，他只觉全身坠入冰窟一般，就在此时，忽又有一样物事碰了一下他肩头。邱衷更不犹疑，回身就是一脚。那人笑着躲开："小子，你干什么？"

原来是罗觉蟾赶了上来，邱衷一指长廊尽头："有一个白色影子飘过去了。"那人影实在速度太快，一时他也不敢说到底是什么。

罗觉蟾一撩衣襟，露出腰间一把勃朗宁来："走！"二人沿着长廊一路走下来，到尽头发现那里还有一段楼梯，隐约透出二楼的一点灯光，幽幽暗暗，犹显瘆人。

罗觉蟾一手拿着枪，一只脚已经踏上了楼梯，忽然间楼上传来一声怪响，也分不清是男是女、是人是兽，紧接着灯光一暗，砖头瓦片如暴雨一般从楼上直飞下来。饶是罗觉蟾躲得快，头上也挨了两记。

三

这要是罗觉蟾有聂隽然或者苏三醒的功夫，冲一冲没准还真能上去。可惜十三少那两下拳脚，大约也只比邱衷强些，无可奈何，只得铩羽而归。

两人灰头土脸回到刘宅。罗觉蟾头上破了个大口子，一道道血都流到了脸上，他蹑手蹑脚进了大门，心道先避开众人，赶快把自己收拾清爽再说，谁承想刚到自己卧室门口，却见苏三醒灰头土脸带着安大海也走了进来。

苏三醒素重仪表，这番模样亦是绝不想让人见到。二人打了个碰头，面面相觑。安大海不晓得状况，还招呼道："罗少……"

一句话没说完，被苏三醒捂着嘴拖进屋了。临进门前和罗觉蟾对视一眼，各自心里有数，今儿晚上，就当你没看见我，我也没看见你。

一夜无话。次日，罗觉蟾不敢让聂隽然看到，溜溜达达出了大门，寻了门房闲聊。

狮城一地，福建、广东两省人最多。这门房原是北方人，他平日里也难寻个谈话的伙伴。如今见了罗觉蟾，好比那饿了三天的人看到一碗红烧肉外搭三个白面大馒头，兴致勃勃便聊了起来。罗觉蟾是三教九流里都混过的，虽然对方只是个门房，也能与之聊得津津有味。待说到京城里的豆汁焦圈和软炸里脊时，二人更是不约而同流下了向往的口水。

聊到后来，罗觉蟾便问道："这位大哥，我看你家主人这所宅子，可说是十分气派。但对面那所宅子风水也很不错，怎的不一起买下，并在一起？"

门房道："那可不成，对面宅子是张老爷的，那可是老爷的好朋友。"

原来对面那主人姓张，罗觉蟾心里寻思，又笑道："那位张老爷也是，自家宅子都荒废了，怎的自己不住？"

门房道："您老有所不知，那宅子原来是张老爷的，现在可不是了。张老爷早年生意做得很大，后来破落了，便把这宅子卖给了一个印度人，可那印度人一家也不住在这里，因此就荒废了。"

罗觉蟾点头道："原来如此。"他正要再问几句，忽听到一个柔软的女声："十三少，早。"

罗觉蟾忙转过身，见董庭兰正立在身后。她打着一把白色阳伞，腰间束一条绦子，上挂一个天青色的玉佩。这一身装束，尤其显得她风姿如画。罗觉蟾忙笑道："小嫂子，早啊。"

他额头上有一道伤痕，董庭兰一早便注意到了，但她是书寓出身，擅于察言观色，看出罗觉蟾宛若无事的样子，便一句不提，只道："原当早起风凉，便出来走走。没想这里气候与众不同，早晨也是这般热的。"

罗觉蟾笑道："可不是，小嫂子你若累了，不如就回去休息，聂兄……"他刚说到聂兄两字，忽然咳嗽一声，神色肃穆，"原来聂兄你也来了，早，早，不妨碍你们了。"

聂隽然背着手，着一件黑华丝葛长衫，冷冷地站在原地："罗觉蟾，你头上是怎么回事？"

罗觉蟾干笑两声，正要编一个理由出来，忽然一颗小炮弹从斜刺里一条小路上冲出来，一把拽下董庭兰腰间那玉佩，转身就跑。

董庭兰"啊"了一声。那玉佩是聂隽然送与她的，价值昂贵尚在其次，但凡是聂隽然送她的东西，每一样她都珍视无比。罗觉蟾在一旁见得分明，伸脚一绊，那小炮弹扑通一声摔倒在地，原来是一个衣衫褴褛的孩子。

一只白皙瘦削的手一把拎起那孩子的领子，拎猫一般把他提到半空中。那小孩手舞足蹈，拼力挣扎，却全无用处。另一只同样瘦削的手轻轻一带，便把那玉佩拿了回来，随即把那小孩往地上一丢。

这人正是聂隽然。他掏出条手绢擦擦手，又翻转掌心看看，哼了一声。

那小孩大怒，这一下摔得不轻，他一时半会儿虽爬不起来，口中仍是骂个不休。罗觉蟾走南闯北，英语也说得，可硬是听不清这孩子骂的是什么。听他语调好似闽南语，偶尔迸出一两个词又好似英语，又有些发音好像自己才听到的马来语一般，倒也奇妙。

他正在地上挣扎，一双柔软的手臂把他从地上抱起："别哭，别哭，很疼吗？"

他听不懂这女人说的是什么，可她身上似乎有种熟悉的香气，在他还很小很小的时候闻过，一时之间，竟然忘记了挣扎。

董庭兰抱着那小孩，口里歉然道："老爷，这孩子看样子饿得厉害……"

聂隽然嫌恶地看了那孩子一眼，想说些什么，最终还是住了口，只道："罢了，那就带他进来吧。"尽管他嫌弃这小孩身上肮脏，但看董庭兰抱着吃力，还是伸手接了过来。谁想那小孩刚到他手里，就听到一声尖叫。

不是那孩子的叫声，是聂隽然、聂神通、聂大神医的叫声。

苏三醒刚刚出门，见到这一场景，极迅速地又退了回去。

罗觉蟾动作更快，悄没声地已经溜回了门里。再看聂大神医的手上，已经留下了十分清晰的一个牙印。

"你属狗的不成？"聂隽然大怒，手上加劲，然而看到董庭兰同情中带着怜惜的眼神，犹疑再三，到底是没把那孩子丢出去。

这一边罗觉蟾已经悄悄追上了苏三醒，心里暗自感谢那小孩子，要不是他这一打岔，聂隽然追问自己，倒也不甚好说。

他拍拍苏三醒的肩："苏三，晚上跟我去隔壁看看？"

苏三醒斯斯文文拱一拱手："罗兄，我有事在身，就不奉陪了。"说罢转身要走，罗觉蟾哪能容他，伸手一拦笑道："我知道你的事，找人嘛，为钱嘛。不过我也听说了，聂兄在这里至少要住半个月呢，你急什么？"

苏三醒也笑道："罗兄，你是知道我的。没钱的买卖，我是不做的。"

罗觉蟾一伸手，手上那个金刚钻戒指在阳光下一晃，一道亮光和闪电一样："咱们打个赌如何？你若赢了，我这个戒指就归你；若输了，晚上就跟我跑一趟。"

他这个戒指虽然没有一粒蚕豆那么大，可要比一粒豌豆大得多。苏三醒晓得他是在火轮船上和一个富家子打赌赢来的，心不由得一动，便改了一副如沐春风般的笑容："罗兄，这个却也好说。"

罗觉蟾便道："你也知道我这个戒指的来历。当初我在船上，和那个富家子赌了七把骰子，七把都赢，才得来了这玩意儿，你倒说说，我和他赌那骰子，是不是灌了水银的？"说罢一伸手，自衣袋里拿出两枚骰子来。

他这两枚骰子外表也看不出什么。苏三醒心中犹疑，暗想：正所谓虚则实之实则虚之。罗觉蟾既然这般说，定是想让我以为他这两枚骰子是正常的。然而连赢七把，焉有此事！必是作弊无疑。他微微一笑："我看，是水银的。"

罗觉蟾大笑出声："错了！"说罢欲将骰子收起，苏三醒大怒："等等，你先拿来我看！"说罢一把抢过，到手里一掂，脸色骤变。

那确实不是水银骰子，是灌了铅的骰子。骰子作弊，自古有之，但水银骰子方为上乘，灌铅那是不入流的小混混方使的把戏，谁曾想承罗觉蟾他就用了！

罗觉蟾哈哈大笑，十分得意，苏三醒一张白脸气的红透，罗觉蟾拍一拍他的肩："好了，苏三，些许小事，何必介意？你到这边不是来找人吗？说说看，是找谁？说不定我还能帮你个忙。"

苏三醒气还没消，冷笑一声："甚好，罗兄这些年云游天下，认识的朋友必然不少。"

他可没有直说自己要找之人是谁，要知苏三醒与罗觉蟾相识近两年，对此人十分了解。这人若铁了心想讹钱，石头也能被榨出油来。万一自己与他说了，这人随便提供些不中用的消息，反来自己这里要钱，如何是好？自己已经吃了一次亏，可万不能再上个大当了。

罗觉蟾叹了口气道："认识的虽多，死的也多。有的被人杀了，有的被我杀了，也有的人极好，本来也赢了，却死了……"苏三醒听得倒退一步："罗兄，我现在与你割袍断义，可还来得及？"

罗觉蟾抬头哈哈一笑，掩盖住眼角的一点湿润："自然也还有没死的，京津道上的何凤三、广州的黎威士，自然，苏三你也在其中。"

苏三醒道："何凤三？这人的名号我也曾听过，听过是一位有名的独脚大盗。"

罗觉蟾笑道："可不是，当年在北京城里，这人和我对着干了好几年，后来……"他抬头远望，想到当年在广州一番风波情义，长长吁了一口气，继续道，"不过，也是几年没有他的消息了。"

苏三醒"哦"了一声，神情若有所思。

于是这一天晚上，捉鬼的人数便由两人变成了四人。

罗觉蟾兴致勃勃，不似捉鬼，倒像挖金子。苏三醒慢悠悠地开口："不要钱的买卖，罗兄倒也做得起劲。"

罗觉蟾回身笑道："你说对了，我这辈子，做得大半都是不要钱的买卖。"

几人鱼贯而入晚晴园，这一晚楼上却没了灯光，苏三醒想了一想，命安大海守到园口。他知道自己这个师侄没什么心计，不要反遭了暗算。

罗觉蟾、苏三醒、邱衷三人来到楼里，只觉静悄悄的，全无声响。苏三醒看一眼四周，赞叹道："这户人家当日里真是富贵，这般一个自鸣钟，就这样摆在客厅里。"

墙上果然挂了一个自鸣钟，红木雕花，很是精美，但因年头久了，色泽颇为暗淡。罗觉蟾初次来时并未留意，此刻他溜了一眼，道："旧成这样子，也就你这钱鬼才留意。"又说，"昨晚是在那走廊里吃的亏，咱们还去那里。"

苏三醒打头，邱衷殿后，三人来到昨日那走廊中，却见也没什么异样。罗觉蟾皱眉道："那装神弄鬼的混蛋换地方了？"一推苏三醒，"咱们上楼看看！"

苏三醒无可无不可，正要上楼，一阵钟声忽地传来，听那方向，可不正是一楼那客厅之中！

几人面面相觑，苏三醒道："我去客厅看看。"罗觉蟾心知他是挂念那钟，但反正这里也没什么要紧，便任他前往；自己则和邱衷一路，举步上了楼梯。

二楼里几扇窗子都还开着，反要比一楼显得亮堂一些。几间房子都是打通的，看着和南洋一般房子的格局都不相似。正中摆着一张长条桌，桌上摆着烛台，周围散乱摆放着几把椅子。一阵风来，罗觉蟾只觉一件物事碰到脚面，低头一看，却不知是从哪里滚出的一支铅笔。

这情形，与其说是老人修身静养之所，倒更像是一间会议室。

邱衷第一个说道："罗先生，我看这里有点不对！"

罗觉蟾笑笑，没有回头，在房间里走了一圈。

其实这房间里也只剩下这桌子和椅子而已，这般看来，这新主家也并未如何装饰，只是保持了原样，想是闹鬼的缘故。

罗觉蟾手扶着窗台，静静出了一会儿神，然后他笑着回头："你看，这和你旧主家的那间屋子是不是有点相似？"

邱衷听他提到"旧主"两字，脸上先是一白，随即道："是！"

罗觉蟾二度四下走了一遍，这房间里并没有人居住的痕迹，他本想离开，忽然一低头，在窗下拾起一样东西。

那是枚铜钱，可不是当下的铜钱，而是一枚崇祯通宝，摩挲得十分光滑。罗觉蟾拿着那枚铜钱左看三圈，右看三圈，眉头一皱，面色一变，想说点什么却未开口，最终还是仔细地把它揣到了怀中。

再说另一边，苏三醒走回长廊，又来到了客厅之中。

那一声钟响之后，再无其他声音。这一楼本来昏暗，这时偏又有乌云遮月，便更暗了几分。苏三醒皱一皱眉，掏出火折子一展，火光方出，忽有一样不知什么物事在他面前速度奇快地一闪，竟然将火折子打灭！

苏三醒一惊，尚未有所反应，一道冷风已经直向他面门而来。亏得他身手非俗，仓促间身子向旁一闪，右手已拿出了别在腰间的折扇，反手便向那道冷风打去。

他这把折扇看着寻常，扇骨可是精钢铸就，乃是一件防身的利器。这一出手，折扇与那道冷风两两相交，只听"叮"的一声响，那道冷风被荡飞出去，可苏三醒也被对方的力道震得后退了一步。

这是……剑？苏三醒心里嘀咕，虽然不过交接一次，他却也觉出对方的兵器似是一柄细剑。但自来使细剑之人，却少有这般大力。他刚想到这里，那柄细剑剑尖一颤，"叮"的一声，又向他左臂刺去。变招之快，令人瞠目。

这也就是苏三醒在这里，他左臂极快地一扭，以几乎不可能的角度向内一翻，这就是金宝帮的不传之秘，名叫"一转乾坤"。那人没想到这势在必得的一击竟然落空，随即又是一剑，反向苏三醒右腕刺去。

苏三醒手中折扇一转，向那人手腕敲去。剑长扇短，按理说苏三醒极难近身，但他动作奇快，身形灵巧仿佛一尾游鱼，这一扇恰好敲中那人手腕。那人长声大叫，但竟然没有松手，一剑又向苏三醒胸口刺去。

苏三醒心中暗想："这人出招倒也有趣，只攻击我上半身，其实这时下面扫上一脚，倒管用得多。"他又思量起武林中几个使细剑的人物，想了一遍，并无人与面前这人相符。想到最后自己又好笑，心道："自己身在南洋，这些人又怎会在此？"

因他心里念着这些事，手下便略迟缓了些，那对手窥得良机，勇猛直前，接连几剑刺了过来。苏三醒随手拆解，心里又想："这路细剑剑法从来没有见过，倒也有些意思。"偏在此时，那人一剑刺过，他展扇一挡，可忘了这折扇扇面不过是寻常纸张，"唰"的一声，扇面霎时撕破了一个口子。苏三醒不由得大怒，把折扇一收，用力挥下："你敢毁我的东西！"

偏在这时，一根枣木门闩从后面砸来，风声呼呼作响，一个憨厚声音传来："师叔，我来助你！"原来是安大海久不见人，便走入小楼查看，一看师叔正与人争斗，抄起自己在园中找到的一根门闩便砸了过去。幸而那人身手也算敏捷，躲过这一击，不然不死也得没半条命。

长廊尽头也传来声音，原来是罗觉蟾与邱衷听到下面的声音，又见楼上再无异样，便赶了下来。罗觉蟾口中还叫道："怎么样，捉到鬼了？"

一片混乱之中，忽然门口亮起了灯光，一个娇嫩的少女声音响起：

"咦，都是什么人在这里……詹姆士，怎么是你？……啊！"

这最后一声里满是惊讶与赞叹之情，显然是她看到了屋中的几个人之故。罗觉蟾不由得整一整衣襟，负手身后，暗道：我素来便知道自己风度极好，果然啊，果然！

四

一个长桌子，周遭几把椅子。

这当然不是隔壁晚晴园二楼那个大房间，而是刘家的会客室。里面挨次坐着罗觉蟾、邱衷、苏三醒、安大海，再有，便是刘家的二小姐刘齐芳，以及一个年轻的洋人。

这洋人年纪很轻，皮肤煞白煞白的，一双碧蓝的眸子，一头短发最令人诧异，乃是火一般的红色，十分鲜明显眼。刘齐芳称他"詹姆士"，道他乃是自己在英国读书时的同学，而詹姆士的父亲与刘子衡在生意上也有许多往来。

此时刘齐芳正诧异问道："詹姆士，你是什么时候来的狮城？怎么不来看我，到对面去做什么？"

她是个年轻少女，但这一句"你怎不来看我"说得十分理所当然，不知是因为在外国受的教育，还是自身的个性使然。

那詹姆士转了头，看了周遭半响，到底还是说了出来。

原来他是昨日到的狮城，此番前来原是为了帮助父亲处理一些生意事务，因他到时天色已晚，本想第二天再来拜访刘家，但到底当晚还是忍不住来附近看看，偏巧看到废园中火光，走进一看，不慎摔伤，因此今日里没有前来拜访，想待自己伤稍好一些再来。

听到这里，邱衷冷冷哼了一声，低声道："那个一身白、红脑壳的东西原来是他，什么鬼，我看最大的鬼就是他！"罗觉蟾笑了笑，却没有应声。

刘齐芳一看詹姆士的额头，果然有一道伤痕，倒与罗觉蟾头上的有些相似，有些同情，问道："现在可好些？"

詹姆士点一点头："好多了。"

刘齐芳又问："那你今晚又来这里做什么？"

詹姆士却答不上来，过了一会儿才说："不过是来转转。"

他的汉语说得不好，因此方才那一段话乃是用英语与刘齐芳对谈。刘齐芳点了点头，还没说话，这时罗觉蟾却开了口，他以纯熟的英语道："原来如此，我们去那园中，是因为听说园中闹鬼，好奇才去看看，想必是个误会。"

詹姆士原对这些人有些轻视，没想到竟遇到一个外场人物。他仔细再一看罗觉蟾，见此人一身西装做工精细，指头上金刚钻戒指熠熠放光，心中猜想：此人莫非是刘家的客人？他虽这样想，仍是十分高傲，只与刘齐芳打了招呼，便自去客房休息。

方才这些话，苏三醒与安大海二人是半个字没有听懂，但苏三醒全不介意，也便站起身，向刘齐芳行了一礼："刘小姐，那么我们也先行告辞。"

方才虽然经历一场打斗，但苏三醒一袭月白色长衫上仍是半点尘埃不染，灯下这一施礼，风度翩翩。刘齐芳虽然受的是外国的教育，这时也不由得以中国的礼节回了一礼："苏公子晚安。"

最后只余下了罗觉蟾和邱衷，他虽然很想再留一会儿，却耐不住邱衷在一边连拖再拽，只好心不甘情不愿地回了房。

回到房间，罗觉蟾哼着小调，笑道："哎呀，真是十分有趣，那个红发小子没说两句话，倒撒了好几个谎。"

邱衷没接话，他也不在意，继续道："他说自己第一晚忍不住来附近看看，为什么忍不住？瞧那小子看刘家小姐的眼神，他是心向往之，倾而慕之，因此虽知天晚，也忍不住来周围转转，这是其一。其二，不慎摔伤？嘿，谁摔伤能摔成那副样子，我看是和我一样，昨晚被打伤的。其三，今晚来转转自然也是胡扯，我看他是莫名被打，回来报仇的……咦，小邱，你那是什么表情？"

邱衷冰着一张脸，十分不屑："看他那副狂傲的样子，我顶不服的就是这等占了别人地盘，指手画脚的外国人！"他握紧拳头，脸色十分难看。

一只手搭到他肩上："冷静一点，小邱……"罗觉蟾长长叹了一口气，"这里，不是中国啊……"

次日清晨，邱衷起得很早，实际上，他这些时日几乎就没有睡好过。若不是罗觉蟾领着他又捉鬼又胡闹地四处折腾，消耗了许多精力，只怕会睡得更差。

他原本打算去找罗觉蟾，走过图书室时，却见门上开了一道缝，依稀看到罗觉蟾与此间主人对面而坐，正在密谈着什么，便退一步悄悄离开。

怪了，罗觉蟾在这里居住，本是借聂隽然的光，怎么反而和此间主人这样的熟悉？邱衷又想到二人初见时刘子衡那不同寻常的热情，心里更是疑惑，暗想：莫非罗先生和这位刘富商真正相识不成，可怎的不与旁人说，难道……

邱衷索性来到楼下的会客室，却见詹姆士起得更早。他穿着衬衫、马裤，手里拿一本烫金封面的书正在阅读。这是意大利诗人但丁的《神曲》，乃是一部十分著名的诗篇。

邱衷冷笑一声："不过是一本《神曲》，我在十岁时便会背了，也值得这么看！"

这几句话也是用英语所说，腔调语气较罗觉蟾更为熟练，詹姆士抬头一看去，不由得愕然。他是在英格兰受过高等教育的人，但就是他当初学院的教授，也没听说谁能在十岁做到这一点。他心道这小子竟这般狂妄，不由得冷冷哼了一声。

邱衷最是讨厌他这种态度，便道："我与你打一个赌……"詹姆士看他一眼，笑道："你有什么可以赌的？我赢了你，也算不得光彩。"

邱衷按捺怒气，一字一字道："我若能背下这本书，你便须承认，英国不如我们中国远矣。"

詹姆士哈哈一笑，不以为意，却见邱衷拿起那本烫金封面的书，一页一页翻了下去，翻了十余页，道："这是地狱篇。"说罢把书一合，朗朗背诵起来。

詹姆士起初当他胡吹，没想听他一背，竟然真是地狱篇中的诗句。他不信，又翻开书，对照其中，一字一句竟无半点偏差，不由得大惊："你，你……"

清晨阳光照在邱衷身上，衬得这年轻人身姿挺拔，他声音清朗，仿佛那些故事中记载的少年骑士一般。

邱衷背了七八页，便即打住，冷笑道："如何？"

詹姆士只得承认道："你背得不错。"

邱衷道："那赌约呢？"

詹姆士秉性最是高傲，怎能真说英国不如中国的话，便道："我何曾答应过你的赌约？"

邱衷大怒："说话不算话的小人！"

詹姆士知道自己有些理亏，口头上却死活不肯承认，想一想道："即便我说了又如何？你们中国贫弱，做官的自相争斗，平民百姓只会抽鸦片。就算我口头承认你们厉害，难道你们就是真的强大了不成？"

邱衷单听了前面一半，便已控制不住情绪，愤怒之下，一拳便向詹姆士的脸上打去。

这一天早晨，刘齐芳却起得也很早，只是她未进厅堂，而是来到花园闲步。

南洋与中国不同，并无春、秋、冬三季，一年十二个月，花朵都极为灿烂艳丽，衬着这一个年方二九的娇俏少女，真是十分动人的美景。

然而这美景中人，却被花园中的另外一个人所吸引。这人也是个女子，穿一身玉色的衫裙，带一对翡翠秋叶的坠子，站在一株白玉兰下。这副清丽如仙的姿态，直令人疑心她下一秒便要乘风而去，她正是董庭兰。

刘齐芳虽是个受过教育的女子，但这种旧式的温柔女子，却也很难让人不去喜爱。她亲亲热热地走上前去，笑道："庭兰姐。"

董庭兰见到是她，温柔一笑："刘小姐。"

刘齐芳拉着她的手："庭兰姐，你可真好看。"她抿嘴一笑，"聂大夫真有福气，能娶到你这样的妻子。"

董庭兰面色一红："刘小姐过奖了，照我看，你才是货真价实的美人，不愧是刘先生的掌珠。"又低声道，"我不敢说是聂大夫的妻子，聂大夫日后必会娶得正室，照管家庭。"

刘齐芳吃惊："庭兰姐，原来你是聂大夫的姨……"她犹豫一下，没有说出"姨太太"三个字，但还是诧异道，"庭兰姐你长得这么美，和聂大夫真是天生一对，他怎么不娶你呢？"

董庭兰是旧式女子，觉得和一个未出阁的小姐谈论这些话，很不合适，便含糊道："我身份不宜，并不是老爷的关系。"

刘齐芳却道："我不这样认为，人人生而平等，怎有身份一说？我祖母是马来女子，我阿妈不识字，那又有什么关系呢？"

董庭兰长到这么大，第一次听说"人人生而平等"这一句话，心中不以为然，便笑道："刘小姐说笑了，每人都有自己身份，怎能说平等呢？"

刘齐芳却道:"诚然,各人身份是有差异,但大家出生时是一样的婴儿,长大后一般具有喜怒哀乐,一样拥有上天赋予的权利,同站在这一片土地上,大家自然是平等的。"

她说这几句话时神态自然,语出平常,显然是内心深处,将这观点视作饿了要吃东西、渴了要喝水一般正常的事情。董庭兰却听得怔住,半晌说不出话来。

她还在怔怔出神,忽有一个用人跑了过来,急道:"二小姐,不好了,詹姆士少爷和聂大夫的朋友打起来了!"

"什么!"

刘齐芳提着裙角,一溜烟跑进厅堂里,却见詹姆士怒气冲冲,手里拿着一柄西洋式的轻剑,剑尖已经抵到了邱衷的咽喉上。邱衷一手支着地,眼神却是十分倔强。

詹姆士怒道:"你殴打了一名绅士,快向我道歉!"

刘齐芳站在厅口叫道:"詹姆士,你在我的家里喊打喊杀,这是绅士应有的风度吗?"

詹姆士委屈地转过脸,白皙的皮肤上一片青紫:"齐芳,是这个小子先打我的。"

刘齐芳看了他面上的印子,倒也有些不忍,但此刻需得先制止纷争,便道:"不管怎样,你拿剑比着人也是不好,先让他起身再说。"

读书时,詹姆士便对刘齐芳倾心,何况此刻她说话也不无道理,正要收回细剑,却听邱衷冷笑道:"你们这一群英国鬼子,假说做生意,其实在我们中国占了多少便宜,欺压了多少良民,道歉?呸!"

詹姆士大怒:"我父亲乃是规规矩矩的商人,何曾有欺压良民的举动?你竟然连我父亲一起侮辱!"愤怒之下,他掌心往下一压,眼见剑尖就要抵入邱衷咽喉,刘齐芳吓得尖叫一声,却无法阻止,惊得手中握着的手绢都落了下去。

就在这紧要关头，一阵月白色清风倏然掠过她身侧，詹姆士只觉手腕一麻，那柄细剑霎时脱离了掌握。有人脚尖轻轻一带，细剑"叮"的一声便飞了出去。同时那人左手一伸，倒在地上的邱衷只觉一阵大力袭来，不自觉便站了起来。

那阵清风二度掠过，向下一抄，刘齐芳那块即将落地的手绢被他抄到手里。那人站直身形，斯斯文文地把手绢递了回去。

刘齐芳轻轻"啊"了一声，面前这人秀雅如芝兰玉树，正是苏三醒。

若换成罗觉蟾在这里，不知要有多少好听的话说出来，但苏三醒只是递过手绢，随后转身看向詹姆士那柄细剑，心道："原来昨晚与我对打的是这个兵器。这洋人的兵器，看剑身和我们中国的细剑倒有些相像，剑柄却不大相同。"

詹姆士被人打断，很是不快，但他素来自认为剑术超群，昨晚竟与苏三醒打个平手，因此对苏三醒倒有三分尊重，冷冷道："你是来助拳的吗？"

苏三醒不通英文，猜测对方是质问他，便微微一笑，笑意十分柔和："俗话说，冤家宜解不宜结，何必为了一点小事，争执不休呢？"

他这几句话文绉绉的，詹姆士略通一些汉语，半蒙半猜也能弄明白一点意思，怒道："这不是一点小事，他侮辱了我和我的家族！"他一头红发几乎要竖起，苏三醒心道：这人性子倒也暴躁，他头上生得是红头发还是火，一烧进脑子里去了？

詹姆士气愤，邱衷却也十分恼怒，他站在原地，握紧了两个拳头，大有一言不合就继续开打的意思。

剑拔弩张的时候，忽有一个懒洋洋的声音传来："怎么了，怎么了？我来看看。"

这句话是用汉语说的，说罢，他又用英语说了一遍，透着一种说不出的味道，三分风流，三分急懒。

董庭兰原本也赶了过来，只是她念及自己身份，没有进房间，方才听得里面不对，已做好去请聂隽然的准备，但听到这个声音，便安下心来。

——不会出事的，因为，十三少来了。

她含着微笑走回自己房间，未进门，却听到聂隽然的声音："闭嘴！"

聂隽然平素冷淡自持，少见他这般失态。董庭兰一时好奇，便留在门外，却听到聂隽然强自压抑，似乎下一刻就要爆发的声音："你赶快给我坐好，不然我就把你丢去喂狼吃！"

回答他的是一声很不高兴的小孩尖叫，聂隽然怒道："闭嘴！"

那小孩叫得更加厉害，聂隽然气道："再叫，我就把你丢去喂熊！"

可怜聂大神医从来没照顾过孩子，虽然有个幼妹，但那种世家，小孩子的教养都是极好，这般撒泼耍赖的"正常"小孩，他还真是第一次遇到。原想干脆一指把这小家伙点倒了事，但又一想，小孩身量未足，真点他穴道，却是对发育有碍，又停了手，狠狠瞪了他一眼。

若换成旁人，聂神医冷冷一眼扫过，只怕便要被吓到。但小孩子怎懂这些，聂隽然再瞪几眼，也不过如大风刮过，了无妨碍。无奈之下，聂隽然只得采取言语攻势，无奈术业有专攻，金针神医所长乃是针灸之术，真威胁起人来，不是"被狼叼走"便是"被老虎叼走"，实在了无新意。

况且，这孩子能不能听得懂还不一定。

董庭兰听了几句，不好再听，便轻轻咳嗽一声，才走进门来，笑道："老爷且歇歇，还是我来吧。"

昨天她把这小孩子带进来，洗漱、喂饭都是她一手操办。说也奇怪，这小孩看谁眼睛里都冒着火，偏偏就跟董庭兰投缘，晚上也是睡在他们房间的沙发上。早晨董庭兰原看他还在睡，才轻手轻脚地出去逛逛，没想自己没出去一会儿，这孩子就醒了。

她接过那小孩，柔声道："好孩子，我们先洗洗手，然后去吃早饭好吗？"

那孩子睁着一双大大的眼睛看着她，眼神十分清亮，看了一会儿，便跟她走了。

聂隽然长出一口气，心中暗想：这真比当年他在上海滩先揍齐鲁孙，后揍印度巡捕，连续几场架打下来，还要累上几分。但看着董庭兰领着那小孩的背影，不知怎的，心中倒也涌上几分柔软。

董庭兰领着那洗干净手脸的孩子回来，又笑道："方才厅堂里险些出事，好在十三少回来了。"

聂隽然冷笑一声，他的眼神慢慢变得锐利起来："这几个小子，还能做出什么好事？"

五

这一日白天安然无事，到晚上时，由罗觉蟾打头，詹姆士随后，邱衷其次，后来又跟了个苏三醒，几人连成一排，鱼贯进入晚晴园。

大抵也只有罗觉蟾有这样的本事，凭着他一条三寸不烂之舌，硬是说服了詹姆士与邱衷。他说："你们两个谁都不服谁是不是，一个比一个文采好，一个比一个剑术高，说上天也没用。我和你们讲，隔壁那园子，是真有鬼的！"

他前面两句本是说詹姆士与邱衷两人，后一句忽然又转到鬼上。在詹姆士，只当那鬼便是苏三醒一干人等；在邱衷，则以为詹姆士才是冒充鬼之人。听到这么一句，他们齐声道："胡说！"

说完，二人感觉没有赞成对方的道理，又双双哼了一声。

罗觉蟾笑道:"此话不然,你们看我的脸,是被那晚楼上的砖头瓦片打坏的;再看詹姆士,你那额头上也是这般被砸的吧?"詹姆士素好面子,方才也不肯直说,被罗觉蟾当众点出,面红耳赤偏又无法反驳。罗觉蟾也不多难为他,又道:"那打出砖头瓦片的家伙,才是真正的鬼!你们要有本事,把这个鬼抓住才算得,在这里空口白话,算什么能耐?自然,詹姆士先生,你是已经被这鬼打伤过的,想必是十分惧怕他了。"

詹姆士大怒,叫道:"谁说我怕它,捉一个鬼,算什么难事!"

罗觉蟾要的就是先攻破他这一方,邱衷是自己人,更好说话:"邱衷,你以为你捉不到吗?"

邱衷与罗觉蟾十分熟悉,自然知道罗觉蟾是在激他,但转念又一想:罗先生不会害我,这般说来,莫非是另有他意?邱衷便道:"自然可以,今晚我们便一起过去。"

两人都应了下来,詹姆士这才反应过来:"不对,这小子方才侮辱了我的家族,怎么就转到捉鬼的事情上了?"但事情已经答应下了,他碍着面子,没有反悔的道理,心道:待我晚上先捉了那鬼,两事归一,再来找这小子。

回房间的路上,邱衷按捺不住,问道:"罗先生,你方才说话是什么意思?你打算怎么收拾那小子?"

罗觉蟾笑了笑:"收拾他干吗?"

邱衷大怒:"罗先生,你可听到那混账说什么话,他说我们国家……"

罗觉蟾抬起头,淡淡道:"他说错了吗?"

邱衷一怔,霎时语塞。詹姆士那些话十分难听,然而自己竟是无法反驳,他怒道:"那是我们自己的国家,便如同母亲一般,他一个外人,有什么资格这般评论?"

他原以为罗觉蟾会驳斥他这番话，但罗觉蟾却点点头："我也这么认为，咱们的国家，谁来指手画脚，我都想揍他一顿。"

邱衷又是一怔，却听罗觉蟾叹道："只是，想让咱们国家、咱们这些人在外面受人尊重，单口头上说说有什么用？国家不够强，那就不是我们揍别人，而是我们被人揍啊……"

这次，邱衷是真正怔住了。

几个人一并来到晚晴园，这其中原没苏三醒的事儿，然而詹姆士虽被苏三醒撂倒过一次，反而很佩服他的本事，硬是把他拖了来。

苏三醒苦笑两声："这都关我什么事？"但到底没有强硬的拒绝——中国人对外人的态度，总是要格外宽容一点的。

南洋本是多雨，这一晚几人尚未出发时，便乌云密布，天气闷热潮湿，似乎拧一拧就能出水，但此时此刻，自然没人肯退回去的。

这一晚，罗觉蟾准备得十分周全，他派安大海守在大门处，低声嘱咐了他几句，然后绕着这园子走了一圈，从外面把两个角门一一别死。这样一来，里面的人便无法轻易出来。

然后他才领着几人进入晚晴园，尽管天色极暗，他却没有带照明之物，径直走入小楼之中，道："詹姆士先生，你从左边开始搜；邱衷，你从右边开始搜。谁先发现问题，就算是谁的本事。输的一方，须要向对方认错赔情。"

二人气冲斗牛，各自离开，苏三醒看了一眼罗觉蟾，忽然笑道："罗兄，你今天来这里，到底是个什么居心呢？"

他这话说得和煦，笑意亦是温雅，眼神却是十分锐利，罗觉蟾打个哈哈，转身便走。苏三醒跟在他身后，不疾不缓地继续道："你若想劝阻那两人，办法多的是，没必要一定要他们来这里，又放任那詹姆士拖我过来。前两晚你虽也来这里，多少还是为了排遣无聊，可今晚不同！我看你颇有志在必得的架势，这晚晴园里，到底是有什么不对？"

罗觉蟾不说话，过了一会儿他说："苏三，你当不当我是朋友？"

这句话他说得认真，苏三醒便也认真答道："自然，你与聂兄，是我难得的两个知己好友。"

罗觉蟾笑道："好，很好。苏三，我今晚要请你做一件事，你肯不肯？"

苏三醒笑道："原来如此，我为何不肯？"

罗觉蟾刚说了一个好字，苏三醒又继续道："你我乃是好友，这一件事，我便打你八折。"

罗觉蟾哈的一声笑出声来，抛出一样物事。苏三醒伸手抄住，夜色中一道亮光夺人，正是他手上那个金刚钻戒指。

"走啦！咱们在楼里搜了两晚，我猜测，今晚上，反倒是园里出事的可能性更大……"

通往二楼，原有一左一右两座楼梯，詹姆士与邱衷二人谁也不甘落后，一个提着剑，一个拎了根木棍，噌噌噌分别跑了上去，没想到这一路上全无阻碍，顺顺利利便上了楼。

楼上就是那个大房间，二人彼此看一眼对方，既诧异又有些不甘心。

詹姆士提着剑走了一遍，说道："这里没什么特别。"邱衷其实赞同他的看法，但口中却道："有特别，不过是你没发现罢了！"

"罢了"两字刚刚出口，窗外忽然一道闪电闪过，随即轰隆隆的雷声响起，震耳欲聋。接着又是数声惊雷，大雨倾盆而下。

这热带的大雨与中国不同，白哗哗的大雨仿佛面筋一般，那种铺天盖地的气势令人疑心，是不是下一刻就是世界末日。

天色更加黑暗，偌大一个房间，愈发有一种空旷的感觉。邱衷是第一次见到这种大雨，心头也不由得一震，一片黑暗之中，他不知为何，忽地抚摸了一下右手上的伤痕。

——那里，无名指与小指已被齐根斩断。

即使是睁着眼睛，面前依然是一片黑暗，他的眼前不由得浮起了数年前的那个火光摇曳的黑夜，外面喊杀声不断，牢房潮湿阴冷，有人举着刀站在他面前，刀光迅速劈下，就如今晚的闪电一般……

他用力一闭眼，又一幅场景闪现在他面前，这情形发生的时间距离他似乎很近，鼻端似乎又闻到了阴冷牢房的气息，还有枪声，低声而急促的细语——"快走，快离开这里！"

他猛地睁开眼睛，过去种种犹如昨日死，犹如昨日死……

可是，他还年轻，他如何放得下！

多少思绪在他脑中一闪而过，忽然间见到詹姆士推开窗子，向外便跳！

邱衷大惊："你要做什么？"因是惊讶之下，他说的是汉语，詹姆士也没听懂，动作并未减慢，"嗖"的一下便跳了出去。

虽然只是二楼，但南洋的楼要高一些，有寻常的三层楼左右，邱衷从前也不是没看过在这种高度摔破头甚至摔断脊梁的，连忙推开窗，向外望去。

原来这长窗外面多出一块平地，仿佛一个小阳台，只是周边没有栏杆，眼下这里半个人影不见，他心里诧异，仔细看了一遍，却见边缘处有一双手紧紧扒在那里，正是詹姆士！

此刻瓢泼大雨连续不断地打在邱衷身上，他虽只出来这一会儿，身上已被浇得透湿。詹姆士更是难为，雨水一浇，潮湿滑溜，他指关节已勒得发白，眼见支持不了不久，便要摔下来。

此刻詹姆士也是后悔，原来方才他透过窗子，见到这块空地上有一道影子掠过，速度之快不似人类，他疑心这便是那传说中的鬼，一个箭步便蹿了出去，没想那影子竟然一掠到了空中。他向前追了两步，却未想这空地十分滑溜，加上他速度太快，便变成了眼下这局面。

詹姆士和邱衷原是冤家对头，这时都不用邱衷补上两脚，只要再等上一会儿，他自己也会摔下去。这英国青年也傲气，眼睁睁看着邱衷走到他面前，却半句恳求言语不肯说出，连看都不肯看邱衷一眼。

邱衷也不多说，弯下腰便去伸手拉他，他一只手少了两根手指，用力不便，费了好大劲儿才把詹姆士拖上来。那英国青年甫一站起，便冷着一张脸道："多谢你。"

这句话里的意思和他的语气恰成反差，随后詹姆士又道："不过，你侮辱我的事情我不会忘记。"

邱衷也是冷笑："我们中国人不讲究落井下石，咱们的账，自然还是要算。"说罢，二人互相怒视一眼。

罗觉蟾与苏三醒在园中走到半个圈子时，大雨倾盆而下，二人衣履尽湿。尤其是罗觉蟾，他面色本就苍白，漆黑的发一衬，尤显憔悴。苏三醒叹一口气："罗兄，此刻你这样子，倒更像是鬼。"

罗觉蟾还未回话，一抬眼忽然见到一道影子自楼上掠下，他"啊"了一声："失策了！"

起先他也曾见有个什么东西蜷缩在二楼窗外那块空地中，只是雨密天黑，难以辨别清楚，又见那东西在大雨中一动不动，便没多想。他没想到，自己想找的，真就在那里！

他这句话刚刚出口，苏三醒已经离弦利箭一般冲了出去。那道影子奇快无比，苏三醒的速度却也全不逊色。因两人相隔距离甚远，苏三醒这一掠也很有讲究，他并不紧追其后——那未必便追得上，而是选准方位，快速前行。那道影子行进未久，便发现苏三醒正堵在他前方，忽然一转，又改向左侧。

以轻功而论，这等中途转向十分难得，更难得的是那人速度竟然分毫未减。苏三醒微微一笑，身形再转。那人一抬首，发现苏三醒再度堵在了他前面。

如是几番，二人在大雨中穿梭不定。一个身形快若飙风，带着一种说不出的狠劲；另一个身形却如一缕清风，颇有六朝烟水之风雅。那人一直没能摆脱这上海滩上金宝门的门主，心中也晓得对手是个懂行的，忽然间身子一转，反向那小楼冲去。

苏三醒一怔，小楼是死路，这人怎么冲回去了？他返身也追了过去，没想这不过是虚晃一枪，那人猛一回身，朝着离他最近的角门便冲了过去。

晚晴园围墙很高，走门更为方便。而且这角门与正门不同，用的不是大锁而是木头的门闩。那人熟知这情形，到了近前便用力一撞，照他所想，这一撞足够撞开木门，没想到身子酸痛，竟没成功。要知道罗觉蟾事先是以铁棍在外边别住，焉有一撞就开的道理？

借着这一瞬之机，苏三醒已经赶到，更不分说，挥手便是一掌。这一掌姿态俊雅，恰如白鹤梳理翎毛一般，虽是大雨之中，亦分毫不减优雅之意，正是金宝门的不传之秘"虎鹤双形"。

其实苏三醒身上零碎暗器也是不少，但大雨之中，许多东西都失了效力，因此未用。那人识得厉害，反手也是一掌。这一掌力沉势猛，尚在其次，难得的是姿态亦是十分舒展好看，如凤舞九天一般。

这一掌打开，与他对峙的苏三醒，身后观战的罗觉蟾，一同吸了一口冷气。

苏三醒手臂一翻，双掌再起，两人这一番搏斗，恰如白鹤斗青凤，各自动作，均是十分自如潇洒。白鹤轻灵，纵然闲庭散步亦有风骨；青凤势猛，辗转之余尚显十分写意。这半套虎鹤双形用了下来，二人恰恰打了个平手。

苏三醒为人极为精细，尽管雨声极大，打斗激烈，他却仍是注意到对方的呼吸声。

很急促，很用力，按理说，武功这么好的人，绝没有打斗这么一会儿就气力不足的道理。他是身上有伤，生了病，还是中了毒？

但不管哪一种，对自己都是十分有利。苏三醒心念一转，使完半套虎鹤双形后，化掌为拳，改鹤形为虎形。

单以难度威力而言，是鹤形高过虎形，因此安大海学了这么久，鹤形至今也没学会。但若看气势力度，却是虎形远高于鹤形。苏三醒连环三拳，如下山猛虎一般，拳风夹杂着雨水飞溅，更显声势不凡。

苏三醒虽然外表秀雅，但这半套虎形使将出来，威势委实不弱。他拳风阵阵，速度奇快，果不其然，时隔不久，对手那人便在这一轮快拳之下抵挡不住，急促的呼吸声连一旁的罗觉蟾都听得分明，而方才那舒展自如的掌法，也渐失写意之态。

苏三醒打到好处，接连双拳如电击出，力道极猛。那人此刻已不似最初一般可以反击，仓促下向右疾闪，苏三醒两拳都打到角门之上，两声闷响只震得几人耳膜生疼。

偏偏就在这时，一柄细剑光芒刺破雨中，正是詹姆士。原来他和邱衷在楼上转了一圈，也发现不对，便匆匆赶了出来。

他的击剑本领本就不俗，不然当时也不能和苏三醒支持过那些招。况且西洋击剑，与中国的武术大不相同，那人一时竟被打了个措手不及。

苏三醒一看情形大好，他是金宝门出身，不讲单打独斗的英雄好汉气概，揉身而上。那人压力更大，喘息声更疾，连身子都显得有些蜷曲起来。

又拆数招，那人再支撑不住，右手在腰间一按，一道雪亮刀光霎时照亮雨中。他一刀挥下，詹姆士只觉剑柄上一道大力传来，手中细剑霎时飞了出去。

罗觉蟾一直在旁观战，到此时，终于开口："秋水雁翎刀，果然是你！"

这句话一出，苏三醒亦是面露喜色，手中出招更是迅速。那人刀光一颤，也不答话，忽地一刀，猛向角门上劈去。

那道角门起先被他一撞，后又遭了苏三醒力沉势猛的两拳，本已摇摇欲坠，被他这么一劈，整扇门板当啷啷倒到雨中。他身子一晃，提着刀便冲了出去。

没承想，门外竟然还有一个人。

这人正是安大海，罗觉蟾起初要他守在正门。大雨之中，他也听到这边声响不对，担心苏三醒的安危，便跑了过来。那人一出门，恰与他打了个对面。

安大海见一个人跑出来，他也没多想，上去便是一拳，这一拳正是虎鹤双形中的虎形。苏三醒使动时犹有三分优雅，安大海身高体壮，这套虎爪手恰与他气质相符，威力更是十足。这一招若是打实，那人就算不被打残，也要折上几根骨头。

苏三醒在后面看得分明，他知道这对手武功虽高，此刻已是十分疲累，方才劈在角门上的那一刀更是耗尽他全身精力，不由得忙道："大海，别杀了他！"

罗觉蟾在后面更急，喊道："别动手，别动手！"

他二人急切不说，却听那人冷笑一声："蝼蚁之辈，也敢上前！"这一句狂态十足，亦是他第一次开口说话，声音十分嘶哑、难听，又有气无力，仿佛鬼哭一般。罗觉蟾只听得全身一颤。

那不是他熟悉的声音，分毫不是。

然而下一刻，一道泼天也似刀光骤然照亮天际，这一刀比闪电更亮，较雷声更疾。大雨纷飞，竟无一点雨水能浇到这柄刀上。困兽临危一搏，尤为悍然无比。

安大海纵使身怀武功，又怎能抵这一刀之威？刀光一闪，恰没入他前胸之中。

六

大雨滂沱，安大海推金山、倒玉柱般栽倒雨中，激起大片水花。那人却也随之佝偻了身子，剧烈地咳嗽起来。

詹姆士见这人一刀便杀了一个人，料得他不是什么鬼怪，而是个恶人，说不定还是个通缉的罪犯。趁着他咳嗽的时候，詹姆士弯腰拾起细剑，一剑便向他后心刺去。

西洋的击剑虽然较中国的宝剑较细，锐利之处却是分毫未差，眼见这一剑就要刺入那人后心，电光石火间只听"砰"的一声响，那柄细剑的剑尖已被打断一截。再看罗觉蟾手中拿着那把勃朗宁，枪口处正冲着詹姆士。

大雨声疾，锐剑幼细，这是怎样了不得的枪法！

詹姆士全未料到会有这一枪，他为人有些执拗，又是愈挫愈勇的个性，手里执着断剑，竟然又是一剑刺去。

罗觉蟾手腕轻轻一动，也没见他如何瞄准，又是一枪。詹姆士只觉手腕猛烈一震，又一截剑尖被打断，这时他才醒悟过来，往旁边一看，心里诧异：罗觉蟾怎么反来维护这人？

罗觉蟾却不顾他，只看着地上那人，叫得声嘶力竭："何老三，我不信你真认不出我来，我是溥岑啊！"

罗觉蟾原名溥岑，这件事情极少人得知，就连在场的苏三醒、邱衷等人亦不知晓。苏三醒诧异地看了罗觉蟾一眼，地上那人却不答话，只维持着原来的姿势。

这是怎么一回事？罗觉蟾缓缓上前一步，伸手欲拍他肩，那人忽然跃起，一抹单刀如雪，一刀劈向邱衷。

这人起先几是任人宰割，没想到还能劈出这般精彩绝伦的一刀。邱衷对武功无甚了解，仓促间只得举手一拦，危急关头，反而是詹姆士上前挥剑一挡。他那半截短剑再度被劈成两半，刀风未歇，在他身上留下一道纵长血口。

詹姆士全不在意，犹倨傲道："我们扯平了。"

那人一刀之后，第二刀却是劈向苏三醒。这一刀力道更胜，苏三醒一咬牙关，抽出腰间铁扇，横扇一挡，只觉虎口流血，一条手臂酸麻之极，几乎无法动弹。

金宝门门主苏三醒心中大惊，这两刀已是这般威势，第三刀又待如何？眼见这些人里，自己手臂再难用力，詹姆士剑断受伤，安大海生死不知，邱衷身无武功，一咬牙只得喊道："罗觉蟾，快出手！"

这时候，确也只有罗觉蟾才能制住那人。他一抬手，正要开枪，眼角却瞥见那人苍白如鬼的身影，心中不由得一痛，只这一犹豫的关口，那人举起秋水雁翎刀，向罗觉蟾直劈了下来。

罗觉蟾避不过，他那功夫说好听点是稀松平常，说难听点是平常稀松。这般厉害的一刀，纵使武林高手躲避亦然不易，何况是他。他唯一的时间，也只够抬起头，努力看向对方。

一道闪电恰在此时划破天际，那人乱发纷飞，一双眼睛亮得如同鬼火一般。

罗觉蟾一闭眼，罢了，真没想到，今天我竟死在了你的手下！

他闭上了眼，然而那预料中的刀光，却没有劈到他的头上。

有人在生死之间，挡下了那一击。

这一击，并不是用兵器挡下，甚至也不是用拳脚挡下，用的是——

手指。

两根手指。

两根手指夹住了锋利如雪的刀锋，于是那大力劈下的秋水雁翎刀便就此一动不动。另外一只手上的一根手指轻轻一点那持刀的手腕，秋水雁翎刀当啷啷摔落雨水之中。

三根手指，便解决了合众人之力仍是头疼不已的对手。那手指长而嶙峋，透着种刺骨的白，手指的主人冷冷哼了一声："一群没用的东西！"

正是金针神医聂隽然。

对于他这么句冷诮讥讽的话，没一个人敢反驳。倒在地上那人刀已脱手，忽然一个跃身自地上蹦起来，没命似的就往外跑。聂隽然冷笑一声，脚一钩，那人应声而倒，溅起大片水花。

聂隽然把他一拽，脚一踢，令他在大雨中盘膝坐好，二度冷笑道："鸦片烟毒都中到这个程度了！"也没见他怎么动作，十余根金针已一一刺入他指间。金针神医手指微动，动作奇快，已将这些金针一一刺入那人大穴，自己也不顾雨水，在那人身后盘膝而坐，将内力催于金针之中，直到一刻钟之后，方才迅速拔出金针："先保他一条命，回去再治。"

一间静室之中，有人悠悠醒来。

他发现自己躺在一张红木床榻上，秋水雁翎刀不见踪影，床边坐着个穿铁锈色薄绸长衫的男子，面色十分冷峻。

那男子分明看到他动作，微微冷笑道："你的刀在床边桌上，这是刘子衡家里，我叫聂隽然。"

这几句话语气虽然不好，却简明扼要地说明了目前的情况。床人那人转头看到秋水雁翎刀，心中略定几分，道："原来你是上海滩的金针神医。"

聂隽然微微点了下头："何凤三，你抽大烟几年了？"

这个名字一出口，那人全身一抖，但终于点了点头："大丈夫行不更名，坐不改姓，不错，我正是何凤三。"

广州护唐英，单刀败艾敏，京津两地闻名的独脚大盗，怎的落到今天这样的下场？

聂隽然冷笑两声："大丈夫？抽鸦片抽到人废了的大丈夫？"他伸手拿了面玻璃镜子过来，"看看你自己这副德行！"

镜子里的人形销骨立，眼窝深陷，头发如同枯草一般，就算是与他熟悉的人，只怕也是对面不相识。何凤三看了一番，终是不由得垂了下头。那个冷诮的声音却再度响起："你抽鸦片几年了？"

"大概……七八年了……"

"像你这么个抽法，抽了七八年还没死，真不容易。"聂隽然冷冷道，又问，"你怎么想到要抽这东西的？"

何凤三道："谁不抽它？"

聂隽然哈了一声，又说："别人自尽，你是不是要跟着跳井上吊啊？"

跳井上吊，乃是妇人才有的死法，这句话骂得极毒。何凤三气得面色通红："我武功精湛，岂能和寻常人一样？"

聂隽然笑道："武功精湛？"这四个字，他尾音拖得很长，随后冷笑不断，一句句如利刃一般，不容人有喘息的机会，"武功精湛，所以你变成眼下这副人不人鬼不鬼的模样？武功精湛，所以你抽鸦片抽到在中国都混不下去，流落海外？武功精湛，所以你鸦片烟毒中到神志不清，一刀向你的好朋友罗觉蟾劈下去！"越往后说，他越是声色俱厉。

昨晚一战，何凤三起初还有几分神智，但到最后三刀时，他烟毒冲脑，已然几近疯狂。而那三刀亦是耗尽他仅余精力，若非聂隽然及时赶到，拦下他最后一刀，那此刻何凤三必是油尽灯枯，就算勉强捡回一条命，武功亦会废掉。

何凤三听到最后一句，终于宛若梦中醒来："罗觉蟾，他……"他先前与聂隽然尚能对谈，此刻却是嘴唇颤抖，生怕自己在神志不清时，犯下了无可挽回的大错。聂隽然看他这样子，倒也不由得暗自点了点头，口中却依旧冷冷道："他没死。"

没死也有其他可能，会不会伤了，甚至残废了？何凤三正要再问，聂隽然却把他从床上直拽起来，随后按在床上盘膝坐好。何凤三此刻全身无力，只能任人摆布，嘴里却道："你干什么？要我给罗觉蟾偿命，我也认！"

聂隽然从桌旁的盒子里拿出几根金针："你的烟毒都到脑子里了。恰好我新研究出一种配以内力、点穴之术的针法，拿你试验一下。"

这是把自己当成试验品了！何凤三又是大怒，但他此刻反抗不得，只能任聂隽然将一根根金针刺到他穴道之上。自来针灸之术，刺中后多是酸麻热涨，少有这般甫一刺入便疼痛入骨。何凤三要守英雄气概，死活不肯吭声，汗水滚滚而下。却见聂隽然满意点头："甚好，都说好了伤疤忘了疼，这个疼，保准你忘不掉。"

何凤三咬紧牙关，笃定聂隽然是要刻意整他，心里只把这位金针神医不重样地骂了七八十遍。

这一次针施完，何凤三身上跟从水里捞出来似的。他筋疲力尽地倒在床上睡了过去。再醒来时，屋中空无一人，身上被刺穴位依然疼痛不已，微一使力，竟然连内力也用不出来，心里不由得一片冰凉。

完了，到底是沦落到了这个地步。

何凤三一生独行，桀骜不驯。做独脚大盗的人，绝不可能清白得如同一张白纸，他抽大烟、逛窑子，什么事情都做过。他虽是个大盗，却也晓得盗亦有道的道理，不劫穷人，也不伤良善。后来他遇到革命党人唐英，对她一见钟情，但二人毕竟差距太大，后来唐英再度投身革命之中，也就断了联系。何凤三伤心之下，鸦片抽得更甚，终于弄垮了身体，人不人，鬼不鬼，国内也再混不下去，这才到了南洋。

可依他如今的样子，清醒时少，迷糊时多，到了南洋又能寻到什么好生计？最后只得待在那传说中的鬼屋之中，趁自己清醒时出外弄一口吃的。

堂堂一个何凤三，竟然弄到了眼下这副模样。

聂隽然拿来的那玻璃镜子还放在一边，何凤三伸手拿过，揽镜自视，心道："那金针神医说得也没错，这副样子，就连自己也认不出自己了。现下沦落至此，又伤了好友，我还有什么脸去见昔日的故人？到时他们说我两句，我还怎么能觍着脸活下去？"

跑江湖的人，最重的就是面子，何凤三为人倨傲，对"面子"两字看得更甚。流落他乡尚在其次，这副德行竟被旧识看到，却是他大大不能容忍之事，加上他以为自己武功已废，又误伤旧友，一时间竟起了轻生之念。

方才聂隽然讽刺他什么"跳井上吊"，何凤三自然不会这般，一抬眼正看到桌边的秋水雁翎刀，心念一动，刚要伸手，忽见门无声无息地推开，一个笑意温雅的青年走了进来。

何凤三忙缩回手，那青年已先拱手行了个礼，随即坐到床边，笑道："何三爷，一向少见。小可是上海滩的苏三醒。"

何凤三与苏三醒虽没见过，却都彼此听过对方的名号。苏三醒是青帮的小爷叔，何凤三与青帮关系亲密，也算半个熟人，想到这里，他不由得心中惭愧，苏三醒却不待他回答，又道："何三爷，我这次过来，是要与您说三件事。"

"第一件，乃是罗觉蟾并未出事，您昨晚虽然出手，却被聂神医及时拦下，那小子连块油皮也没蹭破。"

这句话一出，何凤三霎时放下了大半心事。聂隽然语焉不明，江湖中人又最讲义气，他若真把罗觉蟾伤到，真是要悔恨一辈子。

苏三醒又道："第二件，却是聂神医这套针法。他潜心研制多年，甚至自己吸食鸦片，以便试验，这才研制成功，对于治疗鸦片毒瘾极有效果。虽然疼痛些，却不但可清除毒瘾，连武功也不会有影响，我先恭贺何三爷了。"说罢起身又贺了一次。

这句话一出，何凤三心中又多了一份欢喜，原来毒瘾可除，对武功也无妨碍，那……

苏三醒却不给他时间多想，继续道："第三件，也是最重要的一件。何三爷可知，我下南洋来，是为的什么？"

"我不是以青帮小爷叔之名来的，而是以金宝门门主的身份来了这里。有人出了高价，托我来南洋寻你，托我这人是个女子，名叫唐英。"

这句话一出，何凤三不顾身上疼痛，登时从床上坐了起来："你……你说什么？"

苏三醒笑道："这位唐女士性情直爽，与我谈了许多话，她感念何三爷当年相救之情，一直挂怀于心。后来听得何三爷行踪不见，似乎又流落到了南洋，专门找到我来寻人。明人面前不说暗话，何三爷的心思，我是有几分了解的。这位唐女士的心思，虽然未必与何三爷一般，但她心中能牵念你到这个地步，我看也是十分难得了。日后如何，却也难定啊！"

他微微一笑，起身告辞，临行前见何凤三坐在床上，虽仍有些茫然，但眼神之中却添了许多光彩，知道自己方才说话已经奏效，心中暗喜，又补充了一句："另外，罗觉蟾那里，我自会与他说，这几日何三爷施针事大，就不要他前来见你了。"

这是苏三醒体贴人情之举，他料定何凤三此刻必然羞见故人。果然何凤三吁了一口气，苏三醒一笑，便关上了房门。

罗觉蟾与邱衷正等在外面。见苏三醒出来，邱衷忙问道："何三爷怎么样？"

苏三醒笑道："没事了。"他素来不甚关注邱衷，如今却不由得心道："这小厮对何凤三十分关注，莫非也是旧识？"

这念头一闪而过，他也没多想，向罗觉蟾笑道："我可与何三爷说了你暂时不去见他，罗兄莫要拆我的台。"

罗觉蟾笑吟吟道："好说，好说，暂时嘛。"言下之意，日后还是一定要见的，又叹道："幸好昨晚聂兄来了。"这一句，却是真心实意。

昨夜聂隽然及时赶到，却不是巧合。他武功何等高明，罗觉蟾、苏三醒这几日所为，并没有逃脱他的眼睛，只是前两日看他们出门，自己也懒得管。没想到了第三晚，这几个人又跑到了隔壁，聂隽然等了一会儿，没见他们如前两日一般很快归来，索性过去一看，才救下了何凤三。

而被劈倒的安大海也无大事，何凤三那一刀劈下，用的乃是刀背，因此他不过晕倒片刻便醒来，实是幸运之极。

这时苏三醒哈了一声，又道："罗兄，我倒奇怪，我看你昨晚那一次，颇有势在必得之意。你是如何发现那晚晴园中人不对的？"

罗觉蟾笑道："第一次去晚晴园，我其实没什么想法，无非是给邱衷这小子排解一下离愁别绪，找个乐子，谁想吃了个闷亏，自然要找回场子。去第二次时，倒发现了这个。"

他摊开掌心，赫然是他在二楼上发现的那枚崇祯通宝。

"何老三的秋水雁翎刀上也拴着个一样的铜钱。崇祯这兆头不好，很少人愿意用他，只何老三不信邪，偏在刀上拴了一个。南洋路远，怎这样巧，竟出来个一模一样的铜钱？我当时心里就起了疑，又隐约听说何老三跑到海外的消息，索性带着你来搜上一搜，没想到，果然一箭就中靶。"

苏三醒点头道："原来如此。"话音未落，罗觉蟾已一把揪了他衣襟："苏三，你给我说明白，你来这里就是为了找何老三的，是不是？第一天晚上你弄岔了消息，灰头土脸地回来，要是没我，你能那么顺利找到他？还敢借此敲我的银子！"

"你偷听，非君子所为！"

"我是哪门子的君子，把金刚钻还我！"

"送出手的钱焉有退回的道理，你吐的东西还吃回去不成！"

"你敢还我就敢吃！拿来！"

邱衷听得摇头，转头离开，刚走两级楼梯，一抬眼却看到了詹姆士，想到病榻上辗转的何凤三，心头火起，骂道："你们英国这些喝人血的鸦片贩子！"

詹姆士大怒："我家是正正经经的生意人，何曾做过鸦片买卖！"

一时间，这一边吵得更加厉害。

七

在聂隽然的金针治疗之下，何凤三日益好转。罗觉蟾避而不见，每天和刘齐芳一起说笑，甚是逍遥。

刘齐芳十分开心，她受过外国的教育，父亲对她又颇纵容，较之一般少女，她性情开阔得多，却并不娇纵。两人相处得极好。

这一天，二人在外面打网球。罗觉蟾是初学这个，但他心思灵，上手快，两人玩得很是合宜。打过网球，两人坐在藤椅上乘凉，用人送来红毛榴梿水，清甜可口，沁人心脾。

南洋的天，要不是火辣辣的太阳，要不是哗啦啦的雨，一年四季皆是夏日，没有北京城里的天高云淡，没有江南的梅子晴时。这里虽然有许许多多的华人，可是并非中国。

刘齐芳喝了半杯红毛榴梿水，忽然笑嘻嘻地问："罗先生，你之后打算去哪里呢？"

罗觉蟾一怔，笑了笑："还没什么打算。"

刘齐芳很关心地问："罗先生，我看你是十分聪明能干的人，在哪里都可以做得好，不如留下来怎样？"

罗觉蟾又是一怔，倒没想到刘齐芳会这般说话，心中竟怦动了一下。刘齐芳见他神色难得犹豫，拍手笑道："罗先生，你是在中国有心上人，所以舍不得离开吗？"

这女孩子说话真是直接，但听了并不会使人不快，罗觉蟾微微一笑："没有。"

其实，是有过许多喜欢的女子，可惜都有缘无分。

刘齐芳亮晶晶的眼睛看着他，道："那就好。"

罗觉蟾心中一动，微笑道："齐芳，莫非你是有喜欢的人了？"

这句话本有五分是玩笑，却见刘齐芳脸一红，竟然低了头。

罗觉蟾心里又确定了几分，暗想没想在这里倒也遇到一段桃花，嘴里却不改浪子的调笑味道："我猜，定不是詹姆士。若是他，你几日定和他一起。"

刘齐芳脸又红了些："当然不是他。"

罗觉蟾心里暗叹，心道"这几日你都和我一起啊"，便又笑道："我猜，那人眼下就住在刘宅之中。"

刘齐芳索性伏到了椅背上，脸也藏了起来，虽不肯说话，却是一副默认的姿态。

罗觉蟾心里明了十之八九，但自己并未确定留下之事，却不好再问下去，否则自己将来如何面对这女孩子，只转移了话题，笑吟吟道："说起来，聂大夫真是神医。"

刘齐芳本来害羞，听他转移了话题，倒也轻松了几分，抬头笑道："可不是，祖母已能行走了，聂大夫真了不起。"又皱了眉头，"庭兰姐也是好人，我就是不明白，聂大夫怎么不娶她呢？"想了想又说，"也未必是聂大夫，我看庭兰姐好像很介意这个，我劝了她几次，她也不听。"

罗觉蟾心里想：这女孩子年纪虽轻，却有眼力，竟看得出这是董庭兰的原因，便笑了笑："你劝小嫂子，是没有用处的。"

刘齐芳一怔："你是说，难道还是聂大夫……"罗觉蟾却摇摇头："不是，小嫂子是介怀自己的身份。聂大夫是不愿难为她，而且聂大夫自己是个轻蔑世俗的人，觉得自己这么一辈子也没关系。"

他说的也很直接，刘齐芳道："那……"她还是没想明白，罗觉蟾笑道："你劝说小嫂子是对的，总要她心里自己转过弯来。但她是个女子，难不成要她自己提出扶正之事吗？这事自然要聂大夫自己提出才对。"

刘齐芳这才明白过来，笑道："就是这样，可我们怎么办才好？"

罗觉蟾心里暗笑，大抵自己天生就是个管闲事的料，便低声和刘齐芳商量了一会儿："不如……这样……"

两日后，刘子衡邀请聂隽然等人前去一家报馆观礼。

这不是一般的观礼，而是一家报馆举行的一场集体婚礼。新郎新娘有的是报馆中人，也有的是关系较近的朋友，约有七八对的样子。刘齐芳懂得摄影，也被邀请去帮忙拍照。

董庭兰觉得这种事真是闻所未闻，见所未见，心里好奇得很。聂隽然本来无意出门，但见她有兴趣，也就应了邀请，临出门时，那个捡来的小孩子也一并跟着他们出来。

这些天下来，这小孩和董庭兰关系处得极好。刘子衡也见过这小孩一两次，说看这相貌，多半是华人与马来人的混血，不知怎的流落街头。聂隽然看他骨相约在七岁左右，但看他外表却只有四五岁，可见这小孩着实吃了许多苦头。

如何安置这小孩，董庭兰心里也没有主意，她是不忍心看着这孩子再次流落在外的，然而碍于身份，她并不敢向聂隽然提出什么要求。

一众人等来到了报馆，这里已经张灯结彩，因这是一场新式的婚礼，所以只准备了茶水点心，桌上摆着鲜花，并不似一般婚礼预备了酒席。新郎穿着大礼服，新娘则是西式的白纱，看上去大方得体。

刘齐芳先为大家拍摄了一张照片，之后，她状若无意地来到聂隽然与罗觉蟾身边，笑道："一个女子，最高兴的莫过就是这一天了。"

聂隽然照例不答话。罗觉蟾笑道："刘小姐，我可要驳一驳你这句话，譬如女子遇到心上人，又或生子，那不也是十分喜悦的事情吗？"

董庭兰在一边听了，心里想十三少怎么和一位未出阁的小姐讨论这些话题，未想刘齐芳并不害羞，笑道："女子遇到心上人，为的是日后能谐花烛，生子不过是婚后一件锦上添花的事情。"

是时人们成婚，为的是延续后嗣，所谓"不孝有三，无后为大"。所以说这位刘小姐的言语，确也是超出了时代的一句话。

报馆的副馆长路过，笑道："刘小姐说得很好，女子得遇良人，正正经经婚娶，才是人生的一件大事。"原来这位副馆长，也是一位女士。

刘齐芳正寻思着怎么把话题引过来，她身边的詹姆士却率先开口："你们中国的婚娶却也奇怪，有妻又有妾，哪如我们国内，终身只有一位妻子。"

邱衷是最看不惯他的，冷笑道："终身只有一位妻子？不见得吧？你们不是还会找许多位情人吗？"

这两人虽是以英语对答，但旁边有个罗觉蟾，自将这一番言语翻译给大家。那位副馆长道："我最反对的便是这妻妾制度，须知男子若尊重一个女子，便应娶她为妻。纳人为妾，先是不尊重，这女子在社会上的身份，也便低人一等。"

这副馆长不知董庭兰的身份，因此这般说话。又一个报馆中人听到他们谈话，也凑过来笑道："说起来，若是那男子有个三长两短，这留下的小妾身份就更加尴尬，处世也更为艰难。"

这两人你一言我一语，说的都是纳妾的不对之处，报馆中人思想从来都激进。董庭兰只听得心中惴惴，生怕聂隽然恼怒，她抬眼看身边的男子，却见他面沉似水，看不出他心里究竟想的是什么。

那小孩却在此刻扯她的衣襟，她想到这时天热，便抱着那孩子去喝些水，免得中暑。她一路走，一路偷眼回头看聂隽然，生怕他发作起来。

刘齐芳便道："聂大夫也请到这边喝杯橘子水。"引着聂隽然到一个隐蔽之处，笑道："聂大夫，我小时，曾很想要一个红宝石戒指。"

她忽然说了这么一句话，聂隽然不由得惊讶。他何等敏锐，方才那些言语所为何来，他心中自然有所觉察，却没想到刘齐芳特意叫他来，却是说了这么句不相干的话。

刘齐芳只当没看到他的神色，笑盈盈地又道："那时我家里还不像现在这样。我心里虽然很想要那戒指，但想着价钱太贵，怕爹爹承担不起，就没有提出。谁知过了两天，爹爹竟把那个戒指买了回来。"

她笑盈盈看着聂隽然："我欢喜极了，后来才知道，以爹爹当时的财力，买那个戒指根本不在话下，可我不知道，所以没有提，可爹爹买了，我却也真的开心……"

聂隽然低低笑了一声："刘小姐，你不必说了。"

他大踏步走到那副馆长面前，道："这位女士，请问你们是否还有多余的新郎新娘服饰，既然是集体婚礼，我也想凑个热闹。"

这句话一出，众人皆惊。

就算是罗觉蟾与刘齐芳，最初也不过是想借这次集体婚礼的机会，刺一刺聂隽然，令他转变一番观念，谁想他说做便做。那副馆长得知他是有名的神医，若参加这次集体婚礼是一件增加光彩的事情，便很高兴地说道："这个不难，我们立即派人去租借一套。"又道，"不知未婚妻是哪一位？"

聂隽然便携了董庭兰的手："烦请女士参照她的身材寻一身衣服。"

董庭兰已然泪盈于睫："老爷你何必如此，你明知我……无法生育……"这最后几字声音极小，她是书寓出身，当年被老鸨灌过药，再无法生育，这也是她不肯为妻的重要原因之一。

聂隽然不以为然道："什么大不了的事，收养一个就是了。"说着一手把那个小孩拎了起来，"就这个吧。"又皱皱眉，"就是爱咬人，跟个狼崽子似的。"

那小孩也学聂隽然皱皱眉，似乎听出他说的不是什么好话，一口咬到他手背上。

后来，因那小孩尚需调养身体，聂隽然实在不喜坐船，加上因刘子衡母亲痊愈，又有许多人请聂隽然前去看诊，聂隽然与董庭兰就在南洋又住了几年。再后来，两人都觉得此地却也不错，索性处理了上海的产业，在南洋久居下去。而那张照片作为时代印记，至今依然保留。

那场集体婚礼之后的当天晚上，众人都很疲惫，唯有罗觉蟾好像什么都没发生过一样，溜溜达达去了刘子衡的书房。

刘子衡毫不意外地迎接了这位客人，桌上已摆好了茶水点心。二人对面而坐，罗觉蟾笑道："刘先生，今天这报馆，也是同盟会开设的吧？"

刘子衡哈哈一笑："罗先生好眼力。"若不是同盟会开设的报馆，又怎有这般的进步思想？

罗觉蟾抚掌大笑："一家报馆，成就一段姻缘，刘先生功德无量，阿弥陀佛。"

二人说笑几句，罗觉蟾转为正色："今后这段时间，钟秋就托付给刘先生了。"

他说的不是"邱衷"，而是"钟秋"。

刘子衡全无惊讶之色："罗先生客气了。我一早就听说黎先生身边有这样一位钟秋小哥，聪明伶俐，记忆超群，能够帮一点小忙，我很是乐意。"

罗觉蟾便笑了："这可不是一点小忙啊……"

有风吹动桌上一张陈旧报纸，依稀可看到上面"革命党人""刺杀""袁大总统"几个字眼。

1913年，袁世凯的真面目愈发暴露，3月份更派人刺杀了宋教仁，广州的黎威士亦是革命党人中的重要人物，北上入京，意图斡旋，他身边的书童钟秋却压不下心里这口恶气。

会晤期间，因见袁世凯对黎威士百般刁难，竟暴然起身，狠揍了袁世凯一拳。

他一时怒气勃发，袁世凯却误以为他要行刺自己，又惊又怒，为大局着想，黎威士只得赞同将钟秋治罪，之后却拜托罗觉蟾，里应外合劫了天牢，又托罗觉蟾将钟秋送到南洋，避一避风头。

罗觉蟾看了那报纸，又微微一笑："说来也巧，袁世凯被这次事情吓到头风发作，要请聂兄进京，聂兄不肯，下南洋远避，我正好借这个机会同聂兄一路，到刘先生这里蹭吃蹭住也免得有人怀疑……"

刘子衡笑道："我本意是想请一位名医来为家母看诊，没想到有

258

这个方便，这下正是一举两得。"

二人相视一笑，罗觉蟾正色道："无论怎样，还是多谢您了，当初黎先生在南洋筹款，您就曾捐助大笔资金，如今又愿收留钟秋，在下十分感激。"

刘子衡感慨道："何必多谢，只要我们的国家好，怎样都是应该的。"他看向窗外，隔壁的晚晴园，"何况，张兄所为，远较我为多啊……"

是时南洋华侨虽身在海外，但对革命事业支持极大，捐钱捐物，踊跃之极。那晚晴园原是南洋富商张永福为母亲颐养晚年所用，后来甘愿捐给孙文，作为同盟会南洋支部据点。其母深明大义，慨然应允。罗觉蟾在二楼看到那布置如会议室一般的地方，正是当年革命党人开会时所用。

后来张永福生意失败，加之为革命捐献大笔金钱，逐渐衰落，不得已卖出园子，又被何凤三所占，才传出闹鬼传闻。

罗觉蟾看他眺望窗外，已知其意，笑道："您不必担心，再过几十年，后人们也会记得张先生的。"

刘子衡道："真的?"

罗觉蟾微微一笑："真的。"

谈完了事情，罗觉蟾微笑着走出图书室，他哼着小调走下楼梯，看到聂隽然与董庭兰并肩在花园里看花；已经恢复了许多的何凤三拽着苏三醒问话，看那神态也只有唐英的事情能让他这么着急。

连小钟秋也有了安身立命之所啊……罗觉蟾心里想：我的安身之所，又在哪里呢?

他为了一本《警世钟》，下广州，赴武汉，他总说自己不是革命党人，却帮助革命党做了那许多的事情，多少艰辛苦楚，他以为他们胜了，可最后听闻的，却是知己好友惨死的消息。

再然后，局势愈发颓败，袁世凯之心路人皆知，他愈发心灰意冷，帮助小钟秋离开北京，一同下了南洋，他甚至想：今日一走，我又何必回去。

可是不回去的话，究竟何处可留呢？

他忽然看到换了一身雪白洋装的刘齐芳，兴冲冲地跑了过来："罗先生，你做好下一步的计划了吗？"

她的鼻尖沁出小小的汗珠，晶莹如玉，罗觉蟾想到那天与她的谈话，心中微微一动："我真的要留下来吗？"

却听刘齐芳笑道："罗先生，你若留下来，我就先和你辞个行，不然，咱们一路同行，也很好啊。"

罗觉蟾霎时错愕："刘小姐，你要去哪里？"

刘齐芳面上微微一红："爹爹在上海也有生意，我去那里学习一下，再说……苏先生不是也要回上海吗？"

苏三醒？！

罗觉蟾忽然反应过来，他想到苏三醒秀雅如玉树般的外表，晚晴园中刘齐芳初遇几人那一声赞叹，苏三醒为詹姆士与邱衷解围，又递回手绢时的漂亮身手，还有那句"那人就在刘宅之中"……

"好啊，"他微笑着，所答非所问地说，"那可真是太好了。"

钟秋留在了南洋，1915 年蔡锷将军发动护国运动反袁之时，他再度归国，立下了一番事业。

何凤三在戒掉毒瘾之后，与苏三醒二人一路归国，同行的还有一位刘二小姐。

1937 年，原同盟会会员集资，将晚晴园买下，捐给新加坡中华总商会。

1994 年，晚晴园被新加坡列入历史古迹，两年后又更名为孙中山南洋纪念馆。今日去新加坡旅游，仍可得见。

每个人做下了怎样的事情，就算旁人会忘记，历史总不会忘记。

唯有罗觉蟾，他没有同苏三醒一起回国，可也没有留在南洋，而是去了另外一个地方。

海上花正好，惜乎非吾乡。

篇六
彼岸书

一

自从罗觉蟾带着钟秋下南洋之后，便再也没有回来。一直到 1914
年，他依旧音讯全无。

黎威士在北京担任了教育次长的职务，以他的名望，原本不止这
一职位，但看现下局势，黎威士也无意争竞，索性踏实做些实事，譬
如派遣留学生出外学习等事，心头则依旧挂念着友人。谁曾想这一日
里，他竟收到了一大包漂洋过海而来的信件。这些信件乃是他的机要
秘书冉星彩先前去美利坚访问捎带回来的，却又并非寄给他，而是请
他转交给友人溥岑。黎威士知道这是罗觉蟾的本名，心中不免有些
诧异。

再一细看，寄信人名为龚可心，这名字黎威士却是知道的。原来
罗觉蟾还在南洋之时，黎威士曾写一封长信给他，又寄去银钱、船票，
要罗觉蟾尽快回来。那封信中也曾提到派遣留学生一事，这龚可心便
是其中之一，虽家贫无力奉养母亲，为人却极为上进。黎威士写这些，
也无非是借他人事迹勉励罗觉蟾的意思。

谁想罗觉蟾竟把钱退了回来，又回信一封，道是既然这女学生无

钱，这银钱便当资助了她。黎威士不由得气恼，再写信过去，便无人接收了。黎威士索性便真以溥岑的名义资助了龚可心。他心道：莫非这女学生捎信来，是为了感激罗觉蟾的？可怎又写了这许多呢？

他再细一看，又见信封上有一行小字，"黎次长亦可查看"。他更为诧异，便拆开信，一封封看了起来。

溥岑先生台鉴：

我犹疑了很久，要不要写这样一封信给您。但终究还是提起了笔，无论如何，总应向您表达出我的感激之情。

说到这里，您大概还不知道我是何人，我是龚可心，京华大学首次派遣女学生赴美留学中的十一名女生之一，也正是其中为您资助的那一个。

京华大学本不招收女学生，我们这些学生都是考取得来的留学名额。家父早年曾任翻译官，很是重视眼界的开阔，认为女子亦不例外，因此对我的行为是十分支持的。只可惜在我考取后不久，他老人家便即过世，父亲为人清高，不擅俗务，丧礼之后竟至家徒四壁。家母多病，我之赴美虽有庚款资助，然母亲又当如何自处？思来想去，我一度想到放弃学业，当时教育部的次长黎威士先生得知这一情形，无意间向溥岑先生您提起，未想您竟然便愿意资助家母，令我远渡重洋而无后顾之忧。这种恩情，实在是太过深厚。

在此之前，您并未听过世界上有龚可心这样一个人；在此之后，我也并未见过您，甚至也没有听过您的声音，见过您的笔迹或是影像。我唯一见到的，就只有从黎威士先生那里转来的您送来的银钱。但您对我的扶持与救助，却是我终身的印记。古时有"结草衔环"的说法，但我以为这是旧的观念，我必将全部的努力投身于学业，不辜负您的期望。

家母已经送到舅父那里同住，方便照料。舅父是个好人，只是拘泥于旧有的观念，又有着喜好面子的通病，言必称"皇上"，又常说在从前我也是个公爵云云。我去时，见他正对着一盆梅花晃头，倒不知面前的酒壶里已被琳珠表妹掺了半壶水进去了！

从舅父那边论起，其实您要长我一辈，只是听黎次长说到您最不喜身份的拘束，因而我思量许久，终究还是以"溥岑先生"称之，希望您不要介意——唉！其实我又怎能知道您是否会介意呢？我根本没有您的地址，这封信也无法送到您的手中，但我依然要写下它，倘若有一日能够相见，再以其向您致意。

眼下我正在行驶于太平洋的火轮船上，这波涛之壮阔，气势之恢宏，真是令人难以想象。然而，黎次长曾说您是走南闯北、见识极多的人物。我这些微的感慨，便不再胡乱发送，以免耽搁您的时间。只是倚栏观海之时，却也难免想象您的模样，您是白发白须、蔼然和气的长者？又或是与父亲一般，温文渊博的文士？但您与黎次长是好友，又经历广博，所以，您或者最可能是一位目若鹰隼、正直有为的革命党人吧！

真希望有朝一日，可以见您一面。

学生：龚可心敬启

五月十四日

二

黎威士看到龚可心对罗觉蟾的想象，忍不住失笑，他放下这封信，拿起第二封信看了起来。

薄岑先生台鉴：

我已抵达彼邦，入美国瓦沙女子大学研习西洋历史。

美利坚之风土人情，与中华大异其趣。最难得的是青年面上多有一种乐观进取态度，令人欢喜。此处男女交谊，视为平常；而女子读书、就业，亦多于中国。周遭所见之人谈吐得体，时有言论闻之令人惊异，细思，却极有道理。承蒙曾为翻译官的先父教诲，在语言沟通上，我并无障碍。反是接受这种种思想，要令人思量再三。

然而，这样一个国度对我却并不欢迎。走在街头，我听得有人在背后大叫"Chink！"不知何意，同来的锦棠师姐告诉我，那是"清客"的意思，是一个很严重的侮辱名词。又说曾有一位华侨老先生乘坐巴士，竟被一群无赖将其发辫束到座位上。周遭人非但不帮忙，反而哈哈大笑。而我图书馆查阅数据时，也听得有人低声嘀咕"Chinaman'schance"。我起初不解，后来明了，这竟是当地谚语，意为"成功希望如中国佬一般渺茫"之意。那些人是在嘲笑我并不可能成功，可我偏要做出成绩，给他们看看！

幸而，同学中亦有可亲可近之人。与我同寝少女名唤茱蒂，举止洒落有致，对我亦很亲切，实为异乡之至大安慰。茱蒂兄长名唤吉克，任新闻记者之职，为人亦友善。他前来探望茱蒂之时，也送了一袋糖果给我，只是性情颇为腼腆，与茱蒂及我对坐一刻，竟未发一言。听闻记者需出外采访新闻，若是这般，可如何采访？

茱蒂父亲的友人名罗觉蟾，乃是中国人，他也曾来探望茱蒂。虽是异乡遇同乡，但此人却令人反感。他年纪还轻，穿着浮华、意态浪荡。举止之间，与我在北京见的那些公子哥并无区别。怎的这样一个人，也能与茱蒂一家交往？令人不解。

也真可惜，在这里好容易见到一个同乡，却是这般模样。

又，我所在之城市，听闻最近竟有连环命案发生，先后有七八位年老绅士莫名暴毙，多是颈骨被打折。而警方于现场并未找到任何痕迹，亦未捉到罪犯。这竟令我想到小时所读的剑侠故事，难道这异邦之地也有这等奇人？但杀害无辜老人，却又令人不齿了。

天，外面传来了一声巨响，是什么事情？我出去看一下。

学生：龚可心匆匆搁笔

六月十四日

三

看到"罗觉蟾"三字，黎威士不由得惊奇，这龚可心的信件写得亦是扣动心弦，他忙继续看了下去。连看了几封信后，他又看到了罗觉蟾的名字。

溥岑先生台鉴：

给您写这封信时，我仍惊魂未定。连喝了两杯热茶，我的手才能停止颤抖，本想上床睡觉，却怎样也无法入眠。也罢，不如索性起身，给您写下这封信，记录一下我今晚遇到的奇事。虽然您收到这封信的时间根本是遥遥无期，可除了您之外，我又能诉与谁听呢？母亲是不可以说的，她会担心；舅父的思想古板，而琳珠表妹——唉，她根本不识字。所以，还是要请您容忍我的唠叨。

在上一封信中所说的巨大声响，待我来到窗边查看的时候，赫然发现，那里竟有一个满身是血的人！他蜷缩在墙角，一动不动。大抵是我推窗的声响惊动了他，他抬起头时，我看到了一张中国人的脸。那种神情坚忍而憨实，恰如我在国内时见到的许许多多的国人一样。

也许您会责备我以貌取人，但在当时，我确实认为，有这样一张脸的人，未必是一个坏人。因此我并没有声张（幸而这是周末，茱蒂不在这里），只是低声问他："发生了什么事？"

他见到是我，也吃了一惊，料想他也没有想过在这里见到一个同胞吧。他犹疑着，最终道："给我水喝。"

我便拿了水还有一些吃的给他。他没有吃东西，只咕咚咕咚把水喝了个干净。又过了一会儿，他似乎恢复了一些精力，便站起身，对我说："小姑娘，不要说我来过这里。"

他的身形很伟岸，举动间仿佛很有气力的样子。我那时竟然没有害怕，只说："好的。"可是还没等那个人离开，忽然又有一道人影自月下飞跃过来。那道人影高而瘦，一掌就向先前那个人打了过去。那个人动作可也不慢，一拳便反击回去。

父亲在世的时候，最是欢喜国术。他虽不怎样会拳脚，却晓得各家各派的门道，我跟随他老人家这些年，耳濡目染，也晓得一二。看出先前那个人使的乃是一套通臂拳，大开大合，凶猛沉实。他身上虽有许多血，却似乎只伤了左臂一处，因此拳风依然呼啸风起，令人震撼。

但后来那个高瘦人影又不相同，他使的乃是一套流云掌。掌如其名，有行云流水之风范。二者相对，恰如风起云映，不分高下。听父亲言道，这套掌法出自江南武林一脉，北方武林少有见到。未想竟在这大洋彼岸见到，一时间我仿佛置身北京城内，而父亲正在身边，叼着烟嘴向我一一分说。那一时刻，眼眶竟至湿润。

这两人打斗，虽然激烈，时间却不长。后来那高瘦人影道："你是好汉子，便出去打！"他说完这句话一个转身，月亮照到他面上，竟是一个唇红齿白，极具东方之美的男子。而随他说完这句话，先前那个人竟也当真随着他离开。若非窗下一两点血痕犹在，我几要以为，方才所见，不过梦幻一场。

东方将白，放下笔，我也要休息了。不知先生如今身在何方，你我此刻，是否能看到同一轮月亮？

学生：龚可心敬启

六月十五日凌晨

溥岑先生台鉴：

　　经过了上一封信，说不定您会想：这个学生是来读书的还是来惹是非的？为了扭转您这一观念（虽然您压根儿也没看到前几封信），我要去图书馆自修了。

学生：龚可心敬启

六月十七日

溥岑先生台鉴：

　　我……不知该说些什么好。

　　不久之前我刚与您言，要认真读书。未想未过一日，便又说起学业之外的事情。然而，这一件事，我却无法藏在心中，只有和您诉说。

　　今日本想去图书馆自修，却恰好遇上室友茱蒂与其兄吉克，茱蒂是帮忙吉克来查询一桩事件的数据。这桩事件，又事关一条铁路。

　　这条铁路横贯美国东西，名为中央太平洋铁路，于上世纪六十年代修建。这条铁路意义极为重大，在过去，从纽约自旧金山需半载之久，现今则只需七日。您可知这条铁路为何人修建？是华人！大部分铁路，是由我们中国人修建而成！这是由于修建铁路所经之路段极为艰险，除了华人，几乎没有人可以适应这种艰险而报酬微薄的活计。

　　为了这条铁路的修建，中国工人付出了无限的智慧（他们的智慧甚至会受到白人工程师的称赞）、汗水，甚至生命。吉克与我言道："每条枕木下，都有着一具中国工人的尸骨。"

然而在铁路竣工的典礼上，却丝毫没有提到华工的贡献。时至今日，华人依旧被严重歧视。

我从未听闻这样一段历史，在过去生命的二十年里，我亦曾听闻关于我们国家的许多悲惨屈辱的事件，却从不知在彼邦他乡，因着我们的贫弱，我们的人民也遭受着这样的苦难。

吉克虽是美利坚人，却对修建铁路的中国工人充满尊敬，他决心不辜负新闻记者的职责，向大众重现这样一段历史，来查询数据也是为了这件事情。我极佩服他的勇气，并决心尽我所能，相助于他。

因我过于震荡，无法继续温书，吉克请茱蒂与我吃茶。归来途中，吉克去了一次洗衣店，又发生了一件令我吃惊的事情。洗衣店的老板是个华人，赫然正是我在第三封信中写的躲在我窗下那个满身是血的人！吉克称呼他为"曹大友"，我则被吓了一跳，趁他们不注意，一溜烟地跑掉了。

又及：前回说到专杀年老绅士之连环命案，竟又发生一起，被杀之人传为某银行之董事，名为杰克脱，已然年近八旬，委实可悯。

学生：龚可心敬启

六月十七日夜

溥岑先生台鉴：

有半个多月没有提笔写信了。这半个月来，我除了履行一个学生的职责，就是在空余时间里，尽量去帮助吉克。生活虽然忙碌，但是没有特别什么值得记载的事情。不过今天遇到的这个人，不知怎么，总还是想记下一笔。

这个人是罗觉蟾，就是我之前在第二封信里提到的荞蒂父亲的那个朋友，先前我印象极不好的那个纨绔子弟。今天他又来看望荞蒂，因为荞蒂不在，我也只好陪他坐了片刻。

这个人依旧是一身最时尚的打扮，连袖扣都是红宝石的材质，奢靡之风毕现。按我的本意，本来是想尽一点礼节，然后就离开的。没想到，这个人一落座，竟然就和我谈起了西洋的历史。许多事情竟是我也不知道的，又有许多先进的思想，我原当他是个不学无术的人，怎么还有这样的见地？

我问他，他便道：因自己在外漂泊多年，因此经历得多一些。

我又问他，那你原本是什么地方的人呢？他笑道，我也是北京人啊。

他便说起北京城里的种种，驯鹰、养蛐蛐儿、琉璃厂的书画，叙述娓娓动人。我恍然间似乎回到了父亲还在的那段日子，见到了北京城里那阔广的蓝天，耳边萦绕的是鸽哨的声音。

临走前，他送了枚青田石的小印给我，他说知道父亲在世时就喜欢金石，无意间得到这枚印，自己要了也没用，就转送给我。那印石很是不错，看不出他还是个懂得旧知识的人。奇怪的是，他怎么知道父亲当年喜欢金石？

还有那印上的字，那四个篆字是"可无二三"。我想了许久出典，也未想出，后来灵光一现，忽想到有句俗语是

"不如意事常八九，可与言者无二三。"看他外表，是个春风得意的人物，为何会有这种颓废的感慨呢？

这个人，可真让人迷惑。您生于北京城里，说不定也听过这个人的名字。若您在我面前，我必要向您请教一二的。

吉克今天也来了，他原是来看茱蒂的，顺便送了本诗集给我，听说是一种十四行诗，书里夹了朵红玫瑰花做书签，看不出他还是个很有意趣的人。

学生：龚可心敬启

七月五日

四

黎威士放下信纸，长声一叹。他熟知各国历史，中央太平洋铁路一事，他亦是知晓，不由得感慨不已。看到罗觉蟾消息时，欣慰之余，又好气来又是好笑，心里想着：这个人，转手就把我送他的青田印拿去讨女孩子欢心。

他拿起下一张信纸，继续看了下去。

溥岑先生台鉴：

又是……纷繁复杂的一天。

现在我几乎有些庆幸您收不到这些信了，不然您准会想，我怎样资助了这么个四处惹事的学生？唉，我也不想如此，又不敢与锦棠师姐等人言明，所以还是诉诸笔端，记录一二。

今日是休息日，吉克言道他又搜集到一些关于华工铁路的资料，约我出门。但见面之后，他先不谈铁路一事，而是谈到上次送我的诗集，我对之亦有兴趣，便答道：虽为初读此类诗篇，亦可觉其中意味无穷，抒情、讽喻各有奇趣，描述情感之诗歌，亦很美妙，令人联想到诗三百之"青青子衿，悠悠我心"一首，可见中外语言虽异，情感却有相通之处。

然而吉克听闻，神情中却颇有不足之处。我想，这是因为我对西洋文学了解不多，所言并不到位，日后还需多加学习。

我二人走在街上，就在此时，忽然身后又传来嘲讽声，"支那女！"

这之于我，并不是第一次听到，真是像苍蝇一样烦人。我本不想理睬他们，没想那两人见我不理，又大声说笑起来。

"中国人最是可笑，梳一根猪尾巴一样的辫子，人也蠢得和猪猡一般。"

"你看那女人，倒会勾搭人，真是个……"

他们后面说的话我听不懂，便问吉克。吉克脸涨红了，半晌才道："你别问了。"

那两个青年男子见吉克与我对话，便说出些更难听的话来，唉，我真不愿与您复述。总之，当时一听我就忍不下去了。

先辱吾国，后辱吾友，是可忍孰不可忍！

先前那封信里我没和您说全，我不仅和父亲见识过许多国术，自己也会一点。父亲有个好友，在我年幼时，曾传我一套咏春拳法里的小念头，道是这个套路最适合女子使用。

我猛地转过身，问："你们把方才的话再说一遍？"

　　吉克也随着我质问，那两人想还是有些廉耻，并没有对我出手，其中一人一拳向吉克打去。我把吉克往旁边一推，向左侧圈了一步，左手把那人击来拳头向下一拍，右手一拳向他肋骨打过去。我想自己是个女子，气力多有不足，一膝盖又顶上他小肚子。

　　那人惨叫一声，连退两步，"啪"的一声直摔到地上。另外一个人看到同伴被打，叫了一声便冲上来，我看他脚步都是虚的，于是把身子一侧，一肘横过，将他的冲力转到他自家身上，于是这人也摔了一跤。

　　吉克在一边看得目瞪口呆。我也有些后悔，自小父亲便说我"手动得比脑子快"。可想到这两人的言语，又想自己出手说不定还轻了。

　　刚想到这里，就见那两个人从地上爬起来，一句话不说，转头就跑。我心里暗想：果然出手是对的。这些人，便是欺软怕硬。

　　没过多久我就不这么想了，因为那两个人带着一群人回来了。

　　想我这点小把戏，不过是稀松平常，不过他们似乎以为这是极纯粹的中国功夫，战战兢兢，如临大敌。我紧张之余，又觉得有些好笑。吉克之紧张，更在我之上，盖因我们所在小路甚隐蔽，就算在这里真被人一锅包成饺子，只怕也没人知道的。

　　就在这时，忽然身后传来一声大喝，有个极威武的汉子不知从何处跳了出来，一拳便打翻了一个人，一脚又踹翻了第二个人。第三个人想从背后出手，他拽着第二个人的手臂向后一抢，把第三个人抢倒在地，那人脸上仿佛开了个油酱铺，红的、黑的都流了出来。真是拳打南山猛虎，脚踢北海蛟龙的一条好汉，我不由得叫了一声"好!"

随后我才想到，怪哉，此人好生面善。

没错，他便是那时一身是血，躲在我窗下的那个人，也是吉克曾去那家洗衣店的老板，名字记得是曹大友。这般说来，我又想起，那洗衣店，似乎就在切近啊……

虽是如此，但天下万没有旁人为你打架，你却当场逃跑的道理，那几个人被曹大友打倒，一怒下竟拔出了刀子。我看情形不妙，虽然曹大友武艺很是出众，但猛虎难架群狼，我的本事固然低微，但总可以帮上一点。

就在我打算冲上去的时候，又一个人跳了出来。这个人，乍一看我竟以为是罗觉蟾，近一看可又不是，他的穿着是与罗觉蟾一般讲究的，可是没有罗觉蟾那种跳脱的意思。曹大友一见就大叫："我就晓得，乔其你一直跟着我!"

那人一转脸，一张脸白皙标致。我忽然想起，他正是曹大友受伤来学校躲避时，追来与他交手的那个美男子。

乔其笑笑，并没有回答，他不知怎么一伸手，速度真比闪电还要快，一手就夺去当前第一个人的刀子。这一招，不像是他先前使过的流云掌，而是一种空手夺白刃的功夫。那个人手里的匕首一失，吓了一跳，乔其趁这机会跳进了圈里，和曹大友背靠背站着，举手摆了一个姿势，笑道："这种事，还是咱们中国人站在一起的好。"

这句话似乎对了曹大友的胃口。两个人背靠着背，一个用空手夺白刃的法子抢去对方的武器，另一个就用通臂拳一拳将人打飞出去。配合固然默契，对手也委实太弱了点。没过多久，面前就横七竖八倒了一地，我忍不住鼓起掌来，吉克都看得呆住了。

曹大友和乔其两人停下手，互看了一眼，似乎因为这一场架，反而少了几分敌视的样子。我心里想：他们先前到底是怎样一回事呢？可是刚想到这里，又有一个人大声喊道："你们这几个人快走，警察就要来了！"

我呆住，先前是担心警察不来，可这时却忽然想：若真是警察到来，我涉及其中，会不会影响学业，也辜负了您的栽培？回头一看，那个大喊之人竟然是罗觉蟾，真不懂他怎么到这里来的。

他看我还呆呆的，一把拉住我就往外跑，乔其、曹大友、吉克几人反应过来，也都纷纷跑了出来。

也不知跑了多久，几个人才一起停下，互相看一眼，都哈哈大笑起来。

乔其便主动提出，要请大家饮茶。曹大友第一个便反对，说他这辈子没进过什么茶店，可禁不住大家的热情，毕竟还是一同去了。

进了最近的一家红茶店，我们这许多人等了良久，竟然无人带座。眼见气氛越来越冷，乔其哼了一哼，便走了过去，时隔不久，那服务员便极热忱地上前招呼，我们都诧异不解。乔其扬一扬头，冷笑道："我买下这家店了！"

我吓了一跳，后来才知道，乔其一家原来是当地有名的富豪。

那天，我们五人在乔其买下的红茶店里喝了一次茶，我想，这是我今生难忘的遭遇。

学生：龚可心敬启
七月十二日

五

薄岑先生台鉴：

此时已是午夜，更深人静，距离我写上一封信的时间不过几个时辰，可我到底还是提起了笔，或者在这般的静夜里，才更易表示那些心灵的想法。

从哪里开始写起呢？其实我想说的，依然是发生在白天的事情。以您的敏锐，若您看到上一封信的话，一定会推断出，茶馆那一段实在是太简略了。

是的，在茶馆里，我们也聊了许多事情。

曹大友并不愿与我们坐在一处，看得出，他连拿杯子的手势都很拘谨不适。而他与乔其之间，方才因打架产生的默契消失无踪，二人似乎有许多的敌意。奇怪的是，他似乎识得罗觉蟾，还叫了一声"罗少爷"。

几乎是与此同时，乔其也叫了一声"十三少"。

罗觉蟾笑着与两人致意，我真奇怪，这人怎么好似三教九流都认识似的？

曹大友又看向我，犹疑了一会儿，他并没有说出那晚的事情，却道："中国的女子，怎和外国人出游？"

罗觉蟾看他一眼，笑道："你开洗衣店的，怎又接外国女人的生意？"

曹大友本不是擅于言谈的人，便答不出来。乔其笑道："我乔其在这里长了二十几岁，来往的大半是外国的男女，你岂不是还要咬我两口？"

曹大友气得说不出话来，罗觉蟾喝了一口红茶，唇边含着笑意说道："你原本的名字是叫作程玉立，乔其不过是你的英文名字，总放在嘴里做什么。"

乔其霎时被噎住，我在一旁看得好笑，但又想：曹大友是一个憨厚诚实的人，必不会是有意排斥我，便道："吉克虽是外国人，但对华人极为关注。譬如中央太平洋铁路事件，他最近就在调查，想还华人一个公道。"

我不说这话也就罢了，一说这句话，曹大友的脸色霎时不好看起来，他道："我的祖父、两位叔祖父当年都修建过这条铁路。"他眼望远方，手里无意识地摩挲着茶杯，"那时家里穷，没有谋生的办法，他们便只好漂洋出海，成百上千的人挤在船舱里，一个人只有一尺大的地方，真比十八层地狱还要可怖。那时祖父他们身上一点钱也没有，只得随身带几个南瓜……"

吉克是记者，最关注这些细节，便问："为何要带南瓜？"

曹大友冷笑："南瓜又抵口粮又能解渴，万一被人扔下海去，又可当救生圈使。我们都是穷人，哪有其他的东西！"

乔其便在一边冷笑："到这里来混的中国人，有几个是好出身？如我祖父，当年到西部来做牛仔，做信使，在马背上讨生活，生活何尝不是肮脏辛苦？这般赚下第一桶金，才有我家现在的生活。"

我不懂"牛仔"是何物，罗觉蟾解释与我听，原是上世纪出现，为开发美国西部的一种牧牛人。乔其祖父原是江南武林名门，因不慎打伤人命，被迫远渡重洋。两代人辛苦之下，到底攒下一份大家产，而乔其的功夫，亦是家传。

曹大友用力一拍桌："你们不知道我祖父辈当年的苦痛！他们当年修合恩角，那里完全都是悬崖，华工挂在吊篮里做活，我一个叔祖父掉到悬崖下面，尸骨无存。修唐纳隧道时，连续两年都是严冬，我家祖居南方，何尝见过冰雪，另一个叔祖父活活冻死在帐篷里，死时手里还握着洋镐！你们……"

他哽咽不能言语。乔其一时也说不出话来，吉克极愧疚，又奋力记录。我听了，心中也很是难过。

唯有罗觉蟾没有说什么，他坐在窗边，手在膝盖上轻轻打着拍子，口里轻声哼着什么。我离他最近，听到的是：

"一霎时把七情俱已昧尽，渗透了酸辛处泪湿衣襟。我只道铁富贵一生铸定，又谁知人生数顷刻分明……回首繁华如梦渺，残生一线付惊涛。"

心情难以言喻，唯有搁笔。

学生：龚可心敬启
七月十二日深夜

六

溥岑先生台鉴：

茶馆一事之后，我已有半月未能与您写信了。

并非无事可写，而是这半月里，我想了许多事情。

曹大友与乔其的祖辈经历——尤其是前者，给予我极大感触。国家的贫弱、人民的苦难，这一切，在过去并非无所觉，然而直至身在异邦，体会到我之祖国，非但不能庇护其子民，反而要迫得他们离乡远走之时，这种感觉才尤为强烈。

我深觉无力，一时间觉得无论做什么皆无用处，纵使我努力于学业，帮助吉克收集数据，又能改变些什么呢？

这些时间，我无比希望我真有您的地址；甚或，我若能见到您一面，那该有多好，以您的经验与见识，必然会给我富有见地的建议。

我没有见到您，反而见到了罗觉蟾。

那天我出门办一点事情，在街上恰好遇到了他。大概是我的神情过于恍惚，他笑笑，问我："被谁为难了啊？"

我还没有回答，他先说："我看，是被自己为难了吧。"

他如何知道我心里在想什么呢？我不言语，他便笑着说："依我看，你这种情绪真是再正常不过。不过你就算难为死自己，也没有意义。若想帮助别人也好，自己也好，自己需先强盛。"

我冲口而出："我个人这点力量，又能帮得了谁？"

他笑，漫不经心弹一弹袖口："你自己了得，尚有协助这个国家的机会。不然，"他眼睛里的光芒一凛，"你连这点机会也没有。"

这句话仿佛当头一棒，打得我清醒过来，一时间为自己前段时间的无所作为而羞愧，不由得说："既然如此，我想在修完西洋历史后继续研修，读一个研究生的学位。"忽又想到自己之所以能够出来读书，乃是受了您的资助，这般节外生枝，似有不宜，便不多说，幸而罗觉蟾也并未继续问下去。

我偷眼看他，觉得这个人年纪虽轻，却有洞察人心的本领，不知他来美国，又是怎样的一番经历，便问他："你也与曹大友、乔其一般，是祖辈来到美国吗？"

他笑言："并非如此，我是去年到的这里，如茱蒂之父母、曹大友、乔其等人，都是在这里认识的朋友。"

我那个"手动得比脑子快"的毛病又犯了，不过这次动的是嘴，我道："若你生在红楼梦里，一定是个王熙凤式的八面玲珑的人物。"

说完我便后悔了，其实我全无贬义，只想开个玩笑，但哪个男子愿意自己被比作女人？谁想道歉的话尚未出口，罗觉蟾先笑道："这个比方，真是有趣。"

我还是很不好意思，仓促间找不到话题，只得问："你怎知方才我想些什么？"

他又笑道："因为我也愿难为自己。"

这个人到底是怎样？我——我真是看不透他，在写信的时候，我心里依旧萦绕着他所说的那些话。

学生：龚可心敬启

七月十九日

溥岑先生台鉴：

真是完全没有想到的事，真是万分感谢您！

真没想到您会托黎次长打电报给我，问候我的学业与生活，又说全力支持我的学业，无论是继续进修，还是选学第二个学位，您都大力支持。真是太感谢了，多谢您的慷慨与慈善！

但我似乎，依然还是没有您的地址呢……

学生：龚可心敬启

七月二十五日

溥岑先生台鉴：

又有一段时间没有提笔给您写信。这段时间里，我致力于学业与吉克的华工事件，虽然忙碌，但精神上却很是充实。

吉克那一边，他虽然投入了很多的精力，但效果并不显著，没有报纸愿意刊登他的文字，当地所谓的一些"社会名流"对他嘲笑不已。甚至当他走在街上，也有人在取笑他，说他竟然为中国佬张目，真是好笑。

连吉克的家人、我的室友茱蒂也不再支持他。她是一个善良的女子，然而就连她也劝吉克："这不过是一种无用功。"

吉克却很坚持，他言道："我若不做，更无人愿做。纵使没有效果，做了也总比不做的好。"

这种精神，令我极为感动。

然而，他亦是付出许多。有一次走在街上，竟被一群无赖青年围攻，头都被打出了血。这件事被乔其知道，他很是愤慨，便提出要教吉克功夫。

中国功夫在美利坚很有名气，吉克动了心，乔其便教他那套流云掌。要知道，这套掌法需要有相当的武学根基才学得来，吉克素无基础，如何能成事？曹大友看不下去，冷笑道："你先每天扎两个时辰马步，再说其他。"

他得知吉克所为之事后，对吉克不再反感，却很难调整自己的态度。他又说："我那套通臂拳你也学不得，没个三五年功夫，你拿不下这套拳法。"

他们二人所说，一点错误也没有，我想了一想，便对吉克道："我教你些步法。"

我教了一会儿，曹大友和乔其都看呆了。乔其道："这不是教他逃吗？！"

曹大友也道："他不会还手怎么办？"

我教的是小念头里的步法，这一招应该是侧身圈步，之后拍手直冲，不过我只教了前一半。我理直气壮道："教吉克还手，岂是一时之功？先躲开旁人的打，也就是了。"

那两人啼笑皆非，罗觉蟾在一边笑道："我功夫差劲得很，不如教你射击如何？这个我很在行——不如我再送你把枪？"

我们几个人一起怔住，想我等不过是教吉克如何进攻防守，这人却好，直接便要开枪伤人了。

是的，我们这几个人，有时间时多会聚在一起，真应了"不打不相识"这句古话。

我很喜欢曹大友的率直、乔其的大方、吉克腼腆和执着融于一起的个性。偶尔，我会想起那晚的初相遇，满身是血的曹大友躲到我的窗下，可是没人再提起这件事。我想，这样便很好，过去的终是过去了。

学生：龚可心敬启

八月十五日

七

自己何尝给龚可心打过什么电报，黎威士摇了摇头，这定是罗觉蟾在其中搞的鬼。然而这几个年轻人的相处，令他看了心中亦是喜悦。再看余下的信件只有两封，一封极长，最后一封则是普通长度。他按摩一下眼睛，拿起了长的那封信。

溥岑先生台鉴：

（上）

这也许是我写过的最长的一封信。

在写这封信时，我忍不住看着罗觉蟾送我的那枚小印，的确，"不如意事常八九，可与言者无二三"。在发生了许多事情之后，我唯一能与之诉说的，也许只有给您写的信而已。

上一封信中，我原想过去的终是过去，未料，这不过是梦幻而已。

还是从头说起，在上一次我们聚会后不久，城中再次发生了案件。

这次的受害者乃是城中一位知名士绅，他亦姓杰克脱，是前番被杀之董事杰克脱的兄长，倡导过许多公益运动，声名极好。他在家中遇袭时，因大声呼救，罪犯并没有得逞，但他的受袭事件却引起了全城人的愤慨。

　　这一位年老的绅士说，袭击他的是个年轻的中国人。

　　吉克神色严肃，前来找我，他说想去洗衣店里看曹大友。

　　我一直觉得，吉克虽然与我们相处时很是腼腆，却仍有着记者的敏锐。当初曹大友躲在我窗下的事情，我没和任何人提过，实话说，我并非没有产生过怀疑。

　　然而，我并无其他佐证。何况他是一间洗衣店的老板，被杀之人是当地士绅，彼此之间并无利害关系。

　　那一晚，乔其没有看到我，我曾旁敲侧击问他，你和曹大友是怎样结识的，为何平时总要争斗。他只道一早知道城里有这样一个功夫好的中国人，因此总想找此人比斗，偏偏曹大友不识相，才会结怨。

　　这也说得通，说不定那一晚曹大友是旁事受伤。而我内心深处，因着曹大友的憨直，又因他是同胞，实也不愿往其他方向想。

　　然而这次，吉克首先便提出要去找曹大友，令我心中极为慌乱。

　　我试探问道："你为何要去找他？"

　　没想吉克答的却是："洗衣店已三日未曾开门，我怕他会有什么事情。"

唉，我实在还是高估了他的敏锐！

曹大友的洗衣店一片萧瑟，门户紧闭，从前有两个工人在这里打杂，可如今连那两个工人也不见。我们看了一会儿，不明所以，去问周边的邻居，也没有半点消息。

吉克焦急地在门外踱步，我便道："既然没有办法，不如去找乔其他们打听一下消息。"

吉克叹气道："你不知道，此刻城中又增加许多反对华人的势力，我担心有人借着这个搜捕的时间找他的麻烦。"

我心中不解："搜捕和华人又有什么关系，并无证据说这事是华人做的。"

吉克道："就算没有借口也可以反对华人，何况现在又有了借口！眼下城中已经在传那些年老绅士莫名身死，是因为中国功夫。曹大友又是华人，有人借此到洗衣店生事，也是正常的。"

他不见我回答，便问："你怎么看？"

我道："你说得对……"

"是吗？"

"是的，人都来了……"

一群青年无赖就在我们说话的时候围了上来，打头的一个人手里拿着一桶红油漆，一扬手便朝着大门泼了出去。

我一闪身躲了过去，吉克就慢了一些，身上溅了不少油漆。他很是生气，斥责道："你们做什么！"

那个人没有回答，反而指着我嘲笑起来："支那女！"又问吉克，"你怎么和支那女混在一路？"

　　这时又有一个人从后面蹿出来，我觉得他很眼熟，一回想，却是那天里被曹大友与乔其联手揍了的几个人之一。他指着吉克道："这个人会同中国佬一起打我们！他还在报纸上写文字为清客张目！"

　　原来吉克之所为，倒也有一定的成效，连这些小混混也知道他的名字，不知怎的，我竟有些欣慰。然而看到这十来个人一起涌上来，我不免又有些紧张，心想：吉克是一个不通武功的人，何况他又为我们中国人说话，更加不能让他吃亏。我便道："你先离开，我帮你支撑一会儿。"

　　吉克看我的眼神很是怪异，我心想：这人想什么呢，为何还不走？……人如此之多，我需得先下手为强。仓促之间，手边也没什么东西，我便一手抄起墙角的一根木棍，朝前面几人脚下扫去。

　　这一扫，若叫曹大友又或乔其看到，必然说我"全无准头"，又或"虚浮无力"。好在面前这些人都不懂什么武学，竟也被我扫倒了两个，但另外几人却仍向吉克扑了过去。

　　墙边还有一架梯子，我拉过它一把推倒，排头的两三个人再度被压倒，然后一跃来到打头一个侥幸没倒的人面前，一拳向那人头部打去。

　　那人居然很有些本事，把头一摇，躲过这一拳，我把拳头一展，化拳为掌，直劈到他脖子上。那人"咚"的一声栽倒在地，比前几个摔得都要厉害。

这时乃是大好良机，也不知道吉克成功跑了没有，我转头一看，真真气煞我也，原来吉克还呆呆站在原地，并没有逃走。我想他本是个新闻记者，真不懂为何反应这般迟钝，气得大喊："你怎么还不走?!"

这一句话似乎终于把他从呆滞中唤醒，他用力一跳，三两步来到我前面，将手臂一展，大声喝道："你们不可对一位女士动手!"

这可真急死我了，这个时候，这些人还能听他说话吗？他话音未落，忽然一块砖头从人群里飞了出来，却不是向他，而是朝我的头部掷了过来。

直到砖头的风声贴近双耳，我才反应过来。这里到底不是中国，我还当是从前和父亲看那些江湖人物动手，要讲武林的规矩呢。

这时躲闪已经不及，电光石火时分，吉克侧身、右脚擦地，向后一圈，动作仿佛行云流水，正是我教过他的咏春步法。

他把我二度护到了身后。

吉克本是个最纯粹的美利坚人，一点武功也不懂。唯一学会的一点，便是我教他的咏春步法。我想护他，却被他挡在了身后。

那块砖头打中了他头部，吉克的身形在我的眼里变得模糊，随后慢慢倒在地上，一小股血从他的头上流了出来。

那些人也怔住了，然而鲜血流出反而令他们产生了一种兴奋的情绪。在这种危急的时候，忽然传来一声枪响，打头的一个人戴的鸭舌帽被打到地上，全场的人都呆住了。

一个穿黑衣的人站在我们身后，他手里拿着一把银色的手枪，正是罗觉蟾。

初时的错愕过后，被枪声吓到，那些人霎时作鸟兽散。

我手足无措地站在原地，罗觉蟾几步走过来，神色很严厉："快送他去医院。"

入夜时分，吉克因颅内出血而逝去。

我实在写不下去了，请您原谅，待我整理一下情绪，再继续来写这封信。

（下）

罗觉蟾一直陪在我身边，帮我应对了很多事情，如医院、警察、吉克的亲人（我已不知当如何面对他们）。如果是一个中国人被杀，说不定会不了了之，可是一个美利坚人被杀，在当地，还是很受重视的。

罗觉蟾倚在外面的墙壁上，一根一根抽着烟卷。方才在一群人面前，我还能忍得住，到这里实在难以克制，"哇"的一声大哭出来。

罗觉蟾并没有制止我，他脱下身上的外套，丢到我身上。

其时已是夏日，但不知为何，罗觉蟾总是穿着极整齐，此时脱下外衣才发现，他是极瘦削的。

我并不冷，索性抱住那件外套，继续哭起来。说也奇怪，尽管只是怀里多了一样东西，却好像有了一种寄托，而外衣上残留的温度似乎也能给予人一种安慰。哭了一会儿，郁结的心情散发出来，感觉上也好了很多。

罗觉蟾递过一条手绢，他的手瘦而白，手指极长，指甲修剪得很整齐，难以想象就是这样一双手，打飞了当前那个混混的帽子。

他的语气很平淡，说出的话却令我吃了一惊："吉克是个侠者。"

我一怔，幼时我也读过一些侠客的故事，那故事中的人无不具有超凡的本领，吉克却并不懂这些。罗觉蟾似乎看透我心中所想，简简单单说了七个字："知不可为而为之。"

我这才明白，他指的是吉克为了华工铁路的事情奔波。

罗觉蟾拍拍我的肩："你回学校去吧。"

"你呢？"

"我有事待办。"

说完他当真就走了，我在原地怔了好一会儿，才醒悟过来他的外套还在我手里。此时虽是夏日，但入夜的风总是凉的。我看他身体似乎不怎样好，莫要因此生了病，便追了上去。

好在这医院外边只有一条大路，虽然他走的时间长了，却已依稀可见远处有个人影。我紧赶慢赶，追了一会儿，发现他走的方向似乎很是熟悉，又走一段，不由得奇异：这不是通往曹大友洗衣店的路？

其时我已经可以赶上他，但不知怎的，速度却慢了下去，只不远不近地与他保持着一段距离，这般走了一会儿，果然，前面正是曹大友的洗衣店。

我的心忽然怦怦地跳起来，只觉似乎有什么事情要发生，眼见那洗衣店依旧没有开门，周围的几家门户也是紧闭。罗觉蟾没有过去，而是躲在洗衣店旁边一根柱子的阴影里，我便也依样在旁边一户的门口躲起来。

　　过了一刻，周遭仍是安静，我的心却不知怎的越跳越快。这个时分，竟不知是恐惧大于期待，还是期待大于恐惧。

　　就在这时，月亮忽然黯了一黯。我眼前一花，有两个人出现在洗衣店面前：一个人身上有血；另一个人衣履精洁，相貌俊美。

　　这一切似乎重复着当日里我初遇曹大友与乔其的情形，那时二人便是这般的穿着，在我面前打斗。如今略有不同的是，曹大友手里还多了一把匕首，月下看去，匕首上似有暗色，仿佛血痕。

　　乔其手里没有兵器，但是他的眼里有一种狠劲。他施展出空手入白刃的功夫，但曹大友的武功也很高明，并不是一时半刻可以夺下来的。乔其咬着牙，待着曹大友一匕首刺过来的时候，他伸手用力一抓，竟将匕首的刃锋抓到手里，滴滴答答的鲜血直流下来。曹大友也吃了一惊，这一停顿的时间很是关键，乔其另一只手化拳为掌，朝着他手腕便劈下去，自己握着匕首的手也一松，只听"当啷"一声，那把匕首便落到了地上。

　　虽然则如此，曹大友的通臂拳亦是十分高明，他双臂开合，双拳击出，乔其好容易占了上风，焉能给他这个机会，流云掌掌若流云，竟也是一轮猛攻。曹大友本失了先机，忙于招架。乔其乘机在下面一扫，这一脚恰好扫到曹大友踝骨上，曹大友瞬间摔倒。

乔其连忙又补了一脚，曹大友被掀翻在地。乔其一膝盖顶到他后背上，一只手则紧紧按着他，令曹大友无法起身："差不多得了，你停手吧！"

他又说："你还不知你已成了重点的疑犯？待到明天，全城的警察都要搜你！"

曹大友沉默着，只用力挣扎，但两个人的功夫在伯仲之间，他既在下风，就没那么容易挣脱。乔其苦口婆心地继续劝："我最懒得管这类闲事。不过这城里，也只你的功夫看得过去，我不忍心看你就这么死了。老实说，城里第一个人送命的时候我就留意到了，我家里有点势力，到警局一看，那明明就是通臂拳留下的印子！后来我一直跟踪你，瓦沙学院那次，差点就抓到了你，只是没证据……后来咱们在茶馆聚会之后，我才知道你的事，大家都是中国人，你的心情我也能理解，但总不能把命送了不是，我帮你安排，你快走吧……"

他一反常态，絮絮叨叨说了许多话，我在一边听得极为惊奇，原来真是曹大友做下了那一系列凶案，然而乔其为何要包庇他？其中似乎另有原因……我正想到这里，形势忽已逆转。

乔其一心劝人，手下力道未免放松，曹大友乘机一滚，挣脱开来。他起身就跑，刚跑两步，一把银色的手枪已经抵在了他头上。

是罗觉蟾，他一直等在这里。

"跟我们离开，乔其可以送你离开这个城市，我会弄条船，送你离开这个国家。"

曹大友僵直着身子，一动不动，乔其抵着他时他还可以挣扎，但是在火器面前，他任凭一身本领，亦是无计可施。他嘴唇颤抖道："你们知道什么？我家祖辈三人来到这里，两个叔祖父惨死在那条铁路上，祖父后来带领华工发起抗议示威，他甚至并不是要人偿命，只希望辛辛苦苦干了活，能得到和那些白人一样的待遇，而不是收入比他们整整少一半！就这样还被镇压，祖父一身功夫，惨死在火器之下……"

他声音哽咽："从小，父亲就教我要记住这段仇恨……"

乔其吸了吸鼻子，他虽然家财万贯，可来到美利坚，想必也受过许多排挤，未免有所触动。但罗觉蟾的声音却很平淡："我很了解。"

随后他说："你杀的那些人，都是当年镇压过华人示威的工头或负责人吧？"

曹大友愕然："你怎样知道？"

罗觉蟾手里依然握着枪："你以为只有乔其关注你？我晓得，你还有仇人未报复，不愿离开。但你的所为，也已经过了。你袭击了两个杰克脱：第一个银行董事与你有仇不假；第二个不过是你仇人的兄长，可他自己却清白无辜，你当这是大清朝，还要搞连坐？"

他的声音不知不觉中带了一分讥诮，曹大友说不出话来，慢慢低下了头。乔其看着机会差不多，便走上来："得了，是条汉子，就快走吧。我还是那句老话，大家都是中国人，真看着你在这里送命不成？"

曹大友似有意动，身体放松下来，哑着声音问罗觉蟾：

"你用枪抵着我，我如何相信你？"

罗觉蟾笑，他把枪放下，远远一丢："信不信由你，你当我乐意用枪对着你？"

曹大友终于出了一口气，他慢慢走到乔其身边。

就在这时，一个黑影忽然蹿了出来。他一手捡起被罗觉蟾扔得远远的手枪，照着乔其和曹大友的方向就开了一枪，两人站得近，那一枪正打在乔其肩上。

乔其吃痛，还没叫出来，那人双手握紧，又开了一枪。乔其已经受伤，不及闪避，危急之时，曹大友忽地挡在了乔其身前。

那一枪，正打在他前胸上。

开枪的人大呼小叫："打中了，打中了！你们这些清客敢动手打我们……"

我忽然认出了他，那是曾经围攻过我和吉克的无赖之一，不知怎的，警察并没有捉住他，是一条漏网之鱼。

罗觉蟾也不说话，他的手闪电似的一翻，另一把银色手枪骤然现于他手中。一声枪响之后，那人仰面栽倒，额头上多了一个乌溜溜的血洞。

这一切的发生，只在顷刻之间，我甚至来不及有所反应。曹大友已经摔倒在地，乔其抱着他，脸色惨白："你怎么替我挡枪，你怎么替我挡枪？你不是一直看不上我，当我是纨绔子弟……"他语无伦次，连话都已说不分明。

曹大友看着他："曹家人，有恩报恩，有仇报仇……"

那是他的最后一句话，他的手垂了下来。

乔其呆呆地抱着曹大友的尸身，一句话也说不出来。

罗觉蟾却忽然起身，快走几步，我呆住，他走向的——
是我的方向。

我低下头，才发现地上的影子早已出卖了我。我怔怔看
向他，把手里的外衣递了过去。

"所以，乔其接近曹大友是为了这个案子，你也是，吉
克接近他们是为了得到中央太平洋铁路的资料，可我，又是
为了什么……"

罗觉蟾看着我，忽然间，他叹了口气，声音幽微。

"是啊，当初我本想看你一眼就好，实不该把你卷进来
的……"他的话戛然而止，接过外套，声音转为既往那样。

"你赶快离开吧！再留下来，真想要学校开除你吗？"

这是那一晚，他对我说的最后一句话。

学生：龚可心敬启
八月三十日

八

黎威士放下信件，久久不语。终于，他拆开了最后一封信。

溥岑先生台鉴：

自那天的事情之后，已经足足过了一个月。

我的学业也受到了一定的影响，幸而到了最后，学校并
未真的把我如何，我还是可以继续读书研习。

关于中央太平洋铁路的事情，尽管吉克已死，我还是继续查询下去。后来我又得知，美利坚于三十余年前曾颁布一法令，名为 *Chinese Exclusion Act*（《排华法案》）。其中对华人之限制与排斥，令人惊诧之极。

我还得知，在三十年前，甚至有白人于一夜之间，杀死二十多名华人，并焚烧他们的房屋，其罪行令人发指。

我依旧无法改变什么，但是我至少可以记录下这一切，留待后人。

说完这些正事，总还要聊一些个人的私事。

前段时间，黎威士次长的机要秘书冉星彩先生赴美，他还记得我们这些学生，特地前来看望。无意间，他看到我身上那枚"可无二三"的小印，笑言："这不是黎次长的私印吗？怎么到了你手里？"想一想复又笑道，"不对，黎次长后来把这枚印送给他的好友溥岑君了。"

我一怔，便答道："这是一位名叫罗觉蟾的先生送给我的。"

冉星彩先生也是一怔，便笑起来："罗觉蟾的原名，就是溥岑啊。溥岑原姓觉罗禅，因不喜自己的出身，化名罗觉蟾在外面行走，辅助革命事业。"之后，他又诧异地问道："你竟不知吗？"

溥岑先生，在美利坚最初这几个月里，您可说是我精神上的支柱。经历了这许多事情，如果我没有把这些信一一写出，也许便无法支撑下去。

而罗觉蟾，则是一个令我迷惑，却终于信重之人。

现在冉先生告知我，他们本是同一个人。

您想知道我当时的心情吗？

算了我还是不写出来了。

也许我在当时有一万句话想说出来，但是最后，我一个字也没有问黎次长。

目前最重要的，依然是学业。

不过等待学业完成之后，我会归国，尽自己微薄之力。若有机缘，我定将这些信送予您看。

还有，据您所说，你似是不想回国，也不大想见昔日友人是吗？

龚可心

九月三十日

龚可心那些自大洋彼岸而来的信件至此为止，黎威士翻过信纸，赫然发现在信纸背面用铅笔写了一行英文地址。他放下信，微微地笑起来。

溥岑，终于找到你了。

篇七

待从头

一

在北京吃涮锅子，那是有讲究的，一定要到立秋枫叶乍红的时候。俗话说得好：秋风起，宜进补。再不，您设身处地想上一想，在以前那年月，大夏天里涮上个锅子，热不热啊？

可偏偏就有这么一个人，在盛夏里要了一个涮锅子。他面前摆了一盘上脑儿、一盘三叉、一盘黄瓜条，又有一盘羊腰子和羊肝，面前的调料碗里有酱油、醋、卤虾油、豆腐乳、韭菜花，另滴了几滴辣油。万事俱备，只差涮肉。

可这人偏就不涮。他拿了一双竹筷，慢条斯理地吃着面前的一盘鸡肉冻。

坐在他对面的另一个人看不下去了："罗觉蟾，大热天的你非要吃锅子，好容易撺掇人做了，又不涮，相面吗？"

罗觉蟾又夹了块鸡肉冻，慢慢咀嚼咽下后才答了句："是啊。"

对面那人险些被他气笑，索性也夹了一块鸡肉冻，入口方觉香滑鲜美，不由得赞了一句："好！"

罗觉蟾懒懒一笑："我推荐的东西，何时曾差过？"

这个人，竟又回到了北京。

这些年来，他那喜好浮华的风格半点未变，现下他仍是一身讲究的西式服装，打着墨蓝的领结，手上戴一个一泓春水似的翡翠扳指。在他对面的却是黎威士，现下他已辞了教育次长的职务，和罗觉蟾在这里吃起了涮锅子。

黎威士吃了一块鸡肉冻，随即便放下筷子，道："我问你，前年你在南洋时，我寄银钱和船票给你，你为何不肯回来？"

罗觉蟾笑道："银钱不是还给你，要你给那姓龚的小丫头养家了吗？"

黎威士看着他冷笑："我家在广州一十三间药铺，莫说一个龚姑娘，便是十个你，也养活了。要你巴巴地寄钱回来？"

罗觉蟾诚挚道："若是十个我，当真败家起来，你也未必养活得了。"

罗觉蟾此人，有一项本事：若他有心，你若说正事，他和你胡扯；你若胡扯，他比你更能胡扯，直能噎得人说不出话来。

黎威士把筷子往桌子上一放："好，银钱就先不提，那船票呢？我连船票都买好了寄给你，你为何不肯回来？"

罗觉蟾道："你是知道我的，没事就喜欢赌两把。那日与一个人赌钱，把船票输了。"

黎威士道："哦，原来如此，去美利坚的船票可更为昂贵，你既然把回国的船票都输了，又怎么能买到这张船票？"

罗觉蟾面不改色："我和第二个人赌钱，这次运气好，他输得一塌糊涂，连身上唯一一张船票都输给我了。"说罢，还从口袋里掏出两枚骰子，作为证据。

黎威士一伸手扣住罗觉蟾，那两枚骰子便到了他的手里，他掂上一掂，冷笑出声："明明是灌了水银的，罗觉蟾，你若用这骰子也能输，那才是太阳从西边出来了。"

罗觉蟾想了想，居然答道："我也这么觉得。"

黎威士叹了口气，他把那两枚骰子交还到罗觉蟾手里："罗觉蟾，我也知道你的心思，你心里头没有安定，自然就不肯回来。"

罗觉蟾没说话，只一口又一口吃着那鸡肉冻，不时喝上一口酒。

黎威士又道："其实我有你在美国的地址。"

罗觉蟾顿了顿筷子，随即微笑道："姓龚的小丫头当叛徒。"

黎威士叹了一声，伸手入怀，取出一样物事，摊至罗觉蟾面前。罗觉蟾见了，倒是一怔，那竟是一张去美利坚的船票。

"你若不回来，我便要去寻你了。"

罗觉蟾低下头，没说什么，黎威士却继续问道："然而，这一次，为什么你又肯回来了呢？"

罗觉蟾把那鸡肉冻吃了半盘子，这才抬起头："我也算走了许多地方，可无论如何，心中的疑惑总不能歇。既然如此，何处都一样，不如归家。"

他不再多说什么，只把剩下的半盘鸡肉冻往锅子里一倒。那铜锅里的水已经烧得滚开，鸡肉冻入内即化，变成了极鲜美的一锅鸡汤。罗觉蟾笑道："这锅子，是要这么吃才够味的，你懂了？"

黎威士啼笑皆非，他虽是出身大户，可并不如何注重身外之物，论到这饮食上的讲究，实不及罗觉蟾之万一，只好道："懂了。"

就在这时候，旁边也有一个声音传来："懂了！"

这声音清脆中带着些尖锐，分明是个孩子的声音。黎威士转头看去，见是个八九岁大的男童。他生得方面大耳，身形壮硕。虽然是个孩童，却有一份威武豪迈的气势。

但这份威武豪迈也仅限于他站在原地，不言不动的时候。下一刻，就见他上前一步，双眼紧盯着那紫铜火锅，半晌，方冒出一句："真想吃啊……"

嘿，这是谁家的孩子？

罗、黎两人还没开口，就听另一个声音传来。这声音带着南方人的声气儿，听上去斯文有礼："世英，这般无礼，还不向两位先生道歉？"

这个人的口气非常平淡，声音也不高，但那名叫世英的男童听了，却连忙退后两步，束手而立："阿爹，我错了……"

"你和我说错了有什么用？去向那两位先生道歉。"

世英一听，连忙又上前躬身施礼："两位先生，方才小子无礼，敬请见谅。"这时，方才那人也上前道："犬子无礼，请二位见谅。"

这人一开始出声时，黎威士的表情就有所动，待见到那人，他不由得站起，惊讶道："啊呀，柏舟，你怎么到北京来了？"

这人与黎威士年纪相仿，穿一件淡青的长衫，隐约透着竹叶的花纹，看着很是朴素。他身形颀长中带着几分瘦削，轮廓清秀柔和，一双眼睛炯然有神，宛若寒星。他见了黎威士，也有几分惊讶："黎兄，竟是你？"

黎威士笑道："可不正是我，你说有多么巧。"又向罗觉蟾介绍说，"这是我少年时的一个同学，名叫范柏舟，为人极好。"

罗觉蟾上下看了范柏舟几眼，笑道："原来是范兄，久仰，久仰，在下罗觉蟾。"又道，"范兄人品出众，这梢云缎的袍子也是非常之妙啊！"

原来江南有一种缎子，名唤梢云缎。这种缎子上有竹叶暗纹，若是清晨，竹叶闪亮，仿佛上面沾了露水；若到中午，竹叶开展，青翠可人；可到了晚上，竹叶却又呈闭合之态，色泽亦是暗淡许多，十分精致风雅。但这缎子也只有懂行的人才看得出，在一般人眼里未免失之朴素。又加上这种梢云缎十分昂贵，因此近几年来，穿的人也越来越少，也只有江南一些极清贵的富家大户，方可得见。

范柏舟笑了笑，客客气气地拱了拱手："正是。"

黎威士又道："范兄，你方才还没有回答我，怎么便想到进京来了？"

范柏舟指了指那男童："犬子还没来过北京城，我想'读万卷书，行万里路'总是有理的，便带他出来走走。"那世英便上前来，恭恭敬敬地向两人重新行礼："见过黎叔叔，见过罗叔叔。"

黎威士笑道："令郎头角峥嵘，将来必成大器。"罗觉蟾却看到世英即便行礼，眼角余光依然偷偷向桌上的紫铜火锅看去，便笑道："还是坐下说话，范兄，见面即是有缘，不如便移过来一桌吃吧！"

这一句话说完，世英霎时双眼发亮，他飞快看了罗觉蟾一眼，眼神里满是感激。这一眼速度奇快，范柏舟却在这时也看了他一眼。世英马上端谨了颜色，一句话不敢多说。

几人落座，大夏天里吃锅子虽不应景，却也自是鲜美。范、黎两人吃得不多，专注谈话；罗觉蟾可不客气，他一边竖起耳朵，一边吃喝不停；有趣的是那小世英，他吃相安静，可那速度却连罗觉蟾都自叹不如。他向世英挤了挤眼睛。世英一怔，看范柏舟并未留意，也偷偷回了个鬼脸。

聊了一会儿，罗觉蟾方知黎威士少年时曾往江南读书，那时与范柏舟乃是同窗好友。后来范柏舟父母过世，他独自来到广州求学，说来也巧，竟又与黎威士成了同学，这是双重的缘分。两人数年未见，未想竟在京城相逢，也是难得之事。

黎威士又问道："说起来，还不知范兄你是何时成的婚，尊夫人也一同来京了吗？"

范柏舟放下酒杯，沉默不语。世英也停下筷子，偷偷看着父亲。就在这时，忽然有人一拍桌子，大怒喝道："这是什么说法，怎么他们就能吃涮锅子，我们便没有？"

小二忙上前解释："这位爷，那羊肉是那位客人自己带来的，我们店里不过代做，实在没有这个，还请您多包涵！"

那人冷笑道："可我今儿就是想吃这个了！"说着上前来，一拍罗觉蟾几人的桌子，"爷们几个，今儿我相中这口了，怎么着，让一步吧！"

"让一步吧"这四个字看着客气，说起来却是一点商量余地都没有。罗觉蟾抬头看看眼前这人，见他身高膀大，一脸络腮胡子，一座黑铁塔也似，不由得叹口气："好生粗蠢。"

那人僵在原地，世英忍不住笑出声来。

罗觉蟾又向黎威士道："怎么我离开这几年，北京城的世道也变了，就这样的，也能出来混日子、逞威风了？"

黎威士忍着笑："不认识你十三少，确是他们的不对。"

罗觉蟾摆手道："那倒罢了，我也不认识他不是。"于是问道，"你叫什么名字？"

那人被这么一问，下意识便答道："青面兽杨志。"这并不是说他当真叫这个名字，而是当时的一种习气，以水浒中的人物为名，彰显他的英雄气概。

罗觉蟾道："我看你面皮不青，不如禽兽，这名字很不合适，不如改个名字，叫李鬼吧。"

"不如禽兽"这四字含义那青面兽还没听出来，可"李鬼"这两字中的讽刺之意他却听出来了，怒道："你敢消遣我！"一拳便朝罗觉蟾打了过去。

罗觉蟾已做好了准备，他的手枪就在腰间，可就在这时，一只手阻住了那一拳。

准确地说，是一只手上的两根手指，稳稳撑在青面兽的肘间。那青面兽不知怎的，拳头就这样停在半空，再难上前一寸。

自然不是罗觉蟾，也不是身无武功的黎威士，甚至也不是范柏舟，而是那男童世英。他见罗觉蟾就要被打，情急出手，但出手之后，又马上看向范柏舟。

范柏舟看他一眼，淡淡道："恶客上门，你是晚辈，替长辈做点事也是应当的。"

世英大喜，脆脆地答了声："是！"这时那青面兽因一只手被世英拦住，一怒之下，另一个醋钵大的拳头也打了下来。这一拳风声呼呼，世英不慌不忙，另一只手两根手指一竖，恰拿捏住他打来的手腕。青面兽一声痛呼，这一拳还没打到，已经垂落下来。世英放开先前的一只手，在青面兽的腰眼上不知怎么一按，堂堂一条大汉就这般摔倒在地，然后哈哈大笑，惹得众人侧目。

范柏舟斥道："胡闹！你打倒他也就是了，点什么笑穴？"

世英忙道："是，我这便解开。"便弯身解开穴道。那青面兽哪里还敢逞威风，丢下两句狠话便急忙走了。

黎威士斟了一杯酒，赞道："好功夫！果然是家学渊源，范兄，这孩子的根底真正不错，你家的擒龙手，只怕他已学了大半吧。"

范柏舟道："还早，十七式里他学了九式，不过是些小聪明。"

这才是言若有憾，心实喜之。

二

这一顿饭，黎威士与范柏舟谈得畅快，罗觉蟾与世英吃得畅快。饭后，黎威士问范柏舟："记得范家在北京也有产业，你可是还住那里？"

范柏舟颔首："正是。"

黎威士笑道："好，那我必去叨扰。"

两人告别。黎威士又向罗觉蟾道："我要去拜访一位蔡都督，此人是个难得的英雄人物，你可要与我一同前去？"

罗觉蟾笑道："不必了，我要去看几个朋友。"

黎威士想他离开北京这几年，自然也有许多故旧要去拜访，便道："也好。"

罗觉蟾双手插在口袋里，摇摇晃晃出了门。

这北京城，又是数年未进了。变了吗？也没有，城墙还是那个城墙，碧瓦、蓝天、鸽哨依旧如故，就连刚才吃的羊肉涮锅子，也还是从前那个味儿。

可是，一切却也不同了。

物依旧，人不同。

而这变化中，甚至也有他的一份力量。

他微微地笑，像是对别人说，又像是对自己说："去看看那几个朋友吧。"

他推却了都督的拜访也一定要去看的那几个朋友，住在一条胡同里，也只走到胡同口，便闻水中脂粉香。

罗觉蟾挑了挑唇角："谁家的姑娘，四处泼洗脸水啊？"

一个龟奴从门里探出半个脑袋，"哟"了一声又说："十三少，怎么是您哪？不是我说，您老可好久没上咱们陕西巷来了！"

罗觉蟾笑道："那还不快请我进去！"

这陕西巷原是北京前门外大栅栏切近的八大胡同之一，有分教："八大胡同自古名，陕西百顺石头城。貂裘豪客知多少，簇簇胭脂坡上行"说的便是这里。当年罗觉蟾乃是此处常客，认识了几个风尘中的知己。

龟奴殷殷勤勤地请罗觉蟾入内，上了茶水点心，罗觉蟾丢了块大洋给他，问道："我也几年没回来了，不知道红雁她还在不在？"

龟奴满面堆笑："都知道您和红雁姑娘是老交情，可是啊，红雁她去年就从良了，听说是嫁了一个关外贩参的做填房，这也是自己当家了。"

罗觉蟾笑道："不错，水仙呢？"

"水仙也从良了，就是上个月的事儿。"

"也罢了，小可呢？"

"小可一早就没了，是肺痨，花一样的大姑娘，没时瘦得那个可怜哟。"

罗觉蟾又问了几个人，不是病了，便是死了。他意兴阑珊，龟奴也看出他的态度，一拍手道："我想起一个人来，您还记不记得花君？您走时还小呢，如今长开了，人也白净了，要么您去她的屋子里坐坐？"

这般一说，罗觉蟾的脑海里也出现了一个女孩子的身影，瘦瘦的伶俐样子，从前总是跟在红姑娘的后面。他便笑道："她也大了？也好，就是花君吧。"

花君如今虽不算是红姑娘，住的地方却也不差，窗下尚摆了一盆兰花，倒是未曾辜负她这名字。罗觉蟾端了茶，便问她的近况，又问故人情事，到后来他长叹一声："真个是我未成名君未嫁，可能俱是不如人啊。"

花君便笑了，她是识几个字的女子，晓得这句话的意思："十三爷，您这般说，可让那些真不如人的如何是好。"

罗觉蟾也笑："也是。"他上下端详花君，见她仍旧是瘦伶伶的，眉目清秀，若换一身装束，也是一个女学生的样子，便问道："你之后有什么打算呢？"

花君笑："我们这样的人，有什么打算呢？不过是过一天算一天罢了。倘若十三少闲了想找个人说说谈谈，便来坐坐，也便是咱们相识一场了。"她的笑容动人，语气中却有不尽凄凉的意味。罗觉蟾笑了笑，掏出一叠大洋放在桌上："你收着。"

花君吃了一惊："哪用得着这许多？"

"并不是纯为了你。"罗觉蟾道，"你那几个没了的姊妹，我也没能去看看，明年清明时，你替我去烧些纸钱。"

他这般说话，花君才收了，两人又对坐片刻，听到隔壁有轻柔婉转的琵琶声音传来，紧接着是一个女声。这个声音可不如琵琶细腻，低沉中带着些沙哑，但细细听了，却有一种说不出的韵味。

罗觉蟾便起身来到门外，听她唱的是"浅浅水，长悠悠，来无尽，去无休"，便笑道："如今唱这个的可少见。"又听她继续道："曲曲折折向东流，山山岭岭难阻留。"声音更低，带了分不可移转的坚定之意。

罗觉蟾道："这两句倒也不俗。"说话间，那女子已唱到了最后两句："问伊奔腾何时歇，不到大海不回头！"

到最后一个"头"字，声音骤然拔高，仿佛一缕钢丝，忽然间便被抛到了天际，振奋之余凭增一缕哀思。与此同时，只听一声弦响，那女子道："都督，弦断了。"

一个男子便道："断了，便再将它续上。"只听他忽然低声喝道，"窗外何人？"

罗觉蟾哈哈一笑，便大大方方走了出来，赞道："好诗！"

屋内那男子也同时起身，罗觉蟾见他三十多岁年纪，瘦长的个子，面貌中有一种果决英武之气。这种神色，非是经过鲜血淬炼过的军人不可有之，不由得心头一凛，暗想：这是何许人物？口中则道："在下姓罗，名叫罗觉蟾，今天来看个旧相知，因听这曲子唱得实在是妙，便出来看看，倒是叨扰先生的雅兴了。"又道，"不知先生怎样称呼，一起过来喝个酒如何？"他明明听到"都督"两字，却绝口不提。

那人略缓和了神色，道："原来是罗先生，喝酒便不必了，我还有事。"

罗觉蟾不过是随意搭讪一声，被拒绝了也不介意。他转身往回走，眼角余光却溜见一只女子的纤手，关上了那扇窗子。又有一张皎洁的面庞自窗前一掠而过，那是个十六七岁的女子，生得不过是中上的人才，但一双明眸却真是目若晨星，令人一见难忘。

罗觉蟾笑着回屋道："那姑娘是谁？我看着，倒有红拂的品格儿。"

花君笑着道："您说人家是红拂，可也得有个李靖配着不是？她身边那位啊，可不是怀才不遇的李药师，人家正经当过云南的大都督呢。"

"原来是他。"罗觉蟾眯了眼睛，蔡锷蔡松坡，革命党的同盟，云南曾经的大都督，极清廉果断的一个人，后来被袁世凯召到北京，一是笼络，二为监视。不说是虎落平原，却也相差不远。

"黎威士说要找蔡都督，可不就是他，我怎忘了？没想倒是让我先见到了。"罗觉蟾嘀咕一句，但他对男人兴趣不大，又问："那女孩子叫什么名字？新来的？"

花君笑道："她原叫筱凤，到这里来便改了个名字叫小凤仙。虽然唱得好，只因性子古怪，客人不多，直到碰见了这位蔡都督，这才红了起来，倒也是英雄美人，相得益彰。"

罗觉蟾听她说得有趣，笑道："蔡松坡已经不是都督了，你怎的还这般叫他？"

花君笑道："戏文里不都说，那大破曹操水军的东吴周都督，好个青年秀丽人物。这位蔡都督年纪也不甚大，因此我这般叫他。"

罗觉蟾不由得大笑，笑罢，道："那女孩子不错，改天我去她那里坐坐。"

花君笑道："那您可要看准了时间，蔡都督常在她那里，您去，怕是都督不依呢。"

罗觉蟾看着她，一丝淡淡的微笑从他唇边泛起："你莫不依就好。"

花君从小便见过罗觉蟾，又是在风尘里长大的人物，那一瞬间，她却不由得飞霞扑面。

就在这时，外面忽然传来叫骂的声音："这是个什么意思！老子十次来找那小凤仙，倒有十次她有客人，莫不是敷衍老子！"

这人的声音像一把刀子，又清又锐，虽是隔了几层门户，还是听得分明，倒是一副唱戏的好嗓子。按说胡同里争风吃醋也是常事，但罗觉蟾听了这人的声音，眉头却是一皱，道："我出去看看。"

越往外走，那声音越是清晰，罗觉蟾脚步越来越快，脸上的神色越来越难看。

背对着他，门口站着一个人。

这人瘦瘦的脊梁，站得极挺极直，正不耐烦地挽着白缎子的袖子。那袖子上是大朵大朵牡丹花的暗纹，阳光下明亮得耀眼。

那龟奴还在不停地打躬作揖："真对不住，曾九爷……"一个声音却忽然响起："曾玉函，原来你还活着。"

这名字自来少有人提，那男子一怔，缓缓转过身，显出一张白净面皮，一双吊梢丹凤眼。他整个人仿佛一把快刀，伤人亦伤己。他听了这声音，半晌方道："原来是你，溥岑，不都说你死了吗？"

两人对视一眼，几乎是不约而同地把手放到了腰间，然而下一刻，却是谁也没有动作。

然而，也没有一人把手从腰间移开。

这男子姓曾，排行第九，在如今北京城的地界儿上，也要被人叫上一句"曾九爷"。可少有人知道，他原名叫作曾玉函，和罗觉蟾也曾有过同师之谊。

曾玉函出身贫苦，打小父母双亡，这名字原是邻居一家老秀才给他起的。他少年时因有一副好嗓子，远亲曾想把他卖到梨园行当里，他索性逃走，被一个姓卫的老军收养。

过去几十年里，这老军在军中一直担任枪械检查的职务，因此练就了一身的好枪法，都传给了曾玉函。后来，罗觉蟾与这老军因缘结交，亦是学得了他的本领。

谁想好人无好报，那曾玉函在外面混久了，沾染了一身的恶劣习气，后来为了还赌债，竟把那老军杀死，劫掠了家中全部财物之后出逃。罗觉蟾得知这件事后大怒，一路追了过去。但没到黄河，他就听闻这曾玉函被一个大盗杀了，这才愤愤回京。再后来便是1909年，吴青箱进京身死，罗觉蟾为他复仇杀了梁毓，被迫离开。之后一路辗转奔波，没想几年后回京，竟然看到一个本该死了的人站在自己面前！

两人斗鸡一样互视了良久，罗觉蟾冷笑出声："这里不是动手的地方，你要是条汉子，晚上咱们老地方见。"

在北京城里混的这些人，要的就是一个脸面，被当众撂下了话，曾玉函冷冷哼了一声："你想死，爷就送你一程。"一拧身便走了。

罗觉蟾站在原地，花君担心他，也出来看。罗觉蟾也不看她，只道："你自己保重。"说罢，头也不回地走了。

三

罗觉蟾说的老地方，乃是那老军当年住处不远的一块空地。两人少年同学艺时，便是相看两厌，瞒着那老军常来这里动手。虽然那时两人都没什么功夫可言，但均是下手狠，没顾忌，一场架打下来便两败俱伤。

现如今，老军的住处早已荒废，这里本来住户就少，残阳荒草，映衬着一户破旧房屋，真是说不出的凄凉。

罗觉蟾到得早，他静静伫立了半晌，心里百般滋味。过去几年中，他原走过了许多地方，经历过许多事情，就连他所在的国家也发生了天翻地覆的变化，可这一刻，他却仿佛又回到了从前，过去那些年的经历化作一片空白，天地之间似乎只余下他，还有他手中的枪。

"原来我回来一遭，就是为了这件事？莫非真有天意不成？"他喃喃自语，看着自己的脚尖，现下他穿的乃是一双擦得雪亮的皮鞋。

这大概是他与曾玉函除了枪法外唯一相似的地方，两人都热衷于服饰打扮，又都觉得对方是个花蝴蝶，怎样都看不顺眼。

罗觉蟾忽地一脚踹飞一块石子，对那双昂贵的皮鞋毫不吝惜："你来了？"

他的脸色阴沉如暴雨前的天空，而对方的脸色也比他好不到哪里。曾玉函一挽白缎子的袖子，翻着眼看他："棺材买好了吗？"

"买好了。"

"买贵一点的，你岑贝子，怎么着也得用一副榆木棺材不是？"

"不是榆木的。"罗觉蟾抬起头，一双眼睛在夜色中闪闪发亮，"正经铁网山上的紫檀木，帮六寸，底八寸，一千年都不会坏的好东西，就是小了点儿，统共才一尺见方。棺材铺老板问我，你怎么不买个大的。我说不用，原是老家的背主狗，一辈子不会直起腰走路的混账东西，窝一窝放进去正好。"

话音未落，曾玉函伸手就把枪抄到手里，指着他脑袋，怒容满面："闭上你的嘴！"

罗觉蟾当即爆发，伸手在腰间把他那把片刻不曾离身的银色手枪拿了出来："好，你动手！有本事在卫老爹的门口一枪打死我啊！你敢不敢？！"

他喊得这么凶，那拿枪的手却稳得一动都没有动。曾玉函是识货的人，看出现下罗觉蟾的枪法比自己只高不低，倘若自己先开一枪，罗觉蟾说不定跟着就是一颗子弹，必是个同归于尽的局面。

二人这么对峙了一会儿，谁也没有动上一动，开上一枪固然是一起死，可要是放下枪，那死的就是自己。但这般的对峙却也极累，罗觉蟾斜眼看着曾玉函："你要觉得自己有那个本事，就来赌一场。"

"赌什么？"曾玉函还之以冷笑，"要赌也成，那就赌命！"

"好！"

这赌约就这般定下，三局两胜，第一场赌夜里打香火，第二场赌打活物。罗觉蟾说："前两场要是一个人都输了，自不必说，要是有输有赢，我还有个公平的赌命法子。"

曾玉函冷笑了几声，但他也没想出什么更好的办法，就道："那先比了前两场，谁若输了，就自己照脑袋开一枪吧！"

这时天已经黑了，罗觉蟾随身带了香火，便取了六支并排插在地上。两人一起点燃，随后一并退后，罗觉蟾道："左边三支是我的，右边三支是你的，规矩不用我多说。"

曾玉函点了点头，打香火是道上常有的事，不过从前多是用飞刀弹子打，现在换成了子弹而已。两人随便退后了一段距离，也没量究竟几步，只觉得差不多便停了下来，这时远处的香火看上去唯有六个红点。罗觉蟾低头看看距离，哼了一声，竟又退后了三步。

曾玉函甚觉不忿，便连退了五步。罗觉蟾看着他冷笑，也退了五步。曾玉函怎肯示弱，接连又退了几步。两人就这么退来退去，眼看着那香火已经不是红点，而是肉眼几不可见，别说神枪手，估计只有神仙才能打中。两人你看看我，我看看你，只得又上前了几十步。

似乎是为了表示对自己两次上前的不满，曾玉函甫一上前，"啪啪啪"就是三枪。右边的三个红点随之一一灭掉，这准头也是难得之极。

罗觉蟾看了一眼，哼了一声，连环也是三枪，左边三个红点也一并熄灭。他心里却也感叹，当年曾玉函离京出逃的时候，枪法虽不错，也未见如何特出，这几年的时间倒练出来了。却不知曾玉函也在想：罗觉蟾当年在京里枪法未见比自己高多少，现下自己长进许多，他怎的也跟着厉害了？

因为两人这枪声，一群飞鸟被惊飞出去，夜里也看不清究竟是什么鸟，只见羽毛雪白，倒好辨认。罗觉蟾道："打死物有什么意思，看我把那只头鸟打下来！"

他说的是打头一只大白鸟，个头足比后面几只大出三分之一。曾玉函道："尾巴上那只是我的。"他说的是后面收尾的一只鸟，这只是个秃尾巴，也好标记。

数声枪响，白鸟四散而飞，远远处只见两个白影掉了下来。两人上前查看，果不其然，正是先前选定的两只。

罗觉蟾"哦"了一声："这么看，咱们就比最后一场吧。"他从怀里掏出一把转轮手枪，"这种枪，你见识过没有？"

曾玉函在北京城里混这几年，也颇见过些世面："这个是叫作左轮手枪，美利坚的玩意儿。"

"不错。"罗觉蟾点一点头，"这枪里，一共是有六颗子弹。"说着他把这六颗子弹一起退出，却又拿出其中一颗装上，大拇指一转转轮，把转轮一关，"现下，可看不出这子弹在哪里了。"他拿着枪，就对上了自己的太阳穴，随即扣动扳机，速度之快，连曾玉函都没反应过来。然而扳机一扣，也就只是一扣而已，什么都没有发生。

"你这是什么意思？"曾玉函叫道，但下一秒钟，他什么都明白了，罗觉蟾伸手，把那把转轮手枪送到了他面前。

"谁也不知道那颗子弹在哪儿是不是？有本事，就一人对着自己脑袋开一枪，那颗子弹轮到谁，谁就上西天。"他面皮绷得紧紧的，"你有没有胆子，啊？！"

曾玉函的脸霎时白了，他也是玩命玩惯了的人，但像罗觉蟾这么赌的，还真是第一次见。这种赌法，到最后无论怎样，必定是要有一个人死的。但罗觉蟾已经朝着自己脑袋开了一枪，这时退后，便是承认自己的胆色不如对方。人活一张脸，再怎么样，也不能在这个时候缩头。

他咬着牙，接过那把枪，朝着自己的太阳穴也开了一枪。

什么也没有发生。

罗觉蟾嚬着笑，半个犹豫都没有，拿过枪朝着自己的头又是一枪。

依旧是一切如前，曾玉函心中猛地一抽，暗想：这混蛋是真不要命——他是真不在乎这条命了！

已经开了三次枪，也就意味着那子弹在后面的概率越来越大。曾玉函飞快把右手在衣襟上一擦，擦去一层冷汗，把枪一接。那接的速度虽快，但扣下扳机的速度到底还是慢了几秒。

一声轻响，并无他事。就是曾玉函这等从不信天地神佛的人，一时间心中也不由得念了一句"阿弥陀佛！"

这样一来，可就只剩下两次机会。而枪里只有一颗子弹，换言之，下一次，不是你死，便是我亡。

罗觉蟾先来，曾玉函私心里倒暗自庆幸这一点，却见罗觉蟾依旧是毫不在意地拿过手枪。须知这一枪下去，便有一半的可能是要送命，谁想他全不犹豫，枪一到手，马上就扣下了扳机。

一声轻响，就只是一声轻响而已。

罗觉蟾脸上绽开一个笑，拿枪管轻轻拍着左手："该你了。"然后又拉长了声音，拿戏腔唱了一句，"该你了……啊哈！"

曾玉函的脸色，已经变得和他身上的衣服一个颜色。五枪打完，最后一颗子弹，留给的就是他自己。他哆里哆嗦地接过那把枪，忽然间把枪口一转，朝着罗觉蟾就要开枪。罗觉蟾却早有防备，左手把银色手枪也拿了出来。两人同时开枪，却也同时躲闪。这两枪，都不过给对方添了点擦伤，未成大碍。

这时，曾玉函那把左轮枪里，可是一颗子弹都没有了。谁承想曾玉函再没开枪，拿着枪当一件兵刃，朝着罗觉蟾就砸了过去。

这一砸动作奇快，力道又大，竟然是有功夫的样子。罗觉蟾从小识得他，这曾九人是聪明的，枪法天赋也不差，但说到手里功夫，和自己不过是半斤八两，谁想六七年不见，竟是和从前大不相同。这功夫就放在北京城里看，也是拿得出手的，罗觉蟾全无防备，手枪霎时被砸飞出去。

曾玉函更不放松，上前接连又是几拳。罗觉蟾奋起反抗，无奈技不如人，接连几下被砸得天昏地暗，幸而曾玉函打红了眼，一时也没想起用枪，不然就手一枪，罗觉蟾这条命就要交待在这里。他一边奋力护住头脸，一边从地上抓起一把沙子，抖手就扬了过去。

这招式虽不入流，可是有用得很。可罗觉蟾又忘了一点，这曾玉函对他也是十分熟悉。眼见沙子过来，曾玉函把衣襟一撩，遮住头脸，脚下可没停着，上前又是两脚。罗觉蟾忽然就想了起来，这是有名的"玉碎连环步"，是往昔京津道上一个绰号叫"曾头市"、和何凤三齐名的独脚大盗的得意本领，曾九怎么学来的？

刚想到这里，这两脚就踢到了他身上，只踢得他一佛升天二佛出世，一口血霎时喷了出来。

就在这里，忽有一个矮小人影从草窠子里蹿了出来。这人虽小，动作却十分利落，三拳两掌，只向曾玉函下半身的关节处出手，膝盖、脚腕，一时间竟把曾玉函打了个措手不及。曾玉函恼怒之下，接连又是几脚，却都被那人避了过去。曾玉函的左膝反被他戳中，"扑通"一声半跪到地上。

罗觉蟾乘此良机，赶快把银色手枪捡了起来，谁想一扣扳机，里面也没了子弹。方才两场比试，耗的子弹却也不少。那矮小人影见他起身，便扑了过来，叫道："罗先生，快走！"

罗觉蟾被他一拽，跌跌撞撞冲了出去，索性便随着一路往外跑。曾玉函伸手拿枪，可他的枪也已空了。这一场比试，两人身上三把枪，子弹都被耗得一干二净，只得望洋兴叹。

两人直跑出老远，那矮小人影才停下脚步，笑道："罗先生，你还好？"

方才罗觉蟾还觉得他声音熟悉，这时一看，可不正是白天遇到的那个叫世英的小孩？没想到请他吃了顿涮锅子，却被这小家伙救了一命。

四

罗觉蟾拉着世英的手："范兄弟，这次可真是多亏你。不过话说回来，你怎么在这里，令尊也在吗？"

世英咳嗽一声："阿爹不在，我嘛……出来走走，另外我也不姓范，我姓邓……"

这几句话说得颠三倒四，罗觉蟾有些诧异。就在这时，忽然一个女声传来，半是惊恐，半是安心："十三爷！"

罗觉蟾扭头一看，暗夜中一张素白的女子面庞，正是花君。他吃了一惊："你怎么来了？夜深了，你一个年轻姑娘，不要乱走。"

花君声气中带着惊惶："十三爷，你还好？"

罗觉蟾笑道："我怎会有事？"

花君这才出了一口气，道："十三爷，你这几年没有回来，不知道曾九闯下了好大的名声！他回京之后，不知怎的练了一身好功夫，枪法又出众，犯在他手里的人命怕有十几条。我心里实在担心，就追了出来。"

她虽不知二人所说的"老地方"是何处，但花君也是从小便识得罗觉蟾的，他与曾九的那一番纠葛也都知道，想象着两人可能去的地方，走了几处后，最后来到了这里查看，还没到地方，便先遇见了罗觉蟾。

罗觉蟾摸一摸她的鬓发："你看，你十三爷现在不是好好的，下次不要大惊小怪。你一个姑娘，去了又顶什么用？"

花君忽然又想到一件事："十三爷，你现在没事，那曾九他……"

"他还活着。"罗觉蟾淡淡说道。

花君又松了一口气："都说曾九的后面，还有一个大靠山，因此我怕万一曾九死了……"那靠山来找罗觉蟾算账，这一句话，她因怕罗觉蟾以为自己小瞧了他，并没有说出，但罗觉蟾自然晓得话里的意思，问道："他那靠山是什么人？"

"传说，是曾头市。"花君垂着眼睛答道。

罗觉蟾想到曾玉函用的那玉碎连环步，心道难怪。他拍一拍花君的肩："我晓得了，你先回去吧。"

花君点头答应，邓世英忽然窜出来："这位姐姐，我有事请托你，我家就在附近的燕儿胡同 13 号，我阿爹姓范，名讳是柏舟，你能不能去告诉他一声，就说我出门……路遇罗叔叔，等一会儿就回家。"

花君听得莫名其妙，看看罗觉蟾。罗觉蟾点了点头，花君只好接了这任务。

待到花君离开之后，罗觉蟾拿手绢捂着嘴咳嗽了几声，随即"哇"的一声，一口血吐了出来。方才花君在的时候他一直强忍着，直到这时才吐了出来。

邓世英吓了一跳："罗叔叔，你没事吧？"

罗觉蟾笑道："没事，刚才打架时，不小心把舌尖咬破了。倒是你，小世英，打着我的名头，是个什么主意？"

邓世英毕竟年纪小，罗觉蟾一说也就信了，叹口气说："唉，不瞒罗叔叔，我是背着阿爹出来的。我原听说北京城中有一种羊头肉，特别好吃，便出来找。谁知找了半天也没有找到，倒迷了路，一走走到这里来了，正看到你们在打架。罗叔叔，那个人到底是谁？"

"是我……算是师兄吧。"罗觉蟾叹口气，"他把我师父给杀了。"

邓世英吓了一跳，罗觉蟾却迅速转移了话题，他敲了邓世英一个爆栗："你这小子，羊头肉是冬天才卖的，现在哪里会有？走吧，我带你吃点好东西去！"

邓世英霎时欢欣鼓舞："真的？罗叔叔，我一早便知你是个好人！"

这所谓"好人"的证据，也无非是两人初一见面，罗觉蟾便请他吃了一顿羊肉锅子。

这时天也晚了，罗觉蟾引着邓世英到一家小摊子上去吃褡裢火烧。这家摊子虽小，可是五脏俱全，各种馅料齐齐整整摆了一桌子，什么皮蛋、海米、胡萝卜、菠菜、粉丝，还有最常见的肉馅，先不说味道，单看这红、绿、黄、白的颜色，就十分好看。摊子上点了一盏风中摇曳的煤油灯，老板恐怕有七八十岁了，一脸白胡子，板着脸一句话也不说。

罗觉蟾连点了几样馅料，老板上手就包，莫看他年纪大，动作却十分利落，烙出的火烧小巧精细，金黄焦脆。邓世英一连吃了数个，连连叫好。

他还想再吃，却被罗觉蟾一笑拦住："你不想吃别的？"

"想！"邓世英双眼发亮。

前面铜碗叮当响，那是卖果子干的。罗觉蟾买了几个，两人一路嚼着玩，在挑子上买了两碗卤煮炸豆腐，另一个摊子上买了包卤猪肝，豌豆黄一人来了四块，最后找了家卖酸梅汤的店。一碗酸梅汤端出来冰得极透，喝一口挂碗，邓世英只吃得不住点头，连说话的时间都没有了。

罗觉蟾看着他有趣，心想：难怪这小子年纪不大，身形倒很魁伟，多半是吃出来的；范柏舟其人是个清贵才子模样，却有这样一个儿子，真是有趣。

这般一路吃了下去，邓世英吃得肚子滚圆，他犹豫着向罗觉蟾道："罗叔叔，我还有一事烦劳你，你能把我送回家吗？就说……就说……"

罗觉蟾接上去："就说你出门偶然看到我和曾九相斗，救了我这才晚归。咱们吃喝是自己的事，绝不和令尊说上一字半句。"

邓世英大喜，心道这位罗叔叔真乃知情识趣的妙人是也，忙道："就是这样！"

两人这才一同回到范宅。范家乃是江南世家，在北京自然也有宅子。夜里看去，小小一个别院十分清幽，门前有绿树黄花掩映。罗觉蟾轻叩门环，有老管事前来应门，听罗觉蟾说明之后道："请这位先生稍候，小少爷也稍候，我去通报老爷。"

邓世英虽是回了自己家，可听这老管事这么说，竟也不敢进屋，只得在外面等着。又过了一会儿，那老管事回来道："老爷在书房相候。"

几人一同来到了书房，罗觉蟾见这间书房的布置虽然清简，但每一样物事都是有年头、有来历的，唯有墙上挂的一张字是今人所写，乃是诗经中的一首柏舟："泛彼柏舟，亦泛其流。耿耿不寐，如有隐忧。"那却是典型中国式的文人，有扁舟，有清流，却仍会"心有隐忧"的文人。

罗觉蟾看一眼范柏舟，暗想：这首诗，与他气质真是十分相合。

这幅字又有一个有趣的地方，前半首是一个雄浑有气魄的笔迹，从"我心匪石，不可转也"开始，又换了一个人写，这个字迹就要秀丽得多，但笔画之间的转折却透露出一种凌厉的味道。罗觉蟾看落款处果然是两个人，分别是"眉山邓元一，广州张阮"。

他又看了一遍，心中暗自思量。

老管事奉上茶水点心后退下，罗觉蟾笑道："范先生，今天多亏令公子相救，在下先行谢过。今天的事情原是这样……"

范柏舟道："罗先生客气，请喝茶。"

罗觉蟾话被打断，忙赞了几句茶水，又想再说，范柏舟却仍是道："罗先生先请喝茶。"

罗觉蟾何等人物，立时乖觉闭嘴，专心品茶，只听范柏舟向邓世英道："你把今晚的经历且说一遍。"

邓世英垂手而立，道："父亲，今晚我原是想在附近看看，不想走迷了路，后来碰到罗先生……"他就把今晚的经历讲了一遍，却分毫不提罗觉蟾带他吃喝之事，只说罗觉蟾因受了伤，一时不便行走，后来遇到花君，便请她先来通传一声免得父亲担忧，之后罗觉蟾好些了，这才归来。

这一段话，倒很有些孔夫子笔削春秋的意思，他说的大多都不是假话，听起来自然真实可信，不过有些事情没有讲而已。罗觉蟾捧着茶杯忍笑，暗道：这小子倒也乖滑。

范柏舟听了，也没有说什么，只道："今日你的功课尚且没有做，便在这里演练一番。"

邓世英道："是。"

罗觉蟾听得"演练"二字，又想到黎威士曾说过的擒龙手，心道习武人家自有规矩，练功时多是不准人看的，忙起身道："既然范先生有事，我就先告辞……"

范柏舟却道:"不碍事,罗先生且请坐。"

罗觉蟾只好又坐下。范柏舟穿的是一身长衫,他也不换衣,也不起身,道:"我只用一招,考验一下你的应对。"

邓世英又躬身应是,复行了一礼,这是晚辈与长辈对打时的规矩。却见范柏舟右手拇指、食指、中指三指合拢,骤然一转,罗觉蟾都没看清他怎么出手,邓世英就已经捂着膝盖蹲到了地上:"阿爹,你轻点……"

范柏舟不动声色:"倘若对敌,你也对人说轻点?起来,重新接招。"

邓世英便爬起来,这一次,他既已知道范柏舟要出哪一招,便做好准备。范柏舟尚未出手,他先往旁边一跳,但这书房面积能有多大?他这一跳,跳得自然也不远,范柏舟出手如电,未曾起身,又打到他膝盖关节。

邓世英揉着膝盖爬起来,连着两次被打倒,反激发了他的倔强性子,道:"阿爹,再来!"

范柏舟点了点头,依样又是一招,这次邓世英想得明白,躲是躲不过的。他的擒龙手也已学会了九式,其中有一式"骊龙珠"他用得最为纯熟。在范柏舟出手之时,他反手回击,袭向的正是范柏舟出手的手腕关节。

范柏舟微微点头,无名指和小指轻轻一拂,邓世英只觉得手腕一阵酸麻,那一招的劲力霎时便卸了。他"啊"的一声,膝盖一疼又半跪到地上,连被打中的地方也没有半点区别。

他不服气,又有点委屈地看向范柏舟。范柏舟自来对他的教导,乃是严格却不严厉,今晚三次出手力道都不轻,且又当着罗觉蟾的面,小孩子家自觉丢脸。却见范柏舟面上冷冷淡淡,自己端起面前的茶碗,喝了一口茶,并没有看他。

邓世英心中一动，暗道：我为何不能先行出手，又兼阿爹正在喝茶，必定少有防备。想到这里，左手便一掌打出，他年纪虽小，这一掌也自有劲风呼喝。然而这一招却是虚招，私下里，他右手并指如剑，袭向范柏舟的右膝。

范柏舟点了点头："这还有个样子。"他根本不去理邓世英那一掌，右腿轻轻一抬，邓世英一招还没发出，已被他脚尖点中左膝。随即范柏舟依旧是原样出手，邓世英右膝关节一痛，双膝跪倒在地。

范柏舟这一次出手比前几次都还要重些，邓世英一时没能站起来，只听范柏舟的声音徐徐从头顶传来："你衣襟上有点心碎屑，是豌豆黄？"

邓世英一下子没反应过来，答道："是。"

"手上还有油渍。"

"是褡裤火烧。"

"哦，你脸上沾的大概是卤猪肝，牙齿上沾的是杏干？"

"是柿子干……"

"区别也不大，裤子上湿了两块，一股梅子味道，信远斋的酸梅汤吧，还吃了什么？"

"卤煮炸豆腐……"

"你为义救人，原是对的，但不该撒谎。以你的个性，怎会到门前闲走？为了吃食出去还差不多。这些北京城里的小吃你怎会知道？定是强着罗先生带你去的。施了一些小恩，便要回报，我惩治你，该是不该？"

罗觉蟾连忙起身笑道："范先生莫怪，原是我为了答谢……"他本想说范小公子，一想邓世英并不姓范，这却不好说，只含糊道，"为了答谢令公子，又因天晚了自己想吃东西，方才领他去吃些吃食。这一次，我的性命都是令公子搭救的，些许小事，不碍大节，可见范先生家教有方，我这里拜谢了。"

说完罗觉蟾就要起身行礼，范柏舟忙起身劝住，这才向邓世英道："还不快谢罗先生为你求情。"

邓世英知道这件事就算掀过去了，这才从地上爬了起来。就在这时，方才那老管事又进来通报："老爷，有一位黎威士黎先生前来拜访。"

罗觉蟾一听有意思，他怎么也来了？过了一会儿黎威士进来，见到罗觉蟾却也惊讶，他请范柏舟屏退旁人，只余下他们三人在书房中，笑道："这真是巧了，我原就想找你们二人，没想竟一次碰到，罗觉蟾你怎么到范兄这里来了？"

罗觉蟾便把晚上事情简单说了一下，自己带邓世英吃喝之事是一概不提，也没有提曾玉函的名字。但黎威士听了后，却一皱眉："据你描述，这样的一个神枪手，又有功夫……他莫不是曾九？"

罗觉蟾惊奇道："你怎么知道？"

黎威士"啊"了一声："果然是这样，我要找你们的事，也与这曾九有关。"他看向范柏舟与罗觉蟾，恳切道，"我想请你二位保护一个人，此人名为蔡锷，曾任云南省的都督，眼下正在北京。"

五

黎威士言道："袁世凯目前有复辟称帝的心思。"罗觉蟾听着并不意外，范柏舟却吃了一惊，但黎威士将证据一项项地列举出来，范柏舟慢慢地沉默下来，不知在思量着什么。

黎威士又道："袁世凯畏惧蔡都督的力量，因此将他调到北京城来监视。但蔡都督暗地里一直还在从事反袁的行动。袁世凯生了疑心，找了两个北京城里的高手刺探，就下杀手的可能也不是没有。罗觉蟾你枪法一流，范兄身手极好，因此我想拜托两位，就近保护。"

罗觉蟾手指敲着桌子："你既然这般说，想必那两个高手中，有一个就是曾九了。"

"正是。"

"另外一个是谁？"

"另外一个，我只知他的绰号叫作曾头市。你在北京道上熟，大约听说过他的名字。"

罗觉蟾"哦"了一声，道："是他啊，这是个有名的大盗，京津一带混得极熟。论到武功和何凤三齐名，名声可比何老三差得多了。"

黎威士与何凤三也相熟，知晓他的武功如何，不由得有些忧心忡忡。罗觉蟾却站起身："成了，这事我接了。"

黎威士甚是喜悦，罗觉蟾枪法虽然出众，但论到功夫，那真是稀松平常之极。真让他一人保护，黎威士也是放心不下，便看向范柏舟，却见范柏舟依旧沉默，不答一字。

黎威士想了一想，便看了罗觉蟾一眼，使了个眼色，罗觉蟾会意，笑着起身出门："我去找世英说说话。"话是这般说，他出门后，却静悄悄地留在门外。只听黎威士叹了口气："你只想，这也是阿阮当年的心愿。"

范柏舟依然没有说话，黎威士又道："世英那孩子……是姓邓吧？我今天下午见到一个同乡，他与我说了些你的状况。范兄，这些年你并没有成婚，对不对？"

范柏舟终是叹了一口气，罗觉蟾没听到他开口，只听到黎威士诚挚道："范兄，多谢你。"

这话的意思，分明就是范柏舟应允了。罗觉蟾心里琢磨，忽然间他想到墙上那张字，落款分别是"邓元一"与"张阮"，心中已有了几分计较。却又听"啪"的一声，似乎是范柏舟扔过了什么东西，黎威士诧异道："这是……"

"治内伤的药。"范柏舟道，"那个罗觉蟾怕是受内伤了，只是不肯说。"

黎威士"哎"了一声，恨恨道"这混蛋"便向外走。罗觉蟾万没想这把火又烧回自己身上，赶紧装作一副若无其事的样子，抬头望月，念念有词："今晚的月亮真圆啊。"

黎威士一把揪住他领子："初一的晚上有什么月亮，你且与我回去。"

黎威士在京中自有住处，罗觉蟾便住在他那里。两人回去时已然夜深，罗觉蟾却无意入睡，他向黎威士道："说起来，今儿下午，我在八大胡同里看到蔡松坡了。"

黎威士"哦"了一声，道："难怪我下午没找到他。"

罗觉蟾看他的样子，并不像多么吃惊，笑道："看来，你也知道蔡松坡有相好？"

黎威士笑道："哪里是什么相好？不过是他逢场作戏，要迷惑袁世凯，哪是容易的事情，蔡松坡自然也得醇酒妇人，虚与委蛇一番。"

罗觉蟾笑道："我看那女孩子倒是不错。"

黎威士嘲笑道："你看哪个女孩子不都是不错？只是我却不明白，你怎么到今天还是光棍一条？"

罗觉蟾大怒："黎威士，揭人不揭短，你给我闭嘴！"

虽是答应了黎威士保护蔡锷一事，但并非贴身保护，而是在有需要时再行出手。因此罗觉蟾这些天过的还是颇为优哉。范柏舟赠的那药极好，他虽被曾玉函打得吐血，用了药便痊愈了。这几天里，他还和邓世英交上了朋友，这一大一小没事就在京城闲逛，觅些美食来吃。

邓世英的家教虽然严格，但范柏舟只要他完成当日功课，并说明今日所去何地之后，便不再干涉。

这一晚，罗觉蟾带邓世英去了大酒缸。邓世英从未来过这等地方，很是好奇地东张西望。罗觉蟾自然不会买酒给小孩，他来到外面的小摊上，要了两碗馄饨。

南方也有馄饨，称为云吞，邓世英尝了一口，这与他过去吃过的大不相同。一个馄饨里只一点点的肉馅，若是饿了要解馋，那是绝不能够的，但汤却是猪骨头熬出来的，加了紫菜、虾皮、陈醋还有辣油，喝上一口，那真是鲜香酸辣兼而有之。邓世英连连叫好。

罗觉蟾自己要了酒，配着馄饨慢慢喝。大酒缸的伙计笑着道："拿馄饨汤下酒，十三爷您真是头一份！"又道，"十三爷您可有年头没来啦，先前您带来那几个朋友，都还好吧？"

罗觉蟾喝了一口酒，慢悠悠地道："都好，都好着哪！"

伙计笑道："那就好！"说着，又招呼其他客人去了。

邓世英吃完一碗馄饨，一眼瞥到罗觉蟾手里的酒，不由得说道："罗叔叔，莫要喝冷酒，日后写不得字，拉不得弓。"这是家里的老人常对他说的话，他一顺口就说了出来，说完方觉不对，不禁红了脸。

罗觉蟾并不介意，笑道："拉不得弓不要紧，扣得动扳机就好。"又笑问邓世英，"世英，我看范兄并不是你的生父吧？"

他忽然提到这个，邓世英有些惊讶，便点了点头："罗叔叔，你怎样看出来的？"

罗觉蟾笑道："我掐指一算，前知五百年，后知五百载，这点小事，如何瞒我？"

邓世英也笑了，他这几天听惯了这位罗叔叔的胡扯，并不在意，道："阿爹是我义父，我的亲生父母在我三岁时过世了，阿爹便收养了我，我只当他是亲生父亲一般。"

罗觉蟾点头道："果然，你父母的名讳，可是邓元一与张阮？"

邓世英听到父母名字，忙起身道："正是，是阿爹告诉罗叔叔的？"

罗觉蟾却没有回答，他看向大酒缸里一处，随即笑道："你想不想再吃一碗馄饨？"

邓世英忙道："自然！"他便拿了钱去买馄饨。罗觉蟾却起身，向一个女子走过去："好巧，凤仙姑娘你也在这里？"

那女子十六七岁年纪，穿一身水红色的衫儿，鬓插珠花，腕戴金镶玉的镯子，这一身的打扮虽则富丽，却不是良家女子的装束。但她的一双眼睛生得不俗，令人见了便可忽略她的身份。

那女子也起身笑道："原来是罗先生。"这女子不是旁人，正是陕西巷里初逢，为蔡锷一手捧红的小凤仙。

罗觉蟾笑道："凤仙姑娘好兴致，也到这里来喝酒？"

小凤仙笑道："并不是喝酒，只因我想念这里的馄饨，便央了都督，来这里吃上一碗。"

罗觉蟾转头看去，果然在馄饨摊子那边，看到一个瘦长个子的熟悉身影，想蔡锷何等身份，竟亲自为一个女子做这等事，这份情感也是浓厚得很了。他不由得调笑："姑娘好福气。"

小凤仙却落落大方道："罗先生说笑了。倒是我要先行谢过罗先生，都督的安危，就拜托您了。"

蔡锷为罗觉蟾、范柏舟二人保护一事，十分机密，罗觉蟾实在没想到蔡锷竟然连此事也告诉了她，不由得说道："看来，蔡松坡是真要盖一所金屋了。"

这"金屋藏娇"的典故，小凤仙在戏词里是听过的。她正了颜色，道："这岂是敢当的？我敬都督，愿意助他，只为两件事。"

"一则，我认他是个英雄；二则，他认我是个知音。"

这两句话听得罗觉蟾心中一震，他慢慢咀嚼了半晌，忽地笑道：

"我晓得了，凤仙姑娘，你们——先回去吧。"

这句话转得甚奇，小凤仙不解，罗觉蟾一指另一处，低声道："曾九来了。"

小凤仙一凛，她既知罗觉蟾保护蔡锷一事，自然也晓得曾九是何许人也，忙悄悄地起身，去寻蔡锷。

罗觉蟾一直见到那两人离开了大酒缸，这才出一口气，又想起邓世英半天都没有回来，暗叫不好，又听远处喧哗，抬头一看，正是曾玉函与一个矮小人影追逐，可不正是邓世英。

他只气得肚里大骂，心说：这曾玉函真不是个东西，一个小孩子，你竟与他纠缠不休。

殊不知，这事儿还真怨不得曾玉函。

当日里罗觉蟾与曾玉函打斗的缘由，邓世英是知道的，他年纪虽小，却也有个善恶的观念，对这曾玉函极为鄙视。骤然遇到了他，小孩子便使起坏来，有意脚下一绊，把一碗馄饨都扣到了曾玉函的身上。

曾玉函幼年时极贫困，家中又肮脏，因此成人之后，反而多了个好美服又好洁净的毛病。他身上穿的是崭新的一件葱绿缎子长衫。这一碗馄饨汤水淋漓地一浇，哪还能看？他一时间火大之极，只想捉住这小恶客好好教训一顿，没想一动上手，才发现这小孩子竟然便是前番搅局那人，这一下新仇旧恨掺在一起，一时间只想把这小混蛋宰了。

邓世英当日里和曾玉函动手，是占了个偷袭的便宜，他毕竟年纪尚小，论到真实的武功还是有所不及。交手数招，他打中了曾玉函的腿弯，自己后背却也被敲了一下，甚是疼痛。邓世英一看不好，转身就跑。

曾玉函在大庭广众下被他打了一记，感觉更是丢人，跟在后面就追，周围人等都知道曾九的凶名，谁敢阻拦！就在这时，忽有一个人跳出，拦在了他的面前。

这人一身西式装扮，襟上挂了个金壳怀表，正是罗觉蟾。他上前来把邓世英护在身后，一伸手，就把腰间的枪抽了出来。

曾玉函也怔了，就算是他，这几年在北京城里几要横着走，但总没有当众开枪的道理。罗觉蟾冷笑着道："往前走啊！你往前再走一步，我就开一枪！"

周围人等一看有枪，纷纷都走开了，只远远地围上一个圈子，却还要看热闹。罗觉蟾低声道："世英，你快点走！"

邓世英年纪虽小，却颇有些有福同享、有难同当的英雄气概，摇头道："我不走，这不是做人的道理。"

罗觉蟾道："你去找你爹！咱们俩加一起也打不过这人不是？"其实这话也是敷衍，等邓世英真回去把范柏舟找过来，十个罗觉蟾也被打死了。但邓世英年小，却没想到这点，忙道："好！"一溜烟便跑了。

曾玉函大怒，一伸手也把枪抄了出来，道："溥岑，你当我不敢开枪！"

罗觉蟾却把枪一收，笑道："你敢，我不敢。有本事，咱们拳脚上见个高低。"这周遭都是人，子弹上却没有长眼睛。

曾玉函冷笑数声，若说到拳脚功夫，他如今比罗觉蟾可要强得太多，上前便是一拳。

这一拳速度奇快，按理来说，罗觉蟾绝没有避过的可能，没想到他手腕一翻，从一个十分诡异的角度一闪，不知怎么竟然躲过了这一拳。他随即反手一指，正戳到曾玉函手腕上，疼得曾玉函"啊"了一声。

这一招，却是当年罗觉蟾在汉口时，自惊鸿道人那里学来的，端的是巧妙之极，就连当年上海滩上的聂神通也没能奈何他，无奈他也只会这点。曾玉函气得暴叫，连环两掌又劈了下来。

这两掌真劈下来，罗觉蟾却是绝落不到好的，就在这时，一双修长的手掌一错一合，轻描淡写便将曾玉函的两掌化解。此人又一推，巧妙地把罗觉蟾挡到了身后，罗觉蟾看着身前人十分诧异："范兄？"

六

来人正是范柏舟，他一身艾绿的长衫，月下透着清凌凌的翠意。虽然曾玉函穿的也是绿色，但两人对面一站，这份风度气质相差实是天渊之别。

邓世英就站在他身后，范柏舟朝曾玉函拱了拱手："这位曾九兄，闻说犬子无礼，污了您的衣服，这里有些许银钱，且做赔偿。"

他一摊手，手中厚厚的一叠，四下看热闹的人都是惊叹。这些银圆，就再买几件衣服，也已够了。

曾玉函冷冷地哼了一声，道："这如何够？至少要十倍。"

范柏舟声色不动，应手丢出一个钱袋。曾玉函伸手抄住，打开一看，里面竟是两条金子，面上不由得变幻不定。他起先那句话不过是故意刁难，没想面前这个人竟真是个视金钱如粪土的。

他心胸狭窄，对邓世英仍是记恨，但方才自己那句话已经撂下，若当众反悔，未免大失面子，正在犹疑之时，却听范柏舟平平静静道："这金钱的纠葛既然已解决，我们便该解决一下其他的纠葛了。"

"什么？"

"伤我友人，是为一；伤吾子，是为二。"范柏舟一撩袍角，"动手吧。"

曾玉函没想这人说打就打，却也合了他的性子。但他也是有眼力，有见识的，看出这书生模样的人定是一个高手。他又想到邓世英那专打人关节的手法，心中更加了三分防备。

二人对峙，曾玉函吸一口气，上前一步，双掌连环击出。这两掌非但速度奇快，力道亦是不小，更难得的是变幻莫测，令人眼花缭乱，没想范柏舟右手轻探，轻易便看出了他这双掌来势，反向他肘关节打去。这手法与邓世英如出一辙，却要老辣许多，曾玉函怎能被他打中，双掌一错，后退一步，改向范柏舟小腹打去。

这次两掌，明面上是朝着范柏舟小腹，其实只有一掌是实，另一掌却是虚招。他做好准备，待到范柏舟再打他关节，这一掌就打范柏舟手腕。没想范柏舟竟似看透他的来路一般，一招就袭向他出虚招的那只手。曾玉函忙往后退，顺势一脚踢出，却被范柏舟双手一拧一拆，要不是他退得快，这只脚就要废掉。

这三招过后，曾玉函晓得，若不拿出自己看家的本事，怕是不成了。他活动一下脚腕，幸而虽然酸痛，到底没有伤到要害。双掌交错，脚下的步伐却如飙风一般，飞速交错移动，让人难以辨清他的方向。罗觉蟾在后面看得分明，叫道："玉碎连环步！"

这一声声音不小，其实便是叫给范柏舟听的。范柏舟听了，眉峰一凛。

这套步法的妙处，在于它进退莫测，令人难以捉摸。曾玉函又刻意引着范柏舟，往大酒缸里面走。酒馆里桌椅许多，本来是行走不易，但对于曾玉函，却是得其所哉，方寸之间正是适合他这套步法。然而范柏舟却丧失了原来的优势，试想擒拿关节要的就是一个精准，如今多了许多阻碍，还如何打法？

曾玉函自觉占了上风，他衣服反正已污了，索性不在乎起来，看着范柏舟衣履整洁便不顺眼，一边打，杯盘碗筷不住地向范柏舟身上丢过去。

范柏舟皱了眉，也不答言。但这许多杯碗，却也没有一个丢到他身上。邓世英在一边看了，大怒："这人真是龌龊！"他虽然恼怒，却没有半点担忧的样子，显然是对父亲十分信任。罗觉蟾在一边看了觉得有趣，携了他的手问道："小世英，你看是谁赢？"

邓世英觉得这问题问得十分好笑："这还用问，自然是阿爹。"这并不是基于武学的判断，而是一种纯粹的信任。罗觉蟾笑笑，也不答话，只拉着邓世英又退一步，一直混到人群里。他想得清楚，就算实在不行，自己到时在人群里抽冷子一枪，撂倒曾玉函也就罢了。

这时曾玉函咄咄逼人之势更甚，他两掌将范柏舟逼到死角，身前身后都是桌子，自认为下一招，对方无论如何也没有避开的可能，这才一掌向范柏舟天灵劈下，喝道："受死！"

这自认为必中的一招，却在未至一半的时候就停了下来，曾玉函只觉双手手腕一痛，竟是同时被人卸下了关节！他惨叫出声，范柏舟冷淡道："从头看上一遍，这玉碎连环步自有独到之处，但你练的，却也平平。"原来他一直与曾玉函拖延这良久，不过是为了验证玉碎连环步这步法而已。

下一刻，范柏舟双手加劲，他知晓曾玉函曾做下的恶事，又知他是刺探蔡锷的盗匪，便有心借此机会废掉曾九一双手。未想手上劲力未吐，忽觉身后一阵寒意迫人，他心念方转，两条手臂便似从天而降，直压下来，他只得放弃前招，凝力于臂。四条手臂相交，范柏舟只觉手臂一阵酸麻，不由得倒退了两步。

范柏舟抬头一看，只见面前好一条大汉，国字脸，堂堂的相貌，但眉梢眼角之中，却有着掩饰不住的血腥嗜杀之气，一个名字从他脑中晃过："曾头市？"

与此同时，罗觉蟾也拍了一下大腿："原来如此！"因这时曾头市与曾玉函站在一处，他方发现，这两人的眉眼竟然颇为相似，只是一个方脸，一个尖脸，气质又截然不同，故而让人难以联想到一起。他从前听说过，这曾头市也是贫苦出身，被父母卖后流落江湖学了一身武功，不由得暗想：这曾头市的"曾"莫非并不是绰号，而是他的本姓？难怪他对曾玉函这般维护……

他心里想着，那边曾头市与范柏舟二人，可已交上了手。曾头市并不用那些烦琐的步伐，一拳朝着范柏舟就打了过去。范柏舟伸手去拿他关节，曾头市将双臂一展，改为一个"双风贯耳"，直击范柏舟的太阳穴。范柏舟收回前招，去擒拿他双腕，未想曾头市一双手硬如磐石，他心中暗惊，心道：这人硬功好生了得！但此刻变招已然不及，索性一脚踢出，曾头市双臂后撤，也是一脚还击，两条腿别在一起，就此成了个僵持之局。

这几招以快打快，兔起鹘落，全是硬碰硬的招式。而僵持片刻后，也都发现对方并非易与之辈，先收回腿的居然是曾头市。他向后招呼曾玉函："走！"

曾玉函甚是不忿，道："大哥！你不知这几个人……"

这句话自然是把范柏舟、罗觉蟾、邓世英几个人都包括进去了，曾头市却道："你不要耽误了今晚的大事！"说罢面沉似水。

说也奇怪，天不怕地不怕的曾玉函听了这句话，犹豫了片刻，竟然真的随着曾头市走了。待两人走后，罗觉蟾、邓世英走上前来。邓世英还朝着曾头市的背影扮鬼脸，笑道："算你识相，不然定被阿爹打翻。"

范柏舟咳嗽一声，道："不可妄言，这个曾头市，果然不同凡响。"

罗觉蟾笑道："难不成比范兄还要高明？"

范柏舟正色道："我并不能保证可以胜过他。"

邓世英从来对父亲无条件信任，虽然范柏舟这般说，他不过当父亲谦逊，便嬉笑道："我却不信，阿爹要是拿了家传那削铁如泥的西风剑，自然就可以把他打得满地找牙……对了，阿爹，今晚这般巧，怎的你也来了这里？"

范柏舟也不答话，但与他同来的还有那老管事。这管事比范柏舟尚要大上一辈，论感情也是极深厚的，忍不住便道："少爷你有所不知，老爷因担心你，又不愿一同出来限制了你的兴致，故而你每天出来时，都远远地缀在后面，今日因见这里出了事才过来的，你还当是凑巧哩！"

范柏舟斥道："多话。"刚说到这里，罗觉蟾忽然"啊"的一声，直跳起来，吓了几个人一跳，邓世英拍着胸口："罗叔叔，你怎么了？"

罗觉蟾来不及和这小孩分说，先将范柏舟拉到一旁："范兄，曾头市临走时，和曾玉函说什么话了？"

那一句话，范柏舟听得比罗觉蟾更加清晰，当时他挂心世英安危，并未多想，此时罗觉蟾再一提，不由得脸色一变，罗觉蟾道："这两人此刻还有什么大事？又是什么大事，能让桀骜如曾九也住了手？范兄，我只怕他们今晚，对蔡松坡要有所行动！"

范柏舟也是一惊，道："莫非会是刺杀？那个曾头市可实在厉害。"

罗觉蟾摇头道："不会！一则，先前黎威士那家伙便说，二曾的目的在于刺探；二则，袁世凯对蔡松坡目前不过是怀疑，还存着利用的心思。照我看，刺探蔡松坡行动的可能性更大些，我再大胆猜测一句，说不定今晚蔡松坡是要见什么人，多半袁世凯那边又收到了些消息，不然，怎会平白无故派人出来？"

他侃侃而谈，范柏舟也觉有理。论到武功，十个罗觉蟾抵不上一个范柏舟；但论到这些，范柏舟就远不如罗觉蟾了。范柏舟便问："依罗兄之见，应当如何？"

罗觉蟾道："我今晚见道蔡松坡和小凤仙，依我看，他们就在陕西巷里谈事的可能不小。我对那里熟，就去看上一看。但话说回来，我这不过是一种猜测，范兄就去黎威士那里，蔡松坡有什么动向，我想他多半知道。"

范柏舟点头道："好，就这样办理。"转头又向老管事道，"你先送少爷回家。"说完他便匆匆走了。

这一边，罗觉蟾忙赶到陕西巷，熟门熟路地敲了小凤仙的门。那女子开门时颇为惊讶，但房中却并无他人。罗觉蟾没想自己还真猜错了，忙问："蔡松坡呢？"

小凤仙已收敛起面上的惊讶情绪，道："都督今晚回家有事。"

罗觉蟾"哎呀"了一声，他真真没想到这次蔡锷竟选了家中谈话，可他念头转得也快，便笑道："有件事，你肯不肯帮你家都督？我先说清楚，这事儿不那么容易，需是个聪明女子，方才做得。"

小凤仙看他面上笑意，也笑道："筱凤不敢自诩聪明，但十三爷有什么吩咐，筱凤自认也做得来。"

这话，说得也是极满了。罗觉蟾看着她笑："别人说这话，我定当他吹牛，可你不同。走，跟我出趟门吧。"他便低声说了几句话。

小凤仙一笑，坐到妆台前细细打扮了一番，又在襟上别了一枝凤仙花，便随着罗觉蟾走了出来。

罗觉蟾范柏舟这边忙碌，邓世英却很是不乐，他并不知到底发生了何事，只知父亲不顾自己就走了，多一句话也不肯说。他一步三晃地在街上闲走，竟然连街边的小吃都没有多看上一眼。

老管事便劝道："小少爷，我们还是先回去吧，免得老爷惦念。"

邓世英嘟囔道："知道了。"他便向前走，一打眼却见街边有一个人影甚是眼熟，仔细想想，可不是他们在餐馆初逢罗觉蟾那日，被自己揍了一顿的混混青面兽？他上前道："你怎么还在这里？"

他这一上前，其实有些故意挑衅的意思，那青面兽一回头，见到是那日里让自己大失面子的小孩，不由得大怒："是你这小……"

他有心想要大骂一顿，但这小孩的本事实是在自己之上的，旁边又有一个成人，说不得功夫比那小孩还高，只得忍气吞声，把后半句又咽了回去。

邓世英却哼了一声："怎么，你不服？"

青面兽毕竟是个混混出身，不能失了口上的便宜，你让他说一句"服了"，那是绝不可能的，便喝道："不服！"

邓世英笑道"不服正好"，便上前又将那青面兽教训了一顿，直到老管事再三劝阻，这才住手回家。

青面兽看着邓世英背影，只恨得咬牙切齿，暗道："你这小子等着，我虽功夫不及你，却终究要报复回来！"

七

罗觉蟾虽料错了一件事，但大体的方向是没有错的，果然这一晚的二更天，曾头市与曾玉函两人一同到了蔡锷的家里。

他二人受了袁世凯的密令，道是闻得今夜里蔡锷府上要议论叛逆大事，着令二人前去探听，立时回报。

曾玉函心头雀跃，他虽然在北京城里名气不小，但毕竟是在市井里混，这都督的名号倒退上几年，可不也相当于一个将军了？他与曾头市来到蔡锷的寓所门前，不由得咽了一口唾沫。

曾头市看他一张脸兴奋的发白，便提醒道："你且小心些，这毕竟是当过大将军的人，万一他府上有个咱们方才见到的那种高手，可就难办。"

他提到范柏舟，曾玉函不禁也冷静了几分。两人翻墙而入，眼见这蔡都督的府邸布置得十分富丽堂皇，不由得暗羡不已。又见这里面颇有一些护院军士，虽然看着剽悍，但脚底生尘，走路带风，都不像是有功夫的人，才放下心来。

眼见房屋众多，曾玉函向曾头市道："大哥，鼓儿词上都说，议事要在书房，咱们是不是也去书房看看？"

曾头市觉得有理，他思量一番："读书当找安静的地方，咱们去角落里看看。"

两人走了一遍，果然西侧看到一个独立的小院。外面有两棵大树正可作为遮蔽，两人纵身上树。此刻天热，一扇窗户推开了，正见到里面一面墙的书架，堆了许多书籍。曾玉函不由得咋舌："这许多书，亏他怎样看完的！"

曾头市拉他一把，曾玉函便不再讲话，只见有一个人背对着他们站立。这个人瘦长的个子，站得标枪一样笔直，虽只是个背影，气势却不同寻常。曾头市心中猜测，这莫非就是那蔡都督？

在他对面，又有两个人。一个人气质庄重，穿锦缎的长衫，一见可知是一个有身份、有地位的。只听这人道："方才你说的那事……"

背对那人便道："此事事关重大，先生万万不可泄露一字半句。先生您可能答允我？"

那气质庄重的人犹疑道："虽然你说得确实，但我总要思量一番。"

背对那人急道："这都是什么时候，箭在弦上，不得不发，您若再等，可就晚了啊！"

那气质庄重的人来回走了几步，似乎是在思量，终于道："也罢，我便答应你，只是这件事，你万不得告诉旁人知晓。"

背对那人便道："这个自然，这事关系到我的性命，怎能对外去说？"说到这句话时，他似乎是情绪激动，便走了两步。这一走，二曾见到他侧脸轮廓，两人都是见到过蔡锷照片的，心中大喜，这人可不正是蔡松坡。

蔡锷又道："这件事，我方才已经说过了，就说是和我性命相关也不为过，您也一定要保守秘密。"这句话，他不是向那个气质庄重的人说，而是向房间里的另一个人。这人坐在阴影里，一顶礼帽半遮住他面孔，只露出个尖尖的下颌。那人听蔡锷这般说，便懒洋洋地点了点头。

二曾对视一眼，心里都有了分数。这时只听那气质庄重的人道："这件事既然已经定下来了，那咱们便详详细细地彻夜长谈一番。松坡，你这府上的用人越发不恭了，怎的都不送茶来？"

蔡锷便把窗子打开，大声叱喝了一句，下面的人听了，忙忙答应，一拨拨人流水价送来点心、茶水、热毛巾。二曾一看人多眼乱，赶快窥了个时机，离开了蔡府。

这回去的路上，两人施展轻功，速度极快。曾玉函更忍不住哈哈大笑道："大哥，你听那几人谈话的意思，必是在讲要推翻袁大总统的大事，他们又说要彻夜长谈，这正是极好的机会，咱们回去告诉了大总统，把他们捉拿回来，可不是一件天大的功劳？"想想又道，"等将来大总统登了基，咱们说不定也能捞一个将军做做，那可是多美。"

曾头市并未答话，曾玉函也没留意，兴致勃勃又道："当初我从北京城里逃出来，就当自己是必死无疑了，没想竟能遇到大哥你。你说谁能想到，咱家的几个兄弟里，就你一个还活着？大哥你被卖的时候，我还没出生，可咱兄弟就能见面，这就是运气。我遇见你，是运气；从你那儿学武，不再受人欺负，也是运气；我能搭上大总统的人，给大总统做事，那更是运气！咱们的红运还没到头，以后一定越走越旺！大哥，你说是不是？"

在他说话的时候，曾头市一直没开口，直到曾玉函说到这里，方才道："你欢喜便好。"

有人以为：少年时缺些什么，成年之后，就变本加厉地渴求这样物事。纵使是江湖上的大盗，亦不例外，例如曾玉函少年贫困，成年后便好美服权势；曾头市自小被卖，反而极疼自己唯一的亲人。

夜半三更，蔡锷的府上，又来了一群人。

打头的是袁世凯一个姓梁的心腹。这人的身份极有意思，若说跟随袁世凯的年头，那是极久的，专帮袁世凯处理一些机密的事。袁世凯身边的人，也都知道这人的地位重要。但他的官职并不算高，众人平时也多以"梁副官"称之。袁世凯派这样一个人出来，为的就是事有危急时，这梁副官可以调动许多力量；但万一蔡锷并没有什么事，那不过是个身份较低的副官不懂事，袁世凯教训起来方便，蔡锷是做过都督的人，也不好和一个小人物多计较。

从这人选看来，袁世凯对蔡锷到底还是抱有希望的，与此同时，曾玉函也随着这梁副官一同前来，曾头市因袁世凯放心不下，便把他留下了。

梁副官派几个身手好的人连同曾玉函一起，先翻墙去到书房那里包围上，免得里面的人跑了。他自己则假作斯文，上前敲门。

三更半夜，这门敲了半天才有人应答，应答的人心情也不好，只是刚开口骂了一声，梁副官便不冷不热地道："我们是大总统手下的人，有要紧的事儿，见你们主人。"他这话说得讲究，并没有用蔡锷的官称，而只是说"你们主人"这样不咸不淡的话。须知袁世凯把蔡锷调到京里，固然是防他，可也有拉拢的意思，怎会这般言语？故而门里那人一听便听出不对，匆匆入内禀告。

为时不久，一个总管模样的人便走了出来，见到梁副官验了手令，又是打躬又是作揖，茶水点心备得十分周到，又塞过一块玉佩。他越这般行事，梁副官越是怀疑，正在这时，只见曾玉函走了回来，附在梁副官耳边道："人都在里面，一个没少，外面弟兄们守着，您且放心！"

梁副官甚喜，拍一拍他肩头道："你是个会做事的，回头来，大总统必升你的官！"曾玉函只笑得见牙不见眼，道："一定的！"

他也是乐极了，竟说出这么句话来。梁副官看他一眼，便有些不喜，但这个时候大事为重，便向那管事道："听说你主人今晚上见了些客人，这客人也正是大总统要见的，便带我去看看吧！"说着也不等答言，直接便向书房的方向走过去。那管事忙拦阻："梁副官您且等等，那里不能去！"但他一来不敢用力拦，二来也是拦不住，只好由得这些人横冲直撞地往里面走，眼看就要到了书房门前。房门忽然被大力推开，蔡锷瘦长的个子出现在门口，不耐烦地道："我不是告诉你们不要过来……"话说到一半，看到梁副官和他身后诸人，不由得愕然。

梁副官出身使然，最擅察言观色。他看蔡锷的脸上，虽有惊，却无惧，认真说来，倒像是又羞又恼的意思。蔡锷压低了声音道："你们这是做什么？"

梁副官还没说话，就听房里一个吊儿郎当的声音："蔡松坡，八大胡同里的红姐儿我见多了，那小凤仙算什么？要不是你捧，她也能红？老鸨管你要一万块，那是真真切切的狮子大开口，我早与你说了，两千块赎身，一万三你在外面赁个小房子，黎威士借你一万五妥妥的，你怎就不信？"

这人一口极流利清脆的京片子，一段话说下来，连个停顿都不打，众人都听到分明。蔡锷的面上红了又白，白了又红，最终恨恨地一跺脚："罗十三，你且闭嘴！"

一个人一推门便走了出来，一只手里拿着司的克，一只手里转了个礼帽，嘴上还叼着象牙烟嘴，他眉眼生得颇为细致，脸色却是煞白，眼圈又发青，正是纨绔子弟的神气。梁副官还真识得这个人，暗道一声："怎样是他？"

罗觉蟾虽曾帮助革命党，但他从不肯加入。革命党内部的人知道他的功劳，但如袁副官这等人，虽然也晓得他是为革命党做过一些事的，但对他更多的印象则停留在他的出身和浪荡上。这样一个人做些闲事是可以的，怎会参与到反对袁世凯这样的大事上？又听了他方才的一番话，心里便已生了怀疑。

罗觉蟾看了是他，也不在乎，又向蔡锷道："你既然请我帮忙谋划赎身的事，又怎么不能和人讲了？这是觉得我见不得人？十三爷丢不起这个人！"

这般说着，又一个人打里面出来，劝阻道："罗觉蟾你便少说一句，毕竟凤仙姑娘已经……"刚说到这里，一眼见到外面这许多人，也噤声了，一脸的尴尬，咳嗽一声，"原来是梁副官。"

这个人梁副官也认识，原是当过教育次长的，后来下野了，名叫黎威士，与袁世凯并非一路人。若今晚单他一个和蔡锷密谈，是有可疑之处的。但先有一个罗觉蟾在，又说了什么凤仙姑娘，这事儿看着也不确实。再说，据先前密报，蔡锷是要与他的老师梁启超，另有其他几个人一同商议，怎的今晚一个不见？

梁副官心里虽这样想，但他是个周密的人，便道："原来黎次长也在这里，不知里面还有什么人？"他两步踏入书房，只见里面空空荡荡，他又想或者会有什么文件，却见桌子上反扣了一张纸，拿起来一看，竟然是一张借据，写的是蔡锷向黎威士借银两万块，那墨迹还新鲜着。再看蔡锷的表情，那真是要多尴尬有多尴尬。

黎威士家中豪富，众人皆知。而蔡锷迷恋陕西巷里一个叫作小凤仙的女子，却也是梁副官一早知道的事情。他联系之前的话语，心里已有了结论，冷冷扫了曾玉函一眼，低声骂道："废物！"

曾玉函一张白净的脸都涨红了，争辩道："我明明听得他们在里面争论，说是至关重要的大事，不可泄露一句……"

罗觉蟾手里把玩着象牙烟嘴，走到他身边，冷冷淡淡地一笑：

"你家偷摸纳个小老婆，还敲锣打鼓地满街告去？蔡松坡要管黎威士借钱赎人，这事瞒着他家里，怎么往外说？"

曾玉函怒道："那又说什么事关性命！"

"废话，蔡松坡把小凤仙看得比命还重，不是事关性命又是怎样？"一旁的蔡锷直窘得满脸通红，连连喝道："别说了！"

曾玉函却只有更气，他又想到一句话，自认为是找到了把柄，喝道："那当时你们又说什么事态紧急，箭在……箭在弦上……给个女子赎身，何时不能做，这句话是什么意思？"

这句话一出，罗觉蟾果然就不说话了，蔡锷也紧张起来，梁副官精神一振，不错眼珠地看着这几人。

曾玉函看的却是罗觉蟾，却见他眼神飘忽，偶然一瞥，却是向书房东侧看去。这两人少年相识，彼此可谓熟悉。曾玉函心中暗想，这其中必有问题，仔细看东侧墙壁，那里似乎并无异样；转念一想却又不对，从外面看去，这书房占地不小，怎么这内里面积并不大？他便上前几步，着手用力一推，那里果然是一处门户！

蔡锷忙在后面叫道："不可！"却已晚了，曾玉函向里面张望，影影绰绰的，似乎有个人影，叫道："什么人在里面？"

一个女子大哭着跑了出来，面上的脂粉凌乱，她直扑到蔡锷怀里："莫不是妈妈要捉我回去！我偷跑出来，全是一心仰慕都督，妈妈抓我回去必把我打死，您可不能见死不救啊！"

女子的哭声尖利，又在半夜，只哭得众人脑瓜疼。罗觉蟾摊摊手："现在明白了？人都跑出来了，能不急吗？只是蔡大都督的面子，从此可是一扫而光了啊，啊啊……"

他还拖起了戏腔，梁副官气得头疼，正要叱喝一声曾玉函，却听身后一个年老女声传来："这是怎么一回事？你……你竟然把个窑姐儿弄家里来了？"

众人回头一看，只见一个丫鬟搀扶着一个年老女子，正是蔡锷之母，旁边还有个低眉敛目的中年女子，却是蔡锷的夫人。原来这里闹得太厉害，将她们也惊动了出来。

小凤仙一见人来，悲悲切切哭得更凶："都督，都督您可不能丢下我啊……"

蔡母气得一顿拐杖："这是个什么作势！"

蔡锷见爱姬哭得梨花带雨，又要在众人面前争面子，便道："这个女子已为我跑了出来，我非纳她不可！"

蔡夫人便即跪下："母亲，夫君既然这般说，自是嫌我无用，我便求去了吧！"

眼见这里闹得一塌糊涂，梁副官尴尬得紧，正要找个借口离开，却见一个年轻女子匆匆跑来。她打扮得也甚体面，是个贴身大丫鬟的样子，方到面前就道："老夫人，不好了，您放在抽屉里那支传家宝——镶红宝石的白玉钗，不见了！"

蔡母大怒："怎会不见，是何时不见的？"

那大丫鬟道："晚饭前我和阿繁检点首饰箱，原先还有的。因方才听得院子里嘈杂，我担心有失，去查点首饰，才发现不见的。"

蔡母手指颤抖，直指着蔡锷："定是你这孽子，拿传家宝去讨好窑姐儿，你……你……"

蔡锷甚是委屈："母亲，我并未做此事，你看凤仙的头上身上，也并没有啊。"

这时是夏日，衣衫轻薄，那大丫鬟也不客气，上前看了一番，道："确实没有，只这……"

罗觉蟾忽然开口道："既然不是蔡松坡拿的，说不定就是今晚这些外人。梁副官，会不会是你手下的弟兄手脚不稳？"

梁副官忙赔笑道："自然没有这事。"

罗觉蟾皮笑肉不笑："有没有的，不如先搜搜看，也解除了大家的嫌疑不是？"

这一晚，梁副官自知已是大大得罪了蔡锷，而这蔡锷，说不得大总统日后还是要用的，少不得要留些脸面，只得道："也好。"

这一番搜检，众人身上都没搜出什么，最后搜到曾玉函身上，他只见罗觉蟾一双眼睛似笑非笑，心中不解，而搜他那兵士眼神却是一变："这……"

在曾九衣袋中，赫然正是一支宝光熠熠的红宝白玉钗。

八

那一夜之后，北京城通缉大盗曾玉函，罪名乃是盗窃蔡都督家中重宝，更有暴力伤人之事。

那晚之事，袁世凯只当自己果然是错疑了蔡锷，为了拉拢人心，自然要对盗宝的曾玉函严加惩治。然而曾玉函哪是肯束手就擒之人，他连伤了两个士兵，翻墙就走，罗觉蟾在后面"当"的就是一枪，到底因曾玉函动作太快，只伤了他的左臂。

曾头市听得这消息，自袁世凯的大总统府里逃了出来。他虽想去找曾玉函，但他这时也被列上了捉拿的名单，限制良多，反而是在三天后，罗觉蟾较他快了一步。

罗觉蟾在北京城里混了这些年，三教九流里都有朋友，到底被他查到了曾玉函的行踪。而曾玉函为人桀骜刻薄，人缘极差，故而愿意包涵他的人，也是少之又少。

告知罗觉蟾那人道："十三爷，曾九藏在一个卖糖人儿的家里，他身上也带了伤，想来是要趁着日头下山的时候，准备出城门呢！"

罗觉蟾便问："他打算出哪个门？"

那人道："那住处离东直门最近，多是东直门。"

罗觉蟾一笑，拿了五块大洋塞到那人手里，径直去找梁副官，告知他这一消息。梁副官这时对他的态度要客气得多，又听了这件事，自然十分感谢。罗觉蟾便提出要和他一同去，梁副官也应了。

梁副官点了一队士兵，守在东直门的切近，就在夕阳映红、一天皆赤的时候，有一个戴着大草帽、卷着裤脚的人从远处走过来。

这人身上都是泥巴，还担了个扁担，看着就是普通的庄稼人模样。罗觉蟾不住地冷笑，梁副官诧异道："怎的？"

罗觉蟾笑道："你看多么有趣，这样一个喜欢洁净的人，竟也弄成了这样子。"

梁副官先前并没认出这人是谁，罗觉蟾这样一说，仔细辨认那人身形，才发现这竟是曾玉函。他暗想：自己答应罗觉蟾来真是对了，正要向身后吆喝，却被罗觉蟾按住，道："这个曾九枪法是极好的，现在也不知他身上还有枪没有，贸然一上，叫他伤了弟兄们，可不大好。"

莫说梁副官身后的士兵听了这番话感念，就是梁副官自己，也想到自己是一个打头的人，若中了一枪可甚是不妙，便道："罗先生有何主张？"

罗觉蟾笑道："主张是不敢，在下呢，也是懂一些枪法的，不如我们先让他过去，就在他即将过城门、警惕最低的时候，我抽冷子来上一枪撂倒了他。就算我枪法不准，到时您一声令下，把城门一关，他也飞不出去。"

梁副官一听，这法子又保险又牢靠，复想起前几天晚上罗觉蟾那一枪，只怕比自己手下这些人都要高明些，便应了。一群人都不作声，只静静候着。

罗觉蟾又往前几步，他细看曾玉函的身形，只见他除了左臂活动不便，脚步也是一拖一拖，显然这些天的追捕里，他又受了伤，不由得微微一笑。

就在曾玉函即将接近城门的时候，罗觉蟾抽枪在手，这时他二人距离不远，曾玉函又全无防备，正是大好时机，罗觉蟾却没有如之前所说，一枪将其撂倒，反而"啪啪啪啪"，连环四枪。

前两枪射的是曾玉函双脚，后两枪射的则是曾玉函双腕。

曾玉函四肢被废，瘫倒在尘土之中，就在以为自己即将脱险的时候被人开了黑枪，这时的心理，实在也是可想而知。他勉强抬起头，就见一双擦拭的十分光洁的皮鞋出现在自己眼前。

有熟悉的、可恶的声音居高临下自他头顶传来："怕你当个冤死鬼，废了你手足的人是我，有本事，进了阴间再来找我。"

那人不再看他一眼，转身离去。

一日后，大盗曾玉函被当众枪决，惊动九城。

也是在同一日，蔡锷私下里见了罗觉蟾与黎威士："多谢。"

书房那一夜种种行为，不过是蔡家与小凤仙联合做的一场戏而已。唯有反诬曾玉函一件事，是罗觉蟾额外加的戏码。那只白玉钗亦是他靠近曾玉函时，偷偷放在曾九口袋里，莫看罗觉蟾功夫不成，做这些事情却最为拿手。

黎威士笑道："何必客气，只是有一点，老夫人和尊夫人，可要尽快出京了。"

蔡锷正色道："我打算在这几天住进陕西巷里。"

黎威士一怔，随即叹服："只是难为了……唉！"

蔡锷这一举动，正是蔡母与蔡夫人愤然离京的大好借口。自然，他的声名也被极大破坏，袁世凯原想用他，一见蔡锷这般沉迷女色，也少了几分心思。

罗觉蟾没怎么参与两人交谈，他听了一会儿也就告辞，溜溜达达地来到了范柏舟的府上。

范柏舟正在教邓世英练字，罗觉蟾进来看了一会儿，笑道："你们父子好兴致。"又向邓世英道，"我有点事儿找你阿爹，晚上请你吃沙琪玛怎样？"

这贿赂也够光明正大，邓世英还真就跳跳蹦蹦地走了。范柏舟放下笔，看着他背影失笑，转头问道："罗兄何事？"

"来告诉你一声。"罗觉蟾毫不客气地找了把最舒服的椅子一坐，"曾九是已经死了，曾头市逃了。我猜袁世凯也不会怎样用力追他，毕竟他杀曾九也是迫于无奈。因此来提醒你一句，他虽然未必会来找你麻烦，但万一日后遇上，还是小心。"有一句话他没说，曾头市倒是特别说过要找四个人的麻烦，还是不死不休，其中打折曾玉函四肢的罗觉蟾排第一位，捉住人的梁副官排第二位，下令杀人的袁世凯排第三位，惹出这番事的蔡锷排第四位。

单看这名单，也可见这曾头市真是胆大包天到了极点。罗觉蟾倒无所谓，他对性命不太在乎，却偏偏比谁活得都长。

范柏舟欠一欠身："谢过罗兄告知。"

罗觉蟾笑道："好说，好说，黎威士那家伙托咱们的事儿，总算顺利完成，而你，也算是帮忙旧友愿望不至落空。甚好，甚好！"当初蔡锷那一晚做戏，虽然主角是罗觉蟾，但也多亏范柏舟到黎威士那里通知，故而罗觉蟾这般说。

范柏舟面上的神情微微一变，终究没有说什么。

罗觉蟾告辞之后，邓世英高高兴兴地从外面走进来："阿爹，曾九死了啊。"

虽然是公然偷听，范柏舟却也没责备他，只看着墙上那一张字。邓世英心中奇怪，却听范柏舟叹了一声，道："方才你罗叔叔说的话，倒勾起我一番心事。"

邓世英回忆了一遍，罗觉蟾没说什么特别的啊，那个曾头市虽然逃跑在外，但罗觉蟾也只是提醒他们一声，并未说要严加提防。他笑着问："什么事啊？"

范柏舟叹道："世英，你怎的从来不问你父母如何呢？"

邓世英心想：我亲生父母在我三岁时就没了，据说那时他们也久不在家，我连点记忆都没有，要怎么思念？但这话不能说出口，就说："阿爹你很少提他们，我便没问。"

他这么一说，范柏舟反而升起了愧疚的心理："往日总想着你小，因此不曾多说，但转年你也九岁了，不是一个孩子了。因此今日里，我需向你讲一讲你父母的事情。"

邓世英连忙正襟危坐，道："阿爹请讲。"

范柏舟道："你父亲名叫邓元一，你母亲名叫张阮，墙上的这幅字，是他们送给我的。"

这个邓世英是知道的，他抬头又向墙上看了一眼，心里想着：父亲的字，倒没有阿爹写得好。

范柏舟道："但你却不知，你的父亲母亲，与我原是同窗的好友。后来你父母志趣相投，结为夫妇。他二人志向高远，后来先后加入了革命党。"

邓世英虽然年小，但既生在眼下这个年头，自然也明白"革命党"的意思，不免肃然起敬。范柏舟继续道："他二人成婚不久，就生下了你。在你三岁的时候，他二人为了革命的事业，在广州被双双杀害。你父亲家里已经无人，你母亲家中虽有人，畏于当时的权势，不敢收留你。我与你父母当年有同窗之谊，因此先安葬了他们，又将你收为养子。"

这事迹听起来理当热血感人，无奈邓世英对自己父母实在是无甚印象，因此感觉上更像是听别人的故事，想了想问道："阿爹，母亲当初怎的不嫁你？"

范柏舟斥道："胡说！我方才已说，你父亲母亲乃是志趣相投，我一介书生，不及邓兄远矣。"他话虽这样说，但不知为何，脸上竟然漾上了一点微红。这是邓世英从未见过的表情，他忍不住开口问道："阿爹，你是不是也喜欢母亲啊？"

这一句话出口，邓世英立时就知道自己错了，这话岂止冒失，简直是冒失的过了头。他对义父，那是敬爱之中还带着一点惧怕的，这一下简直不敢看范柏舟的脸色，低着头说："我，我去后院练功……"弯着身低着头就退了出去。

范柏舟坐在竹椅上，一时间也不知是气还是怎样。他没有去叫邓世英回来，身子靠在竹椅上，忍不住想到了当年的事情。

是的，他确实喜欢阿阮，那么美丽聪明、才气横溢的师姐，他怎么可能不喜欢呢？

那个时候，他一个，邓元一一个，都是张阮的师弟，他喜欢修文习武，邓元一则性情更为激烈，喜欢谈论国事。若在过去，俊秀清贵的他当是女子心中的良人，但在这个乱世里，邓元一和张阮却更为相投。

后来邓元一与张阮成婚，范柏舟心中虽怅然，仍是衷心祝福，不久，他就听说了邓、张二人双双加入革命党的事情，心中不免有些忧心，却也无法劝阻。

幸而之后几年，二人却也平安无事，其间两人还来看过一次范柏舟，范柏舟见二人精神奕奕，又听闻他们有了爱子，却也欣慰。然而时隔不久，范柏舟就听到二人同时罹难的消息。

他即刻赶到广州，帮忙收敛二人尸骨，又去看那小小遗孤，见那个小孩子短短时间内瘦得可怜，寥寥几个亲人竟无人愿意照管。一怒之下，他将邓世英收为义子，带回了江南。不知是不是那一段时间饿怕了，邓世英日后对美食格外热衷，范柏舟怜念他那一段时间受苦，也没有限制。

其实，他始终没有理解张阮与邓元一究竟是为了什么而拼斗，又为了什么可以不顾性命。他更喜欢书中岁月，手底功夫。答应黎威士那一次，是他唯一一次参与国事。他的想法很简单：当年师姐拼却性命，只为了推翻帝制，如今却有人想要复辟，他怎能容许？

时光荏苒，这些年已经过去，可是啊，一闭上眼睛，他还能看到初见时分，师姐站在他面前，穿雪青色的裙子，手拈花枝，微微一笑。

背灯和月就花荫，已是十年踪迹十年心。

范柏舟这边感慨，邓世英那边跑了后，想到罗觉蟾那话，多少还是有点担心，于是找到老管事，道："阿爹有把西风剑，你把它找出来，说不定可能会用到。"

老管事不明所以，但也还是照做，谁想到了收西风剑那屋子，翻了一遍，竟不见踪影，不由得大惊。这把西风剑是范家家传宝剑，削金断玉，削铁如泥，是随身的一件利器，怎么竟然没了？

老管事又疑心自己放错，没想四处找了一遍，仍是不见。这下可以断定，这剑定是被盗了！

老管事与邓世英都不知道，这把西风剑正是被那个青面兽所盗。那天邓世英将青面兽教训了一顿，他一怒之下，跟踪来到了范家，本想大大地偷盗一笔报复，但范家摆设多为古物，外表看着陈旧，便以为这些都不值钱。青面兽溜到西屋里却见到墙上的西风剑，便顺手将其拿走，倒也卖了一小笔银钱。眼下西风剑怕不都流落出了北京城，邓世英哪里知道！

九

范柏舟知道西风剑丢失一事，却没有多做责备，只拜托罗觉蟾暗中寻找。

可这一次，罗觉蟾也没了头绪，这不怪他。范柏舟托人的时候，西风剑说不定已过了黄河，好在范柏舟对财物并不计较，未放在心上。

夏去秋至，这一个秋天里，范柏舟带邓世英见遍了一个北京城，也就考虑着，该回家乡了。

罗觉蟾知道了这个消息，笑道："这不错，我也是打算冬天时走。"

范柏舟便问："罗兄打算去哪里游历？"

罗觉蟾四下看看，这里是范柏舟的书房，最是谨慎，旁边也没有一个人在，便道："蔡松坡打算 11 月的时候偷偷回云南，看着吧，袁项城想当皇帝，也就是分分秒秒的事。云南是蔡松坡的天下，有兵在手，做什么都有底气。"

范柏舟问道："那罗兄你……"

罗觉蟾笑道："我打算和他一路回去，黎威士那个人嘛，你知道的，万事总要求稳。非要央告着我帮忙，又许了我三年的闲饭，我看他可怜，心一软，便应了他。"

认识这些时日，范柏舟也知道，罗觉蟾这人嘴上一套，实际上说不定是另外一回事。黎威士苦苦哀求？他想都想不出来。他来回踱了几步，沉思片刻，道："这样吧，我与你们一路同行。"

这句话一出，罗觉蟾都怔了一下，范柏舟若能帮忙，自然是再好不过，可范柏舟竟然主动提出这件事，却令他大为诧异。

他问："范兄，你认真的？我虽然欢迎，可你倒想想，这事危险，你身边还有一个小孩子呢。"

范柏舟微微一笑："尚有黎兄。"

罗觉蟾也笑了："对，他是财主。"

范柏舟的想法其实很简单，他也不过是趁着这一次的机会，就算是为师姐再多做一点事。

罗觉蟾离开范家，转身就去找了黎威士，把这事告诉他。黎威士是喜大于惊，笑道："未想范兄这个素来不甚在意国事的也肯帮忙，甚好，甚好！有他相助，又成事几分！"

罗觉蟾却说："我倒想和你商量个事，蔡松坡出京，在京里咱们还按原计划走，也不必通知范兄。等到了崇文门火车站，再让他和咱们同路。"

黎威士细想，他们原来商量的办法，是蔡锷出京，自崇文门火车站坐火车到天津，再由天津坐日本轮船离开。统共说来，这件事情，就要属蔡锷出京最为艰难，但蔡锷出京，委实又用不上多少武功上的事。退一万步说，就算真弄到要人出手，那恐怕也不是一个范柏舟能解决的，北京城毕竟是袁世凯的天下，多少兵士，范柏舟一个怎抵挡得来？反倒是出京之后，若遇上些土匪强盗，范柏舟更有用武之地。

这样一想，他也就答应下来，却也明白，这是罗觉蟾为了给范柏舟减少危险，便笑道："罗觉蟾，你如何这般细致？"

罗觉蟾淡淡道："我只不想让世英那小子再没一次爹。"

黎威士不由得感叹："世英不易，但这些年，我党前赴后继，罹难者又何止邓、张二位而已。"又道，"万一范兄真出了什么事故，我愿照顾世英。"

罗觉蟾懒懒笑道："这可真是巧，范柏舟也说，要是他万一出事了，世英就交给你照顾。不过嘛，我觉得世英应该更愿意跟我。"

是愿意跟你还是愿意跟你的美食啊，黎威士心里忍不住想，又想万一罗觉蟾真带着邓世英，带出一个小罗觉蟾，那前景可真是糟糕之极，不妙之极，不由得打了个冷战。他忙道："你这次离京，还有什么事情需要我做？"

罗觉蟾想了一想，道："还真有一件，陕西巷有个叫花君的姑娘，你帮我给她赎身，嫁人也罢，找个正经行当也罢。钱嘛，我现在是不够，日后再还你。"

黎威士气笑："你还和我提钱？"想了想道，"也罢，这件事交在我身上。我倒是奇怪，你刚回京时是那个样子，万事不经心，一切都不起劲。百般劝你也不听，怎的现在又积极起来？"

罗觉蟾笑了："这嘛……"

"往日里我不知该做些什么，因而颓废；现如今，我至少知道，不能让别人做些什么。"

待到了 11 月的时候，这一日天气清朗，蔡锷也如平日一般，去往陕西巷会小凤仙。

现如今，袁世凯虽不似之前一般用江湖大盗来刺探他的行踪，但蔡锷身边却也一直跟了人。这两个人见蔡锷走了，也就跟随在后面。

到了陕西巷云吉班里，只见车水马龙，客似云来，原来今天乃是云吉班掌班的生日。蔡锷大踏步走入，两个人一看，这倒不好进来，但云吉班中也有袁世凯的密探，两人和那人打了招呼，便在外面远远候着。

蔡锷进来后，先与掌班打了个招呼，之后就直奔小凤仙的屋子，那里自然早已备好酒菜，小凤仙笑说："今天是难得的日子，各自都有酒喝。"几个下人听了欢喜，又有两个身边侍候的小大姐在隔壁铺设了酒菜，把那个密探拉了进去，一个劲儿地敬酒。他虽得意，也不时关注着外面，只见蔡锷也是一般的饮酒作乐，却也放下心来。

蔡锷虽与小凤仙饮酒，却把一个怀表放在了桌上。又过了一会儿，隔壁一个小大姐出来，向他使了个眼色。蔡锷心中明白，便站起身道："酒喝多了，我去后面方便方便。"起身便往后走。

那密探也听到了这句话，忙向外张望，只见蔡锷的呢帽大衣都还在房间里，这时天寒地冻，绝没有这般出去的道理。他这时酒喝得又多，便又坐了回去。

谁想蔡锷刚刚起身，忽听门外一声招呼："蔡都督，原来你也在这里！"门外一个人，面貌极为熟悉，正是梁副官！

蔡锷一时惊住了，只得转回来笑道："巧得很，梁副官，你也来了。"

梁副官还真不是为蔡锷来的，他最近迷上了云吉班里一个叫黄银宝的姑娘，今天云吉班掌班生日，自然要过来给黄银宝做脸，这边又看到了蔡锷，过来寒暄一下也是正常。他便道："真正巧，我是来找银宝的，不如坐一起喝酒，也热闹点。"

这是欢场常事，蔡锷没有道理反对，他正心急时，门一推，又一个人走了进来，却是罗觉蟾。

罗觉蟾这一进门，霎时满室生辉，先前追捕曾九时他帮过梁副官大忙，梁副官对他也是有好感的，也起身邀他，罗觉蟾笑道："这敢情好，我也点个姑娘过来。"

他点的就是花君，这下六人一桌，更加热闹，罗觉蟾若诚了心想要说笑嬉闹，那没人比得过他，酒桌上的气氛高到了极点，只是梁副官顾及晚上还有事，并没有多喝。

罗觉蟾并不介意，自斟了一杯酒递过，笑道："梁副官，北京城里这些年，咱们竟没好好喝过一杯酒，这不对！我敬你这一杯酒，可是非喝不可！"却没人看到，他小指指甲一晃，一抹白色药粉就掉进了酒里。

梁副官不疑有他，接过酒杯笑道："喝了这杯酒，大家都是一家人！"反正是酒桌上的话，也不会怎样当真。

这一杯酒喝下不久，梁副官便觉头晕，罗觉蟾加紧劝酒，不必太久，梁副官"啪"的一声栽倒桌上。

罗觉蟾招呼着黄银宝把梁副官抬去她的房间，又对花君道："你也回屋吧。"他从衣襟上摘下那金壳怀表递了回去："留个念想。"

花君怔了一怔："十三爷，你这是……"

罗觉蟾笑道："我也要走啦。只你放心，你在这里的日子，不会长久了。"

蔡锷那边的时间已经延搁了许多，眼下梁副官被放倒，隔壁的密探也睡熟了，实不能再耽搁，便起身道："我走了。"他是领军做大事之人，并不做儿女情长之态，只向小凤仙道："若日后有机会，我必报答你。"

小凤仙笑道："都督这是什么话呢，我帮都督，岂是为报答的？"

也仅此一句交谈，蔡锷与罗觉蟾便从后门匆匆出了云吉班。这一去，便是海阔凭鱼跃，天高任鸟飞。

花君怔怔坐在原处，胡同里出来的姑娘哪个不擅察言观色，她早已看出了其中不对。小凤仙却笑道："别呆啦，你快回房间吧，到时来查，只说你来陪喝了一次酒，之后便回去了，再碍不到你的。你且不用担心，有我呢。"

花君却指着她问："你……这是怎么了？"

"我怎么？"小凤仙诧异，一低头间，却见泪水已经浸湿领口，她自己却茫然不知。

只说为知己，只说为知音，然而有情无情，却可是人力可定？

在此时，无论是蔡锷和小凤仙都没有想到，云吉班里匆匆一别，自此竟是永诀。不过一年时间，蔡锷便因结核病逝世，享年不过三十四岁，与历史上那位风流一时的周都督，年纪竟然相差无几。

崇文门火车站乃是专供外国人使用的车站，并不受当局检查。黎威士、范柏舟等人早就等在那里，待到蔡锷与罗觉蟾一来，连忙将他们送上火车，几人乔装成日本人到了天津。这个时候，邓世英自然不与范柏舟同行。范柏舟找了一些借口，令他与老管事先走，约定过了黄河再会合。

黎威士不与他们同行，他在京中尚有要事，同行的虽只有罗觉蟾与范柏舟两人，但这两人一个枪法出众，头脑灵活；一个武艺高超，为人沉稳，却已足够。三人在码头上等候一段时间，仍不见所约的日本轮船，罗觉蟾展手叫了个船工过来，塞给他两块大洋："你去打听打听，森之丸号何时能来？"

这位爷出手实在豪阔，那船工笑得眼睛都眯了，他四处去问人，又对几个要好的弟兄说："那边有北京城来的三位爷，出手爽快得很，你们要去讨个好，也能得些银钱！"

旁人自然要问："那是什么来路？"

"谁晓得呢，给钱的主儿是个公子哥，生得且是俊，打扮得那叫一个出奇，就是煞白的一张脸，看着瘆人。"

说者无意，听者有心，就有一个人，把这番话放在了心里。

罗觉蟾等人还在码头等待，忽然间身后劲风呼啸，一道拳风自身后袭来，罗觉蟾的功夫哪有闪避可能？匆忙间一闪，反而被那人打中胸口，当即栽倒在地，口角边都有鲜血流出来。

那人晓得自己的功夫，这一拳，罗觉蟾是必死无疑。转头又见面前两个人，有一个瘦长个子、面貌英武的人，可不正是蔡锷！自己的两大仇人汇集在一起，他眼里都喷出火来。

这人正是曾头市，京津两道他都混得极熟，北京城里一时待不下去，他便躲到了天津码头，这里的龙头老大是他拜把子兄弟，一躲躲了这些天，没想到方才听船工讲话，言语中描述那个人竟极像罗觉蟾，来到这里一看，不但有罗觉蟾，竟还有他心心念念的另一个仇人！

他第二拳就打向蔡锷、蔡锷毕竟是行伍出身，展身躲过，欲要回击，就在这时，一只手隔住了他，另一只手一展一翻，挡住了曾头市那一拳。

曾头市抬头一看，这人相貌清秀，气质沉稳，正是范柏舟。他心中一凛，当初在大酒缸，他与范柏舟交过手，知道这人十分扎手，展手间便使出了自己的看家本领。

曾头市以一套玉碎连环步驰名京津两地，但他的看家本领却是一套伏虎拳。这套拳法虽然平常，但曾头市内力深厚，又与玉碎连环步配合，端的是一时无双。曾玉函逃出京时，虽曾与曾头市学武，但只学到了这套步法，内力因他年纪已长，便没有如何修炼。

曾头市此刻施展开这一套伏虎拳，丈许之地，虎虎生风。范柏舟以擒龙手与之相较，这套擒拿手专门拿人关节，按理而言当是伏虎拳的克星，无奈曾头市硬功强悍，几次拿人，均是功亏一篑。

范柏舟自从这套擒拿手练成之后，从未这般位于下风，他亦知这是毕生的一位劲敌，眼神一黯，从身后抽出了一把短剑。

虽然西风剑被盗，但范家其他的剑也还不少，他临行前随便拿了一把出来，也不过是以防万一的意思，没想到，还真的用上了。

这把短剑虽不如西风剑，却亦是锐利。范柏舟施展开家传的一套长空剑法，这套剑法开阔之余不失绵密，恰恰应上了这套伏虎拳。范柏舟接连数剑，迫得曾头市不得不后退两步，身上也多了几处伤痕。

就在这时，身后汽笛呜呜声响，原来森之丸号已到，范柏舟眼角余光瞥到，喝道："你已杀了一个人，还待怎的？与我相争，未见得就能胜了，现在离开，还有生机！"

曾头市冷笑出声："做梦，不死不休！"他接连两拳向范柏舟打去，逼得范柏舟亦是后退几步，随后他脚下巧妙一拐，正是玉碎连环步中的步法，不知怎的，竟到了蔡锷面前，一脚便踹了出去！

蔡锷一直站在一边，他先前探过罗觉蟾，发现竟已没了呼吸。之后范、曾两人动手，这等武功上的比拼，他实在无法插手，却又无法弃范柏舟而去。就在这时，曾头市猛然一脚踢来，蔡锷站在原地，竟全然没有闪避机会。

幸而范柏舟还在，他猛然上前，这时阻挡已然不及，他索性一剑刺出，这一剑正指向曾头市咽喉，只要曾头市还顾忌自己性命，这一脚就绝不能再踢出。

这一剑极其凌厉，曾头市确实住了先前招式，却也没躲。他左手一拳，正正向短剑上打去，这一拳劲力十足，他手上鲜血淋漓，然而与此同时，那把短剑竟然被生生击断！

若西风剑在此，绝无此事！

短剑折断下一刻，曾头市双掌同出，一并向范柏舟胸口击去。这时两人距离极近，范柏舟避无可避——不，硬要是躲，也可以躲，但纵使躲，他也会身受重伤。无论如何，他总能逃出一条性命。

范柏舟没有躲。他右手向前，直击曾头市咽喉。

擒龙手专擒人身关节，咽喉亦是其中之一，就算再怎么了得的硬功，也难练到那里，自然，若没有眼下这样的距离，范柏舟也没机会这般出手。

——我范家诗书传家，礼义待人，万无看着身边人送命，却保存自己性命的道理；

——罗觉蟾，你我相识未久，亦属良友，我终是为你报了仇；

——蔡都督，曾许送君离京，终未违诺；

——师姐，你昔年的理想，我终也是为它做了一点事；

……只有世英，对不起。

对不起。

两道身影同时倒地，这等同归于尽的惨烈结局，在民国之后的武林，已是久未得见。

蔡锷终于成功回到了云南。年末袁世凯称帝，蔡锷与唐继尧宣布云南独立，声讨袁世凯，并组织护国军。蔡锷更任第一军总司令，直把袁世凯气得发昏。

次年，袁世凯被迫取消帝制，更在不久后忧惧而死，只是未想不到半年，蔡锷却也病故。小凤仙送挽联道："不幸周郎竟短命，早知李靖是英雄。"昔日里花君与罗觉蟾的戏语，竟然成真。

邓世英后来由黎威士收养，成人后出国读书，那时中华大地一片翻覆，邓世英也自有他的一番作为。

而故事的主角罗觉蟾，他生受了曾头市那一拳，竟然没有死。这并非说他武功如何过人，而是曾头市那一拳，恰好打在他胸口的手枪上，枪身都被打弯。罗觉蟾被打得闭过气去，也受了严重内伤，但到底保住了一命。黎威士将他送去香港养病，而罗觉蟾的后半生便是在香港度过。

面向浅水湾，回首前半生，罗觉蟾却也并无悔意，他好奇过，奋斗过，拼命过，失意过，离开过，到最后，终是从头再来过。

中华大地，多少悲欢，多少离合，1909 至 1915 这些年中，能够记录的，也不过是寥寥几个人物。而这部《江湖消亡史》，也便就此结束；再开卷，便是十年之后，二十年代的北京城又有一番风雨，那时，自有他们的故事。

官方微博

微信公众号

出品人：许 永
出版统筹：海 云
责任编辑：许宗华 张 奇
特邀编辑：王菁菁 王佩佩
装帧设计：沐 一
插画设计：蘑奇诺
印制总监：蒋 波
发行总监：田峰峥
投稿信箱：cmsdbj@163.com
发 行：北京创美汇品图书有限公司
发行热线：010-59799930